張岱全集

陶菴夢憶　西湖夢尋

〔明〕張岱 著

路偉　鄭凌峰 點校

浙江出版聯合集團
浙江古籍出版社

圖書在版編目(CIP)數據

陶菴夢憶　西湖夢尋 /（明）張岱著；路偉，鄭凌峰點校. —杭州：浙江古籍出版社，2018. 11(2022. 7 重印)
（張岱全集）
ISBN 978-7-5540-1327-4

Ⅰ. ①陶… Ⅱ. ①張… ②路… ③鄭… Ⅲ. ①古典散文—散文集—中國—明代 Ⅳ. ①I264. 8

中國版本圖書館 CIP 數據核字(2018)第 170136 號

陶菴夢憶　西湖夢尋

（明）張　岱 著
路　偉　鄭凌峰 點校

出版發行	浙江古籍出版社 （杭州市體育場路 347 號　郵編：310006）
網　　址	www. zjguji. com
責任編輯	劉　蔚
文字編輯	王振中
責任校對	余　宏
責任印務	樓浩凱
照　　排	浙江時代出版服務有限公司
印　　刷	浙江新華印刷技術有限公司
開　　本	880mm×1230mm　1/32
印　　張	11. 625
插　　頁	28
字　　數	266 千
版　　次	2018 年 11 月第 1 版
印　　次	2022 年 7 月第 3 次印刷
書　　號	ISBN 978-7-5540-1327-4
定　　價	95. 00 圓

如發現印裝質量問題，影響閱讀，請與市場營銷部聯繫調換。

夢憶小序

陶菴老人著作等身其自信者尤在石匱一書兹編載方言巷咏嘻笑瑣屑之事然畧經點染便成至文讀者如歴山川如睹風俗如瞻宮闕宗廟之麗殆與采薇麥秀同其感慨而出之以詼諧者歟老人少工帖括不欲以諸生名大江以南凡黄冠劍客緇衣伶工畢聚其廬且遭時太平海内晏安老人家龍阜有園亭池沼之勝木奴秫秔歲入緡以千計以故鬬雞臂鷹六博蹴踘弾琴劈阮諸伎老人亦靡不為今已矣三十年来杜門謝客〻亦漸辭老人去間策杖入市人有不識其姓氏老人輒自喜遂更名曰蝶

中國科學院國家科學圖書館藏清抄本《夢憶》（一）

夢憶　陶菴老人手勒

鍾山上有雲氣浮〻冉〻紅紫間之人言王氣龍蜕藏焉
高皇帝與劉誠意徐中山湯東甌定寢穴各誌其處藏袖
中三人合穴遂定門左有孫權墓請徙太祖曰孫權亦是
好漢子留他守門及開藏下為梁誌公和尚塔真身不壞
指爪繞身數匝軍士輂之不起太祖親禮之許以金棺銀
槨庄田三百六十奉香火舁靈谷寺塟之今寺僧數千人
日食一庄田焉陵寢定閉外羨人不及知所見者門三饗
殿一寢殿一後山蒼莽而已壬午七月朱兆宣簿太常中
元祭期岱觀之饗殿深穆暖閣去殿三尺黃龍幔〻之列

中國科學院國家科學圖書館藏清抄本《夢憶》（二）

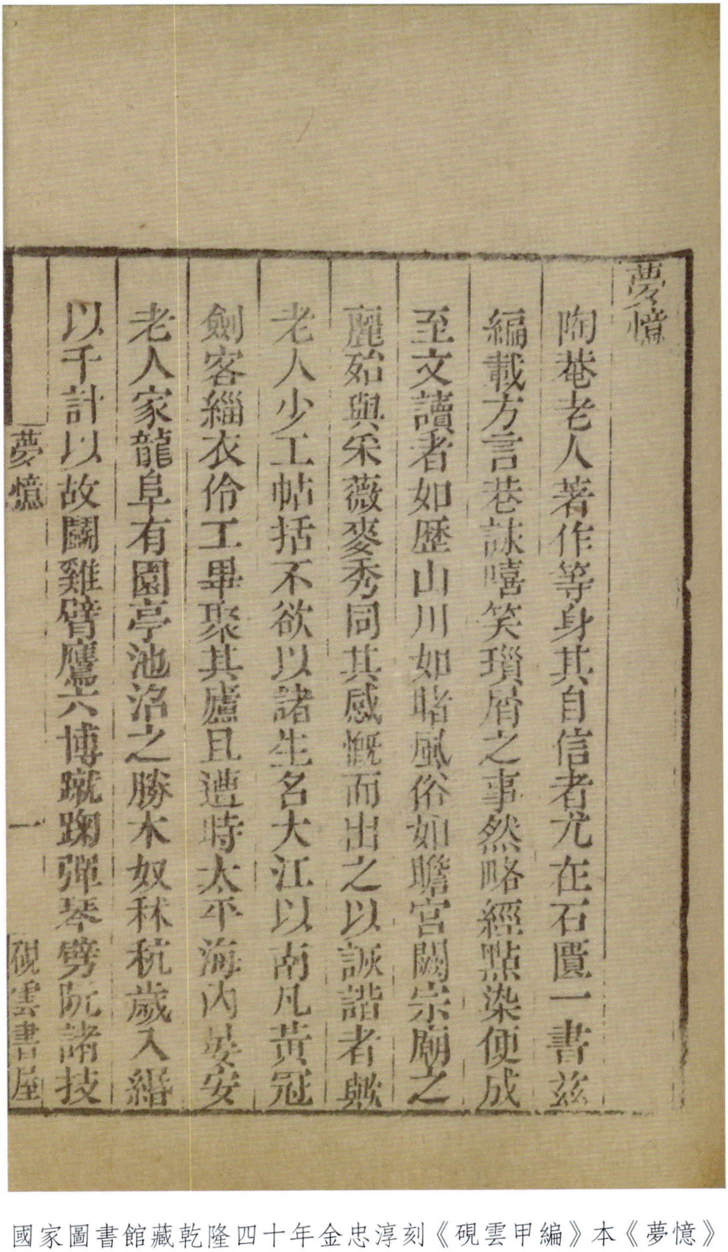
夢憶

陶菴老人著作等身其自信者尤在石匱一書玆編載方言巷詠嘻笑瑣屑之事然略經點染便成至文讀者如歷山川如睹風俗如瞻宮闕宗廟之麗殆與采薇麥秀同其感慨而出之以詼諧者歟老人少工帖括不欲以諸生名大江以南凡黃冠劍客緇衣伶工畢聚其廬且遭時太平海內晏安老人家龍阜有園亭池沼之勝木奴秫秔歲入緡以千計以故鬬雞臂鷹六博蹴踘彈琴劈阮諸技

夢憶　一　硯雲書屋

國家圖書館藏乾隆四十年金忠淳刻《硯雲甲編》本《夢憶》

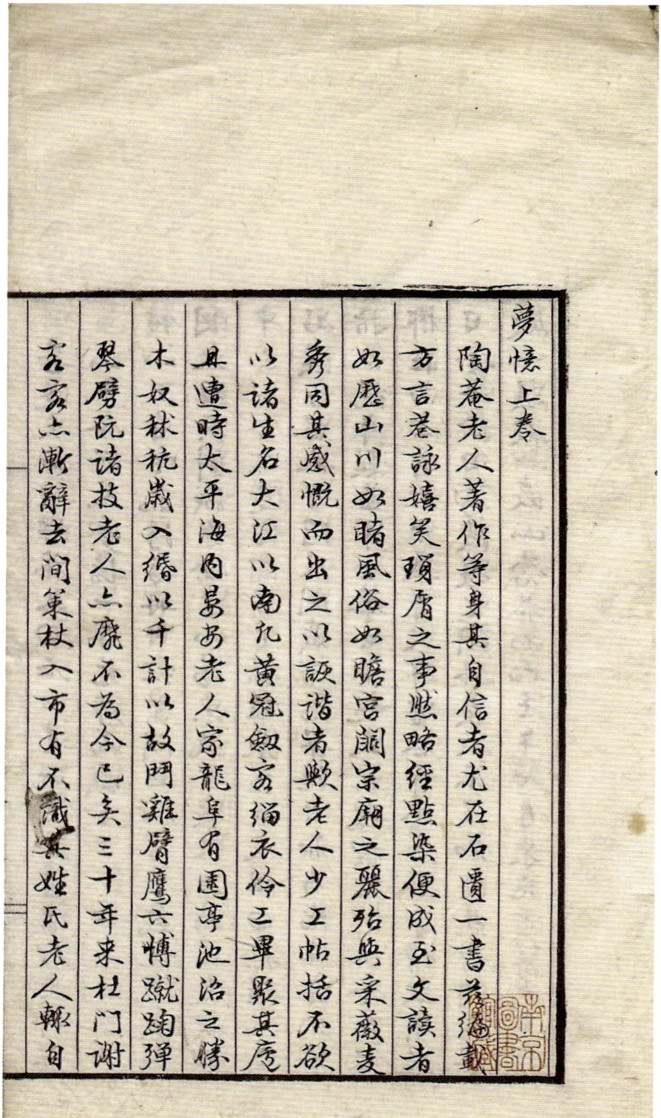

夢憶上卷

陶菴老人著作等身其自信者尤在石匱一書茲編載方言巷詠嬉笑頻顰之事然略經點染便成至文讀者如歷山川如睹風俗如瞻宮闕宗廟之麗殆與采薇麥秀同其感慨而出之以詼諧者歟老人少工帖括不欲以諸生名大江以南凡黃冠劍客緇衣伶工畢聚其廬且遭時太平海內晏安老人家龍阜有園亭池沼之勝木奴秫秔歲入緡以千計以故鬥雞臂鷹六博蹴踘彈琴劈阮諸技老人亦靡不為今已矣三十年來杜門謝客亦漸辭去間策杖入市有不識其姓氏老人輒自

南京圖書館藏清抄本《夢憶》（一）

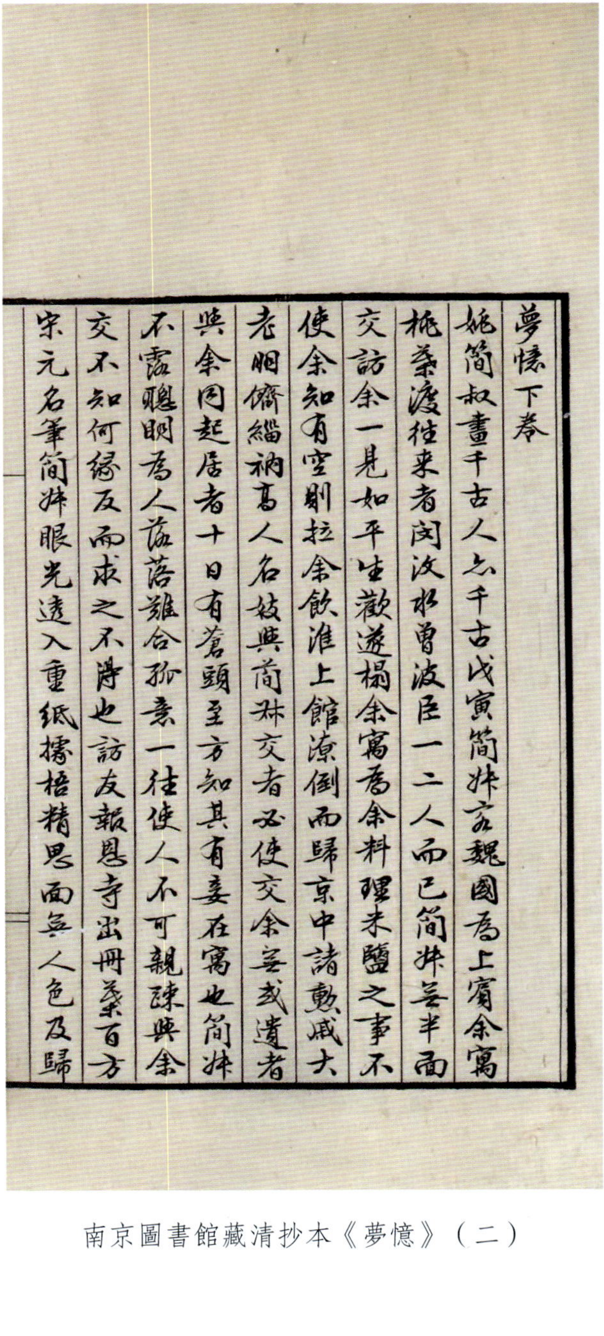

夢憶下卷

姚簡叔畫千古人亦千古戊寅簡叔客魏國為上賓余寓桃葉渡往來者閔汶水曾波臣一二人而已簡叔無半面交訪余一見如平生歡遂榻余寓為余料理米鹽之事不使余知有空則拉余飲淮上館潦倒而歸京中諸勳戚大老朋儕緇衲高人名妓與簡叔交者必使交余無或遺者與余同起居者十日有蒼頭至方知其有妻在寓也簡叔不露聰明為人落落難合孤意一往使人不可親疏與余交不知何緣反而求之不得也訪友報恩寺出冊葉百方宋元名筆簡叔眼光透入重紙據梧精思面無人色及歸

南京圖書館藏清抄本《夢憶》（二）

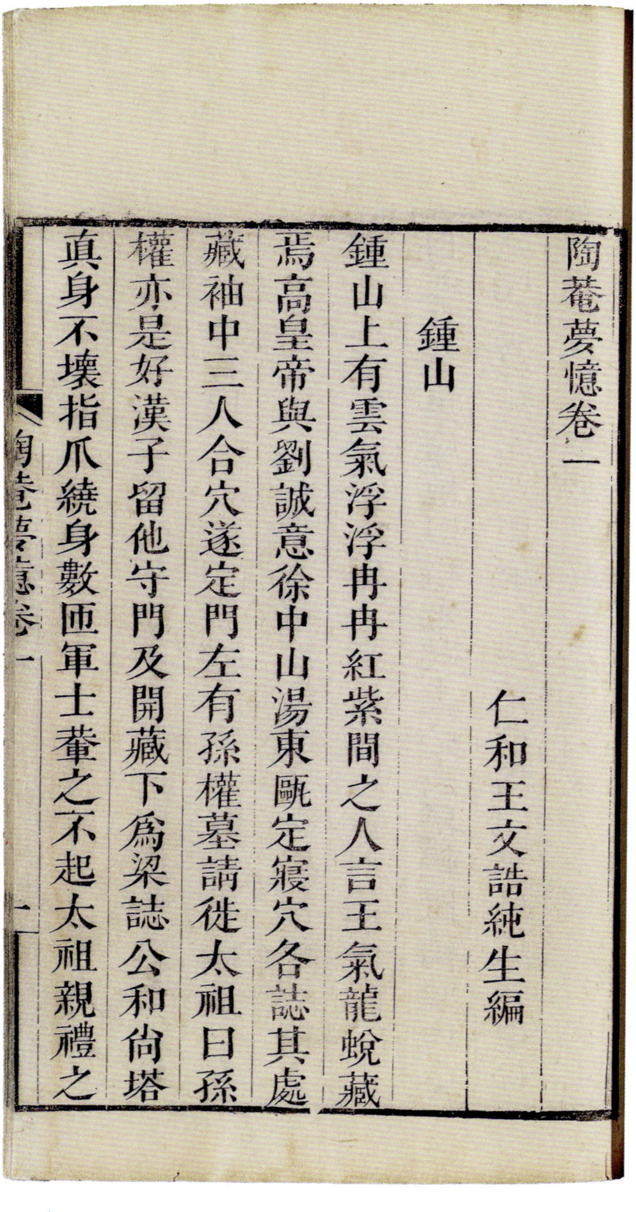
陶菴夢憶卷一

仁和王文誥純生編

鍾山

鍾山上有雲氣浮浮冉冉紅紫間之人言王氣龍蛻藏焉高皇帝與劉誠意徐中山湯東甌定寢穴各誌其處藏袖中三人合穴遂定門左有孫權墓請徙太祖曰孫權亦是好漢子留他守門及開藏下爲梁誌公和尚塔真身不壞指爪繞身數匝軍士舁之不起太祖親禮之

陶菴夢憶卷一　一

國家圖書館藏乾隆五十九年王文誥刻本《陶菴夢憶》

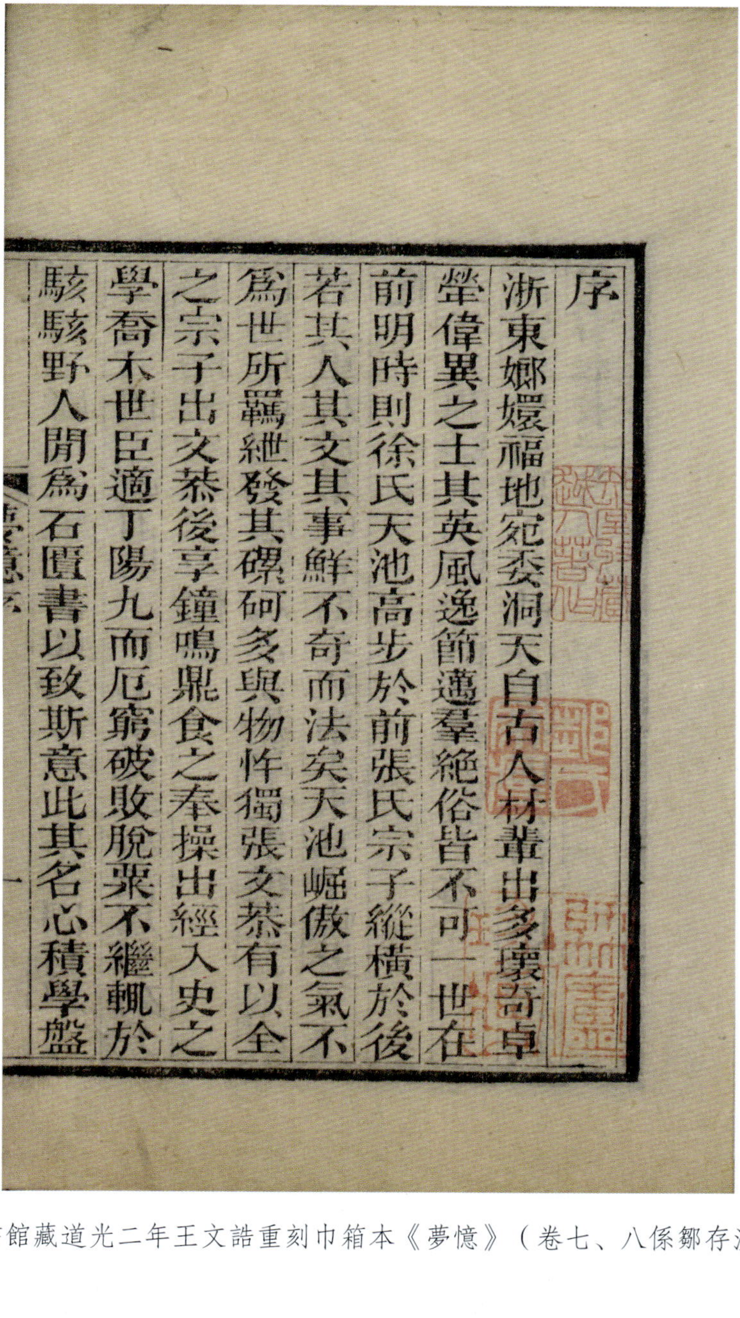

序

浙東鄉嬛福地宛委洞天自古人材輩出多瓌奇卓犖偉異之士其英風逸節邁羣絶俗皆不可一世在前明時則徐氏天池高步於前張氏宗子縱橫於後若其人其文其事鮮不奇而法矣天池崛傲之氣不爲世所羈紲發其磥砢多與物忤獨張文恭有以全之宗子出文恭後享鐘鳴鼎食之奉操出經入史之學喬木世臣適丁陽九而厄窮破敗脱粟不繼輒於駭駭野人閒爲石匱書以致斯意此其名心積學盤

夢憶序　一

國家圖書館藏道光二年王文誥重刻巾箱本《夢憶》（卷七、八係鄒存淦補抄）

夢憶卷七

明　山陰　張岱　譔

西湖香市

西湖香市起於花朝盡於端午山東進香普陀者日至嘉湖進香天竺者日至至則與湖之人市焉故曰香市然進香之人市於三天竺市於岳王墳市於湖心亭市於陸宣公祠無不市而獨湊集於昭慶寺昭慶兩廊故無日不市者三代八朝之骨董蠻夷閩貊之珍異皆集焉至香市則殿中邊甬道上下池左右

國家圖書館藏道光二年王文誥重刻巾箱本《夢憶》鄒存淦補抄卷七

夢憶卷一

明 山陰 張岱 撰

鍾山

鍾山上有雲氣浮浮冉冉紅紫間之人言王氣龍蜿藏焉高皇帝與劉誠意徐中山湯東甌定寢穴各誌其處藏袖中三人合穴遂定門左有孫權墓請徙太祖曰孫權亦是好漢子畱他守門及開藏下爲梁誌公和尚塔眞身不壞指爪繞身數匝軍士舁之不起太祖親禮之許以金棺銀槨莊田三百六十奉香火

英國倫敦大學亞非學院藏道光二年王文誥重刻巾箱本《夢憶》

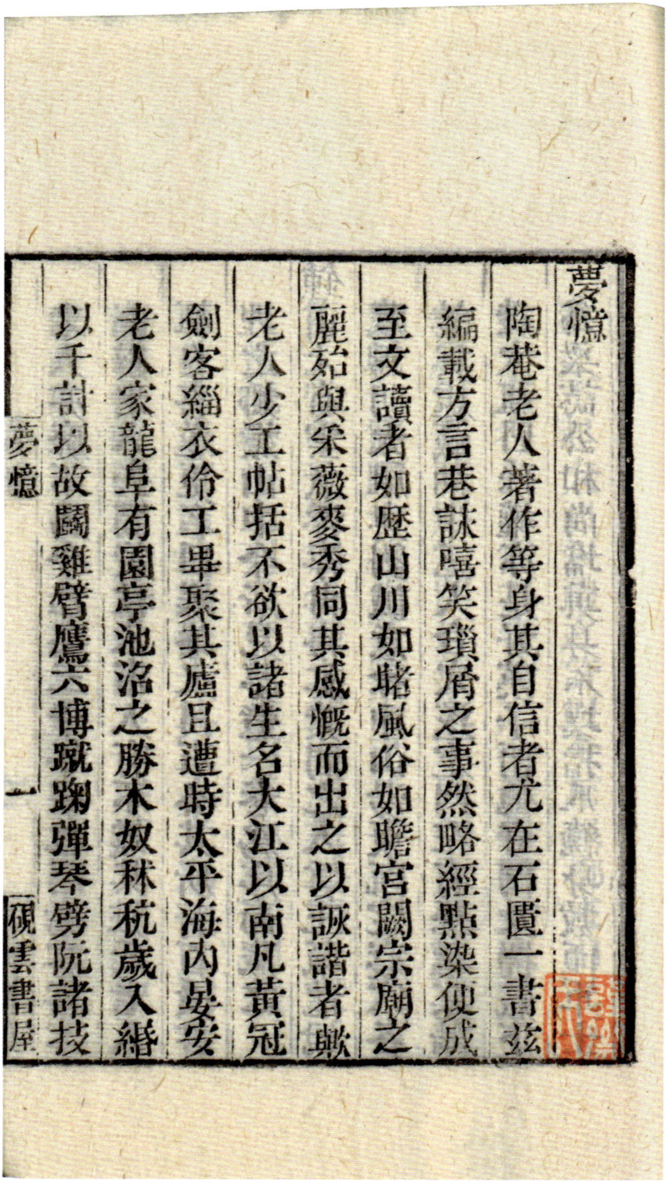

夢憶

陶菴老人著作等身其自信者尤在石匱一書茲編載方言巷詠嘻笑瑣屑之事然略經點染便成至文讀者如歷山川如睹風俗如瞻宮闕宗廟之麗殆與采薇麥秀同其感慨而出之以誠諧者歟老人少工帖括不欲以諸生名大江以南凡黃冠劍客緇衣伶工畢聚其廬且遭時太平海內晏安老人家龍阜有園亭池沼之勝木奴秫秔歲入緡以千計以故鬬雞臂鷹六博蹴踘彈琴劈阮諸技

夢憶 一 硯雲書屋

天一閣博物館藏道光二十年蔡氏紫梨花館重刻《硯雲甲編》本《夢憶》

陶菴夢憶卷一

山陰　張岱　宗子撰

鍾山

鍾山上有雲氣浮浮冉冉紅紫間之人言王氣龍蜕藏焉高皇帝與劉誠意徐中山湯東甌定寢穴各誌其處藏袖中三人合穴遂定門左有孫權墓請徙太祖曰孫權亦是好漢子留他守門及開藏下爲梁誌公和尚塔眞身不壞指爪繞身數匝軍士畚之不起太祖親禮之許以金棺銀槨莊田三百六十奉香火舁靈谷寺塔之

浙江圖書館藏咸豐二年南海伍氏《粵雅堂叢書》本《陶菴夢憶》

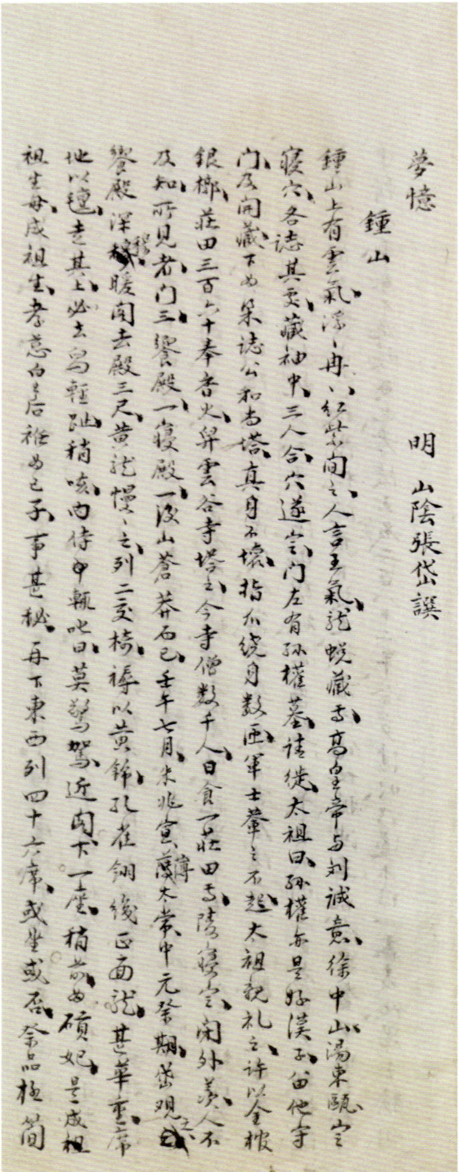
夢憶

鍾山

明 山陰張岱譔

鍾山上有雲氣浮浮冉冉紅紫間之人言王氣龍蛻藏焉高皇帝與劉誠意徐中山湯東甌定寢穴各誌其處藏袖中三人合穴遂定門左有孫權墓請徙太祖曰孫權亦是好漢子留他守門及開藏下為寶誌公和尚塔真身不壞指爪繞身數匝軍士舉之不起太祖親禮之許以金棺銀槨莊田三百六十奉香火舁靈谷寺塔之今寺僧數千人日食一莊田焉陵寢定閟外人不及知所見者門三饗殿一寢殿一後山蒼莽而已壬午七月朱兆宣簿太常中元祭期岱觀之饗殿深穆暖閣去殿三尺黃龍幔幔之列二交椅褥以黃錦孔雀翎織正面龍甚華重席地以氈走其上必去舄輕趾稍咳內侍輒叱曰莫驚駕近閣下一座稍前為碽妃是成祖生母成祖生孝慈皇后妣為己子事甚祕再下東西列四十六席或坐或否祭品極簡

河南省圖書館藏清抄本《夢憶》

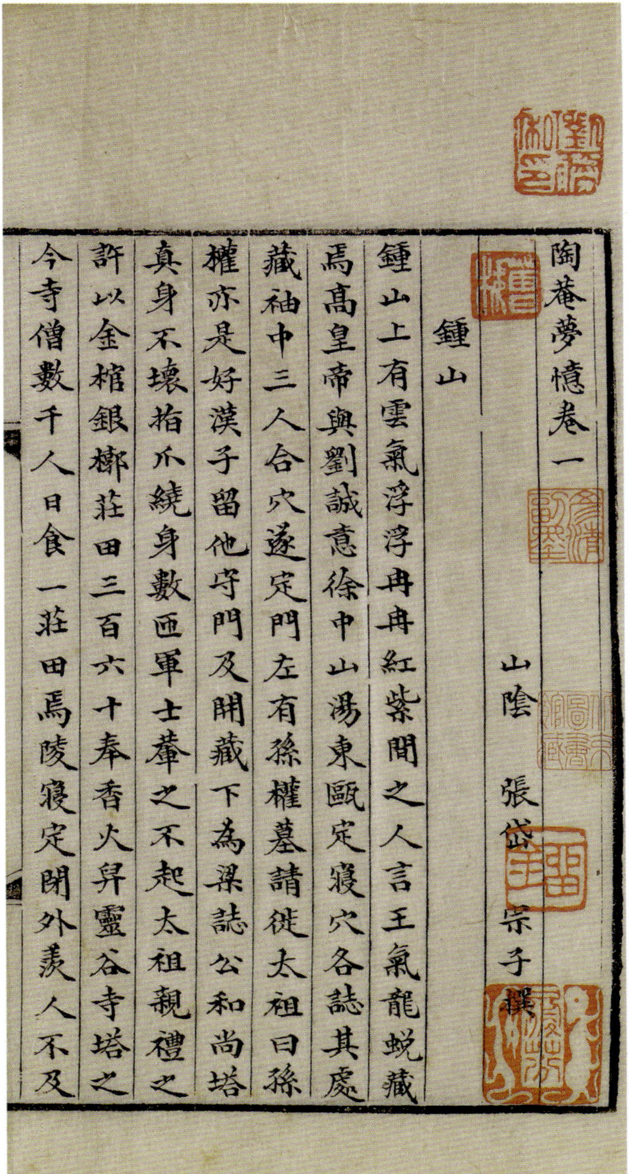

陶菴夢憶卷一

山陰　張岱宗子撰

鍾山

鍾山上有雲氣浮浮冉冉紅紫間之人言王氣龍蜕藏焉高皇帝與劉誠意徐中山湯東甌定寢穴各誌其處藏袖中三人合穴遂定門左有孫權墓請徙太祖曰孫權亦是好漢子留他守門及開藏下為梁誌公和尚塔真身不壞指爪繞身數匝軍士舁之不起太祖親禮之許以金棺銀槨莊田三百六十奉香火舁靈谷寺塔之今寺僧數千人日食一莊田焉陵寢定閉外羨人不及

國家圖書館藏同治十年劉履芬抄本《陶菴夢憶》

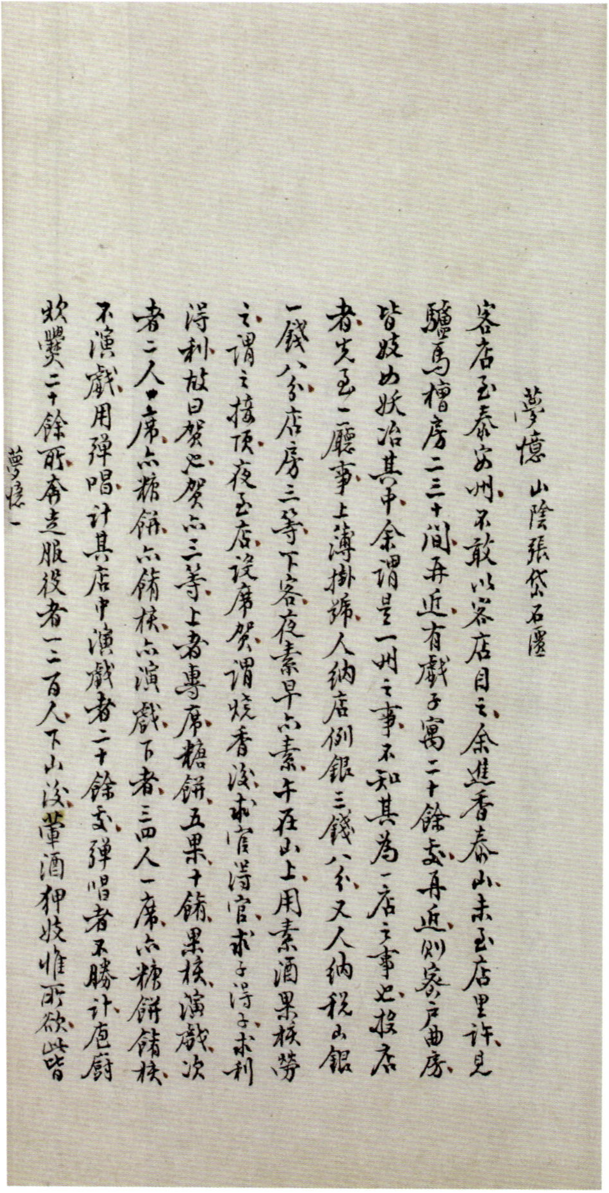

夢憶　山陰張岱石匱

客店至泰安州不敢以客店目之余進香泰山未至店里許見
驢馬槽房二三十間再近有戲子寓二十餘處再近則密戶曲房
皆妓女妖冶其中余謂是一州之事不知其為一店之事也投店
者先至一廳事上簿掛號人納店例銀三錢八分又人納稅山銀
一錢八分店房三等下客夜素早亦素午在山上用素酒果核勞
之謂之接頂夜至店設席賀謂燒香後求官得官求子得子求利
得利故曰賀也賀亦三等上者專席糖餅五果十餚果核演戲次
者二人一席亦糖餅亦餚核亦演戲下者三四人一席亦糖餅餚核
不演戲用彈唱計其店中演戲者二十餘處彈唱者不勝計庖廚
炊爨亦二十餘所奔走服役者一二百人下山後葷酒狎妓惟所欲皆

夢憶　一

天津圖書館藏管庭芬抄本《夢憶》（《待清書屋襍鈔續編》之一）

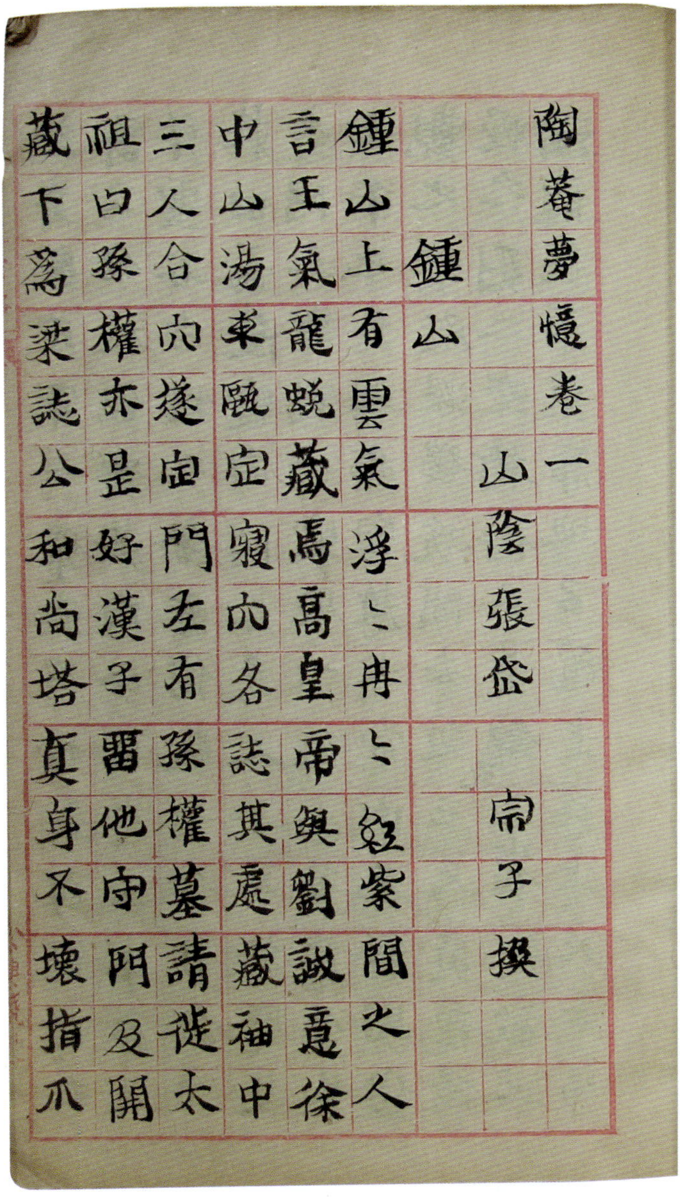
陶菴夢憶卷一

山陰張岱宗子撰

鍾山

鍾山上有雲氣浮浮冉冉紅紫間之人言王氣龍蜕藏焉高皇帝與劉誠意徐中山湯東甌定寢穴各誌其處藏袖中三人合穴遂定門左有孫權墓請徙太祖曰孫權亦是好漢子留他守門及開藏下爲梁誌公和尚塔真身不壞指爪

天一閣博物館藏清抄本《陶菴夢憶》

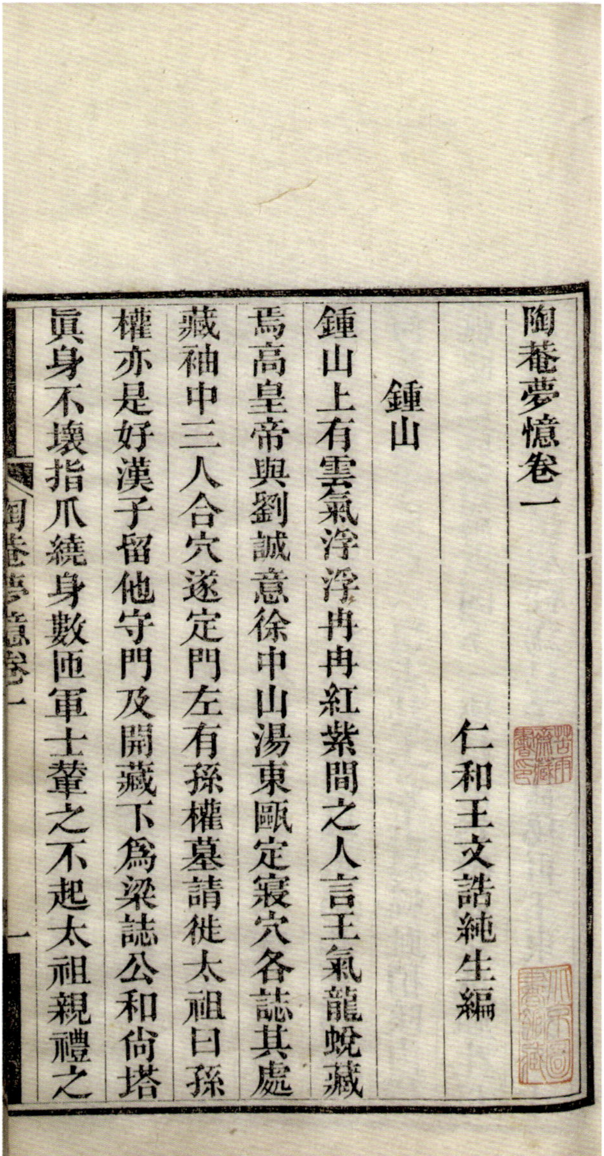
陶菴夢憶卷一

仁和王文誥純生編

鍾山

鍾山上有雲氣浮浮冉冉紅紫間之人言王氣龍蜕藏焉高皇帝與劉誠意徐中山湯東甌定寢穴各誌其處藏袖中三人合穴遂定門左有孫權墓請徙太祖曰孫權亦是好漢子留他守門及開藏下爲梁誌公和尚塔眞身不壞指爪繞身數匝軍士轝之不起太祖親禮之

國家圖書館藏同治十三年楊春森翻刻本《陶菴夢憶》

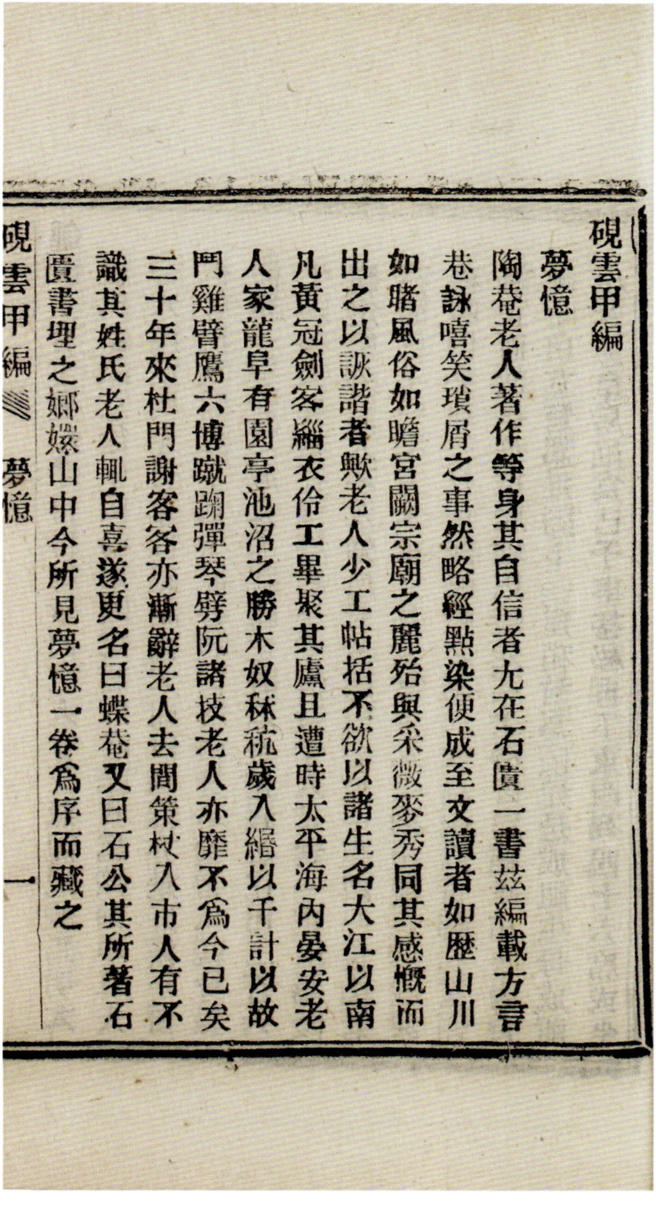
硯雲甲編

夢憶

陶菴老人著作等身其自信者尤在石匱一書玆編載方言巷詠嘻笑瑣屑之事然略經點染便成至文讀者如歷山川如睹風俗如瞻宮闕宗廟之麗殆與采薇麥秀同其感慨而出之以詼諧者歟老人少工帖括不欲以諸生名大江以南凡黃冠劍客緇衣伶工畢聚其廬且遭時太平海內晏安老人家龍阜有園亭池沼之勝木奴秫秔歲入緡以千計以故門雞臂鷹六博蹴踘彈琴劈阮諸技老人亦靡不爲今已矣三十年來杜門謝客客亦漸辭老人去間策杖入市人有不識其姓氏老人輒自喜遂更名曰蝶菴又曰石公其所著石匱書埋之瑯嬛山中今所見夢憶一卷爲序而藏之

浙江圖書館藏光緒申報館鉛印《硯雲甲編》本《夢憶》

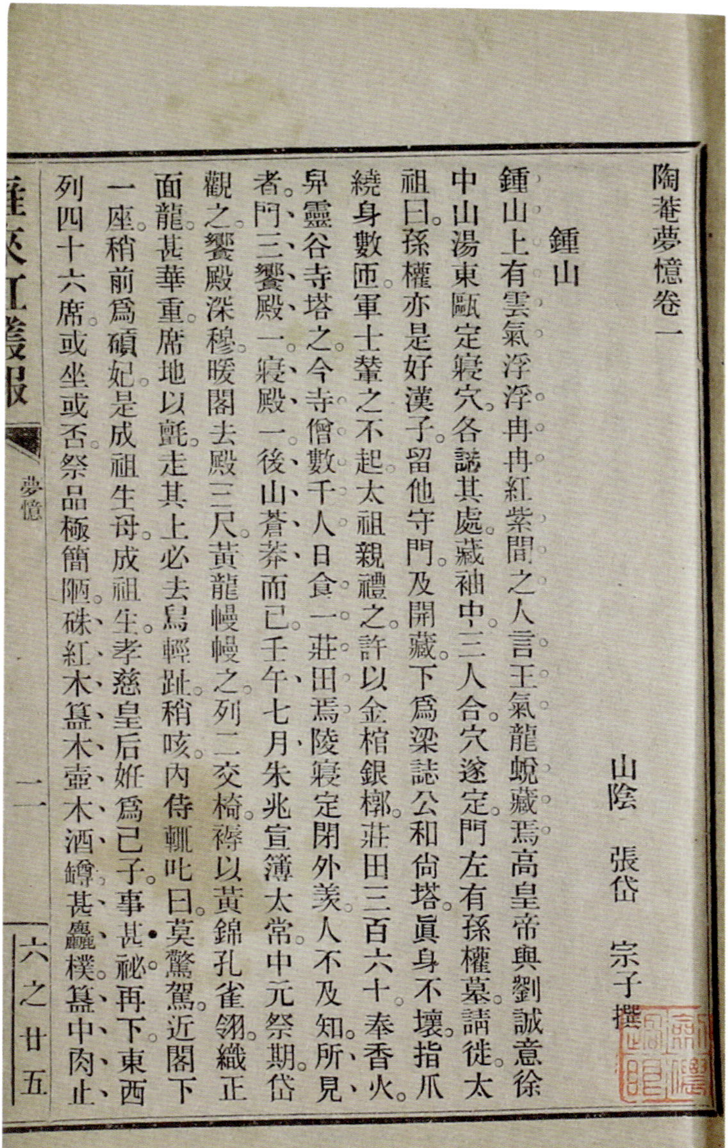

陶菴夢憶卷一

山陰　張岱　宗子撰

鍾山

鍾山上有雲氣浮浮冉冉紅紫間之人言王氣龍蜿藏焉高皇帝與劉誠意徐中山湯東甌定寢穴各誌其處藏袖中三人合穴遂定門左有孫權墓請徙太祖曰孫權亦是好漢子留他守門及開藏下為梁誌公和尚塔眞身不壞指爪繞身數匝軍士輦之不起太祖親禮之許以金棺銀槨莊田三百六十奉香火舁靈谷寺塔之今寺僧數千人日食一莊田焉陵寢定閉外羨人不及知所見者門三、饗殿一、寢殿一、後山蒼莽而已壬午七月朱兆宣簿太常中元祭期岱觀之饗殿深穆暖閣去殿三尺黃龍幔幔之列二交椅褥以黃錦孔雀翎織正面龍甚華重席地以氈走其上必去舄輕趾稍咳內侍輒叱曰莫驚駕近閣下一座稍前為碽妃是成祖生母成祖生孝慈皇后妣為己子事甚祕再下東西列四十六席或坐或否祭品極簡陋朱紅木簋木壺木酒罇甚麤樸簋中肉止

雁來紅叢報　夢憶　二　六之廿五

浙江圖書館藏《雁來紅叢報》本《陶菴夢憶》

羣書斠識　　　　香雪崦叢書丙集

汝南常庸侶霞纂

序

陶菴夢憶山陰張岱纂　金忠淯乾隆乙未刻硯雲甲編本　王文誥乾隆甲寅刻本未見　粵雅堂叢書本

序　此不知何人作瑯嬛文集一卷有自序應補入所見夢憶一卷　硯雲本亦止一卷粵雅本分八卷然亦非足本以金本斠之卷一闕一條卷八闕三條

卷一

山陰張岱宗子撰　按張氏譜岱字宗子亦作宗之號陶菴又號長公一號石公文恭公元忭曾孫雨菴副使汝霖孫廪膳生應天國子監生魯王監國時官錦衣衛指揮掌衛事晉左軍都督府都督同知丙戌後更名蜨叜康熙己巳卒年九十三

按清異錄李愚嘗曰吾夙夜在公不得爛游華胥國欲搆一

浙江圖書館藏光緒刻《香雪崦叢書》本《羣書斠識》

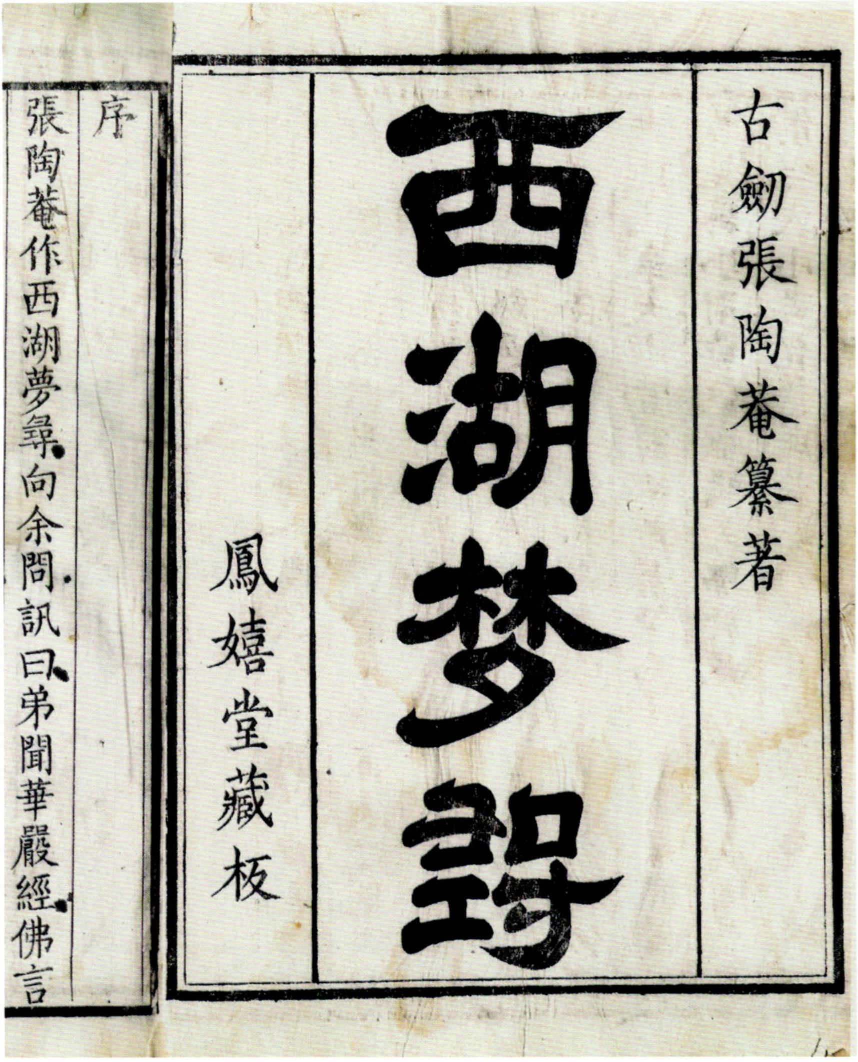

顧諍先生藏康熙刻本《西湖夢尋》

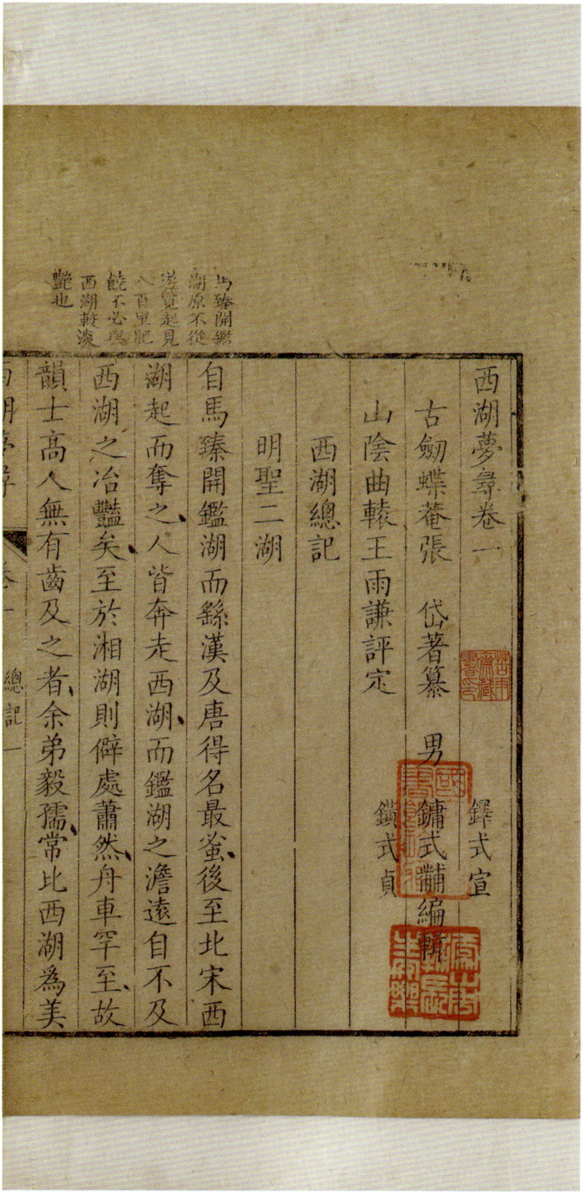
西湖夢尋卷一
古劍蝶菴張　岱著纂　男　鐸式宣　鏞式黼編輯　鎮式貞
山陰曲轅王雨謙評定
西湖總記
明聖二湖
馬臻開鑑湖原不從遊覽起見八百里肥饒不必與西湖較淡艷也
自馬臻開鑑湖而繇漢及唐得名最蚤後至北宋西湖起而奪之人皆奔走西湖而鑑湖之澹遠自不及西湖之冶豔矣至於湘湖則僻處蕭然舟車罕至故韻士高人無有齒及之者余弟毅孺常比西湖為美
西湖夢尋　卷一　總記　一

國家圖書館藏康熙刻本《西湖夢尋》

西湖夢尋卷一

古劍蝶庵張　岱著纂

西湖總記

明聖二湖

自馬臻開鑑湖而繇漢及唐得名最蚤後至北宋西湖起而奪之人皆奔走西湖而鑑湖之澹遠自不及西湖之冶豔矣至於湘湖則僻處蕭然舟車罕至故韻士高人無有齒及之者余弟毅孺常比西湖爲美人湘湖爲隱士鑑湖爲神仙余不謂然余以湘湖爲處子眡娗羞澀猶及見其未嫁之時而鑑湖爲名門

浙江圖書館藏光緒九年錢塘丁氏刻《西湖夢尋》

陶庵夢憶

整理前言

一

《陶菴夢憶》是張岱最負盛名的著作，其個人寫作風格也最爲濃郁。若僅有此書而無他作，張岱猶不失爲張岱，若無此書而有他作，張岱便不足爲張岱。大多數讀者也是因甚愛此書，才及於張岱其他著作的。將數十年間民風世情，奇人異事，種種瑣碎，以攝魂取魄之筆，勾描紙上，歷歷如繪，奇情壯采，使人神王，以我見識所及，非但獨步當時，恐怕後世也難有齊肩者。此書佳勝超卓之處，前人多有述及，此處不再覼縷，僅論其創作、流傳及版本諸端。

二

《陶菴夢憶》傳世本大體可分爲簡本、繁本兩個系統，簡本四十三篇，除新發現的中國科學院國家科學圖書館（下簡稱中科院圖書館）藏抄本外，皆無篇名；繁本一百二十三篇，有篇名；有四篇半僅見簡本。至於爲何形成如此差異，前人似未曾注意及此，然此點和張岱創作此書過程密切相關，不容忽視。故依據相關材料，以張岱著作爲主，略作考辨。

張岱六十九歲（一説七十四歲）作《自爲墓志銘》（光緒刻本《瑯嬛文集》卷五），云：

好著書，其所成者，有《石匱書》、《張氏家譜》、《義烈傳》、《瑯嬛文集》、《明易》、《大易用》、《史闕》、《四書遇》、《夢憶》、《説鈴》、《昌谷解》、《快園道古》、《傒囊十集》、《西湖夢尋》、《一卷冰雪文》行世。

又光緒刻本《瑯嬛文集》卷一《夢憶序》：

陶菴國破家亡，無所歸止，披髮入山，駴駴爲野人。故舊見之，如毒藥猛獸，愕窒不敢與接。作《自輓詩》，每欲引決。因《石匱書》未成，尚視息人世。然瓶粟屢罄，不能舉火，始知首陽二老直頭餓死，『不食周粟』，還是後人粧點語也。

饑餓之餘，好弄筆墨，因思昔人生長王、謝，頗事豪華，今日罹此果報：以笠報顱，以蕢報踵，仇簪履也；以衲報裘，以苧報絺，仇輕煖也；以藿報肉，以糲報粻，仇甘旨也；以薦報牀，以石報枕，仇温柔也；以繩報樞，以甕報牖，仇爽塏也；以煙報目，以糞報鼻，仇香豔也；以途報足，以囊報肩，仇輿從也。種種罪案，從種種果報中見之。

雞鳴枕上，夜氣方回，因想余生平，繁華靡麗，過眼皆空，五十年來，總成一夢。今當黍熟黄粱，車旅蟻穴，當作如何消受？遥思往事，憶即書之，持向佛前，一一懺悔。不次歲月，異年譜也；不分門類，别志林也。偶拈一則，如游舊徑，如見故人，城郭人民，翻用自喜，真所謂痴人前不得説夢矣。

可注意的有兩點，一是《陶菴夢憶》本名『夢憶』，『陶菴』二字爲後人所添。一是《夢憶序》稱『五十年來，總成一夢』，『五十』當是張岱作序的年齡，不過可能是約數。張岱參與過浙東的魯王朱以海政權，魯王自紹興逃走是順治三年（一六四六）五月底，張岱因出仕魯王而遭受通緝，隨之離開紹興城，先是避居紹興西北越王峥僧寺，有《避兵越王峥留謝遠明上人》一詩記其事，後被人發現蹤跡，不得已，遂又逃離越王峥，八月至嵊縣西白山，見《和貧士》小序。隨後幾年一直在紹興附近山區輾轉逃亡。《諱日告文》載其流散慘景：

乃至今日舉家逃竄，五弟攜家入閩，九弟、四弟婦入山避兵火，亦攜家去。兒家口星散，兒婦依幼女住項里，諸妾住剡。兒鉽在途奔走，兒鑣在贅，兒釪、兒鋮煢煢無依，住無定所。兒曉冒風露，夜乘月光，扶杖躡芒，走長林豐草間，或踰峻嶺，或走深坑，猿崖虎穴之中有所棲泊，亦不出三日，輒徙其處。幸有高僧義士推食食之，不至飢餓。然皮肉俱削，背露其脊，股出其髀，黧黑如深山野老，知交見之多有不相識者矣。

《夢憶序》云『饑餓之餘，好弄筆墨』，則張岱《夢憶》當作於逃亡時期。張岱是困頓乃至顛沛流離而不忘著書的，《避兵越王峥留謝遠明上人》：『山窗静且閒，因得專著述。再訂石匱書，留此龍門筆。』張岱下筆敏捷，除了修訂《石匱書》之外，以其餘力撰成《夢憶》當非難事。《夢憶序》又云：『遥思往事，憶即書之，持向佛前，一一懺悔。』則《夢憶》中部分篇章似即撰寫於避難之寺廟，或即越王峥，也未可知。簡本第一篇云：『孝陵玉食二百八十二年，今歲清明，乃遂不得一盂麥飯，思之猿咽。』孝陵即明太祖陵寢，位於南京東郊紫金山麓。考順治二年（一六四五）五月，弘光帝出奔，文武百僚納南京城降清，本年清明尚在其前，孝陵該年清明日仍得受祭，則『今歲』指順治三年（一六四六）。逆數二百八十二年，當元至正二十四年（一三六四），此年朱元璋稱吴王。又簡本第二十三篇云：『但由今思之，四方兵燹，寸寸割裂，錢塘衣帶水，猶不敢輕渡，則向之傳食四方，不可不謂之福德也。』中科院圖書館藏抄本《夢憶》『冰花』一篇云：『今兹流寇猖獗，中原鼎沸，然則妖孽禎祥，又豈一朝一夕之故哉？』所描寫的皆是順治初年情景。此三篇可證張岱脱離魯王政權逃難時即開始創作《夢憶》。簡本第八篇云：『乙酉，方兵畫江而守，雖魚艬菱舠，收拾畧盡。塆壠數十里而遥，子孫數人挑魚肉楮錢，徒步往返之，婦女不得出城者三歲矣。』張岱作此文時已在乙酉後三年，則書也非成於一時一地，大概序寫成後又有增補，才形成繁簡兩個不同的版本。簡本是初稿，繁本是增訂稿，兩稿之間似間隔頗長，因而簡本的稿本得以有傳抄本流傳於世。

三

此書的稿本，《續修四庫全書總目提要》子部小説類著録有『陶菴老人手勒本』《夢憶》，其提要爲羅繼祖（一九一三—二〇〇二）所撰，言：『刊本本甚夥，特此爲其手親勒訂本，校之世傳刊印録寫諸本，皆爲珍貴難得。本中丹鉛爛然，有圈者，有點者，有夾點者，有直勒者，亦有乙改者。』《續修四庫全書總目提要》是二十世紀二十至四十年代由日本『東方文化事業委員會』組織當時在北平的中國學者編寫而成。據提要描述，所著録的本子似爲張岱稿本。具體情形如何，須尋到此本方能知曉。此本出現於民國時期，去今未遠，或可訪得。《續修四庫全書總目提要》稿本及相關檔案資料今藏於中科院圖書館，或此『陶菴老人手勒』本《夢憶》也在此館？費盡周折，我終在中科院圖書館覓得一本，乃大喜過望，所藏即《續修四庫全書總目提要》所著録者，然並非稿本。

此本僅一册，楷書抄寫，字體娟秀。書中夾有簽條：『《夢憶》一卷，一函一册。明張岱撰。抄本。此即有名之《陶菴夢憶》。前有小序，未署作者名氏。謂書分二卷，而此本只一卷，或爲節録歟？當檢刊本對比之。後附《浙江通志·文苑傳·張岱小傳》，當爲抄者所附。』此題識當是圖書館館員所爲。

該抄本卷首有佚名《夢憶小序》，即『陶菴老人著作等身，其自信者，尤在《石匱》一書』云云。序稱張岱爲『陶菴老人』，且言張岱『三十年來杜門謝客』，作序者似爲同鄉後輩，且作序時間甚晚，已在張岱暮年。序甚簡短，并云『所見《夢憶》兩卷，爲序而藏之』，當是抄本流傳過程中收藏者所作。又『兩卷』，他本皆作『一卷』，考張岱《石匱書》卷三十七著録有『《夢憶》二卷』，其下并著録有『《快園道古》十二卷』，『《夢憶》二卷』當即此本。然此抄本實不分卷，不知何故。

正文書名『夢憶』下注云『陶菴老人手勒』，共四十三篇，次序同於《硯雲》本，可知此本和《硯雲》本同出一源。唯不同於《硯雲》本者，此本每篇之後俱綴以題目，和通行八卷本篇題也多有差異。如首篇通行八卷本題作『鍾山』，而此作『孝陵』，著名的《湖心亭看雪》，此作《湖心亭雪》。正文有朱筆圈點，明顯誤字也以朱筆改正。卷末附有《浙江通志·文苑傳》中的張岱小傳，核其文字，當是嵇曾筠（一六七〇—一七三八）修雍正《浙江通志》。

此本凡鈐六印，卷首小序鈐有『硯雲藏書』、『從吾所好』、『子孫保之』三印，正文首頁鈐『中國科學院圖書館藏』、『東方文化事業總委員會所藏圖書印』（陽文）二印，卷末《浙江通志·文苑傳》頁鈐『東方文化事業總委員會所藏圖書印』（陰文）一印。其中『硯雲藏書』當是乾隆時金忠淳之印，『從吾所好』、『子孫保之』兩印印主不明。『硯雲藏書』印可證此本原經金忠淳收藏，當是《硯雲》本的底本。此本『玄』、『弘』字皆缺末筆，當抄於乾隆時，而張岱卒於康熙時，則此本絶非稿本，當是稿本的傳抄本，羅繼祖鑒定有誤。

此本雖非原稿本，却有重要價值，是現存諸抄本中唯一在刻本之前的抄本，最能反映張岱稿本的原貌。它不但保留了部分篇目的原始篇題，也保留了刻本因政治避忌而删改的文字，如『弘光』、『韃女』、『胡人』、『胡騎』、『胡兒胡女』、『恢復中原』等敏感詞語，在此本中皆得以保留。又如《牛首打獵》『看劇於獻花巖，宿於祖堂』，『祖堂』通行各本俱誤作『祖塋』，而唯獨此本不誤。

之後出現的版本便是金忠淳硯雲書屋乾隆四十年乙未（一七七五）刻《硯雲甲編》本。金忠淳因原籍安徽甌山，故其《夢憶》刻本，平步青稱爲『甌山金氏』本。金忠淳是清代狀元金德瑛之子，仁和人。金氏後人金兆蕃纂《金氏如心堂譜》有小傳：

忠淳，德瑛五子，小名恩元，字古還，號完璞，又號硯雲，行十七。監生，候選布政司經歷，敕授儒林郎，敕贈修職郎，象山縣訓導。著有《古泉考》，輯刻《硯雲》甲乙編。雍正十一年癸丑四月二十六日子時生，嘉慶二年丁巳五月二十四日申時没，年六十五。

浙江圖書館藏《清代杭人小傳》續集第一册也有金氏小傳：

金忠淳，字古還，號硯雲，仁和監生。古還癖嗜古錢，積生平四十餘年之力，就其所藏，上自刀布，下終吴、耿，分其品，敘其世，摹其形，釐爲四卷，曰正用品，曰僞品，曰不知年代品，曰外國品，総名之曰《古錢攷》。

《古泉考》當即《古錢攷》，今北京大學圖書館藏有經摺裝拓本《古錢考》二函八册，前有阮元及金忠淳自序，自序末署『旹乾隆四十七年嘉平穀旦，硯雲主人書於蝶圃之半可樓』。自序當是金氏手跡，經比對筆跡，與中科院圖書館藏抄本顯然非出一人之手，後者當非金氏所抄録。除此之外，金氏事跡可說的便屬《硯雲》叢書的編訂了。

《硯雲》分甲乙編，是部小型叢書，《夢憶》屬於甲編。《硯雲》本《夢憶》和中科院圖書館藏本相比，删去了文末標題，删改了違礙字句，卷首保留了佚名小序，卷末增加了金忠淳兩段跋語。金氏跋稱『此帙爲舅兄學林胡氏藏本』，據《金氏如心堂譜》，金德瑛正室汪氏，側室馬氏，金忠淳正妻胡氏，側室祝氏、薛氏、葉氏，則此處舅兄當指妻子之兄。『學林胡氏』即胡燮，字汝調，號學林，浙江秀水人，官刑部司獄，著有《學林吟稿》，今已不存。生平略見《兩浙輶軒録》卷三十六。《金氏如心堂譜》又載，金忠淳岳父之父爲雲南鹽井提舉胡潢，岳父爲嘉興府學附生、孝廉方正胡樹枏，當即胡燮之父及祖父。又據《兩浙輶軒録》卷二十四載，胡樹枏字藹谷，號恬巖。據錢泰吉《甘泉鄉人稿》卷十二《文端公所藏玉枕蘭亭拓本跋》第二則云『此卷爲胡學林翁之子菊圃丈所裝』，菊圃丈即胡重，字子健，號菊圃，工詩詞，精於校讐之學。藏書處名『書隱閣』。曾自稱：『吾家自高王父中憲公至先刑部公，四世聚書數萬卷。』（《文獻家通考》『胡重』條引章鈺《讀書敏求記校證》胡重跋）中科院圖書館所藏抄本或即胡家所藏原本。

《硯雲》後代翻刻頗多，有道光二十年（一八四〇）蔡氏紫梨華館本、咸豐元年（一八五一）繡州金氏重訂本、光緒《申報館叢書》鉛印本，前兩種版本尚忠實原版本，文字差異極少，《申報館叢書》鉛印本則頗多誤植，且有整行脱漏者。

南京圖書館藏有抄本《夢憶》一種，和顧公燮《硯餘隨筆》合抄。此本分卷上、卷下，行草抄寫，無篇題，所收篇目也同於《硯雲》本，但次序稍有不同：卷下首篇以下『姚簡叔』、『南京柳麻子』、『揚州人』、『竹與漆』諸篇，《硯雲》本次序爲『揚州人』、『竹與漆』、『姚簡叔』、『南京柳麻子』。卷首有佚名小序及金忠淳跋，同於《硯雲》本。小序末作『所見《夢憶》一卷，爲序而藏之』，而此本實分兩卷，不可解。通校兩本文字，略有差異。此抄本避『絃』、『泓』、『曆』，不避『淳』、『寧』等字，則此本抄寫於乾嘉時期。此抄本和《硯雲》本頗有淵源可無疑問，但孰先孰後，次序爲何同《硯雲》本又略有差異，俟考。

乾隆五十九年甲寅（一七九四），王文誥八卷本刊刻行世，此本是所有繁本的祖本。王文誥是《夢憶》流傳過程中不可忽視的人物。其所著《韻山堂詩集》光緒刻本前有王氏小傳：

> 王文誥，字純生，號見大，仁和人。少負逸才，不染於俗，工詩畫，好游覽。嘗獨游皋亭諸山，探梅至太平廢寺，愛其二松奇古，因易盦名，并以二松居士自署焉。鶴山龍泉，精藍琳宇，所至有詩，具爲援攷故事，訂正舊聞。興至則鼓素琴，寫寒花數幅，投贈而去。後游嶺南，以詩畫著名於公卿閒。老而始歸，卜築於皮市，浚池累山，廣植花竹，署曰南園，爲菟裘之計。不數年而卒。生平倔彊自喜，目無餘子，詩亦如之。畫臻逸品，能爲尋丈大幅，亦兀傲有奇氣。所注東坡極詳確，足補查、馮兩家所未及者。所作古今體詩，初名《二松庵游草》，其稿失去，繼乃自編游粵時作七卷梓行之，曰《韻山堂詩集》。

王文誥乾隆刻本分八卷，題名作『陶菴夢憶』，牌記題『乾隆甲寅年雕版』，目録置於各卷前。各卷端不題張岱名氏，僅題『仁和王文誥純生編』，各篇後綴以王氏評語，題曰『純生氏曰』。卷前録金氏刻本佚名序，後附王氏識語，敘此書編刻本末：『此本余從王竹坡、姚春漪得之，輾轉鈔襲，多有脱譌。置篋中且十年矣，歲辛亥游嶺南，暇時繙閲，粗爲點定，或評數語於後，意之所至，無容心也。客過寓見者請公同好，遂以付梓。』道光元年（一八二一），王氏重刻此書，有序道其事更詳：『余因中表兄姚春漪得此書於鐵綫巷竹坡王氏。竹坡以顔柳名世，與天官大夫、拙老人争長，而奉此書爲枕中閟，雖家人不得見之。及余往，慨然出以爲託，且曰：「吾與宗子若同居起食飲言笑者五十載，今老矣，顧此書非得人不傳，乞子一發明之，用畢吾願。」余謹受以歸，許以得當爲報。其後較刻於嶺海，事在乾隆甲寅之紀。』『竹坡名堂，春漪名思勤，皆武林人也。』

王文誥所得爲抄本，其祖本當是張岱家傳稿本。王文誥刊刻時頗動了些手脚，除了改易書名、釐别卷次、增添評語外，其他如次序調整，改易篇名，是否是王氏所爲，因王氏所據底本失傳，尚難以確定。不過王氏所爲多是編輯層面的處理，對於本書没有實質性損害，且更便於閲讀，今人能讀到繁本的《夢憶》，王氏功勞是不能忘記的。

此外，值得注意的是，王文誥刻八卷本《陶菴夢憶》時删棄了《硯雲》本四篇半文字，而細讀此四篇半，非回憶參與魯王政權舊事，大觸時忌，即記草獸災異，語涉怪誕妖妄者。至於删棄者是張岱本人，還是王文誥，因未發現王文誥所依據的底本，尚難以斷定。不過，據王氏卷首識語：『《陶菴夢憶序》，見甌山金氏本，刻入《硯雲甲編》。書僅一卷，十失六七。』他見到并利用過《硯雲》本，則可確認無疑。

王文誥乾隆刻本流傳甚少，僅國家圖書館、北京大學圖書館、中山大學圖書館有藏，《續修四庫全書》已據國家圖書館藏本影印出版。

同治十三年（一八七四），楊春森翻刻王文誥乾隆本，僅增添曾傳均序，改正若干錯字，餘則一仍其舊。此本末頁有『桂林賀廣文刷印』題記，則此本當刻於廣西桂林。此本流傳更少，僅知國家圖書館、重慶圖書館有藏。魯迅於一九一三年二月八日日記云：『又《陶庵夢憶》一部四册，一元。此爲王文誥所編，刻於桂林，雖單行本，然疑與《粤雅堂叢書》本同也。』魯迅所得應即楊春森翻刻本。國家圖書館所藏楊春森翻刻本爲周作人故物，鈐有『苦雨齋藏書印』，或即魯迅所購轉贈其弟者。

王文誥刻好此版後，王堂、姚思勤不久去世，王文誥頗爲感傷，不願睹物思人，就不再留意此書，連雕版也失掉了。一直到三十年後告老還鄉，王文誥遇到揚州的江藩，并示以所得到的王氏刻本，感觸於懷，這才促使王文誥重刻此書，是爲道光二年（一八二二）王文誥重刻本。

王文誥重刻本爲巾箱本，恢復了『夢憶』的本名，每卷端題『山陰張岱譔』，依舊八卷，分卷與乾隆初刻本大體相同，唯『齊景公墓花罇』一篇自第六卷末移入第七卷末，并删去了乾隆初刻本的批語。由於乾隆初刻本刻於嶺南，當時王文誥正在宦游，漂泊不定，故乾隆初刻本有一不足，就是校刻不精，錯字較多。道光重刻本刻於王文誥歸鄉之後，生活較爲安定，在校讎上比較用心，故此版本的文字質量較高，改正了不少錯誤。如《懸杪亭》『度索尋橦』，他本『橦』皆誤作『樟』，唯有此本及沿襲此本的河南圖書館藏抄本不誤。由於道光時文網漸疏，此本也恢復了一些犯忌的文字。如《寧了》一篇：『「寧了」疑即「秦吉了」，蜀叙州出，能人言。一日夷人買去，驚死，其靈異酷似之。』道光本『買去』下有『秦吉了曰：「我漢禽，不入夷地。」遂』等語，而張岱自著《夜航船》引此事，即有此數語。此當是王文誥乾隆時爲避文禍，有意刊落。從此篇也可證，王氏重刻時所依據的當非初刻本，而是私藏的抄本，至於是王堂所藏原本，還是王文誥過録重編本，就不得而知了。

王文誥重刻道光本雖是現存最佳的版本，但傳世極罕，故而後世無翻刻，也無法得到有效利用。國家圖書館藏有一部，乃周作人原藏本，本爲海寧鄒存淦藏本。原本八卷齊全，咸豐年間鄒存淦因爲躲避戰亂，失去一册七、八兩卷，後來據《粤雅堂叢書》本抄寫補足。道光重刻本和乾隆初刻本篇目次序微有差異，鄒存淦於《齊景公墓花罇》後有識語：『此條《粤雅堂叢書》本載第六卷末，而王本無之，特補録於後。鄒存淦附識。』實則王氏道光本已將該篇移入第七卷。黄裳藏有一本，爲完帙，見《來燕榭書跋》及《前塵夢影新録》。另英國倫敦大學也藏有一部完帙。書已改裝爲一册，覆以藍色硬質護封，書脊有燙金字『MUNG YIH』、『DREAMY RECOLLECTIONS』兩行，分别爲『夢憶』的音譯和意譯。内封有倫敦大學藏書印，别無他印。此本似是晚清時通過通商口岸貿易途徑流入英國。

又王佩諍《瓠盧雜綴》記一版本：

毛仰舒鈔本《陶菴夢憶》，書帙『夢憶』二字隸書，雙行注云：『明山陰張宗老著。咸豐癸丑四月，餘姚毛氏手鈔珍藏。吴縣葉道芬題。』仰舒自跋云：『右山陰張宗子岱《夢憶》一册，借鈔於海甯陳韻清孝廉恭溥，載其身所經歷游賞嬉笑瑣屑之事，各有標目，體與柳宗元《龍城録》、李翱《卓異記》相類。文筆爾雅勁峭，出入《莊》《史》，於世事興廢之由，尤感慨繫之，不僅作小説觀也。以卷帙繁重，分爲上下卷，闕「戊寅」以下五則，從《硯雲甲編》補入，原無標目，別列於後。……咸豐三年四月望，毛仰舒跋。』書尾有『咸豐三年四月餘姚毛仰舒録於清苑幕齋』一行。書爲武進王元常先生純所藏，民國初年元常以被栽誣入京獄，家人之寓蘇者鬻書以供饘粥，有以是書見示者，匆匆未及購儲，至今思之，頗爲之悔。東道主如能以是書景印行世，則有裨於世者將不尠矣。

毛仰舒抄本是否存世已不可問，我從河南省圖書館訪得一抄本，乃毛仰舒抄本之傳抄本。此抄本封面題『子謙珍秘』，子謙不知何許人。前有王文誥道光二年序，同於道光刻本。又有金忠淳跋，文字多脱落。首篇《鍾山》後除補足此篇繁本所缺半篇外，又補抄了《硯雲》系統獨有的四篇。末有識語：『以上「戊寅」五則，見《硯雲甲編》，補録於此。』卷末有毛仰舒跋，大體同於王佩諍所録，唯落款題作『餘姚毛仰舒伯醇跋』。可知毛仰舒字伯醇，浙江餘姚人。此抄本大體和王佩諍描述相合，惟不分卷相異。此抄本避『絃』、『弦』、『眩』、『泓』、『曆』、『寧』字，『醇』字不作『醕』，則此本似抄於咸豐時期。此本塗改鈎乙甚多，校以道光刻本，可明顯看出此本淵源於道光本，但也有一些因粗心而導致的新訛誤。跋中言『以卷帙繁重，分爲上下卷』，似乎所依據底本不分卷，至於毛氏是抄自道光原刻本，還是抄自刻本的傳抄本或底本，因相關版本缺失，尚難斷定。

咸豐年間，廣東南海（今廣州）巨富伍崇曜輯刻《粤雅堂叢書》，依據王文誥乾隆刻本，收録此書，題名依舊作『陶菴夢憶』，删去王文誥評語，各卷端題署改作『山陰張岱宗子撰』，各卷末有『譚瑩玉生覆校』。譚瑩（一八〇〇—一八七一），字兆仁，號玉生，伍崇曜同鄉。道光二十四年（一八四四）舉人。官化州訓導，升瓊州府學教授。譚瑩實是《粤雅堂叢書》操刀手，《陶菴夢憶》卷末所附伍崇曜跋也當是譚氏代筆。譚氏學養深厚，爲當時粤中知名學者。經其校讎的《陶菴夢憶》改正了不少原刻錯誤，可稱善本。但是譚氏没有見過道光重刻本，有些錯誤没有得到糾正，也不必苛責。

粤雅堂本《陶菴夢憶》挾叢書之勢，風行天下，成爲最通行的版本。後世絶大多數的版本來源於粤雅堂本。使《陶菴夢憶》由僻見書成爲常見書，粤雅堂本居功至偉。

粤雅堂本後的重要版本有劉履芬抄本（卷末有劉氏題識：『同治辛未六月，依《粤雅堂叢書》本抄，廿五日竟。王見大刻本舊有之，今不可得矣。江山劉履芬記。』）、天一閣博物館藏佚名抄本（據粤雅堂本抄録，字頗穉拙）、天津圖書館藏管庭芬摘録本（題『夢憶』，管氏《待清書屋雜鈔補編》之一）、《雁來紅叢報》本（卷首有黄摩西題識：『按此書刻于《硯雲甲編》，又刻於《粤雅堂叢書》中，《硯雲》係不全本，《粤雅》版亦燬，故付手民排印之。』）、《説庫》本（全編卷首《説庫提要》謂：『《陶庵夢憶》，明張岱撰。所記多方言巷詠、嬉笑瑣屑之事，點染所至，自成妙文。老人生值太平，性耽遊戲，故莊語少而諧語多。舊刻於《硯雲甲編》者不全，兹遵虞山黄氏鈔本補入六、七、八三卷，乃成全璧矣。』按黄氏即黄摩西，《説庫》本亦基本同《雁來紅叢報》本）、樸社本、《美化文學名著叢刊》本（世界書局出版）。基本沿用《説庫》本，惟原作八卷，此本不分卷，卷首有王文濡序：『《陶菴夢憶》單行本，予於老友黄摩西處得之。曾刻於吴門，魯魚亥豕，不可辨識，兹特重校一過。按是書雖屬小説，而於有明一代掌故，間有稱述，諷刺贊美，出以詼諧。遺民滄桑之感，時流露于字裏行間，行文亦曲折有致。學作紀事小文者，似可奉爲師法，不僅爲茶餘酒後之消遣品也。民國二十二年四月浴佛日，吴興王文濡書於海上蟄廬。』）、《中國文學珍本叢書》本（貝葉山房出版），以上版本皆承襲自粤雅堂本，僅個别文字有所改動，不再一一細述。

四

此外值得一提的是平步青的《羣書斠識》，這是研究《陶庵夢憶》及張岱不可或缺的書，却不曾爲前人所注意。今略作介紹，並對其價值加以推闡。

平步青（一八三二—一八九六），字景蓀，號棟山，别號棟山樵、霞偶、三壺佚史、常庸等，山陰（今浙江紹興）人。咸豐五年（一八五五）舉人，同治元年（一八六二）進士，選翰林院庶吉士，授編修，後任侍讀、江西糧道並署布政使等職。同治十一年（一八七二），平步青棄官歸里，時年四十一歲。此後二十三年他不問外事，主要從事著述，自謂『於羣書譌文敓字，援引乖舛，輒刺取他籍，栞誤糾謬，一書有斠至數年未已者』（平步青《棟山樵傳》）。手校羣書不下千卷，所作又以考辨疏證爲多。一生著述宏富，晚年自訂所著爲《香雪崦叢書》，尚有許多未曾刊行，身後遺留有大量手稿，今大部分歸於浙江圖書館和國家圖書館。

平步青長於校讎之學，而《羣書斠識》就是其校勘羣書的部分成果。《羣書斠識》存有稿本和刻本兩種版本，稿本藏於浙江圖書館，刻本則各館所藏多寡不一。因該書不分卷，有將此書當作叢書著録者，然而此書卷端下題『香雪崦叢書丙集』，似乎仍應作單種書爲妥。我所見爲浙江圖書館藏本，僅一册，收有《越中園亭記》、《陶菴夢憶》、《南雷文約》、《有明於越三不朽名賢圖贊》四書的考訂文字，摘句爲解。南京圖書館藏抄本《棟山所著書目》有『羣書斠識總目（香雪崦叢書丙集）』下有『夢憶』及『有明於越三不朽圖贊』兩條，下分注『辛未』及『丁丑』，辛未爲同治十年（一八七一），丁丑爲光緒三年（一八七七），當是撰稿時間。平氏《羣書斠識》不純是文字校勘，很多條目糾正或補充史實，類似於『校證』。

由於平步青博聞多識，且見到了今人没有見到的資料，使《羣書斠識》有了獨特的價值，比如此書就可以解決聚訟已久的張岱卒年問題。

張岱生年無異議，據其《瑯嬛文集》卷五《自爲墓誌銘》，『生於萬曆丁酉八月二十五日卯時』，萬曆丁酉即公元一五九七年。而卒年則頗多異説，有六十九（乾隆《紹興府志》、嘉慶《山陰縣志》）、七十餘（邵廷采《思復堂文集》）、八十八（温睿臨《南疆繹史》、徐承禮《小腆紀年補遺》）、九十三（商盤《越風》）諸説，後世研究者基本不出以上範圍。也有人提出新説者，如胡益民先生就提出八十四歲的説法。統觀研究者的各類説法及其判斷依據，大部分是在文獻中尋找蛛絲馬跡，猜測成分居多，故而至今對此問題，學者尚未達成一致意見。

天一閣藏沈復燦抄本《瑯嬛文集》，該集分體結集，而每體之下又大致按照年代先後排列。其詩集中有明確紀年可考者最晚爲七律最末一首《癸亥除夕》：『老景蹉跎逐日挨，桃符又换一年牌。文辭賈島無煩祭，窮神昌黎不算灾。志短懶添商陸火，囊羞應辦辟瘟杯。里中痰市無賒賬，反免他求避債臺。』癸亥即康熙二十二年（一六八三），此年張岱八十七歲。此詩作於癸亥最末一日，由於公曆和農曆不完全對應，這一日已經是公元一六八四年。以常理，張岱當卒於康熙二十三年之後，按照傳統計算壽辰的方法，張岱年壽至少八十八歲，從而以鐵證否定六十九、七十餘諸説，但張岱得年八十八抑或九十三依舊難以確定。

平氏校訂《陶菴夢憶》題下有小字注『山陰張岱纂。金忠淳乾隆乙未刻《硯雲甲編》本，王文誥乾隆甲寅刻本未見，《粤雅堂叢書》本』，是平氏所見《陶庵夢憶》爲《硯雲甲編》本和《粤雅堂叢書》本。平氏校訂此書以後者爲底本，以前者爲校本，故正文也依據《粤雅堂叢書》本分爲八卷。其卷一『山陰張岱宗子撰』下有有平氏識語『按《張氏譜》：岱字宗子，亦作宗之。號陶庵，又號長公，一號石公。文恭公元忭曾孫，雨庵副使汝霖孫。廩膳生，應天國子監生。魯王監國時官錦衣衛指揮掌衛事，晉左軍都督府同知。丙戌後更名蝶叟。康熙己巳卒，年九十三。』

此材料依據家譜的一般體例，當來自世系中的人物小傳。文字雖不多，信息量却很豐富。它首先提供了不少新信息，如張岱字宗子，世人皆知，一作宗之，則未曾前聞。張岱號『蝶庵』或『蝶叟』也廣爲人知，但不知始於何時。文中言『丙戌後更名蝶叟』，而丙戌即順治三年（一六四六），而此年清軍攻紹興，魯王宵遁，積極參與魯王政權的張岱也避禍逃入深山，取此號無疑有功業幻滅，又不肯作清朝順民的意味。另張岱的科名，以前只是知道他一生連舉人也没有中過，是一個『老秀才』。此材料則更爲精確，其一生所獲得的最高功名也僅是應天國子監生。魯王監國時張岱官錦衣衛指揮掌衛事，晉左軍都督府同知。任錦衣衛指揮在沈復燦抄本《瑯嬛文集》的《上魯王箋中》曾有提及，官至左軍都督府同知則是屬於對於張岱的新認識。

其中最重要的當然要算對張岱卒年的記載，『康熙己巳卒，年九十三』，康熙己巳年當康熙二十八年（一六八九），上距張岱生年一五九七年，按照古人一般虚歲紀年壽的傳統，正合九十三歲（九十二周歲）。

通常來説，古代傳記資料中許多門類並不必然記録生卒年，但行狀、墓誌銘則一般會記載，而家譜中入傳人物也多會記載生卒年月。在没有發現更可靠的張岱行狀、墓誌銘（張岱自撰墓誌銘是生前所撰，係遊戲文字，埋入墓穴中者未必即此）之前，此材料是可信據的。

平步青是親見《張氏家譜》，還是根據其他資料轉引的？平步青著有《文椒表初稾》，本是平步青爲所編總集《國朝文椒》而作，自晚明始，至平步青所處時代止，備記文人學者生卒年，間有詩文繫年。此書未刊稿本藏浙江圖書館，乃《香雪崦叢書》之一種。書中『萬曆二十五年丁酉』下有記事：『張岱生於八月二十五日。據《夢憶》壬子年十六推得之，譜作乙酉，則早十二年，『乙』蓋『丁』字之誤。』『康熙二十八年己巳』條下有『張岱卒。年九十三。譜不載月，云年八十有□。此據《越風》小傳。邵廷采《遺民傳》作七十餘，誤。』□原文爲空格，大概家譜原本缺失或者缺字待補。從以上兩條文獻可證，平步青確是看到《張氏家譜》的，不過其家譜原文當是『萬曆乙酉生，康熙己巳卒，年八十有□』。按萬曆乙酉（一五八五）下距康熙己巳共一百零四年，如此則張岱壽一百零五歲，乃不可能之事，也和張岱《自爲墓誌銘》和《夢憶·南鎮祈夢》『萬曆壬子，余年十六』矛盾。平步青推測『乙』字爲『丁』字形近有誤，是合理的。至於計年因何致誤，當是誤將『康熙己巳』當作『康熙乙巳（一六六五）』，則上距萬曆乙酉正八十年，而張岱是絶不可能卒於康熙乙巳的。

比照前人諸説，平步青是根據家譜，結合商盤《越風》，來考證張岱生卒年的，而其考證結果是合乎情理和邏輯的，也和張岱現存所有著作是不矛盾的。《越風》載張岱小傳：『張岱，字宗子，號陶菴，山陰人，諸生。陶菴世家子，豪放自喜，家畜梨園數部，日聚海内名士徵歌行酒，有文舉座上之風。晚歲，家日落，鬱鬱不自聊，年九十三卒。著有《西湖夢尋》、《快園道古》、本。至於是來自行狀、家傳等文獻材料，還是來自故老相傳，則不甚可考。

據上所引《自爲墓誌銘》，張岱撰有《張氏家譜》。平步青所引《張氏譜》述及張岱事蹟，則平氏所見家譜當非張岱自纂，而是其後代或者同族後人所重修者。重修時間則因平氏提供信息有限，尚難以確定。可惜的是，目前尚未發現平氏所據家譜原本，也不知其是否存世。

《羣書斠識》又考證了《陶菴夢憶》所涉人物尤其是張岱家族成員的字號、履歷、生卒甚至葬地等信息，如金忠淳跋『蓋其曾祖天復、祖元忭、父汝霖，卷中言先父相魯先王，以其曾任山東副考，或與藩邸有舊耳』一段文字，稱『按石公父名燿芳，字爾弢，號大滌，汝霖長子。天啟丁卯應天副榜貢生。官魯府右長史。崇禎辛未罷任。壬申十二月二十七日卒，年五十八。甌山殆未見《張氏譜》，故於石公家世脱誤。』可見，此書對於研究《陶菴夢憶》和張岱具有重要參考價值。

五

此次全面整理《陶菴夢憶》，以乾隆五十九年王文誥刻本（簡稱王甲本）爲底本。此本爲足本，且收録有王文誥評語，可備參考，雖文字劣於道光重刻本，但爲目前各通行版本的遠祖，以之爲底本，可收正本清源之效。以中科院圖書館藏乾隆抄本（簡稱科圖本）、道光二年王文誥重刻巾箱本（簡稱王乙本）、咸豐伍崇曜刻《粵雅堂叢書》本（簡稱粵雅堂本）、河南省圖書館藏毛仰舒抄本傳抄本（簡稱豫圖本）、乾隆四十年金忠淳刻《硯雲甲編》本（簡稱金氏本）、南京圖書館藏清抄本（簡稱南圖本）爲通校本，以同治十年劉履芬抄本、同治十三年楊春森翻刻本（簡稱楊刻本）、光緒五年鄒存淦補抄本、《雁來紅叢報》本（簡稱雁來紅本）、《説庫》本、樸社本、《美化文學名著叢刊》本（簡稱世界書局本）、《中國文學珍本叢書》本（簡稱貝葉山房本），以及《硯雲》系統之道光二十年蔡氏紫梨華館本、咸豐元年繡州金氏重訂本、光緒《申報館叢書》鉛印本（簡稱申報館本）爲參校本，并參考平步青及時賢如馬興榮、彌松頤、夏咸淳、欒保羣、婁如松等各家點校成果，以期給讀者提供一個最可信據的版本。因此書各版本多有稀見者，校勘力求全面細緻，反映各本特徵，故於底本及諸通校本之間，校勘有異必録，即它本誤者亦爲出校。部分異文爲八卷本與《硯雲》本兩種流傳系統間的差異，則分别以『八卷本』、『《硯雲》各本』出之。另須交代的是，豫圖本雖不分卷，然與道光本淵源頗深，故校記中之『八卷本』除另外標注外亦包括此本；南圖本雖分兩卷，且無『硯雲』字樣，因與《硯雲》諸本同一血脈，故校記中之『《硯雲》各本』亦包括此本；雁來紅本、《説庫》本、樸社本、世界書局本、貝葉山房本皆淵源於粵雅堂本，其異文如與粵雅堂本相同，則校記中不復列此諸本之目，以省篇幅。申報館本以後的版本校改多無版本依據，故對於其異文，僅擇要收入校勘記。避諱字處理，張岱避明諱如『海』作『澥』等，予以保留，以尊重作者；刻書時新增清朝諸帝之諱（包括平步青《羣書斠識》所避清諱)則徑加改正,不出校。

科圖本及《硯雲》諸本有四篇半不見於八卷本者,今據科圖本,將其半篇補入正文,其餘四篇列爲《補遺》。另兩個版本系統重合篇目標加＊號,以備參考。

至於附録做法,底本卷首有佚名序及王文誥識語,今仍置於書前。《夢憶序》見《瑯嬛文集》卷一,不知何故諸舊刻本皆失去,今移入書前。其餘序跋題識則入附録,爲『附録一』。平步青《羣書斠識》校《陶菴夢憶》全部收入,《文椒表初稾》則摘録有關張岱者收入,爲『附録二』。《羣書斠識》原文有大量墨釘,今作空白處理。

此次整理,我的合作者鄭凌峰南北舟車,比勘異文,不厭其煩,甚著勞績。此外,得浙江大學王依藝女史、浙江圖書館陳誼及中科院圖書館羅琳兩先生之助,我才得以看到道光巾箱本全帙和中科院圖書館所藏抄本。此書整理過程中,亦得到卿朝暉、南江濤、吴冕等人之助。諸位師友古道熱腸,尤感銘不已,特申謝忱。

路偉識於武林門裏,二〇一八年國際勞動節初稿,五月十九日二稿,九月十七日三稿,十月十日四稿

陶菴夢憶序〔一〕

陶菴老人著作等身，其自信者，尤在《石匱》一書。兹編載方言巷詠、嘻笑瑣屑之事〔二〕，然略經點染，便成至文，讀者如歷山川，如睹風俗，如瞻宫闕宗廟之麗，殆與采薇、麥秀同其感慨，而出之以詼諧者歟？

老人少工帖括，不欲以諸生名。大江以南，凡黄冠、劍客、緇衣、伶工，畢聚其廬。且遭時太平，海内晏安，老人家龍阜，有園亭池沼之勝，木奴秫秔，歲入緡以千計，以故鬭雞、臂鷹、六博、蹴踘、彈琴、劈阮諸技〔三〕，老人亦靡不爲。今已矣，三十年來杜門謝客〔四〕，客亦漸辭老人去〔五〕。間策杖入市，人有不識其姓氏〔六〕，老人輒自喜，遂更名曰蝶菴，又曰石公〔七〕。其所著《石匱書》，埋之嫏嬛山中。今所見《夢憶》一卷〔八〕，爲序而藏之。

《陶菴夢憶序》，見甌山金氏本，刻入《硯雲甲編》。書僅一卷，十失六七。此本余從王竹坡、姚春漪得之，輾轉鈔襲，多有脱譌。置篋中且十年矣，歲辛亥遊嶺南，暇時繙閲，粗爲點定，或評數語於後，意之所至，無容心也。客過寓見者請公同好，遂以付梓。而是書不著姓氏，卷中曰張氏、曰岱、曰宗老。據金氏考《浙江通志》，張岱字宗子，山陰世族，晚境著書率以夢名，惟《石匱書》埋之嫏嬛山中，世未盡見。恭閲《欽定四庫全書簡明目録》，谷應泰因張岱《石匱藏書》排纂編次爲《紀事本末》八十篇，雖非正裁，別調孤行，是《石匱書》竟以不傳傳陶菴。陶菴自云『名根一點，堅固如佛家舍利，劫火勿失』，玆幸名列御書，幽光不泯，天之所以予陶菴者固甚厚矣。《夢憶》出諸游戲，而俗情文言，筆下風發，亦今亦古，自名一家，洵非奇才不能。余釐爲八卷，即以金氏本原序弁諸首。時乾隆甲寅秋七月，仁和王文誥純生甫識。

【校】

〔一〕科圖本題作『夢憶小序』，樸社本、世界書局本題作『研雲甲編原序』。

〔二〕『巷詠』，鄒存淦補抄本作『巷語』。『嘻笑』，南圖本作『嬉笑』。

〔三〕『膀阮』，當作『擘阮』，或謂琴界念『擘』爲『膀』，故亦有寫作『膀』者。

〔四〕『三十年來』，雁來紅本作『三十年』，世界書局本作『晚歲』。

〔五〕『老人』，南圖本無。

〔六〕雁來紅本、樸社本『姓氏』下有『者』字。

〔七〕『蝶菴』、『石公』，雁來紅本、樸社本兩詞互乙。

〔八〕『今』，原脱，據科圖本、《硯雲》各本補。『一卷』，科圖本作『兩卷』。

自序〔一〕

陶菴國破家亡，無所歸止。披髮入山，駴駴爲野人。故舊見之，如毒藥猛獸，愕窒不敢與接。作《自輓詩》，每欲引決，因《石匱書》未成，尚視息人世。然瓶粟屢罄，不能舉火。始知首陽二老直頭餓死，『不食周粟』，還是後人粧點語也。

饑餓之餘，好弄筆墨。因思昔人生長王、謝，頗事豪華，今日罹此果報：以笠報顱，以蕢報踵，仇簪履也；以衲報裘，以苧報絺，仇輕煖也；以藿報肉，以糲報粻，仇甘旨也；以薦報牀，以石報枕，仇温柔也；以繩報樞，以甕報牖，仇爽塏也；以煙報目，以糞報鼻，仇香豔也；以途報足，以囊報肩，仇輿從也。種種罪案，從種種果報中見之。

雞鳴枕上，夜氣方回。因想余生平，繁華靡麗，過眼皆空，五十年來，總成一夢。今當黍熟黄粱，車旅蟻穴，當作如何消受？遥思往事，憶即書之，持向佛前，一一懺悔。不次歲月，異年譜也；不分門類，別志林也。偶拈一則，如游舊徑，如見故人，城郭人民，翻用自喜。真所謂痴人前不得説夢矣。

昔有西陵脚夫，爲人擔酒，失足破其甕。念無所償，痴坐佇想曰：『得是夢便好！』一寒士鄉試中式，方赴鹿鳴宴，恍然猶意非真，自嚙其臂曰：『莫是夢否？』一夢耳，惟恐其非夢，又惟恐其是夢，其爲痴人則一也。

余今大夢將寤，猶事雕蟲，又是一番夢囈。因嘆慧業文人，名心難化，政如邯鄲夢斷，漏盡鐘鳴，盧生遺表，猶思摹搨二王，以流傳後世。則其名根一點，堅固如佛家舍利，劫火猛烈，猶燒之不失也。

【校】

〔一〕各刻本均無，今依樸社本、世界書局本、貝葉山房本例，據《瑯嬛文集》卷一《夢憶序》迻録。

目録

第一卷

第二卷

第三卷

第四卷

第五卷

第六卷

第七卷

第八卷

補　遺

【校】

〔一〕『魯藩煙火』，豫圖本題作『魯藩燈火』。

〔二〕『齊景公墓花罇』，王乙本此篇在第七卷之末。

〔三〕『山艇子樟』，『樟』字原脱，據王乙本、豫圖本補。

附録一　序跋題辭

附録二

陶菴夢憶卷一

仁和王文誥純生編〔一〕

鍾　山〔二〕*

鍾山上有雲氣，浮浮冉冉，紅紫間之，人言王氣，龍蜕藏焉。高皇帝與劉誠意〔三〕、徐中山、湯東甌定寢穴，各誌其處，藏袖中，三人合，穴遂定。門左有孫權墓，請徙，太祖曰：『孫權亦是好漢子，留他守門。』及開藏，下爲梁誌公和尚塔，真身不壞，指爪繞身數匝。軍士畚之不起，太祖親禮之，許以金棺銀槨、莊田三百六十奉香火，舁靈谷寺塔之。今寺僧數千人，日食一莊田焉。陵寢定，閉外羨，人不及知，所見者門三、饗殿一、寢殿一，後山蒼莽而已。

壬午七月，朱兆宣簿太常〔四〕。中元祭期，岱觀之。饗殿深穆，暖閣去殿三尺，黄龍幔幔之。列二交椅，褥以黄錦，孔雀翎織正面龍，甚華重，席地以氈，走其上必去舃輕趾。稍咳，内侍輒叱曰〔五〕：『莫驚駕！』近閣下一座稍前，爲碽妃〔六〕，是成祖生母。成祖生，孝慈皇后妊爲己子〔七〕，事甚秘。再下，東西列四十六席〔八〕，或坐或否。祭品極簡陋，硃紅木簋、木壺、木酒罇，甚蠱樸，簋中肉止三片〔九〕、粉一鋏、黍數粒、東瓜湯一甌而已。暖閣上一几，陳銅爐一〔一〇〕、小筯瓶二、梧棬二；下一大几，陳太牢一、少牢一而已。他祭或不同，岱所見如是。先祭一日，太常官屬開犧牲所中門，導以鼓樂旗幟，牛羊自出〔一一〕，龍袱蓋之。至宰割所，以四索縛牛蹄。太常官屬至，牛正面立，太常官屬朝牲揖，揖未起而牛頭已入燖所。燖已，舁至饗殿。次日五鼓，魏國至，主祀，太常官屬不隨班，侍立饗殿，上祀畢，牛羊已臭腐不堪聞矣。平常日進二膳，亦魏國陪祀〔一二〕，日必至之〔一三〕。

戊寅，岱寓鷲峯寺。有言孝陵上黑氣一股，冲入牛斗，百有餘日矣，岱夜起視見之。自是流賊猖獗，處處告警。壬午，朱成國與王應華奉勅修陵，木枯三百年者盡出爲薪，發根隧其下數丈，識者爲傷地脉、洩王氣，今果有甲申之變，則寸斬應華不足贖也〔一四〕。孝陵玉食二百八十二年，今歲清明，乃遂不得一盂麥飯，思之猿咽〔一五〕。

純生氏曰：《夢憶》首叙鍾山，亦猶《禹貢》之首叙冀州也。

【校】

〔一〕王乙本、豫圖本題署作『明山陰張岱譔』，粤雅堂本題作『山陰張岱宗子撰』。

〔二〕科圖本題作『孝陵』。

〔三〕『高皇帝』，《硯雲》各本作『明太祖』。

〔四〕『朱兆宣』，平步青云：『「宣」應作「宣」。』按各本均作『宣』，平氏誤校。

〔五〕『内侍』，科圖本作『内史』。

〔六〕科圖本『碩妃』下有『韃女』二字。

〔七〕『衽』，粤雅堂本作『姙』，科圖本、《硯雲》各本、豫圖本作『袵』。

〔八〕『席』，南圖本作『座』。
〔九〕『三片』，豫圖本作『三斤』。
〔一〇〕『陳銅爐一』，科圖本、《硯雲》各本『陳』下有『小』字。
〔一一〕『自出』，科圖本、《硯雲》各本作『出』。
〔一二〕『陪祀』，原作『倍祀』，據科圖本、《硯雲》各本、王乙本、樸社本、世界書局本、貝葉山房本改。
〔一三〕『之』，粤雅堂本作『云』。
〔一四〕《硯雲》各本『不足』上有『亦』字。
〔一五〕『戊寅』至『思之猿咽』，原缺，據科圖本補。『思之猿咽』，南圖本『思之』下有『實深』二字。

報恩塔*

中國之大古董，永樂之大窯器，則報恩塔是也。報恩塔成於永樂初年，非成祖開國之精神、開國之物力、開國之功令，其膽智才畧足以吞吐此塔者〔一〕，不能成焉。塔上下金剛佛像千百億金身，一金身琉璃甎十數塊湊成之〔二〕，其衣摺不爽分，其面目不爽毫，其鬚眉不爽忽〔三〕，鬭筍合縫，信屬鬼工。聞燒成時具三塔相，成其一，埋其二，編號識之。今塔上損甎一塊，以字號報工部，發一磚補之，如生成焉。夜必燈，歲費油若干斛。天日高霽，霏霏靄靄〔四〕，摇摇曳曳，有光怪出其上，如香煙燎繞，半日方散。永樂時，海外夷蠻重譯至者百有餘國，見報恩塔必頂禮讚嘆而去，謂四大部洲所無也。

純生氏曰：昔有西域僧言此塔爲天下第一。或云塔能出火，光焰薄天，亦時於塔門中隱現小塔，金鐙瓔珞，垂垂不絶，亦云奇矣。獨怪高帝初欲沙汰佛氏，後乃選天下高僧爲諸王子輔。卒之燕飛帝座，月落江湖。高僧則兵法嫻於佛法，殺人到處盈城；王子則霸圖埒於浮圖，孝思以爲不匱。雖曰天意，何其謬哉！查夏重詩有云：『法轉風輪翅，光摇火樹鐙。地維標寶刹，天闕界金繩。』道盡侈心梵教。『比戈殘骨肉，國事異中興。此舉無名極，當時負媿曾』，直是詩中之史矣。

【校】

〔一〕『膽智才畧』，雁來紅本作『膽智力略』。

〔二〕『凑』，科圖本、《硯雲》各本作『凑砌』。

〔三〕『忽』，科圖本、《硯雲》各本作『勿』。

〔四〕『靄靄』，科圖本、《硯雲》各本作『藹藹』。

天台牡丹

天台多牡丹，大如拱把，其常也。某村中有鵞黄牡丹，一株三榦，其大如小斗，植五聖祠前，枝葉離披，錯出簷甃之上，三間滿焉。花時數十朵，鵞子、黄鸝、松花、蒸栗，萼樓穰吐，淋漓簇沓。土人於其外搭棚演戲四五臺，婆娑樂神。有侵花至漂髮者立致奇祟，土人戒勿犯，故花得蔽芾而壽。

純生氏曰：黄牡丹出姚氏者，歲數朵，不聞樹大。馬嵬驛牡丹高與樓等，銅陵縣民家有可繫馬者，皆不以黄著名。若五聖祠所植，迨古今之冠歟？唐人詩云：『曉艷遠分金掌露，暮香深惹玉堂風。』自然富貴風韻，堪以品題姚花，而姚氏不稱玉堂之目。陶菴記此花不減林下風味，語雖幸之，而意實惜之，與賦影園者有間矣。

金乳生草花

金乳生喜蒔草花。住宅前有空地，小河界之。乳生瀕河搆小軒三間，縱其趾於北〔一〕，不方而長，設竹籬經其左。北臨街築土墻，墻内砌花欄護其趾。再前又砌石花欄，長丈餘而稍狹。欄前以螺山石纍山披數摺〔二〕，有畫意。草木百餘本，錯雜蒔之，濃淡踈密，俱有情致。春以鶯粟〔三〕、虞美人爲主，而山蘭、素馨、决明佐之。春老以芍藥爲主，而西番蓮、土萱、紫蘭、山礬佐之。夏以洛陽花、建蘭爲主，而蜀葵、烏斯菊、望江南、茉莉、杜若、珍珠蘭佐之。秋以菊爲主，而剪秋紗、秋葵、僧鞋菊、萬壽芙蓉、老少年、秋海棠、鴈來黄〔四〕、矮雞冠佐之。冬以水仙爲主，而長春佐之。其木本如紫白丁香、緑萼、玉楪、蠟梅、西府、滇茶、日丹〔五〕、白梨花，種之墻頭屋角，以遮烈日。

乳生弱質多病，蚤起，不盥不櫛，蒲伏堦下，捕菊虎，芟地蠶，花根葉底，雖千百本，一日必一週之〔六〕。癃頭者火蟻〔七〕，瘠枝者黑蚰，傷根者蚯蚓、蜒蝣，賊葉者象幹、毛蝟。火蟻，以鮝骨、鱉甲置旁引出棄之；黑蚰，以麻裹筋頭捋出之〔八〕；蜒蝣，以夜静持燈滅殺之；蚯蚓，以石灰水灌河水解之；毛蠋，以馬糞水殺之；象幹蟲，磨鐵線穴搜之。事必親歷，雖冰龜其手，日焦其額，不顧也。青帝喜其勤，近産芝三本以祥瑞之。

純生氏曰：乳生隱於花草者也，而以花顯於世，一手一足之烈，乃不徒老於灌園哉。叙四時，插入春老，結到産芝，具見文心靈異。

【校】

〔一〕『趾』，豫圖本作『址』。

〔二〕『披』，豫圖本作『坡』。

〔三〕『鶯粟』，粤雅堂本誤作『鶯栗』。

〔四〕『鴈來黄』，粤雅堂本作『鴈來紅』。

〔五〕『日丹』，欒保羣云：『疑是「月丹」之誤。山茶大者曰月丹。』

〔六〕『一日』，雁來紅本作『一月』。

〔七〕『火蟻』，欒保羣云：『火蟻，據方以智《物理小識》卷九，似應作「菊蟻」爲是。』

〔八〕『筋頭』，原作『筯頭』，據世界書局本、貝葉山房本改。

日月湖

寧波府城内近南門有日月湖。日湖圓，略小，故日之；月湖長，方廣，故月之。二湖連絡如環，中亘一堤，小橋紐之。

日湖有賀少監祠。季真朝服拖紳，絶無黄冠氣象。祠中勒唐玄宗餞行詩以榮之。季真乞鑑湖歸老，年八十餘矣。其《回鄉》詩曰：『幼小離家老大回，鄉音無改鬢毛衰。兒孫相見不相識，笑問客從何處來。』八十歸老，不爲早矣，乃時人稱爲『急流勇退』，今古傳之。季真曾謁一賣藥王老，求冲舉之術，持一珠貽之。王老見賣餅者過，取珠易餅，季真口不敢言，甚懊惜之。王老曰：『慳吝未除，術何由得！』乃還其珠而去。則季真直一富貴利禄中人耳，《唐書》入之《隱佚傳》〔二〕，亦不倫甚矣。

月湖一泓汪洋，明瑟可愛，直抵南城。城下密密植桃柳，四圍湖岸，亦間植名花果木以縈帶之。湖中櫛比皆士夫園亭，臺榭傾圮，而松石蒼老，石上凌霄藤有斗大者，率百年以上物也。四明縉紳，田宅及其子，園亭及其身，平泉木石多暮楚朝秦，故園亭亦聊且爲之，如傳舍、衙署焉。屠赤水娑羅館亦僅存娑羅而已，所稱『雪浪』等石，在某氏園久矣。

清明日，二湖遊船甚盛，但橋小，船不能大。城墻下址稍廣，桃柳爛熳，游人席地坐，亦飲亦歌，聲存《西湖》一曲。

純生氏曰：人惟慳吝，日居月諸，牢不可破，園亭田宅，及身及子，俱從慳吝中來。讀此記，如五夜鐘聲，雞鳴而起，其毋虚此日月焉可矣。

【校】

〔一〕『隱佚』，粤雅堂本作『隱逸』。

金山夜戲〔一〕*

崇禎二年中秋後一日，余道鎮江往兖。日晡至北固，艤舟江口，月光倒囊入水〔二〕，江濤吞吐，露氣吸之，噀天爲白。

余大驚喜。移舟過金山寺，已二鼓矣。經龍王堂，入大殿，皆漆静，林下漏月光，疎疎如殘雪。余呼小僕攜戲具〔三〕，盛張燈火大殿中，唱韓蘄王金山及長江大戰諸劇，鑼鼓喧填，一寺人皆起看。有老僧以手背摋眼翳，翕然張口，呵欠與笑嚏俱至，徐定睛視爲何許人〔四〕，以何事何時至〔五〕，皆不敢問〔六〕。劇完將曙，解纜過江，山僧至山脚目送久之，不知是人、是怪、是鬼。

純生氏曰：韓蘄王金山長江大戰，本是一齣大戲，不想闃寂五百餘年，又開場重做，無怪金山脚下，見神見鬼。

【校】

〔一〕科圖本題作『金山寺』。

〔二〕『月光』，南圖本作『日月光』。『倒囊』，世界書局本作『倒影』。

〔三〕『小僕』，科圖本、《硯雲》各本作『小傒』。『戲具』，王乙本、豫圖本作『器具』。

〔四〕『何許』，科圖本、《硯雲》各本作『何如』。

〔五〕『何事』，南圖本作『何事至』。

〔六〕『敢問』，科圖本、《硯雲》各本作『能辨』。

筠芝亭

筠芝亭，渾樸一亭耳，然而亭之事盡，筠芝亭一山之事亦盡。吾家後此亭而亭者不及筠芝亭，後此亭而樓者、閣者、齋者亦不及。總之，多一樓，亭中多一樓之礙；多一墻，亭中多一墻之礙。太僕公造此亭成，亭之外更不增一椽一瓦，亭之内亦不設一檻一扉，此其意有在也。亭前後，太僕公手植樹皆合抱，清樾輕嵐，滃滃翳翳，如在秋水。亭前石臺，躐取亭中之景物而先得之，升高眺遠，眼界光明。敬亭諸山，箕踞麓下；谿壑瀠迴〔一〕，水出松葉之上。臺下右旋，曲磴三折，老松僂背而立，頂垂一榦，倒下如小幢，小枝盤鬱曲出輔之，旋蓋如曲柄葆羽。癸丑以前，不垣不臺，松意尤暢。

純生氏曰：『渾樸』二字，包舉甚大。凡事貴其能包舉也。

【校】

〔一〕『瀠迴』，豫圖本作『瀠洄』。

砎園

砎園，水盤據之，而得水之用，又安頓之若無水者。壽花堂，界以堤，以小眉山，以天問臺，以竹徑，則曲而長，則水之。內宅，隔以霞爽軒，以酣漱，以長廊，以小曲橋，以東籬，則深而邃，則水之。臨池，截以鱸香亭、梅花禪，則靜而遠，則水之。緣城，護以貞六居，以無漏菴，以菜園，以隣居小户，則閟而安〔一〕，則水之。水之用盡〔二〕，而水之意色指歸乎龐公池之水〔三〕。龐公池，人棄我取，一意向園，目不他矚，腸不他迴，口不他諾。龍山虁蚭〔四〕，三摺就之，而水不之顧。人稱砎園能用水，而卒得水力焉。

大父在日，園極華縟。有二老盤旋其中，一老曰：『竟是蓬萊閬苑了也！』一老咈之曰：『箇邊那有這樣！』

純生氏曰：張位畫水，得水之神；范山人水畫，得水之法；宗老砎園，得水之理。處處安頓，如兵家背水結陣，直須恃水而生，固當與神鬼魚龍、松石屋宇，同稱傑作。

【校】

〔一〕『閟』，原作『悶』，據粵雅堂本改。

〔二〕『水之』，粵雅堂本、豫圖本無，則與上句合爲一句。

〔三〕『龐公池』，豫圖本脱『池』字。

〔四〕『虁蚭』，樸社本、貝葉山房本作『躨跜』。

葑門荷宕〔一〕*

天啟壬戌六月二十四日〔二〕，偶至蘇州，見士女傾城而出，畢集於葑門外之荷花宕。樓船畫舫至魚艫小艇，僱覓一空，遠方遊客，有持數萬錢無所得舟〔三〕，螘旋岸上者。余移舟往觀，一無所見。宕中以大船爲經，小船爲緯，游冶子弟，輕舟鼓吹，往來如梭。舟中麗人皆倩粧淡服〔四〕，摩肩簇舄，汗透重紗。舟楫之勝以擠，鼓吹之勝以襍〔五〕，男女之勝以溷，歊暑燂爍，靡沸終日而已。

荷花宕經歲無人跡，是日，士女以鞵靸不至爲恥。袁石公曰：『其男女之襍，燦爛之景，不可名狀。大約露幃則千花競笑，舉袂則亂雲出峽，揮扇則星流月映，聞歌則雷輥濤趨。』蓋恨虎丘中秋夜之模糊躲閃〔六〕，特至是日而明白昭著之也。

純生氏曰：妙舌如花，俗態可掬。

【校】

〔一〕科圖本題作『荷花蕩』。按『宕』，科圖本、《硯雲》各本作『蕩』。下三『宕』字同。

〔二〕『二十四』，科圖本、《硯雲》各本作『廿四』。

〔三〕『舟』，豫圖本作『用』。

〔四〕『倩粧』，科圖本、《硯雲》各本、王乙本、豫圖本作『靚粧』。

〔五〕『鼓吹』，科圖本、《硯雲》各本作『歌吹』。『襍』，粵雅堂本誤作『集』。

〔六〕『模糊』，科圖本、《硯雲》各本（不含南圖本）作『糊模』。

越俗掃墓〔一〕*

越俗掃墓，男女袨服靚粧，畫船簫鼓，如杭州人遊湖，厚人薄鬼，率以爲常。二十年前，中人之家尚用平水屋幘船，男女分兩截坐，不坐船〔二〕，不鼓吹。先輩譩之曰：『以結上文兩節之意。』後漸華靡，雖監門小户，男女必用兩坐船，必巾，必鼓吹，必歡呼鬯飲。下午必就其路之所近，遊菴堂寺院及士夫家花園。鼓吹近城，必吹《海東青》、《獨行千里》，鑼鼓錯襍。酒徒沾醉，必岸幘嚻嚎，唱無字曲，或舟中攘臂，與儕列厮打。自二月朔至夏至，填城溢國，日日如之。乙酉，方兵畫江而守，雖魚艭菱舠〔三〕，收拾略盡。墳壠數十里而遥，子孫數人挑魚肉楮錢，徒步往返之，婦女不得出城者三歲矣。蕭索淒凉，亦物極必反之一。

純生氏曰：草角花鬚，悉爲濺淚。

【校】

〔一〕科圖本題作『紹興上坟』。

〔二〕『不坐船』，科圖本、《硯雲》各本『坐船』作『座船』。下『兩坐船』同。

〔三〕『魚艭』，南圖本作『漁艭』。

奔雲石

南屏石無出奔雲右者。奔雲得其情，未得其理。石如滇茶一朵，風雨落之，半入泥土，花瓣稜稜，三四層摺。人走其中，如蝶入花心，無鬚不綴也。

黄寓庸先生讀書其中，四方弟子千餘人，門如市。余幼從大父訪先生，先生面黧黑，多髭鬚，毛頰，河目海口，眉稜鼻梁，張口多笑。交際酬酢，八面應之，耳聆客言，目睹來牘，手書回札，口囑傒奴，襍沓於前，未嘗少錯。客至無貴賤，便肉便飯食之，夜即與同榻。余一書記往，頗穢惡，先生寢食之不異也，余深服之。

丙寅至寓林〔一〕，亭榭傾圮，堂中窀先生遺蛻，不勝人琴之感。余見奔雲黝潤，色澤不減，謂客曰：『願假此一室，以石縲門，坐卧其下，可十年不出也。』客曰：『有盜。』余曰：『布衣褐被，身外長物則瓶粟與殘書數本而已。王弇州不曰「盜亦有道也」哉？』

純生氏曰：奔雲碌碌如玉，寓林落落如石。

【校】

〔一〕『寓林』，粵雅堂本作『武林』。據王文誥評及《西湖夢尋》卷四《小蓬萊》，作『寓林』爲是。

木猶龍

木龍出遼海，爲風濤漱擊，形如巨浪跳蹴，偏體多着波紋〔一〕。常開平王得之遼東，輦至京。開平第燬，謂木龍炭矣，及發瓦礫，見木龍埋入地數尺，火不及，驚異之，遂呼爲『龍』。不知何緣出易於市，先君子以犀觥十七隻售之，進魯憲王〔二〕，誤書『木龍』犯諱，峻辭之，遂留長史署中。

先君子棄世，余載歸，傳爲世寶。丁丑詩社，懇名公人錫之名，并賦小言詠之。周墨農字以『木猶龍』，倪鴻寶字以『木寓龍』，祁世培字以『海槎』，王士美字以『槎浪』，張毅儒字以『陸槎』，詩遂盈帙。

木龍體肥癡，重千餘觔，自遼之京、之兖、之濟繇陸，濟之杭繇水，杭之江、之蕭山、之山陰、之余舍水陸錯，前後費至百金，所易價不與焉。嗚呼，木龍可謂遇矣！

余磨其龍腦尺木，勒銘志之，曰：『夜壑風雷，騫槎化石。海立山崩，煙雲滅没。謂有龍焉，呼之或出。』又曰：『擾龍張子，尺木書銘。何以似之，秋濤夏雲。』

純生氏曰：木猶龍諸詩歌具載楓社全詩，當時推宗老、毅儒爲冠。

【校】

〔一〕『徧體』，原作『偏體』，據粤雅堂本、豫圖本改。

〔二〕『魯憲王』，各本均作『魯獻王』，平步青云：『「獻」應作「憲」。名壽鋐，萬曆二十八年嗣，崇禎九年薨。弟肅王壽鏞嗣，十一年薨，子以泒嗣。十二年大兵破兖州，被執死。弟以海即監國。』據改。

天硯

少年視硯，不得硯醜〔一〕。徽州汪硯伯至，以古款廢硯，立得重價，越中藏石俱盡。閲硯多，硯理出。曾托友人秦一生爲余覓石，徧城中無有。山陰獄中大盜出一石，璞耳，索銀二觔，余適往武林，一生造次不能辨，持示燕客。燕客指石中白眼曰：『黄牙臭口，堪留支桌。』賺一生還盜，燕客夜以三十金攫去。命硯伯製一天硯，上五小星、一大星，譜曰『五星拱月』。燕客恐一生見，剷去大小三星〔二〕，止留三小星。一生知之，大懊恨，向余言。余笑曰：『猶子比兒。』燕客亟往索看。燕客捧出，赤比馬肝，酥潤如玉，背隱白絲類瑪瑙，指螺細篆，面三星墳起如弩眼，著墨無聲而墨瀋煙起。一生癡瘩〔三〕，口張而不能翕。燕客屬余銘〔四〕，銘曰：『女媧鍊天，不分玉石。鰲血蘆灰，烹霞鑄日。星河溷擾，參橫箕翕。』

純生氏曰：元圃積玉，無非異光。

【校】

〔一〕『硯醜』，欒保羣云：『「硯醜」，疑「硯」字當爲「妍」字，研、妍二字形近而誤也。』

〔二〕『三星』，粵雅堂本誤作『二星』，婁如松云此處『是將大星一顆即月，連同二顆小星鏟去，硯上因此只存三星』。

〔三〕『瘩』，粵雅堂本作『痞』。彌松頤云：『音、義不詳，疑即「滯」字。』婁如松據《瑯嬛文集》卷五《祭秦一生文》『此亦可想見其癡瘩一往之致矣』句謂作『癡瘩』爲是。

〔四〕『屬』，豫圖本作『囑』。

吳中絕技*

吳中絕技：陸子岡之治玉，鮑天成之治犀，周柱之治嵌鑲，趙良璧之治梳，朱碧山之治金銀，馬勳、荷葉李之治扇，張寄修之治琴，范崑白之治三弦子，俱可上下百年保無敵手。但其良工苦心〔一〕，亦技藝之能事。至其厚薄深淺，濃淡疎密，適與後世賞鑑家之心力目力鍼芥相對〔二〕，是豈工匠之所能辨乎〔三〕？蓋技也而進乎道矣〔四〕。

純生氏曰：庖丁解牛，皆中理解，非莊叟神化之筆不傳。

【校】

〔一〕『苦心』，科圖本、《硯雲》各本作『心苦』。

〔二〕『相對』，科圖本、《硯雲》各本作『相投』。

〔三〕『是豈』，科圖本、《硯雲》各本作『是則豈』。『之所能辨』，科圖鈔本、《硯雲》各本無『之』字，豫圖本無『所』字。

〔四〕『道』，原作『技』，據粵雅堂本改。豫圖本此句無『蓋技也』，作『而進乎技矣』。

濮仲謙雕刻〔一〕*

南京濮仲謙，古貌古心，粥粥若無能者，然其技藝之巧，奪天工焉。其竹器，一帚、一刷，竹寸耳，勾勒數刀，價以兩計。然其所以自喜者〔二〕，又必用竹之盤根錯節，以不事刀斧爲奇，則是經其手畧刮磨之，而遂得重價，真不可解也。仲謙名噪甚，得其款物輒騰貴〔三〕。三山街潤澤於仲謙之手者數十人焉，而仲謙赤貧自如也。於友人座間見有佳竹〔四〕、佳犀，輒自爲之。意偶不屬〔五〕，雖勢劫之、利啖之，終不可得。

純生氏曰：百里奚爵祿不入胷中，飯牛牛肥。仲謙身分，故臻於此。

【校】

〔一〕科圖本題作『濮仲謙』。

〔二〕『所以自喜』，科圖本、《硯雲》各本作『所自喜』。

〔三〕『款』，科圖本、《硯雲》各本作『一款』。『輒』，南圖本誤作『轍』。下一『輒』字同。

〔四〕『於友人座』，南圖本作『偶於客座』。

〔五〕『偶』，南圖本作『苟』。

陶菴夢憶卷二

仁和王文誥純生編

孔廟檜〔一〕*

己巳，至曲阜謁孔廟，買門者門以入。宫墻上有樓聳出，扁曰『梁山伯祝英臺讀書處〔二〕』，駭異之。進儀門，看孔子手植檜，檜歷周、秦、漢、晉幾千年，至晉懷帝永嘉三年而枯〔三〕，枯三百有九年，子孫守之不毁，至隋恭帝義寧元年復生，五十一年〔四〕，至唐高宗乾封三年再枯，枯三百七十有四年，至宋仁宗康定元年再榮。至金宣宗貞祐三年罹於兵火〔五〕，枝葉俱焚，僅存其幹，高二丈有奇。後八十一年，元世祖三十一年再發。至洪武二十二年己巳，發數枝蓊鬱，後十年又落〔六〕。摩其幹，滑澤堅潤，紋皆左紐，扣之作金石聲，孔氏子孫恒視其榮枯以占世運焉。

再進一大亭，卧一碑，書『杏壇』二字，党懷英筆也〔七〕。亭界一橋，洙、泗水滙此〔八〕。過橋入大殿，殿壯麗，宣聖及四配、十哲俱塑像冕旒。案上列銅鼎三、一犧、一象、一辟邪，款製遒古，渾身翡翠，以釘釘案上。階下豎歷代帝王碑記〔九〕，獨元碑高大，用風磨銅，贔屭高丈餘〔一〇〕。左殿三楹，規模畧小，爲孔氏家廟。東西兩壁，用小木扁書歷代帝王祭文，西壁之隅，高皇殿焉〔一一〕。廟中凡明朝封號，俱置不用，總以見其大也。

孔家人曰：『天下只三家人家：我家與江西張、鳳陽朱而已。江西張道士氣，鳳陽朱暴發人家，小家氣。』

純生氏曰：華林園萬年樹及此檜否？人生安得如汝壽，盍爲檜詠？

【校】

〔一〕科圖本題作『曲阜孔廟』。

〔二〕『梁山伯』，原作『梁山柏』，據粵雅堂本改。

〔三〕『永嘉』，王甲本、王乙本、豫圖本、楊刻本誤作『永樂』，粵雅堂本誤作『永興』，據科圖本、《硯雲》各本改。

〔四〕《硯雲》各本『五十一年』上重一『生』字。

〔五〕『兵火』，科圖本、《硯雲》各本作『兵燹』。

〔六〕『十年』，科圖本、《硯雲》各本作『十餘年』。

〔七〕『党懷英』，科圖本作『党英』，其餘各本作『黨英』，平步青云：『應作「党懷英」。』據改。党懷英，金人，所篆『杏壇』碑今猶存。

〔八〕『滙』，科圖本、《硯雲》各本作『會』。

〔九〕『豎』，科圖本、《硯雲》各本作『樹』。

〔一〇〕『餘』，科圖本、《硯雲》各本作『許』。

〔一一〕『高皇』，科圖本、《硯雲》各本作『高皇帝』。

孔林*

曲阜出北門五里許，爲孔林，紫金城城之，門以樓，樓上見小山一點正對東南者，嶧山也。折而西，有石虎、石羊三四在榛莽中〔一〕。過一橋，二水滙泗水也。享殿後有子貢手植楷。楷大小千餘本，魯人取爲材，爲棋枰〔二〕。享殿正對伯魚墓〔三〕，聖人葬其子，得中氣。由伯魚墓折而右，爲宣聖墓，去數丈，案一小山，小山之南爲子思墓。數百武之内，父子孫三墓在焉。

譙周云：『孔子死後，魯人就冢次而居者百有餘家，曰孔里。』《孔叢子》曰：『夫子墓方一里〔四〕，在魯城北六里泗水上。諸孔氏封五十餘所，人名昭穆，不可復識。有碑銘三，獸碣俱在。』《皇覽》曰：『弟子各以四方奇木來植〔五〕，故多異樹，不能名。一里之中，未嘗産棘木荆草。』紫金城外，環而墓者數千家〔六〕，三千二百餘年〔七〕，子孫列葬不他徙，從古帝王所不能比隆也。

宣聖墓右有小屋三間，扁曰『子貢廬墓處』。蓋自兖州至曲阜道上，時官以木坊表識，有曰『齊人歸讙處』，有曰『子在川上處』，尚有義理，至泰山頂上，乃勒石曰『孔子小天下處』，則不覺失笑矣。

純生氏曰：不必如何讚歎，自極生民未有之盛。

【校】

〔一〕『榛莽』，科圖本、《硯雲》各本作『蓁莽』。

〔二〕『棋枰』，豫圖本誤作『棋秤』。

〔三〕科圖本、《硯雲》各本『對』下有『爲』字。

〔四〕『墓』，科圖本、《硯雲》各本作『墓塋』。

〔五〕『四方』，南圖本誤作『四木』。

〔六〕『冢』，原作『家』，據科圖本、《硯雲》各本改。

〔七〕自孔子曾祖孔防叔遷魯至張岱之世約二千三百年，『三千二百』疑爲『二千三百』之誤。

燕子磯

燕子磯，余三過之。水勢湁潗，舟人至此，捷捽抒取，鈎挽鐵纜，蟻附而上。篷牕中見石骨稜層，撐拒水際，不喜而怖，不識岸上有如許境界！

戊寅到京後，同吕吉士出觀音門，游燕子磯，方曉佛地仙都，當面蹉過之矣。登關王殿，吴頭楚尾，是侯用武之地，靈爽赫赫，鬚眉戟起。緣山走磯上，坐亭子，看水江瀲洌〔一〕，舟下如箭。折而南，走觀音閣，度索上之。閣傍僧院，有峭壁千尋，碚礌如鐵；大楓數株，蓊以他樹，森森冷緑。小樓癡對，便可十年面壁。今僧寮佛閣，故故背之，其心何忍？是年余歸浙，閔老子、王月生送至磯，飲石壁下。

純生氏曰：絶妙荆、關畫圖，惟當倩周昉來爲月生寫照〔二〕。

【校】

〔一〕『水江』，樸社本、世界書局本、貝葉山房本作『江水』。

〔二〕『周昉』，原作『周仿』，按周昉，唐人，工畫，無作『周仿』者，今改正。

魯藩煙火〔一〕

兖州魯藩煙火妙天下。煙火必張燈，魯藩之燈，燈其殿，燈其壁，燈其楹柱，燈其屏，燈其座，燈其宫扇傘蓋，諸王公子、宫娥僚屬、隊舞樂工，盡收爲燈中景物。及放煙火，燈中景物又收爲煙火中景物。天下之看燈者看燈燈外，看煙火者看煙火煙火外，未有身入燈中、光中、影中、煙中、火中，閃爍變幻，不知其爲王宫内之煙火，亦不知其爲煙火内之王宫也。

殿前搭木架數層，上放『黄蜂出窠』、『撒花蓋頂』、『天花噴礴』。四旁珍珠簾八架，架高二丈許，每一簾嵌孝、悌、忠、信、禮、義、廉、恥一大字，每字高丈許，晶映高明。下以五色火漆塑獅、象、槖駞之屬百餘頭，上騎百蠻，手中持象牙、犀角、珊瑚、玉斗諸器，器中實『千丈菊』、『千丈梨』諸火器，獸足躡以車輪，腹内藏人，旋轉其下，百蠻手中瓶花徐發，鴈鴈行行，且陣且走。移時，百獸口出火，尻亦出火，縱横踐踏。端門内外，煙燄蔽天，月不得明，露不得下，看者耳目攫奪，屢欲狂易，恒内手持之。

昔有一蘇州人，自誇其州中燈事之盛，曰：『蘇州此時有起火〔二〕，亦無處放，放亦不得上。』衆曰：『何也？』曰：『此時天上被起火擠住〔三〕，無空隙處耳！』人笑其誕。於魯府觀之，殆不誣也。

純生氏曰：煙騰火發，熒臺之象也。

【校】

〔一〕『煙火』，豫圖本作『燈火』，下正文『兗州魯藩煙火』作『兗州魯藩燈火』。

〔二〕『起火』，世界書局本、貝葉山房本作『煙火』，下一『起火』同。按明沈榜《宛署雜記·民風·土俗》：『放煙火，用生鐵粉雜硝、磺、灰等爲玩具，其名不一，有聲者，曰響炮，高起者，曰起火。』作『起火』不誤。

〔三〕『擠』，原作『躋』，據其餘各本改。

朱雲崍女戲

朱雲崍教女戲，非教戲也。未教戲先教琴，先教琵琶，先教提琴、弦子、簫管，鼓吹歌舞，借戲爲之，其實不專爲戲也。郭汾陽、楊越公、王司徒女樂，當日未必有此。絲竹錯雜，檀板清謳，已妙腠理〔一〕，唱完以曲白終之，反覺多事矣。

西施歌舞，對舞者五人，長袖緩帶，繞身若環，曾撓摩地，扶旋猗那，弱如秋藥〔二〕。女官內侍，執扇葆璇蓋〔三〕、金蓮寶炬、紈扇宮燈二十餘人，光燄熒煌，錦繡紛疊，見者錯愕。

雲老好勝，遇得意處，輒盱目視客，得一讚語，輒走戲房，與諸姬道之，傀出傀入，頗極勞頓。且聞雲老多疑忌，諸姬曲房密户，重重封鎖，夜猶躬自巡歷，諸姬心憎之，有當御者輒遁去，互相藏閃，只在曲房，無可覓處，必叱咤而罷。殷殷防護，日夜爲勞，是無知老賤自討苦吃者也，堪爲老年好色之戒。

純生氏曰：雲崍工虎兒墨戲，惜其溺於聲色，世遂不傳。

【校】

〔一〕『已』，粵雅堂本作『入』。

〔二〕『秋藥』，豫圖本作『秋葉』。

〔三〕『扇葆』，豫圖本作『羽葆』。

紹興琴派

丙辰，學琴於王侶鵞，紹興存王明泉派者推侶鵞，學《漁樵問答》、《列子御風》、《碧玉調》、《水龍吟》、《搗衣》、《環珮聲》等曲〔一〕。戊午，學琴於王本吾，半年得二十餘曲：《鴈落平沙》、《山居吟》、《静觀吟》、《清夜坐鍾》、《烏夜啼》、《漢宫秋》、《高山》、《流水》、《梅花弄》、《淳化引》、《滄江夜雨》、《莊周夢》〔二〕，又《胡笳十八拍》、《普庵咒》等小曲十餘種。

王本吾指法圓静，微帶油腔。余得其法，練熟還生，以澁勒出之，遂稱合作。同學者范與蘭、尹爾韜、何紫翔、王士美、燕客、平子，與蘭、士美、燕客、平子俱不成，紫翔得本吾之八九而微嫩，爾韜得本吾之八九而微迂。余曾與本吾、紫翔、爾韜取琴四張彈之，如出一手，聽者駴服。後本吾而來越者，有張慎行、何明臺，結實有餘而蕭散不足，無出本吾上者。

純生氏曰：練熟還生，精於琴學者也。余雖未諳操縵，曾事安絃，特爲表出。

【校】

〔一〕據嚴曉星《『紹興琴派』零札》，《碧玉調》或名《碧玉引》，《環珮聲》當爲《天風環珮》。

〔二〕『鍾』，粵雅堂本作『鐘』。按欒保羣云：『《鴈落平沙》，即傳世之《平沙落鴈》。《清夜坐鐘》，據尹爾韜《徽言秘旨》，應是《清夜聞鐘》之誤。《梅花弄》，應即《梅花三弄》。《淳化引》，據尹爾韜《徽言秘旨》，應是《神化引》之誤。《莊周夢》，尹爾韜《徽言秘旨》作《莊周夢蝶》。』

花石綱遺石

越中無佳石。董文簡齋中一石，磊塊正骨，窋窕數孔，踈爽明易，不作靈譎波詭，朱勔花石綱所遺〔一〕，陸放翁家物也。文簡豎之庭除，石後種剔牙松一株，噼咡負劍，與石意相得。文簡軒其北，名『獨石』，軒石之，軒獨之，無異也。石篔先生讀書其中，勒銘志之：

大江以南花石綱遺石，以吴門徐清之家一石爲石祖。石高丈五，朱勔移舟中，石盤沉太湖底，覓不得，遂不果行。後歸烏程董氏，載至中流，船復覆。董氏破貲募善入水者取之，先得其盤，詫異之，又佽水取石，石亦旋起，時人比之延津劍焉。後數十年，遂爲徐氏有。再傳至清之，以三百金豎之。石連底高二丈許，變幻百出，無可名狀。大約如吳無奇游黄山，見一怪石，輒瞋目叫曰：『豈有此理！豈有此理！』

純生氏曰：金華山白石，皇初平叱之，皆起立。

【校】

〔一〕『朱勔』，原作『朱緬』，據王乙本、粤雅堂本改，下一『朱勔』同。『花石綱』，原作『花石岡』，據王乙本、粤雅堂本、豫圖本改。

焦山

仲叔守瓜州，余借住于園，無事輒登金山寺。風月清爽，二鼓猶上妙高臺，長江之險，遂同溝澮。

一日，放舟焦山，山更紆譎可喜。江曲過山下，水望澄明，淵無潛甲，海豬、海馬，投飯起食，馴擾若豢魚。看水晶殿，尋《瘗鶴銘》，山無人襍，静若太古，回首瓜州烟火城中，真如隔世。飯飽睡足，新浴而出，走拜焦處士祠。見其軒冕黼黻，夫人列坐，陪臣四，女官四，羽葆雲罕，儼然王者，蓋土人奉爲土穀，以王禮祀之。是猶以杜十姨配伍髭鬚，千古不能正其非也。處士有靈，不知走向何所。

純生氏曰：長江溝澮，豬馬豢魚，陶菴忘機矣，一見焦先生，何遂不然？

表勝菴〔一〕*

爐峯石屋，爲一金和尚結茆守土之地，後住錫柯橋融光寺〔二〕。大父造表勝菴成，迎和尚還山住持。命余作啟，啟曰：

伏以叢林表勝，慚給孤之大地布金；天瓦安禪，冀寶掌自五天飛錫。重來石塔，戒長老特爲東坡；懸契松枝，萬回師却逢西向〔三〕。去無作相，住亦隨緣。伏惟九里山之精藍〔四〕，實是一金師之初地。偶聽柯亭之竹篴，留滯人間；久虚石屋之煙霞，應超塵外。譬之孤天之鶴〔五〕，尚眷舊枝；想彼彌空之雲〔六〕，亦歸故岫。况兹勝域〔七〕，宜兆異人。了住山之夙因，立開堂之新範〔八〕。護門容虎，洗鉢歸龍。茗得先春，仍是寒泉風味；香來破臘，依然茅屋梅花。半月巖似與人猜，請大師試爲標指〔九〕；一片石政堪對語，聽生公説到點頭。敬藉山靈，願同石隱。倘浄念結遠公之社，定不攢眉；若居心如康樂之流，自難開口。立返山中之駕，看回湖上之船。仰望慈悲，俯從大衆。

純生氏曰：大暢宗風，妙析奇致，寧曰富麗爲工？

【校】

〔一〕科圖本題作『石屋』。

〔二〕『柯橋』，南圖本誤作『河橋』。

〔三〕『萬回師』，樂保羣云：『蓋誤以此句爲萬回事而妄改者。其實「懸契」是用玄奘法師事。』《瑯嬛文集》卷二《迎一金和尚啓》作『對回師』。
〔四〕『九里山』，豫圖本誤作『九萬山』。
〔五〕『譬之』，科圖本、《硯雲》各本作『辟之』。
〔六〕『想彼彌空之雲』，科圖本、《硯雲》各本作『相彼瀰空之雲』。
〔七〕『域』，南圖本作『穴』。
〔八〕『開堂』，南圖本作『開掌』。
〔九〕『標指』，科圖本、南圖本作『摽指』。

梅花書屋

陔蕚樓後老屋傾圮，余築基四尺，造書屋一大間。傍廣耳室如紗幮，設卧榻。前後空地，後墻壇其趾，西瓜瓤大牡丹三株，花出墻上，歲滿三百餘朵。壇前西府二樹，花時積三尺香雪。前四壁稍高〔一〕，對面砌石台，插太湖石數峯。西溪梅骨古勁，滇茶數莖，嫵媚其傍〔二〕。梅根種西番蓮，纏繞如纓絡。窗外竹棚，密寶襄蓋之。階下翠草深三尺，秋海棠疎疎襍入。前後明窗，寶襄西府，漸作綠暗。余坐卧其中，非高流佳客，不得輒入。慕倪迂清閟，又以『雲林秘閣』名之。

純生氏曰：華竹和風，駘人安樂，草木文章，發帝機杼。

【校】

〔一〕婁如松云：『前四壁稍高，或爲「前西壁稍高」。』

〔二〕『傍』，豫圖本作『旁』。

不二齋

不二齋，高梧三丈，翠樾千重，墻西稍空，臘梅補之，但有緑天，暑氣不到。後窗墻高於檻，方竹數竿〔一〕，瀟瀟灑灑，鄭子昭『滿耳秋聲』橫披一幅〔二〕。天光下射，望空視之，晶沁如玻璃、雲母，坐者恒在清涼世界。

圖書四壁，充棟連牀；鼎彜尊罍，不移而具。余於左設石牀竹几，帷之紗幕，以障蚊虻；緑暗侵紗，照面成碧。夏日建蘭、茉莉，薌澤浸人，沁入衣裾；重陽前後，移菊北窗下，菊盆五層，高下列之，顏色空明，天光晶映，如沉秋水；冬則梧葉落，臘梅開，暖日曬窗，紅爐毾㲪。以崑山石種水仙，列堦趾；春時四壁下皆山蘭，檻前芍藥半畝，多有異本。余解衣盤礴，寒暑未嘗輕出。思之如在隔世。

純生氏曰：揮灑雲起，恍引人水簾濠上也。盛暑對之，冷然驚爽。

【校】

〔一〕『方竹』，豫圖本作『高竹』。

〔二〕『鄭子昭』，據欒保羣説，當作『盛子昭』，元代畫家。『橫披』，豫圖本誤作『橫波』。

砂罐錫注〔一〕*

宜興罐以龔春爲上，時大彬次之，陳用卿又次之；錫注以黄元吉爲上〔二〕，歸懋德次之。夫砂罐，砂也；錫注，錫也。器方脱手，而一罐一注價五六金，則是砂與錫與價，其輕重正相等焉，豈非怪事！然一砂罐、一錫注，直躋之商彝周鼎之列而毫無慚色，則是其品地也。

純生氏曰：至微之物，入宗子手，便能點鐵成金。

【校】

〔一〕科圖本題作『宜興礶』。按『罐』，科圖本、《硯雲》各本作『礶』，下四『罐』字同。

〔二〕『黄元吉』，八卷本作『王元吉』，按《夜航船》卷十二《寶玩部·玩器》：『嘉興錫壺，所製精工，以黄元吉爲上，歸懋德次之。』據此及科圖本、《硯雲》各本改。

沈梅岡〔一〕*

沈梅岡先生忤相嵩，在獄十八年。讀書之暇，傍攻匠藝，無斧鋸，以片鐵日夕磨之，遂銛利。得香楠尺許，琢爲文具一、大匣三、小匣七、壁鎖二；棕竹數片，爲箑一〔二〕，爲骨十八〔三〕，以筍、以縫、以鍵，堅密肉好，巧匠謝不能事。

夫人匄先文恭誌公墓，持以爲贄。文恭拜受之，銘其匣曰：『十九年，中郎節。十八年，給諫匣。節邪匣邪仝一轍。』銘其箑曰：『塞外氊，饑可飡。獄中箑，塵莫干。前蘇後沈名班班。』

梅岡製，文恭銘，徐文長書〔四〕，張應堯鐫，人稱四絶，余珍藏之。又聞其以粥鍊土，凡數年，範爲銅鼓者二，聲聞里許，勝暹羅銅〔五〕。

純生氏曰：小霞摶土鼓，祝云：『若鳴，當出獄。』一日，土鼓自鳴，尋亦超雪。

【校】

〔一〕科圖本題作『沈梅崗文具』。按『梅岡』，科圖本、《硯雲》各本作『梅崗』，下二『梅岡』同。

〔二〕『箑』，南圖本作『扇』。下一『箑』字同。

〔三〕『骨十八』，南圖本作『十八骨』。

〔四〕『徐文長』，科圖本、《硯雲》各本無『徐』字。

〔五〕雁來紅本此句下有小注：『土能成金屬，大約鉛質，非銅也。摩西。』

峋嶁山房

峋嶁山房，逼山，逼溪，逼岥光路，故無徑不梁，無屋不閣。門外蒼松傲睨，蓊以襍木，冷緑萬頃，人面俱失。石橋低磴〔一〕，可坐十人。寺僧刳竹引泉，橋下交交牙牙，皆爲竹郵。天啟甲子，余鍵户其中者七閲月，耳飽溪聲，目飽清樾。山上下多西粟〔二〕、邊笋，甘芳無比。隣人以山房爲市，蓏果、羽族日致之，而獨無魚。乃瀦谿爲壑，繫巨魚數十頭，有客至，輒取魚給鮮。日晡〔三〕，必步冷泉亭、包園、飛來峯。一日，緣溪走看佛像，口口罵楊髡。見一波斯坐龍象，蠻女四五獻花果，皆裸形，勒石誌之，乃真伽像也。余椎落其首，并碎諸蠻女，置溺溲處以報之。寺僧以余爲椎佛也，咄咄作怪事，及知爲楊髠，皆歡喜讚歎。

純生氏曰：嘉靖時，陳仕賢守杭州，曾擊真伽像棄於圊中。

【校】

〔一〕『低』，粤雅堂本作『底』。

〔二〕『西栗』，各本均作『西粟』，《西湖夢尋》卷二《冷泉亭》：『亭後西栗十餘株，大皆合抱，冷颸暗樾，徧體清凉。』據改。

〔三〕『晡』，原作『脯』，據其餘各本改。

三世藏書

余家三世積書三萬餘卷。大父詔余曰：『諸孫中惟爾好書，爾要看者，隨意攜去。』余簡太僕、文恭、大父丹鉛所及，有手澤存焉者，彙以請，大父喜，命舁去，約二千餘卷。天啟乙丑〔一〕，大父去世，余適往武林，父叔及諸弟、門客、匠指、臧獲、獠婢輩亂取之，三代遺書，一日盡失。

余自垂髫聚書四十年，不下三萬卷〔二〕。乙酉避兵入剡，畧攜數簏隨行，而所存者爲方兵所據，日裂以吹煙〔三〕，并舁至江干，藉甲內擋箭彈，四十年所積，亦一日盡失。此吾家書運，亦復誰尤！

余因歎古今藏書之富，無過隋、唐。隋嘉則殿分三品，有紅琉璃、紺琉璨、漆軸之異。殿垂錦幔，繞刻飛仙。帝幸書室，踐暗機，則飛仙收幔而上，橱扉自啟；帝出，閉如初。隋之書計三十七萬卷。唐遷内庫書於東宫麗正殿，置修文、著作兩院，學士得通籍出入〔四〕。太府月給蜀都麻紙五千番，季給上谷墨三百三十六丸，歲給河間、景城、清河、博平四郡兔千五百皮爲筆，以甲、乙、丙、丁爲次，唐之書計二十萬八千卷。我明中秘書不可勝計，即《永樂大典》一書，亦堆積數庫焉。余書直九牛一毛耳，何足數哉！

純生氏曰：記書混混有致，記隋唐靡靡可聽，宗子超超元箸。

【校】

〔一〕『天啟乙丑』，原作『崇禎乙丑』，平步青云：『「崇禎」應作「天啓」。』按崇禎無乙丑年，張岱《家傳》正作『天啓乙丑』，據改。

〔二〕『二萬』，粤雅堂本作『三萬』。

〔三〕『吹煙』，王乙本、豫圖本作『吃煙』。

〔四〕『唐遷内庫書於東宫麗正殿』至『學士得通籍出入』，欒保羣云：『張岱此處文句有誤。據《新唐書·藝文志》，原文爲：「及還京師，遷書東宫麗正殿，置修書院於著作院。其後大明宫光順門外、東都明福門外，皆創集賢書院，學士通籍出入。」』

陶菴夢憶卷三

仁和王文誥純生編

絲社

越中琴客不滿五六人，經年不事操縵，琴安得佳？余結絲社，月必三會之。有小檄曰：中郎音癖，《清溪弄》三載乃成；賀令神交，《廣陵散》千年不絶。器識神以合道，人易學而難精。幸生嵒壑之鄉，共志絲桐之雅。清泉磐石，援琴歌《水仙》之操，便足怡情；澗響松風，三者皆自然之聲，政須類聚。偕我同志，爰立琴盟；約有常期，寧虚芳日。襍絲和竹，用以鼓吹清音；動操鳴絃，自令衆山皆響。非關匣裏，不在指頭，東坡老方是解人；但識琴中，無勞絃上，元亮輩政堪佳侶。既調商角，翻信肉不如絲；諧暢風神，雅羨心生於手。從容秘翫，莫令解穢於花奴；抑按盤桓，敢謂倦生於古樂。共憐同調之友聲，用振絲壇之盛舉。

純生氏曰：風韻清遠，從海上移情悟入。鼓琴華陽亭，不無少仙機耳。

南鎮祈夢

萬曆壬子，余年十六，祈夢於南鎮夢神之前，因作疏曰：

爰自混沌譜中，別開天地；華胥國裏，蚤見春秋。夢兩楹，夢赤舄，至人不無；夢蕉鹿〔一〕，夢軒冕，癡人敢説。惟其無想無因，未嘗夢乘車入鼠穴，擣韲啖鐵杵〔二〕；非其先知先覺，何以將得位夢棺器，得財夢穢矢？正在恍惚之交，儼若神明之賜。某也躨跜偃豬〔三〕，軒翥樊籠〔四〕，顧影自憐，將誰以告？爲人所玩〔五〕，吾何以堪！一鳴驚人，赤壁鶴邪？局促轅下，南柯蟻耶？得時則駕，渭水熊耶？半榻蘧除，漆園蝶耶？神其詔我，或寢或吪；我得先知，何從何去。擇此一陽之始，以祈六夢之正。功名志急，欲搔首而問天；祈禱心堅，故舉頭以搶地。軒轅氏圓夢鼎湖，已知一字而一有驗〔六〕；李衛公上書西嶽〔七〕，可云三問而三不靈。肅此以聞，惟神垂鑒。

純生氏曰：想見宗老頵頵如玉山，軒軒如千里馬，飂飂如行松栢之下，巖巖如清峭壁立千仞，無往非適。

【校】

〔一〕「蕉鹿」，原作「焦鹿」，據粵雅堂本、豫圖本、楊刻本改。

〔二〕「韲」，原作「韲」，當即「韲」之訛字。粵雅堂本作「虀」，音義同。豫圖本作「韰」，非。「擣韲啖鐵杵」出《世説新語·文學》。

〔三〕「瀦」，原作「豬」，據粵雅堂本、豫圖本改。

〔四〕「軒翥」，原作「軒煮」，據粵雅堂本、豫圖本改。

〔五〕「所」，原作「匠」，據粵雅堂本改。

〔六〕『一有驗』，豫圖本、粤雅堂本作『有一驗』。

〔七〕『上書』，原作『止書』，據王乙本、粤雅堂本、豫圖本、楊刻本改。『西嶽』，原作『西獄』，據粤雅堂本改。

禊泉*

惠山泉不渡錢唐，西興脚子挑水過江，喃喃作怪事。有縉紳先生造大父，飲茗大佳，問曰：『何地水？』大父曰〔一〕：『惠泉水。』縉紳先生顧其价曰：『我家逼近衛前，而不知打水喫！切記之。』董日鑄先生常曰：『濃、熱、滿，三字盡茶理，陸羽《經》可燒也。』兩先生之言，足見紹興人之村之樸。

余不能飲潟鹵〔二〕，又無力遞惠山水〔三〕。甲寅夏過斑竹庵〔四〕，取水啜之，磷磷有圭角，異之。走看其色，如秋月霜空，噀天爲白；又如輕嵐出岫，繚松迷石，淡淡欲散。余倉卒見井口有字畫，用帚刷之〔五〕，『禊泉』字出，書法大似右軍，益異之。試茶，茶香發。新汲少有石腥，宿三日氣方盡。辨禊泉者無他法，取水入口，第撟舌舐腭，過頰即空，若無水可嚥者，是爲禊泉。好事者信之，汲日至，或取以釀酒，或開禊泉茶館，或甕而賣〔六〕，及餽送有司〔七〕。董方伯守越，飲其水甘之，恐不給，封鎖禊泉〔八〕，禊泉名日益重。會稽陶谿、蕭山北幹、杭州虎跑，皆非其伍，惠山差堪伯仲。在蠡城，惠泉亦勞而微熱〔九〕，此方鮮磊亦勝一籌矣。

長年鹵莽，水遞不至其地，易他水，余笞之。詈同伴，謂發其私，及余辨是某地某井水，方信服。昔人水辨淄澠，侈爲異事。諸水到口，實實易辨，何待易牙？余友趙介臣亦不余信〔一〇〕，同事久，别余去，曰：『家下水實進口不得，須還我口去。』

純生氏曰：蒲元性取成都水淬刀，言雜涪水八升，蓋汲者於涪津覆水，即以八升益之耳。李贊皇使人置金山泉揚子水，僞以石頭城者獻。李飲之，曰：『此頗似建業水。』俱謝過不敢隱。兩公術解之妙，不可思議。今得宗子而成鼎立。

【校】

〔一〕『大父』，科圖本、《硯雲》各本無。

〔二〕『潟鹵』，原作『瀉鹵』，據科圖本、《硯雲》各本、粵雅堂本改。

〔三〕『惠山水』，科圖本、《硯雲》各本作『惠山泉』。

〔四〕『斑竹庵』，科圖本、《硯雲》各本作『班竹菴』。

〔五〕『用』，科圖本、《硯雲》各本作『因』。

〔六〕『甕』，原作『甓』，據粵雅堂本改。

〔七〕科圖本、《硯雲》各本『有司』下有『者』字。

〔八〕『禊泉』，科圖本、《硯雲》各本作『禊井』。

〔九〕『微熱』，科圖本、《硯雲》各本（不含南圖本）作『微熟』。

〔一〇〕『趙介臣』，平步青云：『「介」應作「个」。名之藺，會稽人，崇禎甲申貢生。』按張岱《西湖夢尋》亦作『趙介臣』，未知孰是。

蘭雪茶

日鑄者，越王鑄劍地也，茶味稜稜有金石之氣。歐陽永叔曰：『兩浙之茶，日鑄第一。』王龜齡曰：『龍山瑞草，日鑄雪芽。』日鑄名起此。京師茶客，有茶則至，意不在雪芽也。而雪芽利之，一如京茶式，不敢獨異。

三峨叔知松蘿焙法〔一〕，取瑞草試之，香撲洌。余曰：『瑞草固佳，漢武帝食露盤，無補多欲；日鑄茶藪，「牛雖瘠僨於豚上」也。』遂募歙人入日鑄，扚法、掐法、挪法、撒法、扇法、炒法、焙法、藏法，一如松蘿，他泉瀹之，香氣不出，煮禊泉，投以小罐，則香太濃郁，雜入茉蘂〔二〕，再三較量，用敞口瓷甌淡放之〔三〕，候其冷，以旋滚湯衝瀉之，色如竹籜方解，緑粉初匀，又如山窗初曙，透紙黎光。取青妃白〔四〕，傾向素瓷，真如百莖素蘭仝雪濤並瀉也。雪芽得其色矣，未得其氣，余戲呼之『蘭雪』。

四五年後，蘭雪茶一閧如市焉。越之好事者不食松蘿，止食蘭雪。蘭雪則食，以松蘿而纂蘭雪者亦食〔五〕，蓋松蘿貶聲價俯就蘭雪，從俗也。乃近日徽歙間松蘿亦改名蘭雪，向以松蘿名者，封面係换，則又奇矣。

純生氏曰：蘭雪名茶，艷思藻發，羽經得未曾有。

【校】

〔一〕『三峨叔』，原作『三娥叔』，平步青云：『「娥」應作「峨」。名炳芳，字爾含，一字仲先，號天畸人，汝霖三子。天啟丁卯副榜貢生，官內閣誥勑房中書舍人，遷禮部儀制司員外郎，侍經筵兼司經局洗馬。著有《春秋年考》一卷。』據平校及世界書局本改。『松蘿』，原作『松羅』，據文意及粵雅堂本改，下『一如松蘿』同。

〔二〕『茉蕠』，王乙本作『茉藜』，粵雅堂本、豫圖本作『茉莉』。

〔三〕『厰口』，粵雅堂本作『敞口』。『厰』通『敞』。

〔四〕『取青妃白』，粵雅堂本誤作『取清妃白』。

〔五〕『纂』，豫圖本作『篡』，世界書局本作『慕』。

白洋潮*

故事三江看潮，實無潮看，午後喧傳曰：『今年暗漲潮。』歲歲如之。庚辰八月〔一〕，弔朱恒岳少師，至白洋，陳章侯、祁世培同席，海塘上呼看潮，余遄往，章侯、世培踵至。立塘上，見潮頭一線，從海寧而來，直奔塘上。稍近，則隱隱露白，如敺千百羣小鵞，擘翼驚飛。漸近噴沫，冰花蹴起，如百萬雪獅蔽江而下，怒雷鞭之，萬首鏃鏃〔二〕，無敢後先。再近，則颶風逼之，勢欲拍岸而上〔三〕。看者辟易，走避塘下。潮到塘，盡力一礴，水擊射〔四〕，濺起數丈，着面皆濕。旋捲而右，龜山一擋，轟怒非常，礮碎龍湫，半空雪舞。看之驚眩，坐半日，顏始定。先輩言浙江潮頭自龕、赭兩山漱激而起[五]，白洋在兩山外，潮頭更大，何耶？

純生氏曰：驚雷斧天，毬雪高斗。

【校】

〔一〕『庚辰』，彌松頤云：『朱恒岳逝於崇禎十一年（戊寅）八月，庚辰則崇禎十三年事也。』按《祁忠敏公日記》卷八《自鑒録》戊寅歲八月初四日記：『與蔣安然同舟出，吊朱恒岳。飯於朱季方家，楊石攻代作主，值張宗子昆仲俱在。飯罷至海塘邊，海潮至，因得縱觀。再與石攻、宗子、安然、翁艾弟至龜山，憩烏峰菴乃别。』與此事正合，則『庚辰』當爲『戊寅』之誤。

〔二〕『鏃鏃』，科圖本、《硯雲》各本作『簇簇』。

〔三〕科圖本、《硯雲》各本無『欲』字。

〔四〕『擊射』，科圖本、《硯雲》各本作『激射』。

〔五〕『赭』，科圖本、《硯雲》各本誤作『赬』。

陽和泉

禊泉出城中，水遞者日至。臧獲到菴借炊，索薪、索菜、索米，後索酒、索肉，無酒肉輒揮老拳，僧苦之。無計脱此苦，乃罪泉，投之芻穢不已，乃決溝水敗泉，泉大壞[一]。張子知之，至禊井，命長年浚之。及半，見竹管積其下，皆黧脹作氣；竹盡，見芻穢，又作奇臭。張子淘洗數次，俟泉至，泉實不壞，又甘洌。張子去，僧又壞之。不旋踵至再、至三，卒不能救，禊泉竟壞矣。

是時，食之而知其壞者半，食之不知其壞、而仍食之者半，食之知其壞而無泉可食、不得已而仍食之者半。

壬申，有稱陽和嶺玉帶泉者，張子試之，空靈不及禊而清洌過之，特以玉帶名不雅馴。張子謂：陽和嶺實爲余家祖墓，誕生我文恭，遺風餘烈，與山水俱長。昔孤山泉出，東坡名之『六一』，今此泉名之『陽和』，至當不易。蓋生嶺、生泉，俱在生文恭之前，不待文恭而天固已『陽和』之矣，夫復何疑！士人有好事者，恐玉帶失其姓，遂勒石署之，且曰：『自張志禊泉而禊泉爲張氏有，今琶山是其祖壟，擅之益易，立石署之，懼其奪也。』時有傳其語者，陽和泉之名益著。銘曰：有山如礪，有泉如砥。太史遺烈，落落磊磊。孤嶼溢流，六一擅之。千年巴蜀，實繁其齒。但言眉山，自屬蘇氏。

純生氏曰：陶菴以陽和比六一，不思山門玉帶，千古增韻耶？

【校】

〔一〕『泉』，豫圖本誤作『一』。

閔老子茶

周墨農向余道閔汶水茶不置口〔一〕。戊寅九月至留都，抵岸，即訪閔汶水於桃葉渡。日晡，汶水他出，遲其歸，乃婆娑一老。方敘話，遽起曰：『杖忘某所。』又去。余曰：『今日豈可空去？』遲之又久，汶水返，更定矣。睨余曰：『客尚在耶！客在奚爲者？』余曰：『慕汶老久，今日不暢飲汶老茶，决不去。』

汶水喜，自起當罏。茶旋煮，速如風雨。導至一室，明窗淨几，荆溪壺、成宣窯瓷甌十餘種，皆精絶。燈下視茶色，與瓷甌無別，而香氣逼人，余叫絶。

余問汶水曰：『此茶何産？』汶水曰：『閬苑茶也。』余再啜之，曰：『莫紿余！是閬苑製法，而味不似。』汶水匿笑曰：『客知是何産？』余再啜之，曰：『何其似羅蚧甚也！』汶水吐舌曰：『奇！奇！』

余問：『水何水？』曰：『惠泉。』余又曰：『莫紿余！惠泉走千里，水勞而圭角不動，何也？』汶水曰：『不復敢隱。其取惠水，必淘井，静夜候新泉至，旋汲之。山石磊磊藉甕底，舟非風則勿行。故水之生磊，即尋常惠水猶遜一頭地，況他水耶！』又吐舌曰：『奇！奇！』言未畢，汶水去。少頃，持一壺滿斟余曰：『客啜此。』余曰：『香撲烈，味甚渾厚，此春茶耶？向瀹者的是秋採。』汶水大笑曰：『予年七十，精賞鑑者無客比。』遂與定交〔二〕。

純生氏曰：啜閔老子茶，思與蒙山僧同入青城訪道。

【校】

〔一〕『周墨農』，原作『周墨濃』，據粵雅堂本改。周墨農即周祚新。

〔二〕『與』，粵雅堂本無。

龍噴池

臥龍驤首於耶溪，大池百仞出其頷下。六十年内，陵谷遷徙，水道分裂。崇禎己卯，余請太守檄，捐金糾衆，畚插千人〔一〕，毁屋三十餘間，開土壤二十餘畝，辟除瓦礫蜀穢千有餘艘〔二〕，伏道蜿蜒，偃瀦澄靛，克還舊觀。昔之日不通綫道者，今可肆行舟楫矣。喜而銘之，銘曰：蹴醒驪龍〔三〕，如寐斯揭。不避逆鱗，抉其鯁噎。瀦蓄澄泓，煦濕濡沫。夜静水寒，頷珠如月。風雷逼之，揚鬐鼓鬣〔四〕。

純生氏曰：鱗甲怒張，有龍跳天門之勢。

【校】

〔一〕『畚插』，粤雅堂本作『畚鍤』。

〔二〕『辟除』，豫圖本作『解除』。

〔三〕『驪龍』，原作『醨龍』，據粤雅堂本改。

〔四〕『揚』，原作『楊』，據粤雅堂本改。

朱文懿家桂

桂以香山名，然覆墓木耳，北邙蕭然，不堪久立。單醪河錢氏二桂，老而禿；獨朱文懿公宅後一桂，榦大如斗，枝葉覕鬖，樾蔭畝許，下可坐客三四十席。不亭、不屋、不臺、不欄、不砌，棄之籬落間。花時不許人入看，而主人亦禁足勿之往，聽其自開自謝已耳。檮櫟以不材終其天年，其得力全在棄也。百歲老人多出蓬户，子孫第厭其癃瘇耳，何足稱瑞！

純生氏曰：清江酒户老梅如屋，此桂似之。

逍遥樓〔一〕*

滇茶故不易得，亦未有老其材八十餘年者。朱文懿公逍遥樓滇茶，爲陳海樵先生手植，扶蘇蓊翳〔二〕，老而愈茂。諸文孫恐其力不勝葩〔三〕，歲刪其萼盈斛，然所遺落枝頭，猶自燔山熠谷焉。

文懿公，張無垢後身。無垢降乩與文懿，談宿世因甚悉，約公某日面晤於逍遥樓。公佇立久之，有老人至，劇談良久，公殊不爲意，但與公言：『柯亭緑竹菴梁上有殘經一卷，可了之。』尋别去，公始悟老人爲無垢。次日走緑竹菴，簡梁上有《維摩經》一部，繕寫精良，後二卷未竟，蓋無垢筆也。公取而續書之，如出一手。

先君言，乩仙供余家壽芝樓〔四〕，懸筆挂壁間，有事輒自動，扶下書之，有奇驗。娠祈子，病祈藥，賜丹，詔取某處，立應。先君祈嗣，詔取丹於某簏臨川筆内〔五〕。簏失鑰閉久，先君簡視之，鐀自出，觚管中有金丹一粒，先宜人吞之，即娠余。

朱文懿有姬媵，陳夫人獅子吼。公苦之，禱於仙，求『化妬丹』。乩書曰：『難！難！丹在公枕内。』取以進夫人，夫人服之，語人曰：『老頭子有仙丹，不餉諸婢，而余是餉，尚昵余。』與公相好如初。

純生氏曰：女子妬色，仙有醫法，亦僅見之矣。吾更願仙賜妬才丹方，以廣其化。

【校】

〔一〕科圖本題作『逍遥樓滇茶』。

〔二〕『扶蘇』，粵雅堂本作『扶疎』。

〔三〕科圖本、《硯雲》各本無『諸』字。

〔四〕『乩仙』，科圖本、《硯雲》各本作『箕仙』。

〔五〕『簏』，原作『麓』，據科圖本、《硯雲》各本、王乙本、豫圖本、樸社本、世界書局本、貝葉山房本改。

天鏡園〔一〕*

天鏡園浴鳧堂，高槐深竹，樾暗千層。坐對蘭蕩，一泓漾之，水木明瑟，魚鳥藻荇，類若乘空〔二〕。余讀書其中，撲面臨頭〔三〕，受用一緑，幽窗開卷，字俱碧鮮。每歲春老，破塘笋必道此，輕舠飛出，牙人擇頂大笋一株擲水面〔四〕，呼園人曰〔五〕：『撈笋！』鼓枻飛去。園丁划小舟拾之〔六〕，形如象牙，白如雪，嫩如花藕，甜如蔗霜。煮食之，無可名言，但有慚愧。

純生氏曰：緑字照眼，白雪沁腸，寫出躊躇滿志。

【校】

〔一〕科圖本題作『浴凫堂』。

〔二〕『若』，南圖本作『皆』。

〔三〕『臨頭』，科圖本、《硯雲》各本作『淋頭』。

〔四〕『一株』，南圖本作『一枝』。

〔五〕『園人』，科圖本、《硯雲》各本作『園中人』。

〔六〕『園丁』，南圖本作『園中人』。

包涵所

西湖三船之樓〔一〕，實包副使涵所剏爲之。大小三號：頭號置歌筵，儲歌童；次載書畫；再次侍美人。涵老聲妓非侍妾比，傚石季倫、宋子京家法，都令見客。靚粧走馬，嫛婗勃窣，穿柳過之，以爲笑樂。明檻綺疏，曼謳其下，擫籥彈箏，聲如鶯試。客至則歌童演劇〔二〕，隊舞鼓吹，無不絕倫。乘興一出，住必浹旬，觀者相逐，問其所止。

南園在雷峯塔下，北園在飛來峰下。兩地皆石藪，積牒磥砢，無非奇峭。但亦借作溪澗橋梁，不於山上疊山，大有文理。大廳以拱斗擡梁，偷其中間四柱，隊舞獅子甚暢。

北園作八卦房，園亭如規，分作八格，形如扇面。當其狹處，橫亘一床，帳前後開闔，下裏帳則床向外，下外帳則床向內。涵老據其中，扃上開明窗，焚香倚枕，則八床面面皆出。窮奢極欲，老於西湖者二十年。金谷、郿塢，着一毫寒儉不得，索性繁華到底〔三〕，亦杭州人所謂『左右是左右』也。西湖大家何所不有，西子有時亦貯金屋，咄咄書空，則窮措大耳。

純生氏曰：《樂志論》開口『良田廣宅』，無此華靡，而《池上篇》則全以澹勝，雖有櫻口柳腰，語不及也。

【校】

〔一〕按《西湖夢尋》卷四《包衙莊》作『西湖之船之樓』，則『三』應爲『之』之誤。

〔二〕『歌童』，豫圖本作『歌僮』。

〔三〕『索性』，王乙本、豫圖本作『率性』。

鬭雞社

天啟壬戌間好鬭雞，設鬭雞社於龍山下，倣王勃《鬭雞檄》檄同社。仲叔、秦一生日攜古董、書畫、文錦、川扇等物與余博，余雞屢勝之。仲叔忿懣，金其距，介其羽〔一〕，凡足以助其膈膊[illegible]咮者無遺策，又不勝。人有言徐州武陽侯樊噲子孫〔二〕，鬭雞雄天下，長頸烏喙〔三〕，能於高桌上啄粟〔四〕。仲叔心動，密遣使訪之，又不得，益忿懣。一日，余閱稗史，有言唐玄宗以酉年酉月生，好鬭雞而亡其國，余亦酉年酉月生，遂止。

純生氏曰：季、郈之雞，無乃類是。

【校】

〔一〕『介』，原作『芥』，據粤雅堂本改。

〔二〕『武陽侯樊噲』，據《史記》、《漢書》本傳，樊噲封爲『舞陽侯』。

〔三〕『喙』，原作『啄』，據粤雅堂本改。

〔四〕『啄』，原作『喙』，據王乙本、粤雅堂本、豫圖本、楊刻本改。

棲霞

戊寅冬，余攜竹兜一、蒼頭一游棲霞，三宿之。山上下左右，鱗次而櫛比之，巖石頗佳，盡刻佛像，與杭州飛來峯同受黥劓，是大可恨事。山頂怪石巉屼，灌木蒼鬱，有顛僧住之。與余談，荒誕有奇理，惜不得窮詰之。日晡，上攝山頂觀霞，非復霞理，余坐石上癡對。復走菴後，看長江帆影，老鸛河、黄天蕩，條條出麓下，悄然有山河遼廓之感。

一客盤礴余前〔一〕，熟視余。余晉與揖，問之，爲蕭伯玉先生，因坐與劇談，菴僧設茶供。伯玉問及補陀，余適以是年朝海歸，談之甚悉。《補陀志》方成，在篋底，出示伯玉，伯玉大喜，爲余作叙。取火下山，拉與同寓宿，夜長，無不談之，伯玉强余再留一宿。

純生氏曰：伯玉極精《南華》，曠世才也。

【校】

〔一〕『盤礴』，豫圖本作『盤桓』。

湖心亭看雪〔一〕*

崇禎五年十二月，余住西湖。大雪三日，湖中人鳥聲俱絶。是日更定矣，余拏一小舟，擁毳衣爐火，獨往湖心亭看雪。霧淞沆碭〔二〕，天與雲、與山、與水，上下一白。湖上影子，惟長堤一痕，湖心亭一點，與余舟一芥，舟中人兩三粒而已。

到亭上，有兩人鋪氈對坐，一童子燒酒，爐正沸。見余大喜〔三〕，曰：『湖中焉得更有此人！』拉余同飲〔四〕。余强飲三大白而别。問其姓氏，是金陵人，客此。及下船，舟子喃喃曰：『莫説相公癡，更有癡似相公者。』

純生氏曰：扁舟破浪來相見，出船巍然，使人神聳。

【校】

〔一〕科圖本題作『湖心亭雪』。

〔二〕『霧淞』，科圖本、《硯雲》各本作『霜淞』，按朱劍心《晚明小品選註》卷五《湖心亭小記》註云：『霧淞，或作霿淞。曾鞏《冬夜即事詩》自注：「齊寒甚，夜氣如霧，凝於水上，旦視如雪，日出飄滿階庭，齊人謂之霿淞。」又《字林》：「寒夜結水如珠，見晛乃消，齊魯謂之霧淞。」』則作『霜淞』蓋爲『霿淞』之誤。『沆碭』，原作『沆碭』，據科圖本、《硯雲》各本、世界書局本改。

〔三〕『大喜』，科圖本、《硯雲》各本作『大驚喜』。

〔四〕『余』，科圖本、《硯雲》各本（不含南圖本）作『與』。

陳章侯

崇禎己卯八月十三〔一〕，侍南華老人飲湖舫，先月蚤歸。章侯悵悵向余曰：『如此好月，擁被卧耶？』余敕蒼頭攜家釀斗許，呼一小划船再到斷橋。章侯獨飲，不覺沾醉〔二〕。過玉蓮亭，丁叔潛呼舟北岸，出塘棲蜜橘相餉，鬯啖之。章侯方卧船上嚎囂，岸上有女郎，命童子致意云：『相公船肯載我女郎至一橋否？』余許之。女郎欣然下，輕紈淡弱，婉瘱可人〔三〕。章侯被酒挑之曰：『女郎俠如張一妹，能同虬髯客飲否？』女郎欣然就飲。移舟至一橋，漏二下矣，竟傾家釀而去。問其住處，笑而不答。章侯欲躡之，見其過岳王墳，不能追也。

純生氏曰：軟語清謔，宛睹眉宇。

【校】

〔一〕『崇禎己卯』，『己卯』原作『乙卯』，豫圖本作『己卯』，平步青云：『「乙」應作「己」。』據改。

〔二〕『不覺』，雁來紅本作『不覺』，屬上讀。

〔三〕『婉瘱』，貝葉山房本作『婉孌』。

陶菴夢憶卷四

仁和王文誥純生編

不繫園〔一〕*

甲戌十月，攜楚生住不繫園看紅葉。至定香橋，客不期至者八人〔二〕：南京曾波臣，東陽趙純卿，金壇彭天錫，諸暨陳章侯，杭州楊與民、陸九、羅三，女伶陳素芝。余留飲。章侯攜縑素爲純卿畫古佛，波臣爲純卿寫照，楊與民彈三絃子，羅三唱曲，陸九吹簫。與民復出寸許界尺，據小梧，用北調説《金瓶梅》一劇，使人絶倒。是夜，彭天錫與羅三、與民串本腔戲，妙絶；與楚生、素芝串調腔戲，又復妙絶。章侯唱村落小歌，余取琴和之，牙牙如話〔三〕。純卿笑曰：『恨弟無一長以侑兄輩酒。』余曰：『唐裴將軍旻居喪，請吴道子畫天宫壁度亡母。道子曰：「將軍爲我舞劍一迴，庶因猛厲以通幽冥。」旻脱縗衣，纏結，上馬馳驟，揮劍入雲，高十數丈〔四〕，若電光下射，執鞘承之，劍透室而入，觀者驚慄。道子奮袂如風，畫壁立就。章侯爲純卿畫佛，而純卿舞劍，正今日事也〔五〕。』純卿跳身起，取其竹節鞭，重三十觔，作胡旋舞數纏，大噱而去。

純生氏曰：嘗怪西園雅集記類點鬼簿，此作乃見奇創之才。

【校】

〔一〕科圖本題作『定香橋』。
〔二〕『不期至』，科圖本、《硯雲》各本作『不期而至』。
〔三〕『話』，粵雅堂本作『語』。
〔四〕『十數』，南圖本作『數十』。
〔五〕科圖本、《硯雲》各本無『正』字。

秦淮河房〔一〕*

秦淮河河房，便寓，便交際，便淫冶，房值甚貴，而寓之者無虛日〔二〕。畫船簫鼓，去去來來，周折其間。河房之外，家有露臺，朱欄綺疏，竹簾紗幔。夏月浴罷，露臺褋坐。兩岸水樓中，茉莉風起，動兒女香甚。女客團扇輕紈，緩鬢傾髻，軟媚着人。

年年端午，京城士女填溢，競看燈船〔三〕。好事者集小篷船百什艇，篷上挂羊角燈如聯珠。船首尾相啣，有連至十餘艇者。船如燭龍火蜃，屈曲連蜷，蟠委旋折，水火激射。舟中鑔鈸星鐃，讌歌絃管，騰騰如沸。士女凭欄轟笑，聲光亂亂〔四〕，耳目不能自主。午夜，曲倦燈殘，星星自散。鍾伯敬有《秦淮河燈船賦》〔五〕，備極形致。

純生氏曰：屠赤水云『虹梁百丈，鐙火萬家，管絃沸樓，魚蝦腥市』，其秦淮之謂乎？

【校】

〔一〕科圖本題作『秦淮河燈船』。

〔二〕『之』，科圖本、《硯雲》各本無。

〔三〕『競』，原作『之』，平步青云：『「之」應作「競」。』據《硯雲》各本（不含南圖本）、雁來紅本及平校改。

〔四〕『亂亂』，粵雅堂本作『淩亂』。

〔五〕『燈船』，豫圖本作『窗燈』。

兖州閱武〔一〕*

辛未三月，余至兖州，見直指閱武。馬騎三千，步兵七千，軍容甚壯。馬蹄卒步，滔滔羼羼，眼與俱駛，猛掣始回。其陣法奇在變換〔二〕，旝動而鼓，左抽右旋，疾若風雨。陣既成列，則進圖直指，前立一牌曰『某陣變某陣』。連變十餘陣，奇不在整齊而在便捷。

扮敵人百餘騎〔三〕，數里外煙塵坌起。迾卒五騎，小如黑子，頃刻馳至，入轅門報警。建大將旗鼓，出奇設伏，敵騎突至〔四〕，一鼓成擒，俘獻中軍。

內以姣童扮女三四十騎〔五〕，荷旃被毳，繡袪魋結〔六〕，馬上走解，顛倒橫豎，借騙翻騰，柔如無骨。奏樂馬上，三絃、胡撥、琥珀詞、四上兒密失、叉兒機〔七〕，僸佅兜離，罔不畢集，在直指筵前供唱，北調淫俚，曲盡其妙。是年，參將羅某〔八〕，北人，所扮者皆其歌童外宅〔九〕，故極姣麗，恐易人爲之，未必能爾也。

純生氏曰：宮女陳師，兵法行酒，戲事也。斬二姬，劓一吕，不以戲目之也。彼等之兒戲者，真如優人矣。

【校】

〔一〕科圖本題作『兖州演武』。

〔二〕『變换』，科圖本作『變陣』，《硯雲》各本作『變』。

〔三〕『敵人』，科圖本作『胡人』。

〔四〕『敵騎』，科圖本作『胡騎』。

〔五〕『扮女』，科圖本作『扮胡女』。

〔六〕『繡袪』，豫圖本作『繡袺』。

〔七〕『三弦』至『叉兒機』，欒保羣據俞正燮《癸巳存稿》卷十一『火不思』條、劉侗《帝京景物略》卷二『燈市』條等，謂原文當作『三弦、胡撥四（琥珀詞）、土兒密失、叉兒機』。『密』，科圖本、《硯雲》各本作『蜜』。

〔八〕『參將』，科圖本、《硯雲》各本作『參府』。

〔九〕『所扮者』，科圖本作『胡兒胡女』。

牛首山打獵〔一〕*

戊寅冬，余在留都，同族人隆平侯與其弟勳衛、甥趙忻城，貴州楊愛生，揚州顧不盈，余友呂吉士、姚簡叔，姬侍王月生、顧眉、董白、李十、楊能，取戎衣衣客，并衣姬侍。姬侍服大紅錦狐嵌箭衣、昭君套，乘款段馬。鞲青骹，緤韓盧〔二〕，㤺箭手百餘人，旗幟棍棒稱是〔三〕，出南門，校獵於牛首山前後，極馳驟縱送之樂。得鹿一、麂三〔四〕、兔四、雉三、猫狸七。看劇於獻花巖，宿於祖堂〔五〕。次日午後獵歸，出鹿麂以饗士，復縱飲於隆平家。江南不曉獵較爲何事，余見之圖畫戲劇，今身親爲之，果稱雄快。然自須勳戚豪右爲之，寒酸不辦也〔六〕。

純生氏曰：李昌夔荆州打獵，大修裝飾，錦韉繡襖，女隊二千人。茲雖不及其盛，而豪氣過之。

【校】

〔一〕科圖本作『牛首打獵』。

〔二〕『緤』，科圖本、《硯雲》各本作『絲』。

〔三〕『旗幟』，科圖本、《硯雲》各本作『旂幟』。

〔四〕『麂三』，科圖本、《硯雲》各本作『麂一』。

〔五〕『祖堂』，原作『祖塋』，平步青云：『「塋」應作「堂」。祖堂，寺名，在獻花巖。』據科圖本及平校改。

〔六〕『寒酸不辦也』，南圖本作『若寒酸不能辦也』。『辦』，原作『辨』，據科圖本、《硯雲》各本、豫圖本、粵雅堂本改。

楊神廟臺閣

楓橋楊神廟，九月迎臺閣。十年前迎臺閣，臺閣而已，自駱氏兄弟主之，一以思緻文理爲之。扮馬上故事，二三十騎扮傳奇一本，年年换，三日亦三换之。其人與傳奇中人必酷肖方用，全在未扮時一指點爲某似某，非人人絶倒者不之用。迎後，如扮胡璉者〔一〕，直呼爲胡璉，遂無不胡璉之，而此人反失其姓。人定，然後議扮法，必裂繒爲之，果其人其袍鎧須某色某緞某花樣，雖疋錦數十金不惜也。一冠一履，主人全副精神在焉。諸友中有能生造刻畫者，一月前禮聘至，匠意爲之，唯其使。裝束備，先期扮演，非百口叫絶又不用。故一人一騎，其中思緻文理，如玩古董名畫，一勾一勒不得放過焉〔二〕。

土人有小小災祲，輒以小白旗一面，到廟禳之，所積盈庫。是日以一竿穿旗三四，一人持竿三四，走神前，長可七八里，如幾百萬白蝴蝶迴翔盤礴在山坳樹隙。四方來觀者數十萬人。市楓橋下，亦攤亦篷。臺閣上、馬上有金珠寶石墮地，拾者如有物憑焉，不能去，必送還神前；其在樹叢田坎間者，問神，輒示其處，不或爽。

純生氏曰：得名者反失其姓，名之累人，不可思議。

【校】

〔一〕「胡璉」，粤雅堂本作「胡槤」。下二「胡璉」同。

〔二〕「勾」，豫圖本作「鈎」。

雪　精

外祖陶蘭風先生倅壽州，得白騾，蹄跲都白，日行二百里，畜署中。壽州人病噎隔，輒取其尿療之。凡告期，乞騾尿狀常十數紙。外祖以木香沁其尿，詔百姓來取。後致仕歸，捐館，舅氏嗇軒解驂贈余。余豢之十年許，實未嘗具一日草料，日夜聽其自出覓食，視其腹未嘗不飽，然亦不曉其何從得飽也。天曙，必至門祇候，進厩候驅策，至午勿御，仍出覓食如故。後漸跛扈難御，見余則馴服不動，跨鞍去如箭〔一〕，易人則咆哮啼齧〔二〕，百計鞭策之不應也。一日，與風馬争道城上，失足墮濠塹死，余命葬之，謚之曰『雪精』。

純生氏曰：白騾不入華山，而以渡活人，設有款門求肝者，騾其不免乎？争道以死，亦云幸矣。

【校】

〔一〕『箭』，豫圖本作『前』。

〔二〕『啼』，粵雅堂本作『蹄』。

嚴助廟〔一〕*

陶堰司徒廟，漢會稽太守嚴助廟也。歲上元設供，任事者聚族謀之終歲。凡山物犨犨，虎、豹、麋、鹿、獾、豬之類。海物噩噩，江豚、海馬、鱘黄、沙魚之類〔二〕。陸物癡癡，豬必三百觔，羊必二百觔，一日一换。雞、鵞、鳧、鴨之屬，不極肥不上供〔三〕。水物噞噞，凡蝦、魚、蟹、蚌之類，無不鮮活。羽物毨毨，孔雀、白鷴、錦雞、白鸚鵡之屬，即生供之。毛物毧毧〔四〕，白鹿、白兔、活貂鼠之屬〔五〕，亦生供之。洎非地、閩鮮荔枝、圓眼、北蘋婆果、沙果、文官果之類。非天、桃、梅、李、杏、楊梅、枇杷、櫻桃之屬，收藏如新擷。非制、熊掌、猩唇、豹胎之屬。非性、酒醉、蜜餞之類〔六〕。非理、雲南蜜唧〔七〕、峨嵋雪蛆之類〔八〕。非想天花、龍蛋〔九〕、雕鏤瓜棗、捻塑米麪之類。之物，無不集。庭實之盛，自帝王宗廟、社稷壇壝所不能比隆者。

十三日，以大船二十艘載盤軨，以童崽扮故事，無甚文理，以多爲勝。城中及村落人，水逐陸奔，隨路兜截轉摺〔一〇〕，謂之『看燈頭』。且夜夜在廟演劇〔一一〕，梨園必倩越中上三班，或僱自武林者，纏頭日數萬錢。唱《伯喈》、《荆釵》，一老者坐臺下，對院本，一字脱落，羣起噪之，又開場重做。越中有『全伯喈』、『全荆釵』之名，起此。

天啟三年，余兄弟攜南院王岑〔一二〕，老串楊四、徐孟雅，圓社河南張大來輩往觀之〔一三〕。到廟蹴踘，張大來以『一丁泥』、『一串珠』名世。毬着足，渾身旋滚，一似黏疐有膠、提掇有綫、穿插有孔者，人人叫絶。劇至半，王岑扮李三娘，楊四扮火工竇老，徐孟雅扮洪一嫂，馬小卿十二歲，扮咬臍，串《磨房》、《撇池》、《送子》、《出獵》四齣，科諢曲白，妙入筋髓，又復叫絶。遂解維歸，戲場氣奪，鑼不得響，燈不得亮。

純生氏曰：記事古奥，如讀《汲冢周書》。

【校】

〔一〕科圖本題作『陶家堰燈頭』。

〔二〕『鱘黄』，王乙本、豫圖本作『鱗黄』。『沙魚』，科圖本、《硯雲》各本作『鯊魚』。

〔三〕『供』，原作『貢』，據王乙本、豫圖本改。
〔四〕『毧毧』，科圖本作『毧毧』。 婁如松云：『「毛物毧毧」，當爲「毛物毧毧」。』按『毧』即『絨』字。
〔五〕『活貂鼠』，豫圖本無『活』字。
〔六〕『蜜餞』，科圖本作『蜜煎』，豫圖本誤作『密餞』。
〔七〕『蜜唧』，豫圖本作『蜜蝍』。
〔八〕『峨嵋』，科圖本、《硯雲》各本作『蛾眉』。
〔九〕『龍蛋』，粵雅堂本作『龍蜑』。
〔一〇〕科圖本、《硯雲》各本『轉摺』下有『看之』二字。
〔一一〕『且』，原作『五』，據《硯雲》各本改。
〔一二〕科圖本、《硯雲》各本『南院』下有『妓』字。
〔一三〕『輩』，科圖本、《硯雲》各本無。

乳　酪

乳酪自駔儈爲之，氣味已失，再無佳理。余自豢一牛〔一〕，夜取乳置盆盎，比曉，乳花簇起尺許，用銅鐺煮之，瀹蘭雪汁，乳觔和汁四甌，百沸之。玉液珠膠〔二〕，雪腴霜膩，吹氣勝蘭，沁入肺腑，自是天供。或用鶴觴、花露入甑蒸之，以熱妙；或用豆粉攙和，漉之成腐，以冷妙；或煎酥，或作皮，或縳餅〔三〕，或酒凝，或鹽醃，或醋捉，無不佳妙。而蘇州過小拙和以蔗漿霜，熬之、濾之、鑽之、掇之、印之，爲帶骨鮑螺，天下稱至味。其製法秘甚，鎖密房，以紙封固，雖父子不輕傳之。

純生氏曰：使人咽喉間作甘露快。

【校】

〔一〕『豢』，豫圖本作『養』。

〔二〕『玉液』，豫圖本作『玉腋』。

〔三〕『縛餅』，原作『縛餅』，據楊刻本改。縛餅即捲餅。

二十四橋風月〔一〕*

廣陵二十四橋風月，邗溝尚存其意。渡鈔關，横亘半里許，爲巷者九條。巷故九，凡周旋折旋於巷之左右前後者什百之。巷口狹而腸曲，寸寸節節，有精房密户，名妓、歪妓襍處之。名妓匿不見人，非向導莫得入。歪妓多可五六百人，每日傍晚，膏沐薰燒，出巷口，倚徙盤礴於茶館酒肆之前，謂之『站關』。茶館酒肆，岸上紗燈百盞〔二〕，諸妓摭映閃滅於其間，疤盭者簾，雄趾者閾。燈前月下，人無正色，所謂『一白能遮百醜』者，粉之力也。游子過客，往來如梭，摩睛相覷，有當意者，逼前牽之去。而是妓忽出身分，肅客先行，自緩步尾之，至巷口，有偵伺者，向巷門呼曰：『某姐有客了！』内應聲如雷，火燎即出。一一俱去，剩者不過二三十人。沉沉二漏，燈燭將燼，茶館黑魆無人聲〔三〕。茶博士不好請出，惟作呵欠，而諸妓醵錢向茶博士買燭寸許，以待遲客。或發嬌聲，唱《劈破玉》等小詞，或自相謔浪嘻笑，故作熱鬧，以亂時候；然笑言啞啞，聲中漸帶凄楚。夜分不得不去，悄然暗摸如鬼，見老鴇，受餓受笞，俱不可知矣。

余族弟卓如，美鬚髯，有情癡，善笑。到鈔關必狎妓，向余噱曰：『弟今日之樂，不減王公。』余曰：『何謂也？』曰：『王公大人侍妾數百，到晚耽耽望幸，當御者亦不過一人。弟過鈔關，美人數百人，目挑心招，視我如潘安，弟頤指氣使，任意揀擇，亦必得一當意者呼而侍我〔四〕。王公大人豈遂過我哉！』復大噱，余亦大噱。

純生氏曰：二十四橋明月，褰裳而就者如雲，髯客得毋以蒯緱往耶？

【校】

〔一〕科圖本題作『邗溝夜月』。

〔二〕『岸上』，科圖本、《硯雲》各本作『岸上下』。『百盞』，豫圖本誤作『百箋』。

〔三〕『黑魆』，科圖本、《硯雲》各本作『墨魆』。

〔四〕『侍』，原作『待』，據科圖本、《硯雲》各本、粵雅堂本改。

世美堂燈

兒時跨蒼頭頸，猶及見王新建燈。燈皆貴重華美，珠燈、料絲無論，即羊角燈亦描金細畫，纓絡罩之。懸燈百盞尚須秉燭而行，大是悶人！

余見《水滸傳》『燈景詩』有云：『樓臺上下火照火，車馬往來人看人。』已盡燈理。余謂燈不在多，總求一亮。余每放燈，必用如椽大燭，顓令數人剪卸燼煤，故光迸重垣，無微不見。

十年前，里人有李某者，爲閩中二尹，撫臺委其造燈，選雕佛匠，窮工極巧，造燈十架。凡兩年，燈成而撫臺已物故，攜歸藏櫝中〔一〕。又十年許，知余好燈，舉以相贈，余酬之五十金，十不當一，是爲主燈，遂以燒珠、料絲、羊角、剔紗諸燈輔之。

而友人有夏耳金者，剪綵爲花，巧奪天工，罩以冰紗，有煙籠芍藥之致。更用麤鐵線界畫規矩，匠意出樣，剔紗爲蜀錦，皺其界地，鮮艷出人。耳金歲供鎮神，必造燈一盞，燈後，余每以善價購之。余一小傒善收藏，雖紙燈亦十年不得壞，故燈日富。又從南京得趙士元夾紗屏及燈帶數副，皆屬鬼工，決非人力。

燈宵，出其所有，便稱勝事。鼓吹弦索，厮養臧獲皆能爲之。有蒼頭善製盆花，夏間以羊毛鍊泥墩，高二尺許，築『地湧金蓮〔二〕』，聲同雷礮，花蓋畝餘。不用煞拍鼓鐃，清吹鎖吶應之，望花緩急爲鎖吶緩急，望花高下爲鎖吶高下。燈不演劇，則燈意不酣；然無隊舞鼓吹，則燈焰不發。余敕小傒串元劇四五十本。演元劇四齣，則隊舞一回，鼓吹一回，弦索一回，其間濃淡、繁簡、鬆實之妙，全在主人位置，使易人易地爲之，自不能爾爾。故越中誇燈事之盛，必曰『世美堂燈』。

純生氏曰：庚戌秋中，吾鄉放燈極盛，此不及萬分之一矣。余撰《武林燈事》四十八條，存《誰堂筆記》。

【校】

〔一〕『櫝』，王乙本、豫圖本作『牘』。

〔二〕『地』，原作『池』，據其餘各本改。

寧了

大父母喜豢珍禽〔一〕：舞鶴三對，白鷴一對，孔雀二對，吐綬雞一隻，白鸚鵡、鷯哥、緑鸚鵡十數架。一異鳥名『寧了』，身小如鴿，黑翎如八哥，能作人語，絶不含糊。大母呼媵婢，輒應聲曰：『某丫頭，太太叫！』有客至，叫曰：『太太，客來了，看茶！』有一新娘子善睡，黎明輒呼曰：『新娘子，天明了，起來罷！太太叫，快起來！』不起，輒罵曰：『新娘子，臭淫婦，浪蹄子！』新娘子恨甚，置毒藥殺之。

『寧了』疑即『秦吉了』，蜀叙州出，能人言。一日夷人買去，秦吉了曰：『我漢禽，不入夷地。』遂驚死〔二〕。其靈異酷似之。

純生氏曰：是非燕雀之網所能羅者。

【校】

〔一〕『豢』，豫圖本作『養』。

〔二〕『秦吉了曰』至『遂』，原無，據王乙本、豫圖本補。

張氏聲伎

謝太傅不畜聲伎，曰：『畏解，故不畜。〔一〕』王右軍曰：『老年賴絲竹陶寫，恒恐兒輩覺。』曰『解』，曰『覺』，古人用字深確。蓋聲音之道入人最微，一解則自不能已，一覺則自不能禁也。

我家聲伎，前世無之，自大父於萬曆年間與范長白、鄒愚公、黄貞父、包涵所諸先生講究此道，遂破天荒爲之。有『可餐班』，以張綵、王可餐、何閏、張福壽名；次則『武陵班』，以何韻士、傅吉甫、夏清之名；再次則『梯仙班』，以高眉生、李岕生、馬藍生名；再次則『吴郡班』，以王畹生、夏汝開、楊嘯生名；再次則『蘇小小班』，以馬小卿、潘小妃名；再次則平子『茂苑班』，以李含香、顧岕竹、應楚烟、楊騄駬名。主人解事日精一日，而傒僮技藝亦愈出愈奇。

余歷年半百，小傒自小而老、老而復小、小而復老者，凡五易之。無論『可餐』、『武陵』諸人，如三代法物，不可復見；『梯仙』、『吴郡』間有存者，皆爲佝僂老人；而『蘇小小班』亦强半化爲異物矣；『茂苑班』則吾弟先去，而諸人再易其主。余則婆娑一老，以碧眼波斯，尚能别其妍醜。山中人至海上歸，種種海錯皆在其眼，請共舐之。

純生氏曰：煙霞風景，補綴藻繢，如山深月清中有猿嘯，聽者淒其欲絶。

【校】

〔一〕『謝太傅不畜聲伎』至『故不畜』，欒保羣云：『按此處所記應是宋武帝劉裕事。』見《南史·荀伯玉傳》。

方物*

越中清饞無過余者，喜啖方物，北京則蘋婆果、黄鼠、馬牙松〔一〕，山東則羊肚菜、秋白梨、文官果、甜子，福建則福橘、福橘餅、牛皮糖、紅腐乳〔二〕，江西則青根、豐城脯，山西則天花菜，蘇州則帶骨鮑螺、山查丁、山查糕、松子糖、白圓、橄欖脯，嘉興則馬交魚脯、陶莊黄雀，南京則套櫻桃、桃門棗、地栗團、窩筍團、山查糖，杭州則西瓜、雞豆子、花下藕、韭芽、玄笋、塘栖蜜橘〔三〕，蕭山則楊梅、蓴菜、鳩烏〔四〕、青鯽、方柿，諸暨則香貍、櫻桃、虎栗，嵊則蕨粉、細榧、龍游糖〔五〕，臨海則枕頭瓜〔六〕，台州則瓦楞蚶、江瑶柱，浦江則火肉，東陽則南棗，山陰則破塘笋〔七〕、謝橘、獨山菱、河蟹、三江屯蟶、白蛤、江魚、鰣魚、裏河鰦。遠則歲致之，近則月致之、日致之，耽耽逐逐，日爲口腹謀，罪孽固重。但由今思之，四方兵燹，寸寸割裂，錢塘衣帶水，猶不敢輕渡，則向之傳食四方，不可不謂之福德也。

純生氏曰：幻筆，空腸老饕那得不垂涎耶？

【校】

〔一〕「黄鼠馬牙松」，底本作「黄鼸馬牙松」，粤雅堂本同，據科圖本、《硯雲》各本、王乙本、豫圖本改。周汝昌《鸚哥祖母黄鼠馬牙》（見《硯霓小集》）謂當作「黄芽馬糞菘」，即北京冬季之窖白菜，俗謂黄芽菜。按周氏似誤，黄鼠見《本草綱目·獸部》，即黄鼠肉。馬牙松見清彭孫貽《茗齋集》卷十七《馬牙松》：

『十八公諸子，其如齒長何？分房争自落，五粒未云多。流珀疑朱血，含犀響玉珂。從遊堪辟穀，安事嚼鸞和。』尋繹詩意，蓋指紅松子。

〔二〕『紅腐乳』，雁來紅本、樸社本、貝葉山房本作『紅乳腐』。按乳腐爲中藥，作『紅乳腐』蓋誤。

〔三〕『塘栖』，底本及楊刻本作『糖栖』，據其餘各本改。

〔四〕『鳩』，原作『鵧』，字書無此字，據粤雅堂本改。

〔五〕此句疑有脱誤。欒保羣云：『按文例，「龍游」下應補一「則」字。』

〔六〕『臨海』，科圖本作『臨山』。

〔七〕『破塘』，底本誤作『破糖』，據科圖本、《硯雲》各本、王乙本、豫圖鈔本改。

祁止祥癖

人無癖不可與交，以其無深情也；人無疵不可與交，以其無真氣也。余友祁止祥有書畫癖，有蹴踘癖，有鼓鈸癖，有鬼戲癖，有梨園癖。壬午至南都，止祥出阿寶示余。余謂：『此西方迦陵鳥，何處得來？』阿寶妖冶如蕊女，而嬌癡無賴，故作澁勒，不肯着人。如食橄欖，咽澁無味，而韻在回甘；如喫煙酒，鯁餶無奈，而軟同沾醉。初如可厭，而過即思之。

止祥精音律，咬釘嚼鐵，一字百磨，口口親授，阿寶輩皆能曲通主意。乙酉，南都失守〔一〕，止祥奔歸。遇土賊，刀劍加頸，性命可傾，至寶是寶。丙戌，以監軍駐台州，亂民鹵掠，止祥囊篋都盡，阿寶沿途唱曲，以膳主人。及歸剛半月，又挾之遠去。止祥去妻子如脱蹝耳，獨以孌童崽子爲性命，其癖如此。

純生氏曰：王武子馬癖、和長輿錢癖、杜預《左傳》癖，皆足千古，况止祥哉！止祥客廣陵時，爲周元亮畫南北宗派四十幀，今藏余家。

【校】

〔一〕『南都』，原作『南郡』，據粤雅堂本改。

泰安州客店

客店至泰安州，不復敢以客店目之。余進香泰山，未至店里許，見驢馬槽房二三十間〔一〕；再近，有戲子寓二十餘處；再近，則密户曲房，皆妓女妖冶其中。余謂是一州之事，不知其爲一店之事也。

投店者，先至一廳事，上簿掛號，人納店例銀三錢八分，又人納税山銀一錢八分。店房三等。下客夜素，早亦素，午在山上，用素酒果核勞之，謂之接頂。夜至店，設席賀，謂燒香後，求官得官，求子得子，求利得利，故曰賀也〔二〕。賀亦三等：上者專席，糖餅、五菓、十餚、果核、演戲；次者二人一席，亦糖餅，亦餚核，亦演戲；下者三四人一席，亦糖餅、餚核，不演戲，亦彈唱〔三〕。計其店中，演戲者二十餘處，彈唱者不勝計。庖廚炊爨亦二十餘所，奔走服役者一二百人。下山後，葷酒狎妓惟所欲。此皆一日事也。若上山落山，客日日至，而新舊客房不相更奇。

襲，葷素庖廚不相溷，迎送厮役不相兼，是則不可測識之矣。泰安一州與此店比者五六所，又

純生氏曰：曼卿過錢癡，桃蟲處桃，壤蟲處壤，豈不當自反耶？

【校】

〔一〕『二三十間』，粤雅堂本作『二十三間』。

〔二〕『謂燒香後』至『故曰賀也』，樸社本、貝葉山房本爲小字夾注。

〔三〕『亦』，原作『用』，據粤雅堂本改。

陶菴夢憶卷五

仁和王文誥純生編

范長白

范長白園在天平山下，萬石都焉。龍性難馴，石皆笏起。傍爲范文正公墓。園外有長堤，桃柳曲橋，蟠屈湖面，橋盡抵園，園門故作低小，進門則長廊複壁，直達山麓。其繒樓幔閣、秘室曲房，故故匿之，不使人見也。

山之左爲『桃源』，峭壁迴湍，桃花片片流出。右『孤山』，種梅千樹。渡澗爲『小蘭亭』，茂林脩竹，曲水流觴，件件有之。竹大如椽，明静娟潔，打磨滑澤如扇骨，是則蘭亭所無也。地必古跡，名必古人，此是主人學問。但桃則谿之，梅則嶼之，竹則林之，儘可自名其家，不必寄人籬下也。

余至，主人出見。主人與大父同籍，以奇醜著。是日釋褐，大父嬲之曰：『丑不冠帶，范年兄亦冠帶了也。』人傳以笑。余亟欲一見。及出，狀貌果奇，似羊肚石雕一小猱，其鼻垩顴頤猶殘缺失次也。冠履精潔，若諧謔談笑面目中不應有此。

開山堂小飲，綺疏藻幕，備極華縟。秘閣清謳，絲竹摇颺，忽出層垣，知爲女樂。飲罷，又移席小蘭亭。比晚辭去，主人曰：『寬坐，請看「少焉」。』余不解。主人曰：『吾鄉有縉紳先生，喜調文袋，以《赤壁賦》有「少焉月出於東山之上」句，遂字月爲「少焉」。頃言「少焉」者，月也。』固留看月，晚景果妙。主人曰：『四方客來，都不及見小園雪，山石谽砑〔一〕，銀濤蹴起，掀翻五泄，擣碎龍湫，世上偉觀，惜不令宗子見也。』步月而出，至元墓，宿葆生叔書畫舫中。

純生氏曰：道安謂安道行像神明太俗，世情未盡。長白奇醜駭人，而冠履精潔，有此行像，何待務光免俗？

【校】

〔一〕『谽砑』，粤雅堂本、豫圖本作『谽谺』，世界書局本作『谽谺』。

于園

于園在瓜州步五里舖，富人于五所園也。非顯者刺，則門鑰不得出。葆生叔同知瓜州，攜余往，主人處處款之。園中無他奇，奇在磥石。前堂石坡高二丈，上植果子松數顆，緣坡植牡丹、芍藥，人不得上，以實奇。後廳臨大池，池中奇峯絕壑，陡上陡下，人走池底，仰視蓮花，反在天上，以空奇。臥房檻外，一壑旋下如螺螄纏，以幽陰深邃奇。再後一水閣，長如艇子，跨小河，四圍灌木叢，禽鳥啾唧，如深山茂林，坐其中，頹然碧窈。瓜州諸園亭，俱以假山顯，胎於石，娠於磥石之手，男女於琢磨搜剔之主人，至于園可無憾矣。

儀真汪園，葺石費至四五萬，其所最加意者，爲『飛來』一峯，陰翳泥濘，供人唾罵。余見其棄地下一白石，高一丈、濶二丈而癡，癡妙；一黑石，濶八尺、高丈五而瘦，瘦妙。得此二石足矣，省下二三萬收其子母，以世守此二石何如？

純生氏曰：富人之園，宗老亦復驅使木石。

諸　工[一]*

竹與漆與銅與窯，賤工也。嘉興臘竹王二之漆竹[二]，蘇州姜華雨之篛篆竹，嘉興洪漆之漆、張銅之銅，徽州吴明官之窯，皆以竹與漆與銅與窯名家起家，而其人且與縉紳先生列坐抗禮焉。則天下何物不足以貴人，特人自賤之耳。

純生氏曰：此不特爲諸工言之，正要人人良貴。

【校】

〔一〕科圖本題作『竹漆等器』。

〔二〕雁來紅本、樸社本、貝葉山房本『嘉興』下衍一『之』字，今通行本多承其誤。

姚簡叔畫*

姚簡叔畫千古，人亦千古。戊寅，簡叔客魏國[一]，爲上賓。余寓桃葉渡，往來者閔汶水、曾波臣一二人而已。簡叔無半面交，訪余，一見如平生歡〔二〕，遂榻余寓。與余料理米鹽之事〔三〕，不使余知。有空拉余飲淮上館〔四〕，潦倒而歸。京中諸勳戚大老、朋儕緇衲、高人名妓與簡叔交者，必使交余，無或遺者。與余同起居者十日，有蒼頭至，方知其有妾在寓也。

簡叔塞淵〔五〕，不露聰明，爲人落落難合，孤意一往，使人不可親疎。與余交不知何緣，反而求之不得也。訪友報恩寺，出册葉百方，宋元名筆。簡叔眼光透入重紙，據梧精思，面無人色。及歸，爲余倣蘇漢臣一圖：小兒方據澡盆浴，一脚入水，一脚退縮欲出；宮人蹲盆側，一手掖兒，一手爲兒擤鼻涕；旁坐宮娥，一兒浴起，伏其膝，爲結繡裾。一圖：宮娥盛粧端立有所俟〔六〕，雙鬟尾之；一侍兒捧盤，盤列二甌，意色向客；一宮娥持其盤，爲整茶鍬，詳視端謹。覆視原本，一筆不失。

純生氏曰：聰明不露，孤意一往，是人千古，紙透眼光，面無人色，是畫千古。宗老傳簡叔不傳之妙，乃令人得見蘇漢臣畫圖奇絶。

【校】

〔一〕『國』，原脱，平步青云：『「魏」下脱「國」字。』據科圖本、《硯雲》各本、王乙本、豫圖本及平校補。

〔二〕『平生』，科圖本作『生平』。

〔三〕『與』，科圖本、《硯雲》各本作『爲』。

〔四〕科圖本、《硯雲》各本『有空』下有『則』字。

〔五〕『塞淵』，科圖本、《硯雲》各本無。

〔六〕『端立』，科圖本、《硯雲》各本作『端坐』。

爐峯月

爐峯絶頂，複岫迴巒〔一〕，斗聳相亂。千丈巖陬牙横梧，兩石不相接者丈許，俯身下視，足震慴不得前。王文成少年曾趵而過，人服其膽。余叔爾藴以氈裹體，縋而下。余挾二樵子，從壑底摝而上，可謂癡絶。

丁卯四月，余讀書天瓦菴，午後同二三友人登絶頂，看落照。一友曰：『少需之，俟月出去。勝期難再得，縱遇虎，亦命也。且虎亦有道，夜則下山覓豚犬食耳，渠上山亦看月耶？』語亦有理。四人踞坐金簡石上。是日月政望，日没月出，山中草木都發光怪，悄然生恐。月白路明，相與策杖而下〔二〕。行未數武，半山嘄嘑，乃余蒼頭同山僧七八人，持火燎、鞴刀、木棍，疑余輩遇虎失路，緣山叫喊耳。余接聲應，奔而上，扶掖下之。

次日，山背有人言：『昨晚更定，有火燎數十把，大盜百餘人，過張公嶺，不知出何地。』吾輩匿笑不之語。謝靈運開山臨瀨，從者數百人，太守王琇驚駴，謂是山賊，及知爲靈運乃安。吾輩是夜不以山賊縳獻太守，亦幸矣。

純生氏曰：膽量不減文成，縋而下，摝而上，策杖而下，奔而上，俱從『趵而過』一氣出。

【校】

〔一〕『迴』，豫圖本誤作『逈』。

〔二〕『下』，雁來紅本、樸社本、貝葉山房本作『行』。

湘湖

西湖，田也，而湖之，成湖焉；湘湖，亦田也，而湖之，不成湖焉。湖西湖者，坡公也，有意於湖而湖之者也；湖湘湖者，任長者也，不願湖而湖之者也。任長者有湘湖田數百頃，稱巨富。有術者相其一夜而貧，不信。縣官請湖湘湖，灌蕭山田，詔湖之，而長者之田一夜失，遂赤貧如術者言。今雖湖，尚田也，不下插板，不築堰，則水立涸；是以湖中水道，非熟於湖者不能行咫尺。游湖者堅欲去，必尋湖中小船與湖中識水道之人，遡十閼三，鯁咽不之暢焉。湖裏外鎖以橋，裏湖愈佳。蓋西湖止一湖心亭爲眼中黑子，湘湖皆小阜、小墩、小山亂插水面。四圍山趾，稜稜礪礪〔一〕，濡足入水，尤爲奇峭。余謂西湖如名妓，人人得而媟褻之；鑑湖如閨秀，可欽而不可狎；湘湖如處子，眠娗羞澁〔二〕，猶及見其未嫁時也。此是定評，確不可易。

純生氏曰：寫湘湖以西湖起，以鑑湖結，自是獨創之才。昔有比西湖美人、湘湖處士、鑑湖神仙者，語同一致，此特以韻語出之耳。

【校】

〔一〕『礣礣』，除底本及楊刻本外各本均作『礪礪』，『礣』爲『礪』之俗字，見《可洪音義》。

〔二〕『眠娗』，各本均作『眡娗』，按《西湖夢尋》卷一《明聖二湖》：『余以湘湖爲處子，眠娗羞澀，猶及見其未嫁之時。』則字作『眠娗』，據改。本書卷八《王月生》同。

柳敬亭説書〔一〕*

南京柳麻子，黧黑，滿面疤瘤〔二〕，悠悠忽忽，土木形骸。善説書，一日説書一回，定價一兩，十日前先送書帕下定，常不得空。南京一時有兩行情人，王月生、柳麻子是也〔三〕。余聽其説《景陽岡武松打虎》白文〔四〕，與本傳大異。其描寫刻畫〔五〕，微入毫髮，然又找截乾淨，並不嘮叨。㘁夬聲如巨鐘〔六〕，説至筋節處，叱咤叫喊，洶洶崩屋。武松到店沽酒，店内無人，謈地一吼〔七〕，店中空缸空甓皆瓮瓮有聲。閒中着色，細微至此。

主人必屏息靜坐，傾耳聽之，彼方掉舌，稍見下人呫嗶耳語〔八〕，聽者欠伸有倦色，不輒言〔九〕，故不得强〔一〇〕。每至丙夜，拭桌剪燈，素甆靜遞，款款言之，其疾徐輕重，吞吐抑揚，入情入理，入筋入骨，摘世上説書之耳而使之諦聽，不怕其不齰舌死也。

柳麻子貌奇醜，然其口角波俏，眼目流利〔一一〕，衣服恬靜〔一二〕，直與王月生同其婉孌，故其行情正等。

純生氏曰：説書記口角眼目，常耳，衣服恬静，獨傳波俏流利之神，土木形骸，情乎此矣。月生口角眼目，宗老言之，此以麻子分其婉孌，更是入神之言。

【校】

〔一〕科圖本題作『柳麻子説書』。
〔二〕『皅癗』，科圖本、《硯雲》各本作『皅𤻘』。
〔三〕『麻子』，豫圖本原作『麻子』，改作『敬亭』。
〔四〕『景陽岡』，科圖本、《硯雲》各本作『景陽崗』。
〔五〕『刻畫』，科圖本、《硯雲》各本作『刻劃』。
〔六〕『嗷央』，科圖本誤作『嗷央』。
〔七〕『一吼』，南圖本作『一聲吼起』。
〔八〕『呫嗶』，科圖本、《硯雲》各本作『呫囁』。
〔九〕『不輒言』，粤雅堂本作『輒不言』。
〔一〇〕『强』，科圖本、南圖本作『候』。
〔一一〕『眼目』，南圖本作『眉目』，豫圖本作『眼角』。
〔一二〕『恬靜』，科圖本、《硯雲》各本作『恬浄』。

樊江陳氏橘

樊江陳氏辟地爲果園，枸菊圍之。自麥爲蒟醬〔一〕，自秫釀酒，酒香洌，色如淡金蜜珀，酒人稱之。自果自蓏，以螿乳醴之，爲冥果。

樹謝橘百株，青不擷，酸不擷，不樹上紅不擷，不霜不擷，不連蒂剪不擷。故其所擷，橘皮寬而綻，色黃而深，瓤堅而脆，筋解而脱，味甜而鮮。第四門、陶堰、道墟以至塘棲，皆無其比。余歲必親至其園買橘，寧遲，寧貴，寧少。購得之，用黃砂缸，藉以金城稻草或燥松毛收之。閲十日，草有潤氣，又更換之，可藏至三月盡，甘脆如新擷者。枸菊城主人橘百樹，歲獲絹百疋，不愧木奴。

純生氏曰：樊江百樹橘，其人與百户等。

【校】

〔一〕『蒟醬』，王乙本、豫圖本作『蒟』。

治沅堂

古有拆字法〔一〕。宣和間，成都謝石拆字〔二〕，言禍福如響，徽宗聞之〔三〕，書一『朝』字，令中貴人持試之。石見字，端視中貴人曰：『此非觀察書也。』中貴人愕然。石曰：『「朝」字離之爲「十月十日」，乃此月此日所生之天人，得非上位耶？』一國駭異。

吾越謝文正廳事名『保錫堂』，後易之他姓，主人至，亟去其扁，人問之，曰：『分明寫「呆人易金堂」。』朱石門爲文選署中額『典劇』二字，繼之者顧諸吏曰：『爾知朱公意乎〔四〕？此二字離合言之，曰「曲處曲處，八刀八刀」耳。』歙許相國孫志吉爲大理評事，受魏璫指案賣黄山，勢張甚，當道媚之，送一扁曰『大卜于門』。里人夜至，增減其筆畫凡三：一曰『天下未聞』，一倒讀之曰『闖手下犬』，一曰『太平拿問』。後直指提問，械至太平，果如其言。凡此數者皆有義味。

而吾鄉縉紳有名『治沅堂』者，人不解其義，問之，笑不答，力究之，縉紳曰：『無他意，亦止取「三台三元」之義云耳！』聞者噴飯。

純生氏曰：得且住爲佳耳。

【校】

〔一〕『拆字』，原作『折字』，據粤雅堂本、豫圖本改。下一『拆字』同。

〔二〕『成都』，王乙本作『城都』，豫圖本原作『城隍』，塗改作『城都』。

〔三〕『徽宗』，原作『欽宗』，據王乙本、豫圖本改。

〔四〕『朱公』，原作『諸公』，據王乙本、豫圖本、楊刻本、世界書局本改。

虎丘中秋夜

虎丘八月半，土著流寓、士夫眷屬、女樂聲伎、曲中名妓戲婆、民間少婦好女、崽子孌童，及游冶惡少、清客幫閑、傒僮走空之輩，無不鱗集，自生公臺、千人石、鶴澗、劍池、申文定祠下，至試劍石、一二山門，皆鋪氊席地坐，登高望之，如鴈落平沙，霞鋪江上。

天暝月上，鼓吹百十處，大吹大擂，十番鐃鈸，漁陽摻撾，動地翻天，雷轟鼎沸，嘑叫不聞。更定鼓鐃漸歇，絲管繁興，襍以歌唱，皆『錦帆開』、『澄湖萬頃』同場大曲，蹲踏和鑼，絲、竹、肉聲，不辨拍煞。

更深，人漸散去，士夫眷屬皆下船水嬉，席席徵歌，人人獻技，南北襍之，管絃迭奏，聽者方辨句字，藻鑑隨之。二鼓人静，悉屏管絃，洞簫一縷，哀澁清綿，與肉相引，尚存三四，迭更爲之。三鼓，月孤氣肅，人皆寂闃，不襍蚊虻。一夫登場，高坐石上，不簫不拍，聲出如絲，裂石穿雲，串度抑揚，一字一刻。聽者尋入鍼芥，心血爲枯，不敢擊節，惟有點頭。然此時鴈比而坐者，猶存百十人焉。使非蘇州，焉討識者！

純生氏曰：曲高和寡，千古不易，較之客歌郢中，光彩焕發十倍。

麋　公

萬曆甲辰，有老醫馴一大角鹿，以鐵鉗其趾，設鞍韉其上〔一〕，用籠頭啣勒，騎而走，角上掛葫蘆藥甕，隨所病出藥，服之輒愈。家大人見之喜，欲售其鹿，老人欣然肯，解以贈，大人以三十金售之。

五月朔日，爲大父壽。大父偉碩，跨之走數百步，輒立而喘。常命小傒籠之，從游山澤。次年至雲間，解贈陳眉公。眉公羸瘦〔二〕，行可連二三里，大喜。後攜至西湖六橋三竺間，竹冠羽衣，往來於長堤深柳之下，見者嘖嘖，稱爲『謫仙』。後眉公復號『麋公』者，以此。

純生氏曰：麋公不及雪精多矣。

【校】

〔一〕『鞍韉』，欒保羣云：『「鞍」，應作「鮫」。』見《史記·禮書》。

〔二〕『羸瘦』，雁來紅本、樸社本、貝葉山房本作『羸弱』。

揚州清明*

揚州清明〔一〕，城中男女畢出，家家展墓。雖家有數墓，日必展之。故輕車駿馬，簫鼓畫船，轉摺再三，不辭往復。監門小户亦攜殽核紙錢，走至墓所〔二〕，祭畢席地飲胙〔三〕。自鈔關南門、古渡橋、天寧寺、平山堂一帶，靚粧藻野，袨服縟川。

隨有貨郎，路傍擺設骨董古玩并小兒器具〔四〕。博徒持小杌坐空地，左右鋪袒衫半臂，紗裙汗帨，銅爐錫注，瓷甌漆奩，及肩彘鮮魚〔五〕、秋梨福橘之屬〔六〕，呼朋引類〔七〕，以錢擲地，謂之『跌成』，或六，或八，或十，謂之『六成』、『八成』、『十成』焉。百十其處，人環觀之。

是日，四方流離及徽商西賈、曲中名妓，一切好事之徒，無不咸集。長塘豐草〔八〕，走馬放鷹；高阜平岡〔九〕，鬬雞蹴踘；茂林清樾，劈阮彈箏〔一〇〕。浪子相撲〔一一〕，童稚紙鳶，老僧因果，瞽者説書，立者林林，蹲者蟄蟄。

日暮霞生，車馬紛沓。宦門淑秀，車幕盡開。婢媵倦歸，山花斜插。臻臻簇簇，奪門而入。余所見者，惟西湖春、秦淮夏、虎丘秋差足比擬。然彼皆團簇一塊，如畫家横披；此獨魚貫雁比，舒長且三十里焉，則畫家之手卷矣。南宋張擇端作《清明上河圖》〔一二〕，追摹汴京景物〔一三〕，有『西方美人』之思，而余目盱盱，能無夢想！

純生氏曰：錦鋪繡列，雕繢滿眼。

【校】

〔一〕『清明』，科圖本、《硯雲》各本作『清明日』。

〔二〕『墓所』，科圖本、《硯雲》各本作『墓前』。

〔三〕『祭畢』，科圖本、《硯雲》各本作『祭則』。

〔四〕『器具』，科圖本、《硯雲》各本作『戲具』。

〔五〕『彘』，南圖本作『豚』。

〔六〕『屬』，南圖本作『類』。

〔七〕『類』，南圖本作『屬』。

〔八〕『塘』，南圖本作『林』。

〔九〕『平岡』，科圖本、《硯雲》各本作『平崗』。

〔一〇〕『劈阮彈箏』，豫圖本『劈阮』作『甓阮』，平步青云：『「劈」應作「擘」。』

〔一一〕科圖本、《硯雲》各本『浪子相撲』上有『而』字。

〔一二〕『張擇端』，科圖本、《硯雲》各本誤作『張澤端』。

〔一三〕『追摹』，豫圖本作『追慕』。

金山競渡

看西湖競渡十二三次，己巳競渡於秦淮，辛未競渡於無錫，壬午競渡於瓜州，於金山寺。西湖競渡，以看競渡之人勝，無錫亦如之。秦淮有燈船無龍船，龍船無瓜州比，而看龍船亦無金山寺比。

瓜州龍船一二十隻，刻畫龍頭尾，取其怒；傍坐二十人持大楫，取其悍；中用綵篷，前後旌幢繡傘，取其絢；撞鉦撾鼓〔一〕，取其節；艄後列軍器一架，取其鍔；龍頭上一人足倒豎，敁敠其上，取其危；龍尾掛一小兒，取其險。自五月初一至十五，日日畫地而出。

五日出金山，鎮江亦出。驚湍跳沫，羣龍格鬭。偶墮洄渦，則百蛣捷捽，蟠委出之。金山上人團簇，隔江望之，蟻附蜂屯，蠢蠢欲動。晚則萬艓齊開，兩岸沓沓然而沸。

純生氏曰：寫得生生活活，吾恐天龍聞而下之。

【校】

〔一〕『鉦』，王乙本、豫圖本作『釭』。

劉暉吉女戲

女戲以妖冶恕，以嘽緩恕，以態度恕，故女戲者全乎其爲恕也。若劉暉吉則異是。劉暉吉奇情幻想，欲補從來梨園之缺陷。如《唐明皇游月宮》，葉法善作場上，一時黑魆地暗，手起劍落，霹靂一聲〔一〕，黑幔忽收，露出一月，其圓如規，四下以羊角染五色雲氣，中坐常儀，桂樹吳剛，白兔搗藥。輕紗幔之，内燃『賽月明』數株，光焰青黎，色如初曙。撒布成梁，遂躡月窟，境界神奇，忘其爲戲也。其他如舞燈，十數人手攜一燈，忽隱忽現，怪幻百出，匪夷所思，令唐明皇見之，亦必目睁口開，謂氍毹場中那得如許光怪耶！

彭天錫向余道：『女戲至劉暉吉，何必男子！何必彭大！』天錫曲中南、董，絶少許可，而獨心折暉吉家姬，其所賞鑒〔二〕，定不草草。

純生氏曰：諸書記李三郎入月，本無此光怪。

【校】

〔一〕『霹靂』，原作『辟歷』，據粵雅堂本改。

〔二〕『其所』，原作『其其』，據其餘各本改。

朱楚生*

朱楚生，女戲耳，調腔戲耳，其科白之妙〔一〕，有本腔不能得十分之一者〔二〕。蓋四明姚益城先生精音律，與楚生輩講究關節〔三〕，妙入情理，如《江天暮雪》、《霄光劍》、《畫中人》等戲，雖崑山老教師細細摹擬，斷不能加其毫末也。班中脚色，足以鼓吹楚生者方留之，故班次愈妙。

楚生色不甚美，雖絶世佳人〔四〕，無其風韻。楚楚謖謖，其孤意在眉，其深情在睫，其解意在烟視媚行。性命於戲，下全力爲之。曲白有誤，稍爲訂証之〔五〕，雖後數月，其誤處必改削如所語。楚生多坐馳，一往深情，摇颺無主。一日同余在定香橋，日晡烟生，林木窅冥，楚生低頭不語，泣如雨下，余問之，作飾語以對。勞心忡忡，終以情死。

純生氏曰：費長房縮不盡相思地，女媧氏補不完離恨天。别淚銅壺共滴，愁腸蘭燄同煎，可爲楚生一唱三嘆。

【校】

〔一〕『科白』，科圖本、《硯雲》各本作『科套』。

〔二〕『十分之一』，科圖本、《硯雲》各本作『十分一』。

〔三〕申報館本『與』上有『嘗』字。

〔四〕『佳人』，豫圖本作『家人』。

〔五〕『訂証』，粵雅堂本作『訂正』。

揚州瘦馬〔一〕*

揚州人日飲食於瘦馬之身者數十百人。娶妾者切勿露意，稍透消息，牙婆駔儈，咸集其門，如蠅附羶〔二〕，撩撲不去。黎明，即促之出門〔三〕，媒人先到者先挾之去，其餘尾其後，接踵伺之。至瘦馬家，坐定進茶，牙婆扶瘦馬出，曰：『姑娘拜客。』下拜。曰：『姑娘往上走。』走。曰：『姑娘轉身。』轉身向明立，面出。曰：『姑娘借手睄睄。』盡褫其袂，手出，臂出，膚亦出。曰：『姑娘睄相公。』轉眼偷覷，眼出。曰：『姑娘幾歲了？』曰幾歲，聲出。曰：『姑娘再走走。』以手拉其裙，趾出。然看趾有法，凡出門裙幅先響者，必大；高繫其裙，人未出而趾先出者，必小。曰：『姑娘請回。』一人進〔四〕，一人又出〔五〕。看一家必五六人，咸如之。看中者，用金簪或釵一股插其鬢〔六〕，曰『插帶』。看不中，出錢數百文，賞牙婆或賞其家侍婢，又去看〔七〕。牙婆倦〔八〕，又有數牙婆踵伺之，一日、二日至四五日，不倦亦不盡，然看至五六十人，白面紅衫，千篇一律，如學字者，一字寫至百至千，連此字亦不認得矣〔九〕。心與目謀，毫無把柄，不得不聊且遷就，定其一人。

插帶後，本家出一紅單，上寫綵緞若干〔一〇〕，金花若干，財禮若干，布疋若干，用筆蘸墨，送客點閱。客批財禮及緞疋如其意〔一一〕，則肅客歸。歸未抵寓，而鼓樂盤擔、紅綠羊酒在其門久矣。不一刻，而禮幣、餻果俱齊，鼓樂導之去。去未半里，而花轎花燈、擎燎火把、山人儐相、紙燭供果牲醴之屬，門前環侍。廚子挑一擔至，則蔬果、餚饌、湯點、花棚、糖餅、桌圍坐褥〔一二〕、酒壺盃箸、龍虎壽星、撒帳牽紅〔一三〕、小唱弦索之類，又畢備矣。不待覆命，亦不待主人命，而花轎及親送小轎一齊往迎，鼓樂燈燎〔一四〕，新人轎與親迎轎一時俱到矣〔一五〕。新人拜堂，親送上席，小唱鼓吹，喧填熱鬧。日未午而討賞遽去，急往他家，又復如是〔一六〕。

純生氏曰：粲然陳前，亦好事者之一適也。

【校】

〔一〕科圖本題作『娶瘦馬』。
〔二〕『氈』，原作『氊』，據科圖本、《硯雲》各本、粵雅堂本、楊刻本改。豫圖本原作『氊』，改作『氈』。
〔三〕『促』，豫圖本作『捉』。
〔四〕『一人進』，申報館本作『一人方進』。
〔五〕『又』，科圖本、《硯雲》各本作『復』。
〔六〕『釵』，申報館本作『金釵』。
〔七〕『又』，南圖本作『再』。
〔八〕『牙婆倦』，南圖本無。
〔九〕科圖本、《硯雲》各本無『連』字。
〔一〇〕『綵緞』，科圖本、《硯雲》各本作『彩段』。
〔一一〕『及』，南圖本無。『緞疋』，科圖本、《硯雲》各本作『段疋』。
〔一二〕『桌圍』，科圖本、《硯雲》各本作『桌幃』。
〔一三〕『帳』，申報館本作『幔』。
〔一四〕科圖本、《硯雲》各本『鼓樂燈燎』上有『而』字。

〔一五〕「親迎」，楊刻本同，其餘各本作「親送」。
〔一六〕「又」，豫圖本作「亦」。

陶菴夢憶卷六

仁和王文誥純生編

彭天錫串戲〔一〕*

彭天錫串戲妙天下，然齣齣皆有傳頭，未嘗一字杜撰。曾以一齣戲，延其人至家費數十金者，家業十萬緣手而盡。三春多在西湖，曾五至紹興，到余家串戲五六十場，而窮其技不盡。天錫多扮丑、浄，千古之姦雄佞倖，經天錫之心肝而愈狠，借天錫之面目而愈刁，出天錫之口角而愈險，設身處地，恐紂之惡不如是之甚也。皺眉眡眼，實實腹中有劍，笑裏有刀〔二〕，鬼氣殺機，陰森可畏。蓋天錫一肚皮書史，一肚皮山川，一肚皮機械，一肚皮磥砢不平之氣，無地發洩〔三〕，特於是發洩之耳。

余嘗見一齣好戲〔四〕，恨不得法錦包裹，傳之不朽，嘗比之天上一夜好月〔五〕，與得火候一盃好茶，祇可供一刻受用，其實珍惜之不盡也。桓子野見山水佳處〔六〕，輒呼：『奈何！奈何！』真有無可奈何者，口説不出。

純生氏曰：書史、山川、機械、磥砢，本是戲場；天錫一肚皮書史、山川、機械、磥砢，發於戲而天錫不自知。宗老一肚皮書史、山川、機械、磥砢，發於天錫之戲而亦不自知。總之，串戲者與看戲者，俱是戲中之戲，惟自認爲真面目耳。

【校】

〔一〕科圖本題作『彭天錫戲』。

〔二〕『裏』，豫圖本作『中』。

〔三〕『無地』，豫圖本作『無他』。『發洩』，科圖本作『發雪』。

〔四〕科圖本、《硯雲》各本『見』下有『其』字。

〔五〕『嘗』，科圖本、《硯雲》各本作『常』。

〔六〕『桓』，原作『恒』，據科圖本、《硯雲》各本、粤雅堂本、豫圖本、楊刻本改。桓子野，即桓伊，東晉人。

目蓮戲

爾蘊叔演武場搭一大臺〔一〕，選徽州旌陽戲子剽輕精悍、能相撲跌打者三四十人，搬演目蓮，凡三日三夜。四圍女臺百什座，戲子獻技臺上，如度索舞絙、翻桌翻梯、觔斗蜻蜓、蹬罈蹬臼、跳索跳圈、竄火竄劍之類，大非情理。凡天神地祇、牛頭馬面、鬼母喪門、夜叉羅刹、鋸磨鼎鑊、刀山寒冰、劍樹森羅、鐵城血澥，一似吴道子《地獄變相》〔二〕，爲之費紙札者萬錢。人心惴惴，燈下面皆鬼色。

戲中套數，如《招五方惡鬼》、《劉氏逃棚》等劇，萬餘人齊聲吶喊。熊太守謂是海寇卒至，驚起，差衙官偵問，余叔自往復之，乃安。臺成，叔走筆書二對。一曰：『果證幽明，看善善惡惡，隨形答響，到底來那箇能逃；道通晝夜，任生生死死，換姓移名，下場去此人還在。』一曰：『裝神扮鬼，愚蠢的心下驚慌，怕當真也是如此；成佛作祖，聰明人眼底忽略，臨了時還待怎生？』真是以戲說法。

純生氏曰：腕下有鬼，可抵一篇《鬼方記》。

【校】

〔一〕『爾蘊』，各本均作『余蘊』，平步青：「余」應作「爾」，以作「尒」涉「余」字，形近而譌。』據改。

〔二〕『獄』，原作『嶽』，據粵雅堂本、楊刻本改。

甘文臺爐

香爐貴適用，尤貴耐火。三代青緑，見火即敗壞，哥、汝窯亦如之。便用便火，莫如宣爐。然近日宣銅一爐價百四五十金，焉能辨之？北鑄如施銀匠亦佳，但麤夯可厭。蘇州甘回子文臺，其撥蠟範沙，深心有法，而燒銅色等、分兩，與宣銅款緻分毫無二，俱可亂真。然其與人不同者，尤在銅料。甘文臺以回回教門不崇佛法，烏斯藏滲金佛，見即錘碎之，不介意，故其銅質不特與宣銅等，而有時寔勝之。甘文臺自言佛像遭劫已七百尊有奇矣，余曰：『使回回國別有地獄則可。』

純生氏曰：物情不齊，貴於適用。禮以多少、大小、高下、文素爲貴，不過『適用』二字。若不適用，而以爲貴，是懸衡陳繩墨設規矩，而見欺於輕重曲直方圓矣。一爐即可充類至意之盡。

紹興燈景

紹興燈景爲海内所誇者無他，竹賤、燈賤、燭賤。賤，故家家可爲之；賤，故家家以不能燈爲恥。故自莊逵以至窮簷曲巷，無不燈、無不棚者。棚以二竿竹搭過橋，中横一竹，挂雪燈一，燈毬六。大街以百計，小巷以什計〔一〕。從巷口回視巷内，複叠堆垛，鮮妍飄灑，亦足動人。十字街搭木棚，挂大燈一，俗曰『呆燈』，畫《四書》、《千家詩》故事，或寫燈謎，環立猜射之。

菴堂寺觀以木架作柱燈及門額，寫『慶賞元宵』、『與民同樂』等字。佛前紅紙、荷花、琉璃百盞，以佛圖燈帶間之，熊熊煜煜。廟門前高臺，鼓吹五夜。

市廛如横街〔二〕、軒亭、會稽縣西橋，閭里相約，故盛其燈，更於其地鬬獅子燈，鼓吹彈唱，施放烟火，擠擠襍襍。小街曲巷有空地，則跳大頭和尚。鑼鼓聲錯，處處有人團簇看之。城中婦女多相率步行，往鬧處看燈；否則大家小户襍坐門前，吃瓜子、糖豆，看往來士女，午夜方散。鄉村夫婦多在白日進城，喬喬畫畫，東穿西走，曰『鑽燈棚』，曰『走燈橋』，天晴無日無之。

萬曆間，父叔輩於龍山放燈，稱盛事，而年來有效之者。次年，朱相國家放燈塔山，再次年，放燈蕺山。蕺山以小户效顰，用竹棚多挂紙魁星燈，有輕薄子作口號嘲之曰：『蕺山燈景實堪誇，箹篠竿頭掛夜叉。若問搭彩是何物，手巾脚布神袍紗。』繇今思之，亦是不惡。

純生氏曰：記紹興燈事精詳，亦復生動。

【校】

〔一〕『小巷』，王乙本、豫圖本作『小街』。

〔二〕『市廛』，王乙本、豫圖本作『市前』。

韻山

大父至老手不釋卷，齋頭亦喜書畫、瓶几布設。不數日，翻閱搜討，塵堆研表，卷帙正倒參差。常從塵硯中磨墨一方，頭眼入於紙筆，潦草作書生家蠅頭細字。日晡向晦，則攜卷出簾外就天光。爇燭檠高〔一〕，光不到紙，輒倚几攜書就燈，與光俱頫，每至夜分，不以爲疲。常恨《韻府韻玉》、《五車韻瑞》寒儉可笑，意欲廣之。乃博采羣書，用淮南大小山義，摘其事曰『大山』，摘其語曰『小山』，事語已詳本韻而偶寄他韻下曰『他山』，膾炙人口者曰『殘山』，總名之曰『韻山』。小字襞積，烟煤殘楮，厚如磚塊者三百餘本。一韻積至十餘本，《韻府》、《五車》不啻千倍之矣。

政欲成帙，胡儀部青蓮攜其尊人所出中秘書名《永樂大典》者，與《韻山》政相類，大帙三十餘本〔二〕，一韻中之一字猶不盡焉。大父見而太息曰：『書囊無盡，精衛啣石填海，所得幾何！』遂輟筆而止。以三十年之精神，使爲別書，其博洽應不在王弇州、楊升庵下。今此書再加三十年，亦不能成，縱成亦力不能刻。筆塚如山，祇堪覆瓿〔三〕，余深惜之。丙戌兵亂，余載往九里山，藏之藏經閣，以待後人。

純生氏曰：山，産也，産萬物者也；又宣也，宣氣散生萬物，有石而高也。以韻而推，極於萬事萬物，收百世之闕文，采千載之遺韻，謂之『韻山』，不亦宜乎？

【校】

〔一〕『爇燭』，原作『熱燭』，據王乙本、豫圖本、粵雅堂本、楊刻本改。

〔二〕『帙』，原作『秩』，據粵雅堂本改。

〔三〕『覆瓿』，原作『覆甓』，粵雅堂本作『覆缻』，據世界書局本、貝葉山房本改。

天童寺僧

戊寅，同秦一生詣天童訪金粟和尚。到山門，見萬工池緑淨，可鑑鬚眉，傍有大鍋覆地。問僧，僧曰：『天童山有龍藏，龍常下飲池水，故此水芻穢不入。正德間二龍鬬，寺僧五六百人撞鐘鼓撼之，龍怒，掃寺成白地，鍋其遺也。』入大殿，宏麗莊嚴。折入方丈，通名刺。老和尚見人便打，曰『棒喝〔一〕』。余坐方丈，老和尚遲遲出，二侍者執杖、執如意先導之，南向立，曰：『老和尚出。』又曰：『怎麽行禮〔二〕？』蓋官長見者皆下拜，無抗禮。余屹立不動，老和尚下，行賓主禮。侍者又曰：『老和尚怎麽坐？』余又屹立不動，老和尚肅余坐。坐定，余曰：『二生門外漢，不知佛理，亦不知佛法，望老和尚慈悲，明白開示。勿勞棒喝，勿落機鋒，只求如家常白話，老實商量，求個下落。』老和尚首肯余言，導余隨喜。蚤晚齋方丈，敬禮特甚。

余徧觀寺中僧匠千五百人，俱舂者、碓者、磨者、甑者、汲者、爨者、鋸者、劈者〔三〕、菜者、飯者，猙獰急遽，大似吴道子一幅《地獄變相》。老和尚規矩嚴肅，常自起撞人，不止棒喝。

純生氏曰：老和尚巖巖如孤松之獨立，宗老謖謖如勁松下風。

【校】

〔一〕『棒喝』，原作『捧喝』，據王乙本、粤雅堂本改。下二『棒喝』同。

〔二〕『怎麽』，王乙本、豫圖本作『争麽』。下一『怎麽』同。

〔三〕『鋸者』、『劈者』，豫圖本互乙。

水滸牌*

古貌，古服，古兜鍪，古鎧冑，古器械，章侯自寫其所學所問已耳，而輒呼之曰『宋江』，曰『吴用』，而『宋江』、『吴用』亦無不應者，以英雄忠義之氣，鬱鬱芊芊，積於筆墨間也。周孔嘉丐余促章侯，孔嘉丐之，余促之，凡四閱月而成。余爲作《緣起》曰：

余友章侯，才足掞天，筆能泣鬼。昌谷道上，婢囊嘔血之詩；蘭渚寺中，僧秘開花之字〔一〕。畫兼之力開畫苑，遂能目無古人。有索必酬，無求不與。既蠲郭恕先之癖，喜周賈耘老之貧。畫《水滸》四十人，爲孔嘉八口計。遂使宋江兄弟，復覩漢官威儀。伯益考著《山海》遺經〔二〕，獸毨鳥氄，皆拾爲千古奇文；吳道子畫《地獄變相》，青面獠牙，盡化作一團清氣〔三〕。收掌付雙荷葉，能月繼三石米，致二斗酒，不妨特贈〔四〕；珍重如柳河東，必日灌薔薇露，薰玉蕤香，方許解觀。非敢阿私，願公同好。

純生氏曰：鬼斧神工，獨出意匠，宛然老遲畫稿。

【校】

〔一〕「字」，原作「宇」，楊刻本作「寺」，據科圖本、《硯雲》各本、王乙本、豫圖本、粵雅堂本改。

〔二〕「伯益考」，豫圖本誤作「伯邑考」。

〔三〕「一團」，科圖本誤作「一圖」。

〔四〕「特贈」，科圖本、《硯雲》各本、粵雅堂本作「持贈」。

煙雨樓

嘉興人開口煙雨樓，天下笑之。然煙雨樓故自佳。樓襟對鴛澤湖，涳涳濛濛，時帶雨意，長蘆高柳，能與湖爲淺深。

湖多精舫，美人航之，載書畫茶酒，與客期於煙雨樓。客至則載之去，艤舟於烟波縹渺〔一〕，態度幽閑，茗爐相對，意之所安，經旬不返。舟中有所需，則逸出宣公橋、甪里街，果蓏蔬鱻，法膳瓊蘇〔二〕，咄嗟立辦，旋即歸航柳灣桃塢。癡迷佇想，若遇仙緣，灑然言別，不落姓氏。間有倩女離魂，文君新寡，亦效顰爲之，淫靡之事，出以風韻，習俗之惡，愈出愈奇。

純生氏曰：大爲煙雨樓生色，一片熱心，多被布帆卷去，能不作有情癡？魚樂國中，果有此無邊風月否耶？

【校】

〔一〕『縹渺』，粤雅堂本、豫圖本作『縹緲』。

〔二〕『法膳』，原作『法善』，據粤雅堂本改。

朱氏收藏

朱氏家藏，如『龍尾觥』、『合巹盃』，雕鏤鍥刻，真屬鬼工，世不再見。餘如秦銅漢玉、周鼎商彝、哥窯倭漆、廠盒宣爐、法書名畫、晉帖唐琴，所畜之多，與分宜埒富，時人譏之。

余謂博洽好古，猶是文人韻事，風雅之列，不黜曹瞞，賞鑑之家，尚存秋壑。詩文書畫未嘗不擡舉古人，恒恐子孫效尤，以袖攫石、攫金銀以賺田宅〔一〕，豪奪巧取，未免有累盛德。聞昔年朱氏子孫，有欲賣盡『坐朝問道』四號田者〔二〕，余外祖蘭風先生謔之曰：『你只管坐朝問道，怎不管垂拱平章？』一時傳爲佳話。

純生氏曰：龍尾觥真贋不一，購辯若狂，寧止費辭説耶？所不同於擇端《金明池》者，幸矣。

【校】

〔一〕『以袖攫石、攫金銀以賺田宅』，王乙本、豫圖本無。

〔二〕欒保羣云：『「賣盡」，應是「買盡」之誤。』事又見《快園道古》卷十四『戲謔部』。

仲叔古董

葆生叔少從渭陽游，遂精賞鑒。得白定爐、哥窯瓶、官窯酒匜，項墨林以五百金售之，辭曰：『留以殉葬。』癸卯，道淮上，有鐵梨木天然几，長丈六，濶三尺，滑澤堅潤非常理。淮撫李三才百五十金不能得，仲叔以二百金得之，解維遽去。淮撫大恚怒，差兵躡之，不及而返。庚戌，得石璞三十觔，取日下水滌之，石罅中光射如鸜哥、祖母，知是水碧，仲叔大喜。募玉工倣朱氏『龍尾觥』一，『合巹盃』一，享價三千，其餘片屑寸皮，皆成異寶。仲叔贏資巨萬，收藏日富。

戊辰後倅姑熟，倅姑蘇，尋令盟津。河南爲銅藪，所得銅器盈數車，『美人觚』一種，大小十五六枚〔一〕，青緑徹骨，如翡翠，如鬼眼青，有不可正視之者。歸之燕客，一日失之。或是龍藏收去。

純生氏曰：葆生非特賞鑑，畫山水秀潤有致，余從趙菉森見之，採入《韻山堂亥既珠音》一書。陳章侯，其壻也。

【校】

〔一〕『枚』，原作『枝』，據其餘各本改。

噱社

仲叔善詼諧，在京師與漏仲容、沈虎臣、韓求仲輩結『噱社』，唼喋數言，必絶纓噴飯。漏仲容爲帖括名士，常曰：『吾輩老年讀書做文字，與少年不同。少年讀書，如快刀切物，眼光逼注，皆在行墨空處，一過輒了。老年如以指頭掐字，掐得一個，只是一個，掐得不着時，只是白地。少年做文字，白眼看天，一篇現成文字掛在天上，頃刻下來，刷入紙上，一刷便完。老年如惡心嘔吐，以手摳入齒噦出之，出亦無多，總是渣穢。』此是格言，非止諧語。

一日，韓求仲與仲叔同讌一客，欲連名速之，仲叔曰：『我長求仲，則我名應在求仲前，但綴蠅頭於如拳之上，則是細註在前，白文在後，那有此理！』人皆失笑。

沈虎臣出語尤尖巧。仲叔候座師收一帽套，此日嚴寒，沈虎臣嘲之曰：『座主已收帽套去，此地空餘帽套頭。帽套一去不復返，此頭千載冷悠悠。』其滑稽多類此。

純生氏曰：蔡中郎得《論衡》，每秘之，而譚更遠。有從帳中捉得者，邕丁寧云：『唯我與子共之，勿廣也。』結㩜社者，未知所本何書。

魯府松棚

報國寺松，蔓引𨊚委，已入藤理。入其下者，蹣跚跼蹐，氣不得舒。

魯府舊邸二松，高丈五，上及簷甃，勁竿如虵脊〔一〕，屈曲撐距〔二〕，意色酣怒，鱗爪拏攫，義不受制，鬣起鍼鍼，怒張如戟。舊府呼『松棚』，故松之意態情理無不棚之。便殿三楹盤鬱殆徧，暗不通天，密不通雨。魯憲王晚年好道，嘗取松肘一節，抱與同卧，久則滑澤酣酡，似有血氣。

純生氏曰：千秋萬歲知者誰，曰張長公。

【校】

〔一〕『竿』，王乙本、豫圖本作『幹』。

〔二〕『撐距』，豫圖本作『撐拒』。

一尺雪

一尺雪，爲芍藥異種，余於兖州見之。花瓣純白，無鬚蕚，無檀心，無星星紅紫，潔如羊脂，細如鶴翮，結樓吐舌，粉艷雪腴。上下四旁方三尺，榦小而弱，力不能支，蕊大如芙蓉，輒縛一小架扶之。大江以南，有其名無其種，有其種無其土，蓋非兖勿易見之也。

兖州種芍藥者如種麥，以鄰以畝。花時宴客，棚於路、綵於門、衣於壁、障於屏、綴於簾、簪於席、茵於階者，畢用之，日費數千勿惜。余昔在兖，友人日剪數百朵送寓所，堆垛狼藉，真無法處之。

純生氏曰：此似玉盤盂者。

菊海

兖州張氏期余看菊，去城五里。余至其園，盡其所爲園者而折旋之，又盡其所不盡爲園者而周旋之，絶不見一菊〔一〕，異之。移時，主人導至一蒼莽空地，有葦廠三間，肅余入，徧觀之，不敢以菊言，真菊海也。廠三面，砌壇三層，以菊之高下高下之〔二〕。花大如瓷甌，無不毬，無不甲，無不金銀荷花瓣，色鮮艷異凡本，而翠葉層層，無一葉蚤脱者。此是天道，是土力，是人工，缺一不可焉。

兖州縉紳家風氣襲王府，賞菊之日，其桌，其杌〔三〕、其燈、其爐、其盤、其盒、其盆盎、其餚器、其杯盤大觥、其壺、其幃、其褥、其酒、其麪食、其衣服花樣，無不菊者。夜燒燭照之，蒸蒸烘染，較日色更浮出數層。席散，撤葦簾以受繁露。

純生氏曰：菊海可泛，吾將一繫故園心。

【校】

〔一〕『絶』，豫圖本作『総』。

〔二〕『肅余入』至『以菊之高下高下之』，王乙本、豫圖本作『真菊海也。壇三層，以菊高下之』。

〔三〕『杌』，粵雅堂本作『炕』。

曹山

萬曆甲辰，大父游曹山，大張樂於獅子巖下。石梁先生戲作《山君檄》討大父，祖昭明太子語，謂『若以管絃，污我巖壑』。大父作檄罵之，有曰：『誰云鬼刻神鏤，竟是殘山剩水！』石簣先生嗤石梁曰：『文人也，那得犯其鋒！不若自認，以「殘山剩水」四字摩崖勒之。』先輩之引重如此。

曹石宕爲外祖放生池，積三十餘年，放生幾百千萬。有見池中放光如萬炬燭天，魚蝦荇藻附之而起，直達天河者。余少時從先宜人至曹山菴作佛事，以大竹篰貯西瓜四，浸宕內。須臾，大聲起巖下，水噴起十餘丈，三小舟纜斷，顛播波中〔一〕，衝擊幾碎。舟人急起視，見大魚如舟，口欱四瓜〔二〕，掉尾而下。

純生氏曰：袁宗道云月炤李花，清瘦冷淡，似對石簣面孔。今讀嗤石梁語，兼有陶先生神氣。

【校】

〔一〕『顛播』，原作『顛翻』，據王乙本、豫圖本改。

〔二〕『四瓜』，雁來紅本、樸社本、貝葉山房本作『西瓜』。

齊景公墓花罇〔一〕

霞頭沈僉事宦遊時，有發掘齊景公墓者，跡之，得銅豆三，大花罇二。豆樸素無奇。花罇高三尺，束腰拱起，口方而敞〔二〕，四面戟楞，花紋獸面，麤細得款，自是三代法物。歸乾陽劉太公〔三〕。余見，賞識之，太公取與嚴，一介不敢請。及宦粵西，外母歸余齊頭，余拂拭之，爲發異光。取浸梅花，貯水，汗下如雨，踰刻始收，花謝結子，大如雀卵。余藏之兩年，太公歸自粵西，稽覆之。余恐傷外母意，亟歸之。後爲駔儈所啖，竟以百金售去，可惜！今聞在歙縣某氏家廟。

純生氏曰：膽瓶實豬汁，亦能花實。

【校】

〔一〕按鄒存淦補抄本此篇歸於『陶菴夢憶卷六補』，并附識云：『此條《粵雅堂叢書》本載第六卷末，而王本無之，特補録於後。存淦附識。』此篇王乙本實在第七卷之末，鄒存淦因未見王乙本七、八兩卷而致誤。

〔二〕『敞』，粵雅堂本作『敞』。

〔三〕『乾陽劉太公』，王乙本、粤雅堂本、豫圖本、楊刻本誤作『乾劉陽太公』，平步青云：『「乾劉」應作「劉乾」。名毅，字健甫，山陰人。萬曆己丑進士，官廣西右布政使。著有《寶綸堂遺稟》。』按世界書局本正作『劉乾陽太公』。

陶菴夢憶卷七

仁和王文誥純生編

西湖香市

西湖香市，起於花朝，盡於端午。山東進香普陀者日至，嘉、湖進香天竺者日至，至則與湖之人市焉，故曰香市。然進香之人市於三天竺，市於岳王墳，市於湖心亭，市於陸宣公祠，無不市，而獨湊集於昭慶寺。昭慶寺兩廊故無日不市者，三代八朝之骨董，蠻夷閩貊之珍異皆集焉。至香市，則殿中邊甬道上下、池左右、山門内外，有屋則攤，無屋則廠，廠外又棚〔一〕，棚外又攤，節節寸寸，凡胭脂簪珥、牙尺剪刀，以至經典木魚、孙兒嬉具之類〔二〕，無不集。

此時春暖，桃柳明媚，鼓吹清和，岸無留船，寓無留客，肆無留釀。袁石公所謂『山色如娥，花光如頰，波紋如綾，温風如酒』，已畫出西湖三月。而此以香客襍來，光景又別。士女閒都，不勝其村粧野婦之喬畫；芳蘭薌澤，不勝其合香芫荽之薰蒸；絲竹管絃，不勝其搖鼓欱笙之聒帳〔三〕；鼎彝光怪，不勝其泥人竹馬之行情；宋元名畫，不勝其湖景佛圖之紙貴。如逃如逐，如奔如追，撩撲不開，牽挽不住，數百十萬男男女女、老老少少，日簇擁於寺之前後左右者，凡四閱月方罷，恐大江以東，斷無此二地矣。

崇禎庚辰三月，昭慶寺火。是歲及辛巳、壬午洊饑，民强半餓死。壬午虜鯁山東，香客斷絶，無有至者，市遂廢。辛巳夏，余在西湖，但見城中餓殍舁出，扛挽相屬。時杭州劉太守夢謙，汴梁人，鄉里抽豐者，多寓西湖，日以民詞餽送。有輕薄子改古詩誚之曰：『山不青山樓不樓，西湖歌舞一時休。暖風吹得死人臭〔四〕，還把杭州送汴州。』可作西湖寔録。

純生氏曰：此記見《西湖夢尋》。

【校】

〔一〕『棚』，王乙本、豫圖本作『栅』。下一『棚』字同。

〔二〕『孖兒』，雁來紅本、樸社本、貝葉山房本作『孩兒』。

〔三〕『帳』，世界書局本作『耳』。

〔四〕『吹』，豫圖本作『薫』。

鹿苑寺方柿

蕭山方柿，皮緑者不佳，皮紅而肉麋爛者不佳〔一〕，必樹頭紅而堅脆如藕者，方稱絶品。然間遇之，不多得。余向言西瓜生於六月，享盡天福；秋白梨生於秋，方柿、緑柿生於冬，未免失候。丙戌，余避兵西白山，鹿苑寺前後有夏方柿十數株〔二〕。六月歊暑，柿大如瓜，生脆如咀冰嚼雪，目爲之明，但無法製之，則澁勒不可入口。土人以桑葉煎湯，候冷，加鹽少許，入甕内，浸柿没其頸，隔二宿取食，鮮磊異常。余食蕭山柿多澁，請贈以此法。

純生氏曰：柿有七絶：一壽，二多陰，三無鳥窠，四無蟲蠹，五霜葉可玩，六佳實可啖，七落葉肥大，可以臨書。余爲添一絶，曰：六月歊暑，可以代瓜。

【校】

〔一〕『麋爛』，粤雅堂本、豫圖本作『糜爛』。

〔二〕『鹿苑寺』，豫圖本誤作『鹿菀寺』。

西湖七月半*

西湖七月半，一無可看，止可看看七月半之人。看七月半之人，以五類看之。其一，樓船簫鼓，峩冠盛筵，燈火優傒，聲光相亂，名爲看月而實不見月者，看之。其一，亦船亦樓，名娃閨秀，攜及童孌，笑啼雜之，環坐露臺〔一〕，左右盼望，身在月下而實不看月者，看之。其一，亦船亦聲歌，名妓閒僧，淺斟低唱，弱管輕絲，竹肉相發，亦在月下，亦看月，而欲人看其看月者，看之。其一，不舟不車，不衫不幘，酒醉飯飽，呼羣三五，躋入人叢〔二〕，昭慶、斷橋，嘄呼嘈雜，裝假醉，唱無腔曲，月亦看，看月者亦看，不看月者亦看，而實無一看者〔三〕，看之。其一，小船輕幌，净几煖爐，茶鐺旋煮，素瓷静遞，好友佳人，邀月同坐，或匿影樹下，或逃囂裏湖，看月而人不見其看月之態，亦不作意看月者，看之。

杭人遊湖，巳出酉歸，避月如仇〔四〕，是夕好名，逐隊爭出，多犒門軍酒錢，轎夫擎燎列俟岸上。一入舟，速舟子急放斷橋，趕入勝會。以故二鼓以前，人聲鼓吹，如沸如撼，如魘如囈，如聾如啞，大船小船一齊湊岸，一無所見，止見篙擊篙、舟觸舟、肩摩肩、面看面而已。少刻興盡，官府席散，皂隸喝道去，轎夫叫船上人，怖以關門，燈籠火把如列星，一一簇擁而去〔五〕。岸上人亦逐隊趕門，漸稀漸薄，頃刻散盡矣。吾輩始艤舟近岸，斷橋石磴始涼，席其上〔六〕，呼客縱飲。此時月如鏡新磨，山復整粧，湖復頮面，向之淺斟低唱者出，匿影樹下者亦出，吾輩往通聲氣，拉與同坐。韻友來，名妓至，杯箸安，竹肉發。月色蒼涼，東方將白，客方散去。吾輩縱舟，酣睡於十里荷花之中，香氣拍人〔七〕，清夢甚愜。

純生氏曰：如游七十二峯，神奇詭異，一峯一叫絕。

【校】

〔一〕『環坐』，雁來紅本、樸社本作『還坐』，貝葉山房本作『遂坐』。

〔二〕『躋』，科圖本、《硯雲》各本作『擠』。

〔三〕豫圖本『無一』下衍『不』字。

〔四〕『避月如仇』，科圖本、《硯雲》各本作『避月如避仇』。

〔五〕『簇擁』，申報館本作『簇擠』。

〔六〕『上』，南圖本作『地』。

〔七〕『拍人』，科圖本、《硯雲》各本作『撲人』，雁來紅本作『拘人』，世界書局本作『沁人』。

及時雨

壬申七月，村村禱雨，日日扮潮神海鬼，爭唾之。余里中扮《水滸》，且曰：畫《水滸》者，龍眠、松雪，近章侯〔一〕，總不如施耐庵，但如其面勿黛，如其髭勿鬣，如其兜鍪勿紙，如其刀杖勿樹，如其傳勿杜撰，勿弋陽腔，則十得八九矣。於是分頭四出，尋黑矮漢，尋梢長大漢〔二〕，尋頭陀，尋胖大和尚，尋茁壯婦人，尋姣長婦人，尋青面，尋歪頭，尋赤鬚〔三〕，尋美髯，尋黑大漢，尋赤臉長鬚。大索城中，無則之郭、之村、之山僻、之鄰府州縣，用重價聘之，得三十六人。梁山泊好漢，個個呵活，臻臻至至，人馬稱娖而行，觀者兜截遮攔，直欲看殺衛玠。

五雪叔歸自廣陵〔四〕，多購法錦宮緞，從以臺閣者八：雷部六，大士一，龍宮一。華重美都，見者目奪氣亦奪。蓋自有臺閣，有其華無其重，有其美無其都，有其華重美都無其思緻，無其文理。輕薄子有言：『不替他謙了也，事事精辦！』

季祖南華老人喃喃怪問余曰：『《水滸》與禱雨有何義味？近余山盜起〔五〕，迎盜何爲耶？』余頫首思之，果誕而無謂，徐應之曰：『有之。天罡盡，以宿太尉殿焉。用大牌六，書「奉旨招安」者二〔六〕，書「風調雨順」者一，「盜息民安」者一，更大書「及時雨」者二，前導之。』觀者歡喜讚歎，老人亦匿笑而去。

純生氏曰：雨雖及時，只是從盜泉乞得，老人曷不爲轉語耶？

【校】

〔一〕『近章侯』，貝葉山房本作『陳章侯』。
〔二〕『梢長』，豫圖本作『稍長』。
〔三〕『赤鬚』，雁來紅本、樸社本、貝葉山房本作『赤髮』。
〔四〕『五雪叔』，平步青云：『「雪」，《越中園亭記》作「洩」。名煒芳，字爾襄，汝霖四子。恩貢生，官淮揚運副。入國朝，改河閒府同知。順治己亥二月八日卒。』世界書局本誤作『五雲叔』。
〔五〕『近佘山盜起』，雁來紅本、樸社本、貝葉山房本『近』上有『相』字，屬上讀。『佘山』，原作『余山』，王乙本、豫圖本作『佘山』，在松江。周作人與松枝茂夫信謂當作『塗山』，在山陰。平步青云：『「佘」應作「佘」。』今改作『佘山』。
〔六〕豫圖本脱『者』字。

山艇子樟〔一〕

龍山自巘花閣而西皆骨立，得其一節，亦盡名家。山艇子石，意尤孤孑，壁立霞剥，義不受土。大樟徙其上，石不容也，然不恨石，屈而下，與石相親疏。石方廣三丈，右坳而凹，非竹則盡矣，何以淺深乎石？

然竹怪甚，能孤行，實不藉石。竹節促而虬，葉毿毿如蝟毛，如松狗尾，離離矗矗，捎捩攢擠，若有所驚者。竹不可一世，不敢以竹二之。或曰：古金錯刀也〔二〕。或曰：竹生石上，土膚淺，蝕其根，故輪囷盤鬱，如黄山上松。

山艇子樟，始之石，中之竹，終之樓，意長樓不得竟其長，故艇之。然傷於貪，特特向石，石意反不之屬。使去丈而樓，壁出，樟出，竹亦盡出。竹石間意，在以淡遠取之。

純生氏曰：孤奇妙遠，字字不經人道。

【校】

〔一〕『山艇子樟』，『樟』字原脱，據王乙本、豫圖本補。

〔二〕『古金錯刀』，原作『古今錯刀』，據楊刻本改。

懸杪亭

余六歲隨先君子讀書於懸杪亭。記在一峭壁之下，木石撑距，不藉尺土，飛閣虚堂，延駢如櫛。緣崖而上，皆灌木高柯，與簷甃相錯。取杜審言『樹杪玉堂懸』句，名之『懸杪』，度索尋橦〔一〕，大有奇緻。後仲叔廬其崖下，信堪輿家言，謂礙其龍脈，百計購之，一夜徙去，鞠爲茂草。兒時怡寄，常夢寐尋往。

純生氏曰：高人妙致，夢寐以之，蓋自其幼時而已然矣。

【校】

〔一〕『橦』，原作『樟』，據王乙本、豫圖本改。

雷殿

雷殿在龍山磨盤岡下，錢武肅王於此建蓬萊閣，有斷碣在焉。殿前石臺高爽，喬木瀟疎。六月，月從南來，樹不蔽月。余每浴後拉秦一生、石田上人、平子輩坐臺上，乘涼風，攜餚核，飲香雪酒，剥雞豆，啜烏龍井水，水涼洌激齒。下午着人投西瓜浸之，夜剖食，寒栗逼人，可讎三伏。林中多鶻，聞人聲輒驚起，磔磔雲霄間，半日不得下。

純生氏曰：布帆二丈畫冷雲，瘦鶴順風而翔於蘆花、楊柳之間，襟懷類此。

龍山雪

天啟六年十二月，大雪深三尺許。晚霽，余登龍山，坐上城隍廟山門，李岕生、高眉生、王畹生、馬小卿、潘小妃侍。萬山載雪，明月薄之，月不能光，雪皆呆白。坐久清洌，蒼頭送酒至，余勉强舉大觥敵寒，酒氣冉冉，積雪欱之，竟不得醉。馬小卿唱曲，李岕生吹洞簫和之，聲爲寒威所懾，咽澁不得出。三鼓歸寢。馬小卿、潘小妃相抱從百步街旋滚而下，直至山趾，浴雪而立。余坐一小羊頭車，拖冰凌而歸。

純生氏曰：越有狂生，當天大雪，赤足上潛岳峰，四顧大呼曰：『徧天地皆白玉合成。』使人心膽澄澈，便欲仙去。

龐公池

龐公池歲不得船，况夜船，况看月而船。自余讀書山艇子，輒留小舟於池中，月夜，夜夜出，緣城至北海坂，往返可五里，盤旋其中。山後人家，閉門高卧，不見燈火，悄悄冥冥，意頗凄惻。余設凉簟，卧舟中看月，小傒船頭唱曲，醉夢相裸，聲聲漸遠，月亦漸淡，嗒然睡去。歌終忽寤，嗬嗬讚之，尋復鼾齁。小傒亦呵欠歪斜，互相枕藉。舟子回船到岸，篙啄丁丁，促起就寢。此時胸中浩浩落落，並無芥蒂〔一〕，一枕黑甜，高舂始起，不曉世間何物謂之憂愁。

純生氏曰：妙奪漆園之夢。

【校】

〔一〕『蒂』，原作『帶』，據豫圖本、樸社本、世界書局本、貝葉山房本改。

品山堂魚宕

二十年前强半住衆香國，日進城市，夜必出之。品山堂孤松箕踞岸幘入水。池廣三畝，蓮花起岸，蓮房以百以千，鮮磊可喜。新雨過，收葉上荷珠煮茶〔二〕，香撲烈。門外魚宕横亘三百餘畝，多種菱芡。小菱如薑芽，輒采食之，嫩如蓮實，香似建蘭，無味可匹。深秋，橘奴飽霜，非個個紅綻不輕下剪。

季冬觀魚，魚艓千餘艘〔二〕，鱗次櫛比，罱者夾之，罛者扣之，籍者罨之，罾者撒之，罩者抑之，罜者舉之。水皆泥泛，濁如土漿。魚入網者圉圉，漏網者噞噞，寸鯇纖鱗，無不畢出。集舟分魚，魚稅三百餘觔，赤鯉白肚，滿載而歸。約吾昆弟，亨鮮劇飲，竟日方散〔三〕。

純生氏曰：朱公致富，水畜第一。

【校】

〔一〕『茶』，粵雅堂本作『酒』。

〔二〕『艓』，豫圖本誤作『鰈』。

〔三〕『竟日』，王乙本、豫圖本作『竟三日』。

松化石〔一〕

松化石，大父舁自瀟江署中〔二〕。石在江口神祠，土人割牲饗神，以毛血灑石上爲恭敬，血漬毛毶，幾不見石。大父舁入署，親自祓濯，呼爲『石丈』，有《松化石紀》。今棄階下，戴花缸，不稱使。余嫌其輪囷臃腫，失松理，不若董文簡家茁錯二松橛〔三〕，節理槎枒，皮斷猶附，視此更勝。大父石上磨崖銘之曰：『爾昔鬣而鼓兮，松也。爾今脱而骨兮，石也。爾形可使代兮，貞勿易也。爾視余笑兮，莫余逆也。』其見寶如此。

純生氏曰：米元章云：『世人皆以芾爲顛，願質之子瞻。』子瞻曰：『吾從衆。』此老顛頗似之。

【校】

〔一〕『松化石』，粵雅堂本作『松花石』。下二『松化石』同。

〔二〕『潇江』，疑當作『清江』，按張岱《家傳》，其祖父張汝霖萬曆二十三年授清江令。

〔三〕『文』，原作『父』，據王乙本、粵雅堂本、楊刻本、豫圖本改。

閏中秋〔一〕*

崇禎七年閏中秋，倣虎丘故事，會各友於蕺山亭。每友攜斗酒、五簋、十蔬果、紅氈一牀，席地鱗次坐。緣山七十餘牀，衰童塌妓，無席無之。在席七百餘人〔二〕，能歌者百餘人，同聲唱『澄湖萬頃』，聲如潮湧，山爲雷動。諸酒徒轟飲，酒行如泉。夜深客饑，借戒珠寺齋僧大鍋煮飯飯客，長年以大桶擔飯不繼〔三〕。命小傒岕竹〔四〕、楚煙於山亭演劇十餘齣，妙入情理，擁觀者千人，無蚊虻聲，四鼓方散。

月光潑地如水，人在月中，濯濯如新出浴。夜半，白雲冉冉起脚下，前山俱失，香爐、鵞鼻、天柱諸峯，僅露髻尖而已，米家山雪景彷彿見之。

純生氏曰：奇語一出，夜色難收矣。

【校】

〔一〕科圖本題作『蕺山閏中秋』。

〔二〕科圖本、《硯雲》各本『在席』下有『者』字。

〔三〕『不繼』，雁來紅本作『繼』，屬下讀。

〔四〕『岎竹』，豫圖本作『岎山』。

愚公谷

無錫去縣北五里爲銘山〔一〕。進橋店在左岸，店精雅，賣泉酒水罈、花缸、宜興罐、風爐、盆盎、泥人等貨。愚公谷在惠山右，屋半傾圮，惟存木石。惠水涓涓，繇井之澗，繇澗之谿，繇谿之池、之廚、之湢〔二〕，以滌、以濯、以灌園、以沐浴、以浄溺器，無不惠山泉者，故居園者福德與罪孽正等。

愚公先生交游徧天下，名公巨卿多就之，歌兒舞女、綺席華筵、詩文字畫，無不虛往實歸。名士清客至則留，留則款，款則餞，餞則贐。以故愚公之用錢如水，天下人至今稱之不少衰。愚公文人，其園亭實有思致文理者爲之，磥石爲垣，編柴爲户，堂不層不廡，樹不配不行。堂之南，高槐古樸，樹皆合抱，茂葉繁柯，陰森滿院。藕花一塘，隔岸數石，亂而卧。土墻生苔，如山脚到澗邊，不記在人間。園東偪墻一臺，外瞰寺，老柳卧墻角而不讓臺，臺遂不盡瞰，與他園花樹故故爲亭臺，意特特爲園者不同〔三〕。

純生氏曰：流泉滿衣，流波滿車。主人沐如，從者浴如。

【校】

〔一〕『銘山』，按欒保羣云：『無錫無銘山，無錫舊城北五里有錫山，在惠山之東，「銘」字當是「錫」字之誤。』

〔二〕『富』，粵雅堂本作『湢』。按字書無『富』字，當即『湢』之俗字。

〔三〕『與他園花樹故故爲亭臺，意特特爲園者不同』，欒保羣據劉侗《帝京景物略》卷一『定國公園』條『蓋他園花樹故故爲容，亭臺意特特在湖者，不免佻達矣』，謂此處當作『與他園花樹故故爲容，亭臺意特特爲園者不同』，文義較明。

定海水操〔一〕*

定海演武場在招寶山海岸。水操用大戰船、唬船、蒙衝鬬艦數千餘艘〔二〕，襍以魚艓輕艣〔三〕，來往如織。舳艫相隔，呼吸難通，以表語目，以鼓語耳，截擊要遮，尺寸不爽。健兒瞭望，猿蹲桅斗，哨見敵船，從斗上擲身騰空休水〔四〕，破浪衝濤，頃刻到岸，走報中軍，又趵躍入水，輕如魚鳧。

水操尤奇在夜戰，旌旗干櫓皆挂一小鐙，青布幕之，畫角一聲，萬蠟齊舉，水光映射，影又倍之。招寶山凭檻俛視〔五〕，如烹斗煮星，釜湯正沸。火炮轟裂，如風雨晦冥中電光翕㸌，使人不敢正視；又如雷斧斷崖石〔六〕，下墜不測之淵，觀者褫魄。

純生氏曰：奇氣寫照，紙上有聲。

【校】

〔一〕科圖本題作『定海夜操』。

〔二〕『蒙衝鬬艦』，《硯雲》各本作『艨艟鬬艦』。

〔三〕『魚艓』，王乙本、豫圖本作『魚艦』。

〔四〕『休水』，科圖本、《硯雲》各本作『尒水』。

〔五〕『凭檻』，科圖本、《硯雲》各本作『凭欄』。『俛視』，王乙本、豫圖本作『睨視』。

〔六〕『斷崖』，豫圖本作『斷岸』。

阿育王寺舍利

阿育王寺，梵宇深靜，階前老松八九顆，森羅有古色。殿隔山門遠，煙光樹樾，攝入山門，望空視明，冰涼晶沁。右旋至方丈門外，有娑羅二株，高插霄漢。便殿供旃檀佛，中儲一銅塔，銅色甚古，萬曆間慈聖皇太后所賜藏舍利子塔也。舍利子常放光，琉璃五彩，百道迸裂，出塔縫中〔一〕，歲三四見。凡人瞻禮舍利，隨人因緣現諸色相，如墨墨無所見者，是人必死。昔湛和尚至寺，亦不見舍利，而是年死，屢有驗。

次蚤，日光初曙，僧導余禮佛，開銅塔，一紫檀佛龕供一小塔，如筆筒，六角，非木非楮，非皮非漆，上下皺定，四圍鏤刻花楞梵字。舍利子懸塔頂，下垂搖搖不定，人透眼光入楞內〔二〕，復眡眼，上視舍利，辨其形狀。余初見三珠連絡如牟尼串，煜煜有光。余復下頂禮，求見形相，再視之，見一白衣觀音小像，眉目分明，鬅鬘皆見。秦一生反覆視之，訖無所見，一生遑遽，面發赤，出涕而去。一生果以是年八月死，奇驗若此〔三〕。

純生氏曰：舍利非一。有白色骨舍利，黑色髮舍利，赤色肉舍利，菩薩、羅漢皆有。佛舍利鎚擊不碎，此是戒、定、慧所薰修者。

【校】

〔一〕『出塔縫中』，雁來紅本作『由塔縫出』。

〔二〕『人』，豫圖本作『入』。

〔三〕『若此』，豫圖本作『如此』。

過劍門

南曲中妓以串戲爲韻事，性命以之。楊元、楊能、顧眉生、李十、董白以戲名，屬姚簡叔期余觀劇。傒僮下午唱《西樓》，夜則自串。傒僮爲興化大班，余舊伶馬小卿、陸子雲在焉，加意唱七齣，戲至更定，曲中大咤異。楊元走鬼房問小卿曰〔一〕：『今日戲氣色大異，何也？』小卿曰：『坐上坐者余主人。主人精賞鑑，延師課戲，童手指千，傒僮到其家謂「過劍門」，焉敢草草！』

楊元始來物色余。《西樓》不及完，串《教子》，顧眉生周羽，楊元周娘子，楊能周瑞隆。楊元膽怯膚栗，不能出聲，眼眼相覷。渠欲討好不能，余欲獻媚不得，持久之，伺便喝采一二，楊元始放膽，戲亦遂發。嗣後曲中戲，必以余爲導師，余不至，雖夜分不開臺也。以余而長聲價，以余長聲價之人而後長余聲價者，多有之。

純生氏曰：『水晶簾影映横波』，蠶尾爲眉生詠矣，惜李十諸人，不槩見於篇什。時繼之年已八旬，或未能盡述，若澹心所記，亦多有不及，何歟？

【校】

〔一〕『走鬼房問小卿』，粵雅堂本『問小卿』作『周小卿』，雁來紅本、樸社本、貝葉山房本作『走入房謂小卿』。

冰山記

魏璫敗，好事者作傳奇十數本，多失實，余爲删改之，仍名《冰山》。城隍廟揚臺，觀者數萬人，臺址鱗比，擠至大門外。一人上，白曰：『某楊漣。』口口誶謈曰：『楊漣！楊漣！』聲達外，如潮湧，人人皆如之。杖萬元白〔一〕，傴死裕妃，怒氣忿涌，噤齘嚄唶〔二〕。至顏佩偉擊殺緹騎，嗚呼跳蹴，洶洶崩屋。沈青霞縛藁人射相嵩以爲笑樂，不是過也。

是秋，攜之至兗，爲大人壽。一日，宴守道劉半舫，半舫曰：『此劇已十得八九，惜不及内操、菊宴〔三〕，及偪靈犀與囊收數事耳。』余聞之。是夜席散，余填詞，督小傒强記之。次日至道署搬演，已增入七齣，如半舫言。半舫大駴異，知余所搆，遂詣大人，與余定交。

純生氏曰：筆鋒所向，畫虎畫骨，兼畫神氣。

【校】

〔一〕「萬元白」，原作「范元白」，豫圖本作「萬完白」，據劉履芬抄本改。

〔二〕「斷」，粵雅堂本誤作「斷」。

〔三〕「菊宴」，原作「菊晏」，據粵雅堂本改。

陶菴夢憶卷八

仁和王文誥純生編

龍山放燈*

萬曆辛丑年，父叔輩張燈龍山，剡木爲架者百，塗以丹雘〔一〕，帨以文錦，架一〔二〕，燈三之。燈不專在架，亦不專在磴道，沿山襲谷〔三〕，枝頭樹杪無不燈者，自城隍廟門至蓬萊岡上下，亦無不燈者。山下望如星河倒注，浴浴熊熊，又如隋煬帝夜游，傾數斛螢火於山谷間，團結方開，倚草附木，迷迷不去者。好事者賣酒，緣山席地坐，山無不燈，燈無不席，席無不人，人無不歌唱鼓吹。

男女看燈者，一入廟門，頭不得顧，踵不得旋，祗可隨勢〔四〕，潮上潮下，不知去落何所，有聽之而已。廟門懸禁條：禁車馬，禁煙火，禁喧嘩，禁豪家奴，不得行辟人。父叔輩臺於大松樹下〔五〕，亦席，亦聲歌，每夜鼓吹笙簧與讌歌絃管，沉沉昧旦〔六〕。

十六夜，張分守宴織造太監於山巔星宿閣，傍晚至山下，見禁條，太監忙出輿，笑曰：『遵他，遵他，自咱們遵他起〔七〕！』却隨役，用二丱角扶掖上山〔八〕。夜半，星宿閣火，罷讌，亦遂罷燈。凡四夜，山上下糟丘肉林，日掃果核、蔗滓及魚肉骨、蠡蛻，堆砌成高阜，拾婦女鞋挂樹上，如秋葉。

相傳十五夜，燈殘人静，當壚者政收盤核〔九〕，有美婦六七人買酒〔一〇〕，酒盡，有未開甕者。買大罍一，可四斗許，出袖中蓏果，頃刻罄罍而去。疑是女人星，或曰酒星。又一事：有無賴子於城隍廟左借空樓數楹，以姣童實之，爲『簾子衚衕』。是夜，有美少年來狎某童，剪燭殢酒，媟褻非理，解襦，乃女子也，未曙即去，不知其地其人，或是妖狐所化〔一一〕。

純生氏曰：高歌『將進酒』，不問夜如何。蒼茫宇宙，如是者得有幾番？

【校】

〔一〕科圖本、《硯雲》各本『塗以』上有『架』字。

〔二〕『架一』，原脱『架』字，據科圖本、《硯雲》各本補。

〔三〕『沿』，科圖本、南圖本作『瞞』。

〔四〕『祇可隨勢』，南圖本無。

〔五〕『大松樹下』，科圖本作『大松樹上』。

〔六〕『昧旦』，南圖本作『達旦』。

〔七〕『咱們』，原作『咱門』，據科圖本、《硯雲》各本、粵雅堂本改。

〔八〕『丱角』，科圖本誤作『央角』。

〔九〕『當壚』，原作『當爐』，據粵雅堂本改。科圖本、《硯雲》各本作『當鑪』，字通。

〔一〇〕『美婦』，科圖本、《硯雲》各本作『美婦人』。

〔一一〕『或是』，科圖本、《硯雲》各本作『或亦是』。

王月生*

南京朱市妓，曲中羞與爲伍〔一〕。王月生出朱市，曲中上下三十年決無其比也。面色如建蘭初開，楚楚文弱，纖趾一牙，如出水紅菱。矜貴寡言笑，女兄弟、閒客多方狡獪，嘲弄咍侮〔二〕，不能勾其一粲。善楷書，畫蘭竹水仙；亦解吴歌〔三〕，不易出口。南中勳戚大老力致之〔四〕，亦不能竟一席。富商權胥得其主席半晌〔五〕，先一日送書帕，非十金則五金，不敢褻訂。與合卺，非下聘一二月前，則終歲不得也。

好茶，善閔老子，雖大風雨、大宴會，必至老子家啜茶數壺始去。所交有當意者，亦期與老子家會。一日，老子隣居有大賈，集曲中妓十數人，羣誶嘻笑，環坐縱飲。月生立露臺上，倚徙欄楯，眠娗羞澁〔六〕，羣婢見之皆氣奪，徙他室避之。

月生寒淡如孤梅冷月，含冰傲霜，不喜與俗子交接，或時對面同坐起，若無覩者。有公子狎之，同寢食者半月，不得其一言。一日口囁嚅動，閒客驚喜，走報公子曰：『月生開言矣！』閧然以爲祥瑞，急走伺之，面赬，尋又止。公子力請再三，蹇澁出二字曰：『家去。』

純生氏曰：寫月生矜貴處如玉壺之冰、瑤臺之月，清風穆若，芳桂宛然。

【校】

〔一〕『羞與爲伍』，科圖本、《硯雲》各本作『羞與伍』。

〔二〕『哈侮』，原作『哈侮』，據世界書局本改。

〔三〕『吴歌』，科圖本、《硯雲》各本作『吴歈』。

〔四〕『南中』，科圖本、《硯雲》各本作『南京』。

〔五〕『半晌』，科圖本作『半餉』。

〔六〕『眠娗』，原作『眠娗』，據科圖本、《硯雲》各本改。

張東谷好酒〔一〕*

余家自太僕公稱豪飲，後竟失傳，余父余叔，不能飲一蠡殼〔二〕，食糟茄面即發赬〔三〕，家常宴會〔四〕，但留心烹飪，庖廚之精，遂甲江左。一簋進，兄弟争啖之立盡，飽即自去，終席未嘗舉杯。有客在，不待客辭，亦即自去。

山人張東谷，酒徒也，每悒悒不自得。一日起謂家君曰：『爾兄弟奇矣！肉只是吃，不管好吃不好吃；酒只是不吃，不知會吃不會吃。』二語頗韻，有晉人風味。而近有傖父載之《舌華録》，曰：『張氏兄弟賦性奇哉！肉不論美惡〔五〕，只是吃；酒不論美惡，只是不吃。』字字板實，一去千里，世上真不少點金成鐵手也。

東谷善滑稽〔六〕，貧無立錐，與惡少訟，指東谷爲萬金豪富，東谷忙忙走愬大父曰：『紹興人可惡，對半説謊，便説我是萬金豪富！』大父常舉以爲笑。

純生氏曰：或譏劉公榮與人飲，答曰：『勝公榮者不可不與飲，不如公榮者亦不可不與飲。

是公榮輩者，又不可不與飲。』於是王戎、阮籍共飲，獨不與公榮酒，而三人談戲無異。或以問阮，答曰：『勝公榮者不得不與飲酒，不如公榮者不可不與飲酒，惟公榮可不與飲酒。』東谷好酒，不得真有無可奈何如劉公榮者。酒徒滑稽，故屬高致。

【校】

〔一〕科圖本題作『張東谷滑稽』。

〔二〕科圖本、《硯雲》各本『不能』上有『至』字。

〔三〕『即』，科圖本、《硯雲》各本作『輒』。

〔四〕『宴會』，原作『晏會』，科圖本、《硯雲》各本作『讌會』，據粵雅堂本、豫圖本改。

〔五〕『肉』，《硯雲》各本作『餚』。

〔六〕『東谷』，科圖本、《硯雲》各本作『張東谷』。

樓船

家大人造樓船之，造船樓之，故里中人謂『船樓』，謂『樓船』，顛倒之不置。是日落成，爲七月十五，自大父以下，男女老稚靡不集焉。以木排數重搭臺演戲，城中村落來觀者，大小千餘艘。午後颶風起，巨浪磅礴，大雨如注，樓船孤危，風偪之幾覆，以木排爲戙，索纜數千條，網網如織，風不能撼。少頃風定，完劇而散。

越中舟如蠡殼，局蹐，篷底看山，如矮人觀場，僅見鞋靸而已，升高視明，頗爲山水吐氣。

純生氏曰：樓居非陸，水居非舟，其樓船之謂耶？惜不令牽小船於岸上住者見之。

阮圓海戲

阮圓海家優，講關目，講情理，講筋節，與他班孟浪不同。然其所打院本，又皆主人自製，筆筆勾勒，苦心盡出，與他班鹵莽者又不同。故所搬演，本本出色，脚脚出色，齣齣出色，句句出色，字字出色。余在其家看《十錯認》、《摩尼珠》〔一〕、《燕子箋》三劇，其串架鬬笋、插科打諢、意色眼目，主人細細與之講明，知其義味，知其指歸，故咬嚼吞吐，尋味不盡〔二〕。至於《十錯認》之龍燈、之紫姑，《摩尼珠》之走解、之猴戲，《燕子箋》之飛燕、之舞象、之波斯進寶，紙札裝束，無不盡情刻畫，故其出色也愈甚。

阮圓海大有才華，恨居心勿静，其所編諸劇，罵世十七〔三〕，解嘲十三，多詆毁東林，辯宥魏黨，爲士君子所唾棄〔四〕，故其傳奇不之著焉。如就戲論，則亦鏃鏃能新〔五〕，不落窠臼者也。

純生氏曰：瑶草胸中乃有丘壑，圓海亦爾。

【校】

〔一〕『摩尼珠』，原作『摩泥珠』，據粤雅堂本、楊刻本及下文改。豫圖本原作『泥』，改作『尼』。《摩尼珠》即阮大鋮《馬郎俠牟尼合記》。

〔二〕『尋味』，原作『尋吐』，據粤雅堂本、豫圖本改。

〔三〕『十七』，原作『什七』，據粤雅堂本改。

〔四〕『士君子』，原作『士君之』，豫圖本作『士君子之』，據粤雅堂本改。
〔五〕『鏃鏃能新』，豫圖本作『簇簇生新』，世界書局本作『簇簇能新』。

巘花閣

巘花閣在筠芝亭松峽下，層崖古木，高出林皋，秋有紅葉。坡下支壑迴渦，石蹋棱棱，與水相距。閣不檻不牖，地不樓不臺，意政不盡也。五雪叔歸自廣陵，一肚皮園亭於此小試，臺之、亭之、廊之、棧道之，照面樓之，側又堂之、閣之，梅花纏折旋之，未免傷板、傷實、傷排擠，意反跼蹐。若石窟書硯，隔水看山、看閣、看石麓、看松峽上松，廬山面目反於山外得之。五雪叔屬余作對，余曰：『身在襄陽袖石裏，家來輞口扇圖中。』言其小處。

純生氏曰：五雪宜置丘壑中，一經妙手點染，便如長康畫幼輿在巖石裏也。

范與蘭

范與蘭七十有三，好琴，喜種蘭及盆池小景。建蘭三十餘缸，大如簸箕。蚤舁而入，夜舁而出者，夏也；蚤舁而出，夜舁而入者，冬也。長年辛苦，不減農事。花時香出里外，客至坐一時，香襲衣裾，三五日不散。余至花期至其家，坐卧不去，香氣酷烈，逆鼻不敢齅，第開口吞欲之，如沆瀣焉。花謝，糞之滿箕，余不忍棄，與與蘭謀曰：『有麪可煎，有蜜可浸，有火可焙，奈何不食之也？』與蘭首肯余言。

與蘭少年學琴於王明泉〔一〕，能彈《漢宫秋》、《山居吟》、《水龍吟》三曲。後見王本吾琴，大稱善，盡棄所學而學焉，半年學《石上流泉》一曲，生澁猶棘手。王本吾去，旋亦忘之，舊所學又鋭意去之，不復能記憶，究竟終無一字，終日撫琴，但和絃而已。

所畜小景，有豆板黄楊，枝榦蒼古奇妙，盆石稱之。朱樵風以二十金售之〔二〕，不肯易。與蘭珍愛，『小妾』呼之。余强借齋頭三月，枯其垂一榦，余懊惜，急舁歸與蘭。與蘭驚惶無措，煮參汁澆灌，日夜摩之不置，一月後枯榦復活。

純生氏曰：與蘭當爲香祖菴主，彼坐卧不去者，所謂『老鶴多眠蘭蕙中』也。

【校】

〔一〕『與蘭』，豫圖本誤作『與闌』。

〔二〕『朱樵風』，各本均作『朱樵峯』，平步青云：『「峯」應作「風」。名□□，敬循子。』據改。

蟹　會

食品不加鹽醋而五味全者，爲蚶，爲河蟹。河蟹至十月與稻粱俱肥〔一〕，殼如盤大，墳起〔二〕，而紫螯巨如拳，小脚肉出，油油如螾蜑。掀其殼，膏膩堆積，如玉脂珀屑，團結不散，甘腴雖八珍不及。

一到十月，余與友人兄弟輩立蟹會，期於午後至，煮蟹食之，人六隻，恐冷腥，迭番煮之。

從以肥臘鴨、牛乳酪。醉蚶如琥珀，以鴨汁煮白菜如玉版。果蓏以謝橘，以風栗，以風菱。飲以玉壺冰，蔬以兵坑笋，飯以新餘杭白，漱以蘭雪茶。繇今思之，真如天廚仙供！酒醉飯飽，慚愧慚愧。

純生氏曰：昔有嗜蟹者，曰：『願來世蟹亦不生，我亦不食。』一僧精禪理，尤好嗜蟹，蟹投百沸，作郭索狀，觸釜錚錚有聲。僧頻而祝曰：『汝莫心焦，待汝一背紅，便不痛楚也。』

【校】

〔一〕『稻粱』，原作『稻梁』，據粤雅堂本改。

〔二〕『墳起』，雁來紅本、樸社本、貝葉山房本作『爐墳起』，世界書局本作『中墳起』。

露兄〔一〕*

崇禎癸酉，有好事者開茶館，泉實玉帶，茶實蘭雪，湯以旋煮，無老湯，器以時滌，無穢器，其火候、湯候，亦時有天合之者。余喜之，名其館曰『露兄』，取米顛『茶甘露有兄』句也。爲之作《鬭茶檄》，曰：

水淫茶癖，爰有古風；瑞草雪芽〔二〕，素稱越絶。特以烹煮非法，向來葛竈生塵；更兼賞鑒無人，致使羽經積蠹。邇者擇有勝地〔三〕，復舉湯盟〔四〕。水符遞自玉泉，茗戰争來蘭雪。瓜子炒豆，何須瑞草橋邊；橘柚楂梨，出自仲山圃内。八功德水，無過甘滑香潔清涼；七家常事，不管柴米油鹽醬醋。一日何可少此，子猷竹庶可齊名；七椀吃不得了，盧仝茶不算知味。一壺揮麈，用暢清談；半榻焚香，共期白醉。

純生氏曰：文彩葩流，枝葉横生。

【校】

〔一〕科圖本題作『露兄館』。

〔二〕『雪芽』，豫圖本誤作『露芽』。

〔三〕『邇者』，科圖本、《硯雲》各本作『邇來』。

〔四〕『復』，科圖本、《硯雲》各本作『後』。

閏元宵

崇禎庚辰閏正月，與越中父老約重張五夜燈。余作《張燈致語》曰：

兩逢元正，歲成閏於攝提之辰；再值孟陬，天假人以閒暇之月。《春秋傳》詳記二百四十二年事，春王正月，孔子未得重書；開封府更放十七十八兩夜燈，乾德五年，宋祖猶煩欽賜。茲閏正月者，三生奇遇，何幸今日而當場；百歲難逢，須效古人而秉燭。况吾大越，蓬萊福地，宛委洞天。大江以東，民皆安堵；遵海而北，水不揚波。含哺嬉兮〔一〕，共樂太平之世界；重譯至者，皆言中國有聖人。千百國來朝，白雉之陳無算；十三年於茲，黄耇之説有徵。樂聖啣杯，宜縱飲屠蘇之酒；較書分火〔二〕，應暫輟太乙之藜。前此元宵，竟因雪妬，天亦知點綴豐年；後來燈夕，欲與月期，人不可蹉跎勝事。六鰲山立，衹説飛來東武，使雞犬不驚；百獸室懸，毋曰下守海澨，唯魚鱉是見。笙簫聒地，竹椽出自柯亭；花草盈街，禊帖攜來蘭渚。士女潮湧，撼動蠡城；車馬雷殷，唤醒龍嶼。時逢豐穰，呼庚呼癸，一歲自兆重登〔三〕；且科際辰年，爲龍爲光，兩榜必徵雙首。莫輕此五夜之樂，眼望何時；試問那百年之人，躬逢幾次。敢祈同志，勿負良宵。敬藉赫蹏，喧傳口號。

純生氏曰：天孫無縫衣，光芒四射，花樣則古樓閣樗蒲諸錦，極盡文章鉅麗。

【校】

〔一〕『嬉』，豫圖本作『嘻』。

〔二〕『較』，豫圖本原作『較』，改爲『校』。

〔三〕『一歲』，『歲』下原有『月』字，據粤雅堂本、豫圖本删。

合采牌

余作『文武牌』，以紙易骨，便於角鬬，而燕客復刻一牌，集天下之鬬虎、鬬鷹、鬬豹者，而多其色目，多其采，曰『合采牌』。余爲之作叙曰：

太史公曰：『凡編户之民〔一〕，富相什則卑下之，伯則畏憚之，千則役，萬則僕，物之理也。』古人以錢之名不雅馴，縉紳先生難道之，故易其名曰賦、曰禄、曰餉，天子千里外曰采。采者，采其美物以爲貢，猶賦也。諸侯在天子之縣内曰采，有地以處其子孫亦曰采，名不一，其實皆穀也，飯食之謂也。周封建多采則勝，秦無采則亡。采在下無以合之，則齊桓、晉文起矣。列國有采而分析之〔二〕，則主父偃之謀也。繇是而亮采服采，好官不過多得采耳。充類至義之盡，竊亦采也，盜亦采也，鷹、虎、豹繇此其選也。然則奚爲而不禁？曰：『小役大，弱役强，斯二者天也。』《皋陶謨》曰：『載采采。』微哉！之哉〔三〕！庶哉！

純生氏曰：骨牌設宣和二年，高宗時詔頒行天下。後世易之以紙，層出不窮，必奉水上軍爲鼻祖者，豈不忘宣和所自歟？夫陰私自利，皆謂之盜，人或溺之而不鑑之，亦有盜心而不能自革者矣。

【校】

〔一〕『編』，原作『徧』，據其餘各本改。

〔二〕『分析』，原作『分折』，豫圖本作『分拆』，據粤雅堂本改。

〔三〕欒保羣云：『「之哉」不通，疑是「旨哉」之訛。』

瑞草谿亭

瑞草谿亭爲龍山支麓，高與屋等，燕客相其下有奇石，身執虆臿，爲匠石先，發掘之。見土華土，見石甃石，去三丈許，始與基平，乃就其上建屋。屋今日成，明日拆〔一〕，後日又成，再後日又拆〔二〕，凡十七變而溪亭始出。蓋此地無谿也，而谿之，谿之不足，又潴之、壑之，一日鳩工數千指，索性池之，索性濶一畝，索性深八尺。無水，挑水貯之，中留一石如案，迴潴浮巒，頗亦有致。

燕客以山石新開，意不蒼古，乃用馬糞塗之，使長苔蘚；苔蘚不得即出，又呼畫工以石青、石緑皴之。一日左右視，謂此石案焉可無天目松數顆盤鬱其上？遂以重價購天目松五六顆，鑿石種之。石不受鍤，石崩裂，不石不樹，亦不復案。燕客怒，連夜鑿成硯山形，缺一角，又輦一礐石補之。

燕客性忭急〔三〕，種樹不得大，移大樹種之；移種而死，又尋大樹補之。種不死不已，死亦種不已，以故樹不得不死，然亦不得即死。

谿亭比舊址低四丈，運土至東，多成高山，一畝之室，滄桑忽變。見其一室成，必多坐看之，至隔宿或即無有矣。故谿亭雖渺小，所費至巨萬焉。

燕客看小説：姚崇夢游地獄，至一大廠，鑪鞴千副〔四〕，惡鬼數千，鑄瀉甚急。問之，曰：『爲燕國公鑄横財。』後至一處，爐竈冷落，疲鬼一二人鼓橐，奄奄無力。崇問之，曰：『此相公財庫也。』崇寤而嘆曰：『燕公豪奢，殆天縱也。』燕客喜其事，遂號『燕客』。

二叔業四五萬，燕客緣手立盡。甲申，二叔客死淮安，燕客奔喪，所積薪俸及玩好、幣帛之類又二萬許，燕客攜歸，甫三月又輒盡。時人比之『魚弘四盡』焉。谿亭住宅，一頭造，一頭改，一頭賣，翻山倒水無虚日。有夏耳金者，製燈剪綵爲花，亦無虚日，人稱耳金爲『敗落隋煬帝』，稱燕客爲『窮極秦始皇』，可發一粲。

純生氏曰：此泉石之膏肓，煙霞之錮疾也。

【校】

〔一〕『拆』，原作『折』，據粤雅堂本、豫圖本改。下一『拆』字同。

〔二〕『又』，原作『有』，據粤雅堂本改。豫圖本原作『有』，改作『又』。

〔三〕『忭急』，粤雅堂本作『卞急』。

〔四〕『鑪鞲』，粤雅堂本作『鑪韛』。

嫏嬛福地

陶庵夢有宿因〔一〕，常夢至一石厂，峆窅巖覆，前有急湍迴溪，水落如雪，松石奇古，雜以名花。夢坐其中，童子進茗果。積書滿架，開卷視之，多蝌蚪、鳥跡、辟歷篆文，夢中讀之，似能通其棘澀。

閒居無事，夜輒夢之，醒後佇思，欲得一勝地彷彿爲之。郊外有一小山，石骨棱礪，上多筠篁，偃伏園内。余欲造廠，堂東西向，前後軒之，後磥一石坪，植黄山松數顆〔二〕，奇石峽之。堂前樹娑羅二，資其清樾。左附虚室，坐對山麓，磴磴齒齒，劃裂如試劍，扁曰『一丘』。右踞廠閣三間，前臨大沼，秋水明瑟，深柳讀書，扁曰『一壑』。緣山以北，精舍小房〔三〕，紬屈蜿蜒，有古木，有層崖，有小澗，有幽篁，節節有緻。

山盡有佳穴，造生壙，俟陶菴蛻焉，碑曰『嗚呼陶菴張長公之壙〔四〕』。壙左有空地畝許，架一草菴，供佛，供陶菴像，迎僧住之奉香火。

大沼澗十畝許，沼外小河三四摺，可納舟入沼。河兩崖皆高阜，可植果木，以橘、以梅、以梨、以棗，枸菊圍之。山頂可亭。山之西鄙有腴田二十畝，可秫可秔。門臨大河，小樓翼之，可看爐峯、敬亭諸山。樓下門之，扁曰『嫏嬛福地』。緣河北走，有石橋極古樸，上有灌木，可坐、可風、可月。

純生氏曰：雲山幸不求吾是，林泉又不責吾非，朝粥一碗，夕燈一盞，佛法不怕爛却也。

【校】

〔一〕『宿因』，豫圖本、雁來紅本、貝葉山房本作『夙因』。

〔二〕『植』，王乙本、豫圖本作『横』。

〔三〕『精舍』，豫圖本誤作『精金』。

〔四〕『嗚呼』，王乙本、豫圖本作『有明』，《瑯嬛文集》卷五《自爲墓誌銘》：『曾營生壙於項王里之雞頭山，友人李研齋題其壙曰「嗚呼有明著述鴻儒陶菴張長公之壙」。』

補遺

魯王宴

弘光元年〔一〕，魯王遷播至越〔二〕，以先父相魯先王，幸舊臣第。岱接駕，無所攷儀注，以意爲之。踏脚四扇，氍毹藉之，高廳事尺，設御座，席七重，備山海之供。魯王至，冠翌善〔三〕，玄色蟒袍，玉帶，朱玉綬。觀者雜沓，前後左右用梯、用臺、用凳，環立看之，幾不能步，剩御前數武而已。傳旨『勿辟人』。岱進，行君臣禮。獻茶畢，安席，再行禮。不送杯筯，示不敢爲主也。趨侍坐。書堂官三人，執銀壺二，一斟酒，一折酒，一舉杯，跪進。上膳：一肉簋，一湯盞，盞上用銀蓋蓋之；一麪食，用三黄絹籠罩。三臧獲捧盤加額跪獻之〔四〕。書堂官捧進御前，湯點七進，隊舞七回，鼓吹七次，存『七奏』意。

是日演《賣油郎》傳奇，内有泥馬渡康王南渡中興，事巧合〔五〕，睿顔大喜。二鼓轉席，臨不二齋、梅花書屋，坐木猶龍，卧岱書榻，劇談移時。出登席，設二席于御坐傍，命岱與陳洪綬侍飲，諧謔歡笑如平交。睿量弘〔六〕，已進酒半斗矣，大犀觥一氣盡。陳洪綬不勝飲，嘔噦御座旁。尋設一小几，命洪綬書箑，醉捉筆不起，止之。劇完，饒戲十餘齣。起駕轉席後，又進酒半斗，睿顔微酡，進輦，兩書堂官掖之，不能步。岱送至閶外〔七〕。命書堂官再傳旨曰：『爺今日大喜，爺今日喜極！』君臣歡洽脱略至此，真屬異數。

【校】

〔一〕『弘光元年』，《硯雲》各本、豫圖本作『福王南渡』。

〔二〕『遷播』，《硯雲》各本、豫圖本作『播遷』。

〔三〕『翌善』，《硯雲》各本、豫圖本作『翼善』。

〔四〕『之』，南圖本無。

〔五〕『内有泥馬渡康王南渡中興，事巧合』，《硯雲》各本、豫圖本作『内有泥馬渡康王故事，與時事巧合』。

〔六〕『弘』，《硯雲》各本作『宏』，豫圖本作『洪』。

〔七〕『閶』，豫圖本作『閣』。

冰花

崇禎戊寅至蘇州，見白兔，異之，及抵武林，金知縣汝礪宦福建〔一〕，携白兔二十餘隻歸，己卯、庚辰，杭州遍城市皆白兔，越中生育至百至千，此獸妖也。余攷《建州志》，長白山鳥獸、草木、花卉，無不盡白，地氣自北而南，鳥獸非得氣之先邪〔二〕？

余少時不識煙草爲何物〔三〕，十年之内，老壯童稚，婦人女子，無不喫煙，大街小巷盡擺煙桌，此草妖也。

婦人不知何故，一年之内都着對襟衫，戴昭君套，此服妖也。

庚辰冬底，燕客家槑甎十餘塊，結冰花如牡丹、芍藥，花瓣枝葉，如繡如繪〔四〕，間有人物鳥獸，奇形怪狀，十餘甎底面皆滿，燕客迎余看，至三日不消，此冰妖也。燕客誤認爲祥瑞，作《冰花賦》，檄友人作詩咏之。余攷《金史》，金末，河冰成龜文，又有花卉鳥獸之狀，巧過鏤繪，不數年而金亡。今兹流寇猖獗，中原鼎沸，然則妖孽禎祥，又豈一朝一夕之故哉〔五〕？

【校】

〔一〕『宦』，豫圖本作『官』。
〔二〕『余攷《建州志》』至『鳥獸非得氣之先邪』，《硯雲》各本、豫圖本無。
〔三〕『煙草』，科圖本誤作『煙酒』，據《硯雲》各本、豫圖本改。
〔四〕『如繡如繪』，南圖本作『如繪如繡』。
〔五〕『余攷《金史》』至『又豈一朝一夕之故哉』，《硯雲》各本、豫圖本無。

草　妖

河北觀察使袁茂林楷所記草妖尤異。崇禎七年七月初一，孟縣民孫光顯祖墓有野葡萄草，蔓延長丈許。今夏枝椏間忽抽新條，有似美人者，似達官者，有似龍、似鳳、似麟、似龜、似雀、似魚、似蟬、似蛇、似孔雀，有似鼠伏于枝者，有似鸜鵒棲于架者，架上有盞，盞中有粒。鳳則苞羽具五采，美人上下衣裳，裳白衣黄，面上依稀似粉黛。人間物象，種種具備。七月初八日，地方人始報聞，急使人取之，已爲好事者擷盡，止得美人一、鸚鵡一、鳳一，故述此三物尤悉。余謂此草木之妖，論其休咎，恐衣冠人物不免草芥之虞〔一〕。適晤史雲岫，言漢靈帝中平元年，東郡有草如鳩雀、蛇龍、鳥獸之狀。若然，則余所臆度者更可杞憂。此異宜上聞，縣令以萎草不耐，恐取觀不便，遂寢其事。特爲記之如左。

【校】

〔一〕『論其休咎』至『恐衣冠人物不免草芥之虞』，《硯雲》各本、豫圖本無。

平水夢

弘光乙酉秋九月〔一〕，余見時事日非，辭魯國主，隱居剡中。方磐石遣禮幣，聘余出山，商確軍務，檄縣官上門敦促。余不得已，於丙戌正月十一日，道北山，逾唐園嶺，宿平水韓店。余政疽發于背〔二〕，痛楚呻唫，倚枕假寐，見青衣持一刺示余，曰『祁彪佳拜』。余驚起，見世培排闥入，白衣冠。余肅入，坐定。余夢中知其已死，曰：『世培盡忠報國，爲吾輩生色。』世培微笑，遽言曰：『宗老此時不埋名屏跡，出山何爲耶？』余曰：『余欲輔魯監國恢復中原耳〔三〕。』因言其如此如此，已有成筭。世培笑曰：『爾要做，誰許爾做！且强爾出，無他意，十日内有人勒爾助餉。』余曰：『方磐石誠心邀余共事，應不我欺。』世培曰：『爾自知之，唉，天下事至此，已不可爲矣。爾試觀天象。』拉予起〔四〕，下堦西南望〔五〕，見大小星墮落如雨，崩裂有聲。世培曰：『天數如此，奈何奈何！宗老，爾速還山！隨爾高手，到後來只好下我這着。』起出門，附耳曰：『完《石匱書》！』洒然竟去。余但聞犬聲如豹，驚寤，汗浴背，門外犬吠嗥嗥，與夢中聲接續。蹴兒子起，語之。次日抵家。閱十日，田仰縛鑣兒去〔六〕，即有偪勒助餉之事〔七〕。忠魂之篤而靈也如此！

【校】

〔一〕『弘光』，《硯雲》各本、豫圖本無。

〔二〕『政』，《硯雲》各本、豫圖本作『適』。

〔三〕『恢復中原』，《硯雲》各本、豫圖本無。

〔四〕『予』，《硯雲》各本、豫圖本作『余』。

〔五〕『西南』，豫圖本作『西』。

〔六〕『田仰縛鑣兒去』，《硯雲》各本、豫圖本作『鑣兒被縛去』。

〔七〕『即有』，《硯雲》各本、豫圖本作『果有』。

附録一　序跋題辭

浙江通志文苑傳

張岱，字宗子，山陰人。年六歲，雲間陳繼儒命屬對，奇之。及長，文思坌涌，好結納海内勝流。家世通顯，服食豪侈，日聚諸名士，度曲徵歌，諧謔雜進。及間以古事挑之，則自四部七略，以至唐宋説家叢殘瑣屑之書，靡不該悉。明末，避亂剡溪山，家益落，意緒蒼凉，語及少壯穠華，自謂夢境。著書十餘種，率以夢名，而《石匱書》紀前代事尤備。年六十九，營生壙於項王里，又十餘年卒。

——中國科學院國家科學圖書館藏清抄本《夢憶》卷末

金　跋

金忠淳

陶菴老人，不著姓氏，卷中曰岱、曰宗老、曰張氏、曰紹興，考《浙江通志》，張岱字宗子，山陰人，明末避亂剡溪山。意緒蒼凉，語及少壯穠華，自謂夢境。著書十餘種，率以夢名。而《石匱書》紀前代事尤備。此帙爲舅兄學林胡氏藏本，奇情奇文，引人入勝，如在山陰道上，應接不暇。惜其餘各種，不概見也。然恐老人狡獪，所云《石匱書》埋之嫏嬛山中，非伊家茂先，孰過嫏嬛福地而問之？甌山金忠淳識。

《省志》止稱其家世通顯，未詳祖父何人。今觀《舌華録》載張氏兄弟不飲酒一則，有張狀元諸孫之語，以證老人所謂太僕公及先文恭者，蓋其曾祖天復，嘉靖進士，官太僕卿；祖元忭，隆慶狀元，謚文恭；父汝霖，萬曆進士。卷中言先父相魯先王，以其曾任山東副考，或與藩邸有舊耳。因閲《舌華録》，參考志傳，備載其家世如此。淳又識。

——乾隆四十年金忠淳刻《硯雲甲編》本《夢憶》卷首

王序

王文誥

浙東嫏嬛福地，宛委洞天，自古人材輩出，多瓌奇卓犖偉異之士，其英風逸節，邁羣絶俗，皆不可一世。在前明時，則徐氏天池高步於前，張氏宗子縱横於後。若其人其文其事，鮮不奇而法矣。天池崛傲之氣，不爲世所羈紲，發其磥砢，多與物忤，獨張文恭有以全之。宗子出文恭後，享鐘鳴鼎食之奉，操出經入史之學。喬木世臣，適丁陽九，而厄窮破敗，脱粟不繼，輒於駭駭野人閒，爲《石匱書》以致斯意。此其名心積學，盤鬱於中，雖刼火燒之，而始終勿失，在宗子固有以自全焉。《石匱書》載前明二百七十餘年事，部居類列，分綴駢斷，蓋史家紀事體也。國朝康熙閒，谷應泰爲浙江提學僉事，獲是書，攘而有之，重爲排纂，改名《明史紀事本末》。其中惟吴三桂隨大兵入關擊走流賊一節排纂失實，上邀高宗純皇帝更正，并載谷應泰因張岱《石匱藏書》爲《紀事本末》一書事於《欽定四庫全書》桉内。於是宗子《石匱書》又從灰寒灺落之餘，復炳著於天下。而凡讀《紀事本末》者，僉曰是即宗子《石匱書》，其幽光信不泯矣。

考《通志》，宗子晚境著書凡十餘種，率以夢名。余所知惟《夢尋》與此書，而《夢尋》亦未見，或言卷内《西湖七月》一則亦見《夢尋》中。此書雖載方言巷詠嘻笑瑣屑之事，而山川、城郭、宫闕、園林歷歷如繢，有蘇耽化鶴來還之慨，亦清明河上遺風也。向者甌山金氏嘗刻之《硯雲類編》，十失四五。余因中表兄姚春漪得此書於鐵綫巷竹坡王氏。竹坡以顔柳名世，與天官大夫、拙老人争長，而奉此書爲枕中閟，雖家人不得見之。及余往，慨然出以爲託，且曰：『吾與宗子若同居起、食飲、言笑者垂五十載，今老矣，顧此書非得人不傳，乞子一發明之，用畢吾願。』余謹受以歸，許以得當爲報。其後較刻於嶺海，事在乾隆甲寅之紀。書成欲寄，而竹坡遽歸道山。春漪名上禮部，亦淹謝都門。由是一痛，而罷置此書，不復寓目。繼以南北交馳，并失雕版，迄今又三十稔矣。

道光辛巳，與廣陵江鄭堂遇。明年，鄭堂得印本，攜以歸余。檢視之，楮墨宛然，悉予指爪之舊。而人代飄忽，故甑可戀，則又以親舊而追感疇昔，豁若夢醒，誠不勝其悵悵也。然余聞浙東舊家名跡，如朱之逍遥樓、張之懸杪亭、倪之衣雲閣，並已鞠爲茂草；而天池青藤老屋，與宗子不二齋、梅花庵，巋然對峙，閱歲猶昔，豈非文章熠耀之氣上燭霄漢，而靈爽不没，與金石同其精堅者耶？是此書之傳，無異青萍、結綠，既有薛卞以爲之重，余又因薛卞而享其成也，亦厚幸矣。爰重授之梓，復詳其所自，以識夙好。竹坡名堂，春漪名思勤，皆武林人也。是爲序。旹道光二年壬午十月下浣，仁和王文誥見大譔。

——道光二年王文誥重刻巾箱本《夢憶》卷首

曾序

曾傳均

玩好在耳目之前，達者其情不溺，情不溺則物可爲我有、爲人有。我有可忽無，人無可忽有。或毁棄有時，人與我皆不必常有，于是則志無所惑，可以涵萬物于一心，覺天所覆，地所載，人所成，其間飛潛動植，各暢其機，而我悉領其趣。

《庵菴夢憶》一書，憶昔所有也。昔有而憶之，今無可知矣，無不足慨。憶昔所快意，昔有足慨矣。明自東廠擅權，西秦寇起，執政不知任將以權，喻民以義，營私植黨，粉飾昇平。東南財賦之區，物産具備，其以綀餉爲非者，十室八九。而其時士大夫擅園亭之勝，謌舞之樂，服餙陳設之華，夸多闘靡而不知其禍之將及也。甲申以後，長江失守，土地民人且非明有，遑論其他。嗚呼，昔日繁華，夢而已矣。以爲夢而憶之，覺者之言也，庶足以覺世人也歟。

陶庵《石匱書》埋之嫏嬛山中，世未盡見，幸列名《四庫全書》。所傳《夢憶》八卷，以文言道俗情，彫鏤陰陽，極變幻而畢肖其神。其攄寫暢意處，則以譏以諷，讀者當自得之。自王純生評刻後八十一年，板漶而書亦鮮存。余友楊君春森，好古博雅，重刻以公諸同好。非君子能若是哉？

然論者謂陶庵與黄冠、劒客、緇衣、伶工游，車馬、飲食、衣服都麗，是亦夸多鬬靡者。此烏足以知陶庵？陶盦不交顯人，而家富有。於權貴則靳之，於練餉、於親舊則散之，散之不盡，盜將窺，不若給吾身以及賓從。於是飾其車馬，精飲食，美衣服，臨水登山，酣謌嘯舞，仰觀俯察，萬象在眸，清音入耳，所謂暢物之機而領其趣者也。亂後，閉門謝客，蕭然恬然，人不知其姓氏，輒自喜，並所著《石匱書》亦埋之，尚有何物介其胸中哉？推其量，萬鐘千駟不足驚，陋巷簞瓢可以樂矣。寄情于物，勿溺情於物，此陶庵作書之意，亦即楊君癸是書與人共勉之意也。

同治十三年歲次甲戌清和，湘西茶邨曾傳均撰。會稽王經仲書氏隸。

——同治十三年楊春森翻刻本《陶菴夢憶》卷首

伍 跋

伍崇曜

右《陶菴夢憶》八卷，明張岱撰。按岱字宗子，山陰人。考邵廷采《思復堂集·明遺民傳》，稱其嘗輯明一代遺事爲《石匱藏書》，谷應泰作《紀事本末》，以五百金購請，慨然予之；又稱明季稗史罕見全書，惟談遷編年、張岱列傳具有本末，應泰並采之以成《紀事》。則《明史紀事本末》固多得自宗子《石匱藏書》暨列傳也。阮文達《國朝文苑傳稿》畧同。是編刻於秀水金忠淳《研雲甲編》，殆非足本。序不知何人所作，畧具生平而亦作一卷，豈即忠淳筆歟？乾隆甲寅，仁和王文誥謂從王竹坡、姚春漪得傳鈔足本，實八卷，刻焉。顧每條俱綴『純生氏曰』云云，純生殆文誥字也。又每卷直題『文誥編』，恐無此體。茲概從芟薙，特重刻焉。

昔孟元老撰《夢華録》，吴自牧撰《夢粱録》，均於地老天荒滄桑而後，不勝身世之感。茲編實與之同。雖間涉游戲三昧，而奇情壯采，議論風生，筆墨橫恣，幾令讀者心目俱眩，亦異才也。考《明詩綜》，沈邃伯敬禮《南都奉先殿紀事》詩『高后配在天，御幄神所棲。衆妃位東序，一妃獨在西。成祖重所生，嬪德莫敢齊』云云，《静志居詩話》『長陵每自稱曰：「朕高皇后第四子也。」然奉先廟制，高后南向，諸妃盡東列，西序惟碽妃一人。蓋高后從未懷妊，豈惟長陵，即懿文太子亦非后生也。世疑此事不實，誦沈詩斯明徵矣』云云，茲編《鍾山》一條即紀其事，殆可補史乘之缺。又王貽上《分甘餘話》『柳敬亭善説平話，流寓江南，一二名卿遺老左袒良玉者，賦詩張之，且爲作傳。余曾識於金陵，試其技，與市井之輩無異』云云，而是編《柳敬亭説書》一條，稱其『疾徐輕重，吞吐抑揚，入情入理』，亦見其持論之平也。

咸豐壬子展重陽日，南海伍崇曜謹跋。

——咸豐二年伍崇曜刻《粤雅堂叢書》本《陶菴夢憶》卷末

毛跋

毛仰舒

右山陰張宗子岱《夢憶》一册，借抄於海甯陳韻清孝廉恭溥，載其身所經歷游賞嬉笑瑣屑之事，各有標目，體與柳宗元《龍城録》、李翱《卓異記》相類。文筆簡雅勁峭，出入《莊》《史》，於世事興廢之由尤感慨係之，不僅作小説觀也。以卷帙繁重，分爲上下二卷，闕『戊寅』以下五則，從《硯雲甲編》補入，原無標目，别列於後。宗子爲前明遺老，蓋丙戌以後，誠埋名屏跡，一時鄉先生及流寓名公皆不相往還，故詩文集中罕見其名。獨家西河檢討在史館時曾寄書乞藏史，屬其抄録寄館，想其時未肯抄付。後谷應泰攘之，改名《明史紀事本末》焉。王序與徐文長並稱，觀宗子縱横之才，真不媿文長。考徐渭爲諸生有名，總督胡宗憲招致幕下，筦書記。渭知兵好奇計，禽徐海，誘王直，皆預其謀。及宗憲下獄，懼禍發狂疾，殺繼妻，論死，張元忭力救得免。此序中所謂『獨張文恭有以全之』者也。張元忭，字子蓋，隆慶辛未進士第一，歷官左諭德兼侍讀，有《不二齋集》。此金氏跋中所謂『張狀元』者也。惟狀元官止諭德，無他事跡，不知何以有文恭之謚。虞山、秀水兩先生皆鴻儒碩學，選狀元詩均不書謚，豈易名大典顧有缺失。宗子他著述均未寓目，不能參證，無從知其家世本末，姑闕厥疑，以俟再考。

咸豐三年四月望，餘姚毛仰舒伯醇跋。

——河南圖書館藏清抄本《夢憶》卷末

鄒跋

鄒存淦

家藏《夢憶》四册，計八卷，山陰張岱撰，前有王文誥序。咸豐庚辛之間，避亂官家壩，失去七、八兩卷。兹借得南海伍氏《粤雅堂叢書》本録補之，並録《硯雲甲編》所載序及伍崇曜跋，以資攷證。

據崇曜所見本，每條俱綴『純生氏』云云，且每卷直題『王文誥編』，而此本無之。伍氏又冠以『陶菴』二字，而此本惟題『夢憶』，意者崇曜所據以刻入叢書者，別是後人所重刻者。此則確爲王氏原本無疑也。李敏達公《西湖志》載先生尚有《西湖夢尋》五卷，惜未見。

光緒己卯十一月，海甯三百有六甲子老人鄒存淦儷笙氏識于杭州白蓮花寺前之勤菘堂。

——國家圖書館藏鄒存淦補抄本《夢憶》卷末

周序

周作人

平伯將重刊《陶菴夢憶》，叫我寫一篇序，因爲我從前是越人。

光緒二十三年（一八九七年）祖父因事繫杭州府獄，我跟着宋姨太太住在花牌樓，每隔兩三天去看他一回，就在那里初次見到《夢憶》，是《硯雲甲編》本，其中還有《長物志》及《槎上老舌》也是我那時所喜歡的書。張宗子的著作似乎很多，但《夢憶》以外我只見過《於越三不朽圖贊》、《瑯嬛文集》、《西湖夢尋》三種，他所選的《一卷冰雪文》曾在大路的舊書店中見過，因索價太昂未曾買得。我覺得《夢憶》最好，雖然《文集》裡也有些好文章，如《夢憶》的紀泰山幾乎就是《岱志》的節本，其寫人物的幾篇也與《五異人傳》有許多相像。《三不朽》是他的遺民氣的具體的表現，有些畫像如姚長子等未免有點可疑，但別的大人物恐怕多有所本，我看王謔菴像覺得這是不可揑造的，因爲他很有點兒個性。

『夢憶』大抵都是很有趣味的。對于『現在』，大家總有點不滿足，而且此身在情景之中，總是有點迷惘似的，没有玩味的餘暇，所以人多有逃現世之傾向，覺得只有夢想或是回憶是最甜美的世界。講烏託邦的是在做着滿願的晝夢，老年人記起少時的生活也覺得愉快，不，即是昨夜的事情也要比今日有趣：這並不一定由于什麽保守，實在是因爲這些『過去』才經得起我們慢慢地撫摩賞玩，就是要加減一兩筆也不要緊。遺民的感歎也即屬于此類，不過牠還要深切些，與白髮宮人説天寶遺事還有點不同，或者好比是寡婦的追懷罷。《夢憶》是這一流文字之佳者，而所追懷者又是明朝的事，更令我覺得有意思。我並不是因爲民族革命思想的影響，特别對于明朝有什麽情分，老實説，只是不相信清朝人——有那一條辮髮拖在背後會有什麽風雅，正如纏足的女人我不相信會是美人。

《夢憶》所記的多是江南風物，紹興事也居其一部分，而這又是與我所知道的是多麽不同的一個紹興。會稽雖然説是禹域，到底還是一個偏隅小郡，終不免是小家子相的。講到名勝地方原也不少，如大禹的陵，平水，蔡中郎的柯亭，王右軍的戒珠寺、蘭亭等，此外就是平常的一山一河也都還可隨便游玩，得少佳趣，倘若你有適當的游法。但張宗子是個都會詩人，他所注意的是人事而非天然，山水不過是他所寫的生活的背景。説到這一層，我記起《夢憶》的一二則，對于紹興實在不勝今昔之感。明朝人即使别無足取，他們的狂至少總是值得佩服的，這一種狂到現今就一點兒都不存留了。不知從什麽時候起的，紹興的風水變了的緣故罷，本地所出的人才幾乎限于師爺與錢店官這兩種，專以苛細精幹見長，那種豪放的氣象已全然消滅，那種走遍天下找尋《水滸傳》脚色的氣魄已没有人能够了解，更不必説去實行了。他們的確已不是明朝的敗家子，却變成了鄉下的土財主，這不知到底是禍是福？『城郭如故人民非』，我看了《夢憶》之後不禁想起仙人丁令威的這句詩來。

張宗子的文章是頗有趣味的，這也是使我喜歡《夢憶》的一個緣由。我時常這樣想，現代的散文在新文學中受外國的影響最少，這與其説是文學革命的還不如説是文藝復興的産物，雖然在文學發達的程途上復興與革命是同一樣的進展。在理學與古文没有全盛的時候，抒情的散文也已得到相當的長發，不過在學士大夫眼中自然也不很看得起。我們讀明清有些名士派的文章，覺得與現代文的情趣幾乎一致，思想上固然難免有若干距離，但如明人所表示的對于禮法的反動則又很有現代的氣息了。張宗子是大家子弟，《明遺民傳》稱其『衣冠揖讓，綽有舊人風軌』，不是要討人家歡喜的山人，他的洒脱的文章大抵出于性情的流露，讀去不會令人生厭。《夢憶》可以説是他文集的選本，除了那些故意用的怪文句，我覺得有幾篇真寫得不壞，倘若我自己能够寫得出一兩篇，那就十分滿足了。但這是歆羨不來，學不來的。

平伯將重刊《陶菴夢憶》，這是我所很贊成的：這回却並不是因爲我從前是越人的緣故，只因《夢憶》是我所喜歡的一部書罷了。

民國十五年十一月五日，周作人于京兆宛平。

——民國十六年樸社排印本《陶菴夢憶》卷首

俞跋

俞平伯

有夢而以真視之者，有真而以夢視之者。夫夢中之榮悴悲歡猶吾生平也，夢將非真歟？以往形相悉疾幻滅，抽刀斷水水更流矣，起問日中中已久矣，則明明非夢而明明又是夢也。凡此人人所有，在乎説得出與否耳。諺曰：『癡人説夢。』説夢良非雅致；然既是夢何妨説説，即使不説也未必便醒了。況同斯一夢，方以酣適自憙，不以寤覺相矜也。

明張宗子以五十載之豪華幻爲一夢，寫此區區八卷之書。自序言明『又是一番夢囈』，且謂『名心難化』，彼固未嘗不知之，知之而仍言之，是省後世同夢者多也。

作者家亡國破，披髮入山。『遥思往事，憶即書之，持向佛前一一懺悔』，作書本旨如是而已。而今觀之，奇姿壯采，於字裏行間俯拾即是，華穠物態，每『練熟還生以澀勒出之』，畫匠文心兩兼之矣。

其人更生長華膴，終篇『着一毫寒儉不得』。然彼雖放恣，而於鍼介之微莫不低徊體玩，所謂『天上一夜好月與得火候一盃好茶，衹可供一刻受用，其實珍惜之不盡也』。然則五十年瞥走之光陰裏，彼真受用得此一刻了。夢緣可羡，而入夢之心殆亦不可及。

凡此心境，草草勞人如我輩者，都無一緣領略。重印此書，使夢中人多一機遇擴其心眼。癡人說夢，將有另一癡人傾耳聽之，兩毋相笑。於平居暇日，『偶拈一則，如游舊徑，如見故人』，殆可不廢乎？若當世名流目此爲小道，或斥爲牟利新徑，則小之可『愚擯勿讀，讀亦勿卒』，大之以功令杜其流傳，喜得作者姓張，小生不姓張，亦無妨於『吾家』也。

此書校讀得燕大沈君啓无之助，更得豈明師爲作序，兩君皆好讀《陶菴夢憶》者。

十五年十二月，俞平伯。

——民國十六年樸社排印本《陶菴夢憶》卷末

陶菴夢憶考

朱劍芒

一、《陶菴夢憶》是遺民文學中懺悔派的作品

《陶菴夢憶》決不是憤激派或樂天派的文學

古今不少遺民文學，就最著的講：像東晉覆亡後的陶淵明，采菊東籬，翛然物外，他除享受大自然的美景而感到無窮樂趣，什麼異族紛争，什麼中原離亂，他已完全不問，只顧企求着世外桃源。所以他的作品是樂天派的遺民文學。像南宋覆亡後的謝臯羽和鄭所南，慟哭西臺，坐必南向，時刻在懷念着故國；所作文字，非常沉痛，幾於一字一淚，這却是憤激派的遺民文學。至於張岱的《陶菴夢憶》，係追記已往的盛會或勝蹟，含有不少感喟，恰似『白髮龜年，暢談天寶』，決不是樂天派，更不是憤激派。他的自序上既説：『持向佛前，一一懺悔』，我們就須認清『懺悔』二字，是他寫這部《夢憶》的唯一主旨。所以，竟可名之爲『遺民文學中懺悔派的作品』。後來曹雪芹的《紅樓夢》，雖非遺民文學，而實在也屬於這一派。

《陶菴夢憶》是警悟醉生夢死者的棒喝

作者經過了四十餘年繁華生活，結果，國亡家破，滿目淒涼，弄到披髮入山，甚至於想自殺，因感悟到已往的享受是罪惡，種了惡因，應得惡果，於是在佛前懺悔，懺悔其生平種種的罪

惡。不過他所經歷的繁華生活，在承平時世，一般豪貴子弟，差不多人人如此；尤其是明末時候，東北已屢遭清兵侵賂，川陝湖廣已常被流寇劫掠，而江浙各地，还是晏安酖毒，驕奢淫佚的風氣，日甚一日，試看清兵入關後，弘光帝偏安江南，尚且受阮大鋮的誘惑，醉心歌舞，不問國事，以至清師南下，立刻覆亡。可見當時江浙一帶，繁華已極；人民的醉生夢死，也達到了極點。後來樂極生悲，果然有『揚州十日』、『嘉定三日』等許多慘劇。但是，没有被兵的地方，或者雖經兵火而受創不重的地方，雖則江山易主，景物全非，一般人還是抱的享樂主義，所謂『商女不知亡國恨，隔江猶唱《後庭花》』，陳亡後的現象如此，明亡後的現象何嘗不如此？作者的《陶菴夢憶》，不單是自己懺悔，實是替亂離後的大衆懺悔。醉生夢死的人們中，也許有讀到此書而自己感悟，那就不能不説此書是當頭棒喝了！

二、作者《夢憶》中所歷的完全是浪漫生活

作者的浪漫生活是怎樣養成的

浪漫生活，不一定是豪貴公子的生活，不一定是少年才子的生活；貧因無聊或不諳文字的人，也許過的是極浪漫的生活。但我們要知道：豪貴公子和少年才子，假使不受到家庭的嚴厲束縛，此種浪漫生活，實最易養成。古今來投身在浪漫生活中的，豪貴公子和少年才子，總居大多數，那就是很顯著的證據！《陶菴夢憶》作者，就他的家世講，確是個豪貴公子，就他的藝

能講，也算得是個少年才子。偏偏他的祖父和父親，都是極風雅人物，衹知佈置園林，搜羅珍玩，並不怎樣束縛他；書中有不少處載的，他常隨侍祖父或父親出游，那就可見他在家庭中是最得到家長寵愛的。他的仲叔葆生，且和他一同鬭雞，認真賭博，像這種絶無束縛的家庭，怎能不養成他的浪漫生活呢？

遊歷是作者浪漫生活的中心

凡是過慣浪漫生活的人，大都喜歡遊歷，決不願老是坐守在家裏。不過窮年累月，專事遊歷，而其宗旨在考訂山經，詳辨水脈，那是抱有遊癖的學者所爲，不能即認爲浪漫生活；否則像徐霞客躑躅三十年，馳騖數萬里，忍飢擔寒的遊歷，真可算得獨一無二的了，我們如何只認他是個學者，決不稱他的生活是怎樣浪漫的。《陶菴夢憶》作者，雖好遊歷，論他遊踪所至，地方也很有限，那裏比得上徐霞客？但是他名勝的地方愛逛，絶小而不著名的地方也愛逛。《夢憶》八卷計一百二十餘則，而記遊歷的竟占三分之一，所以，無疑的認他的浪漫生活的中心是遊歷。

三、《夢憶》中包含作者享樂時期的一篇自傳

先介紹一段作者小史

《陶菴夢憶》的作者張岱，在《中國人名大辭典》内，記得非常簡略，衹有下列幾句：

張岱，劍州人，僑寓錢塘。字陶菴，自號蝶菴居士。有《西湖夢尋》。

這篇小史的過於簡略，別的不去管他，只是把他的許多著作單列一種《西湖夢尋》，竟連《陶菴夢憶》都漏掉，幾乎要使人錯認《陶菴夢憶》是另一人所作。我們要考究他生平，僅憑這寥寥數句，當然是不滿足的。

在各篇序文中所得的參考材料

《陶菴夢憶》的自序上，有下列幾句：

陶菴國破家亡，無所歸止，披髮入山，駴駴爲野人。故舊見之，如毒藥猛獸，愕窒不敢與接。作《自輓詩》，每欲引決，因《石匱書》未成，尚視息人世。然瓶粟屢罄，不能舉火……因想余生平，繁華靡麗，過眼皆空，五十年來，總成一夢。

《研雲甲編》的原序上說：

陶菴老人著作等身，其自信者尤在《石匱》一書……老人少工帖括，不欲以諸生名。大江以南，凡黃冠、劍客、緇衣、伶工，畢聚其廬……老人家龍阜，有園亭池沼之勝，木奴秔秫，歲入緡以千計，以故鬬雞、臂鷹、蹴鞠、六博、彈琴、劈阮諸技，老人亦靡不爲。今已矣，三十年來杜門謝客，客亦漸辭老人去。間策杖入市，人有不識其姓氏者，老人輒自喜，遂更名曰石公，又曰蝶。其所著《石匱書》，埋之嫏嬛山中。

伍崇曜的跋語上，更有『按岱，字宗子，山陰人』兩語。我們彙集以上許多材料，他的表字、別號、家世、技能、行爲、著作，以及晚年狀況，已可得到一個大概。所懷疑的，他是山陰籍，而《人名辭典》上所説他是劍州人，那實在是《辭典》上的錯誤。

《夢憶》中有一部分是作者的自傳

《夢憶》自序上曾説：『不次歲月，異年譜也。』换句話説，便是不依年月先後，雜記個人已往的經歷。所以，書中所載的雖是方言巷詠、嘻笑瑣屑之事，而總有作者的許多自傳文字。兹就各條中有關於自傳方面的，歸納如下：

張宗子的家世：他是個宦家子弟，他的高祖做過太僕寺卿，曾祖得有『文恭』特謚。他的祖父和父親，都喜收藏書籍古玩。他的仲叔做過揚州府同知。外祖父做過壽州的州同。祖父在時，喜講究聲伎，多養珍禽。父及叔父，以精治飲食著名。

張宗子的藝能：他有文學天才，在十六歲時，已工作駢文。他又精究音樂，能彈琴，工製劇曲。騎術亦極有工夫。

張宗子的嗜好：他的嗜好極多，如聲色之娱，大都由豪華的家庭養成。積聚遺書，也是他嗜好之一，并可認爲祖先的遺傳性。他更有一種特殊嗜好，那便是飲茶了，書中所載：《禊泉》、《蘭雪茶》、《陽和泉》、《閔老子茶》、《露兄》等幾篇文字，津津有味，真可抵得一部陸羽《茶經》。

張宗子的交游：他的交游極廣，尤其在寄居秦淮桃葉渡的時候，因得姚簡叔介紹，與京中諸勳戚大老、緇衲、高人、名妓，一一相交。看他《牛首山打獵》一則所記，除和一班豪貴子弟，還帶了許多姬侍，如顧眉、董白，不用説是秦淮豔史上最著的名姬，便是王月、李十，也曾列名於《板橋雜記》中的所謂麗品。龔定盦詞云：『安得黄金三百萬，交盡美人名士？』像宗子生平，確乎享受過人生所不易得到的幸運與豔福，而足以誇稱於後世的。

張宗子的游踪：他雖喜歡遊歷，決不像徐霞客那樣的遊法，這在前面已經説過。兹就《夢憶》中所見，他的遊歷區域，雖跨浙、蘇、魯、皖四省，而所到過的，也不過是杭州、寧波、海寧、嘉興、普陀、南京、蘇州、鎮江、揚州、曲阜、泰安、宣城等十餘處名勝地方。大致除了本鄉紹興外，杭州、南京、蘇州、揚州各地，寄跡的時期比較長久，記載的景物風俗，所以亦格外多些。

四、從《夢憶》以外所考得的作者詳細家世

一種最重要而有關作者家世的著作

《研雲甲編》序文，祇説陶菴著作等身，而除《石匱書》以外，並未將許多的書名寫出。最近周作人先生在樸社重刊的《夢憶》上，也有篇序文，説是他所見過的，在《夢憶》以外有《於越三不朽圖赞》、《嫏嬛文集》、《西湖夢尋》三種，又曾見過一卷他所選的《冰雪文》。《嫏嬛集》和《冰雪文》，現在已不易搜求，《夢尋》一書却常見，《三不朽圖贊》有民國七年紹興印刷局的重印本。我們翻閱這部重印的《三不朽圖贊》，作者詳細家世，便可完全發見，因爲書中所列越

中一百九位名賢，他的高、曾、祖三位祖先，和仲叔葆生，以及外曾祖父朱金庭相國，完全在內，有圖像，有小傳，有贊辭，如此詳細，真像張氏一部分的家譜；尤妙的前面附有一篇乾隆郡志《文苑傳》，陶菴家世以及一生歷史，記得最爲完備。所以，凡讀《陶菴夢憶》而欲深究作者生平的，此書亦頗有一讀價值。

《三不朽圖贊》及《文苑傳》所載的陶菴家世

《三不朽圖贊》理學第七人張文恭公，即作者曾祖。名元忭，隆慶五年狀元，著名理學家，爲王陽明再傳弟子。他雖是五品官，因援照羅洪光（嘉靖間狀元，官至左春坊左贊善，卒謚文莊）予謚的前例，卒後特謚文恭。功業第二人張內山，爲文恭父，作者高祖。名天復，嘉靖間進士，有極大武功。文學第五人張雨若，爲文恭子，作者祖父。名汝霖，萬歷間進士，官兵部郎中；去官後再起，任江西布政使參議。後因岳父朱金庭（名賡）當國，迴避不再做官。畫藝第二人張葆生，名爾葆，爲作者仲叔，曾中副榜，特奏爲揚州郡司馬。著稱畫家，與董其昌、李流芳齊名。再據《文苑傳》所載：作者於六歲時即隨祖父至杭州，明亡後避亂剡溪山中。所著有《西湖夢尋》、《快園道古》、《奚囊十集》等書十餘種。別成《石匱書》，記明代三百年時事。六十九歲時，自營生壙於項王里。卒年九十三（從《夢憶》中推求，作者生於明萬曆二十五年，卒時當爲清康熙二十八年）。上面所載，不但明白了作者的詳細家世，所享年壽，以及自營的葬地，兼又發見他兩種著作的名稱，這真是一件極忻慰的事！假使能把這許多種遺著，一齊搜集，對於作者的事實、思想，當然在考據方面，要添加不少材料，這祇能期待於他日的了！

五、《夢憶》中所表現作者的個性

作者在少年時代所具有的書獃氣

作者生當明季，雖未列名復社，多少也受到些談忠説孝，提倡志節的影響；何況他的曾祖元忭，又是王陽明嫡派理學大家。後來編成這部《越中三不朽圖贊》，什麽『供之塾堂，朝夕禮拜』，什麽『激發意氣，砥礪勉旃』，在他自撰的小敍中，充滿着連篇道學話，本也算不得奇特。像《夢憶》中所記，談風談月，灑脱非常，才是他真性情的暴露！不過我們讀到《岣嶁山房》一則，不免要笑他在少年時代，總帶有書獃的習氣！試將此則的後半摘載如下：

> 一日，緣溪走看佛，口口駡楊髡。見一波斯坐龍象，蠻女四五獻花果，皆裸形，勒石誌之，乃真伽像也。余椎落其首，并碎諸蠻女，置溺溲處以報之。寺僧以余爲椎佛也，咄咄作怪事，及知爲楊髡，皆歡喜讚歎。

所謂楊髡，就是發掘一南宋諸帝陵墓的楊和尚楊璉真伽，固然是千載下受人唾駡的一個殘暴惡僧。不過把他的塑像頭顱椎落，還要置在便溺處，這和西湖上岳廟前所鑄秦檜等幾個跪地反縛鐵像，一般無知識人到此參觀，總要在鐵像上拉一回屎，可稱得無獨有偶了！明嘉靖間，沈鍊因疏劾嚴嵩謫官，他就縛了幾個草人，寫上嚴嵩等姓名，令子弟們用作箭垛，後來被嚴嵩得知，竟把沈鍊殺害。這一回事，誰能不說沈鍊的書獃氣；而《夢憶》作者把楊髡塑像污辱，以爲代替前代帝王報復，他的書獃氣，真比沈鍊尤其可笑了！

作者有遺傳的迷信根性

《夢憶》中有不少處表顯作者迷信的傾向，最著的，如《逍遥樓》一則，記他的先人求嗣，獲得金丹一粒，給他母親吞服，果然得孕，他的所以産生，完全是神仙『有求必應』的效驗。《鬭雞社》一則，他説：『唐玄宗以酉年酉月生，好鬭雞而亡其國，余亦酉年酉月生，遂止。』這和愚夫愚婦因生肖屬牛而終身不食牛肉，又有甚麽分别？再有《阿育王寺舍利》一則，所記自己向塔縫中瞻禮舍利，得見白衣觀音小像；秦一生一無所見，是年八月竟死；亦可謂迷信之至！他的祖父，嘗建築表勝菴，他的家中，又設有乩壇，那麽，他的所以迷信，實在是一種遺傳習性了！

六、《夢憶》一書在文學方面的技巧

《夢憶》中紀遊文字可與袁中郎媲美

不是性情瀟灑而具有文學天才者，決不能作短雋而出色的紀遊文字。柳宗元《永州八記》，是紀遊文中最著名的，而牠的妙處，全在乎短雋有味。像清代方苞作的《遊雁蕩記》，沈彤作的《登泰山記》，都是大發議論，顯出一副道學家的面目，假使和柳文比較，文學上的價值，迥然不同，那是任何人能辨別的。明季能作短雋有味的紀遊文，當然要首推袁中郎；能和袁中郎媲美的，也只有《陶菴夢憶》中所列的若干篇，可當得『短雋有味』一個評語。因此，遊歷是作者浪漫生活的中心，紀遊文是作者文學表演的脊梁；這句話我想決不至完全錯誤的！

描寫景物動作都是作者的特長

《夢憶》中描寫景物，莫妙於《西湖香市》、《西湖七月半》、《品山堂魚宕》諸篇；使我們讀了，當時的情景宛然在目，這不能不說文學方面的特殊技巧了。最有趣的，要算《柳敬亭說書》一則，試摘其一段如下：

> 余聽其說『景陽岡武松打虎』白文，與本傳大異。其描寫刻畫，微入毫髮，然又找截乾淨，並不嘮叨。哱夬聲如巨鐘，說至筋節處，叱咤叫喊，洶洶崩屋。武松到店沽酒，店內無人，謈地一吼，店中空缸空甓皆瓮瓮有聲……

雖寥寥數句，柳敬亭說書時摹擬武松威武形態，都一齊顯現；不是柳敬亭，決不能盡情刻畫武松沽酒時的神情，不是作者，決不能盡情刻畫柳敬亭說書時的神情；換句話說，我們讀到這一段，好像真在聽柳敬亭說書，好像真見到武松吃酒。柳敬亭的一張嘴，和陶菴的一枝筆，也可說是『並足千古』了！

——民國二十五年世界書局《美化文學名著叢刊》本《陶菴夢憶》卷首

瓠廬雜綴一則

王佩諍

毛仰舒鈔本《陶菴夢憶》，書帙『夢憶』二字隸書，雙行注云：『明山陰張宗老著。咸豐癸丑四月，餘姚毛氏手鈔珍藏。屬吴縣葉道芬題。』仰舒自跋云：

右山陰張宗子岱《夢憶》一册，借鈔於海甯陳韻清孝廉恭溥，載其身所經歷游賞嬉笑瑣屑之事，各有標目，體與柳宗元《龍城録》、李翺《卓異記》相類。文筆爾雅勁峭，出入《莊》《史》，於世事興廢之由，尤感慨係之，不僅作小説觀也。以卷帙繁重，分爲上下卷，闕『戊寅』以下五則，從《硯雲甲編》補入，原無標目，别列於後。宗子爲前明遺老，蓋丙戌以後，誠埋名屏迹，一時鄉先生及流寓名公皆不相往還，故詩文集中罕見其名。獨家西河檢討在史館時，曾寄書乞藏史，屬其鈔録寄館，想其時未肯鈔付。後谷應泰攘之，改名《明史紀事本末》焉。王序與徐文長並稱，觀宗子縱横之才，真不愧文長。考徐渭爲諸生有名，總督胡宗憲招致幕下，筦書記。謂知兵好奇計，禽徐海，誘王直，皆預其謀。及宗憲下獄，懼禍發狂疾，殺繼妻，論死，張元忭力救得免。此序中所謂『獨張文恭有以全之』者也。張元忭，字子藎，隆慶辛未賜進士第一，歷官左諭德兼侍讀，有《不二齋集》。此金氏跋中所謂『張狀元』者也。惟狀元官止諭德，無他事跡，不知何以有『文恭』之謚。虞山、秀水兩先生皆鴻儒碩學，選狀元詩均不書謚，豈易名大典顧有缺失？宗子他著述均未寓目，不能盡證，無從知其家世本末，姑闕厥疑，以俟再考。咸豐三年四月望，毛仰舒跋。

書尾有『咸豐三年四月，餘姚毛仰舒録於清苑幕齋』一行。書爲武進王元常先生純所藏，民國初年元常以被栽誣入京獄，家人之寓蘇者鬻書以供饘粥，有以是書見示者，匆匆未及購儲，至今思之，頗爲之悔。東道主如能以是書景印行世，則有裨於世者將不尠矣。

——《江蘇省立蘇州圖書館年刊》一九三六年

勤藝堂題跋抄（節選）

周作人

近來買幾册舊書閑看，常遇到勤藝堂鄒氏藏本，起初不大注意，但其書多有題跋，覺得頗有意思，因彙鈔在一起，聊爲鄒君略留鴻泥之跡而已。

（一）夢憶

《夢憶》八卷，張岱著，道光壬午王見大第二次刊巾箱本。《夢憶》向來有一卷本，乾隆乙未金忠淳刻入《硯雲甲編》，光緒初年有申報館鉛印本，又八卷本乾隆甲寅王見大刻，咸豐壬子伍崇曜據以刻入《粤雅堂叢書》。若王氏第二次刊本則未之前聞，唯《復堂日記》卷三所云，癸酉春間在娱園見王見大所刻甚工雅，或即指此書亦未可知。書四册，卷首白文印曰『鄒氏家藏』，朱文曰『師竹廬主人珍藏』，每卷第一葉下朱文印曰『麗生存淦』，第四册七、八兩卷係手抄本，末有題跋云：家藏《夢憶》四册，計八卷，山陰張岱撰，前有王文誥序。咸豐庚辛之間避亂官家壩，失去七、八兩卷。兹借得南海伍氏《粤雅堂叢書》本録補之，並録《硯雲甲編》所載序文及伍崇曜跋，以資考證。據崇曜所見本，每條俱綴『純生氏』云云，且每卷直題『王文誥編』，而此本無之，伍氏又冠以『陶菴』二字，而此本惟題『夢憶』，意者崇曜所據以刻入叢書者別是後人所重刻者，此則確爲王氏原本無疑也。李敏達公《西湖志》載先生尚有《西湖夢尋》五卷，惜未見。光緒己卯十一月，海寧三百有六甲子老人鄒存淦儷笙氏識於杭州白蓮花寺前之勤藝堂。白文印曰『鄒存淦印』，朱文曰『儷笙』。（下略）

——一九四二年九月刊《中和月刊》三卷九期，後收入《藥堂雜文》

王見大本夢憶

周作人

《陶菴夢憶》《硯雲甲編》本一卷，王文誥本八卷，皆乾隆中刻，王本重刊入『粤雅堂叢書』中，時則咸豐己卯矣。近從杭州得王氏巾箱本，有王文誥道光壬午序，云甲寅雕板已失，爰重授之梓，唯原刻純生氏案語已悉不存。昔讀《復堂日記》，云《夢憶》以王見大本爲最佳，初得甲寅本以爲是矣，今始知乃是指此本，蓋壬午序自署王文誥見大，甲寅本則只題葉有一印，白文曰見大二字而已。

余所得者爲海寧鄒存淦氏舊藏本，有印章六枚，第七、八卷係鄒君手抄，後有題跋。鄒君又著有《修川小志》一卷，手稿未刊，余亦從杭州得之，中有浮簽署男壽祺謹補，乃知其爲鄒適廬之先德。丁丑兵火延及兩浙，故家圖書多散失，偶從估人購得一二，間一披覽，但有悵惘，唯鄒君手澤於無意中乃獲得數品，亦是有緣可喜慰也。

——一九四二年八月作，收入《書房一角·桑下叢談》

夢憶不分卷 陶菴老人手勒本

羅繼祖

明張岱撰。岱字宗子，號陶菴，又號蝶菴，號石公，浙江山陰人。年六歲，雲間陳繼儒命屬對，奇之。及長，文思坌涌。好接納海内勝流，且以家世通顯，服食豪侈，能日聚諸名士遊讌。于書則自四部七畧，雖説家叢殘瑣屑之言，亦靡不該悉。明末避亂剡溪山，家頗落，往往不能自給。故意緒蒼凉，語及少壯穠華事，自謂夢境，著書十餘種，率以夢名。而《石匱書》紀明代事尤備。年六十九，營生壙于項王里，又十餘年卒。是編亦紀少年時遊讌豪舉及太平盛况，追溯前塵，憬惘低徊，不能自已。刊本本甚夥，特此爲其手親勒訂本，校之世傳刊印録寫諸本，皆爲珍貴難得。本中丹鉛爛然，有圈者，有點者，有夾點者，有直勒者，亦有乙改者。其體例則隨筆札記而已，其紀事則方言巷詠、嘻笑瑣屑而已。然而其文字豪縱，敘述歷歷如繪，使讀者如經山川，如覩風俗，如瞻宫闕宗廟之麗，殆與采薇、麥秀同其感慨，而出之以詼諧者也。『夢憶』則所原署書名，刊本有曰『陶菴夢憶』者，則後人所增，以爲識别者耳。

夢憶

黄裳

辛卯春二月十二日，獲此王見大本《夢憶》于海上。時方得宗子《史闕》手稿及《西湖夢尋》之後二日，鴛湖晤光耀之後一日也。黄裳記。

譚復堂言，《夢憶》以王見大本爲最勝，即此本也。極罕見。王氏乾隆甲寅尚有一刻，别有純生氏案語，今不存。此本後重刊入《粤雅堂叢書》，在咸豐乙卯。《硯雲甲編》本一卷。余收宗子手稿本《史闕》六帙，又《西湖夢尋》原刊本，今又得此，可謂於陶菴有宿緣矣。黄裳記。

《夢憶》原刊大本，曾見於北京傅氏碧蕖館齋頭，刊頗疏朗可喜，極罕傳本。此小册亦不多見。余重付裝池，覆以灑金絹面，以爲齋頭俊物。他人偶見此，遂大驚異，以爲此非善本，何以珍重如此，因歎解人故自難得也。甲午小寒前日，快雪初晴記。

暑中無事，輒日讀數首，惟恐其盡也。描摩物情，曲盡其致。筆端有鬼，輒能攫人物之精靈，牽一髮而全身皆動矣。向來作者，未見有如此才華者。連日大熱，幾不能安坐，適風雨大至，轉瞬涼生。讀《王月生》一篇，乃覺伊人如在對面樓上也。乙未五月初八日，來燕榭書。

乙未五月十六日點閲一過。小燕。

《夢憶》王見大本之乾隆刻，大册疏朗，絶罕傳。十餘年前於京華碧蕖館中見之，爲會稽周氏雙鳳凰專齋舊物。主人未甚重之，雜厠書叢中。惜華好小説曲本及插圖書，余往訪，陳書餉客，風月之書多至數十百種。又明萬曆中刊大板畫册數本，皆棉紙印，精妙絶倫，宜其視《夢憶》如土苴也。惜當時不向惜華乞歸也。己酉正月廿四日夜坐雪跋。

《夢憶》八卷，明山陰張岱撰。道光刊巾箱本。九行，二十字。白口，四周雙邊。前有道光二年壬午十月下浣仁和王文誥見大序。次目録。收藏有『松年』（朱方）、『筠甫』（白方）、『松年筠甫』（朱方）、『筠甫審定』（朱方）、『臣印松年』（朱方）、『劍白』（白長）、『移盦藏書』（白長）。

——中華書局二〇一一年版《來燕榭書跋》增訂本

夢憶八卷

黄裳

道光壬午王見大刻巾箱本。板式殊精。扉葉大書『夢憶』二字。與《史闕》、《夢尋》同收於紹樵許。重裝藏之，加朱一過。此爲生平愛讀之書，而舊刻罕遇，王見大初刻此書於乾隆甲寅，亦罕見。二十八年後又重刻之，二本異同，不知如何。又有一卷本，乾隆乙未金忠淳刻入《硯雲甲編》爲最早。王氏初刻八卷本，後於咸豐中刻入《粤雅堂叢書》，書名上冠以『陶庵』二字，失其舊矣。伍跋稱《硯雲》本前序不著姓氏，或即金忠淳筆，實不確。其人熟知陶菴身世，蓋同時人而行輩差晚，非乾隆中人所能道。言三十年來杜門謝客，當在康熙甲寅前後，亦即宗子撰《夢尋》自叙之時也。王文誥云，乾隆中得傳鈔足本八卷於王竹坡、姚春漪。春漪，名思勤，亦杭人之能藏書者。所傳殆亦蠅頭細字之本，非原稿，明甚。四十七年前德清俞氏有點校本，余兒時讀本也。羣書掃數盡去，只此小册偶遺，似故主情深，戀戀而不忍去者。今日之猶能讀蝶庵文字，賴有此耳。

——中華書局二〇一五年版《前塵夢影新録》三卷

附録二

羣書斠識　香雪崦芊書丙集

汝南　常庸　侶霞　纂

陶菴夢憶　山陰張岱纂　金忠淳乾隆乙未刻《硯雲甲編》本　王文誥乾隆甲寅刻本未見　《粤雅堂叢書》本

序　此不知何人作，《瑯嬛文集》卷一有自序，應補入。

所見夢憶一卷　《硯雲》本亦止一卷，《粤雅》本分八卷，然亦非足本。以金本斠之，卷一闕一條，卷八闕三條。

卷一

山陰張岱宗子撰　按《張氏譜》，岱字宗子，亦作宗之。號陶菴，又號長公，一號石公，文恭公元忭曾孫，雨菴副使汝霖孫。廪膳生，應天國子監生。魯王監國時官錦衣衛指揮，掌衛事，晉左軍都督府都督同知。丙戌後更名蝶菴。康熙己巳卒，年九十三。按《清異録》，李愚嘗曰：『吾夙夜在公，不得爛游華胥國，欲搆一蝶菴，謝事居其間，以莊周爲開山第一祖，陳摶配食，忙者難與注籍供職。』石公更名蜨菴居士，似本之。

朱兆宜簿太常　『宜』應作『宣』。按朱忠定公燮元四子，長兆甯，字士楨，號佩南。以忠定平蔺功世襲錦衣衛指揮使。先公卒。子路、孫份皆諸生。份女適王雲岩，方川太史增母也。次壽宜，後更兆宜，字仲含，號壺岩。諸生，崇禎甲戌襲錦衣衛指揮使，壬午擢南鎮撫司簽書官事，祁班孫其壻也。子堯曰，字子升，；女即祁六夫人所撫者，適仁和趙東白。孫俶，初名佖，字南伯，監生。曾孫畬，字祈年，卒，無嗣。三兆憲，字叔起，諸生。以忠定平水西功世襲錦衣衛指揮僉事。甲申後卒。見李亨特《紹興府志・隱逸》。四兆宣，字見符，號弦菴。官生，官南京後軍都督府都事左班官。何以簿奉常，竢攷。

陳銅鑪一　『陳』下金本有『小』字。

日必至云　下金本有『戊寅』、『壬午』二段應補入。

福王南渡條　金本有，粵雅本無，應補入。

金乳生

太僕公　名天復，字復亨，號内山。嘉靖丁未進士，官陝西行太僕寺卿。著有《鳴玉堂集》。

黄寓庸　名汝亨，字貞父，仁和人。萬曆戊戌進士，官江西參議。著有《寓林文集》三十卷。

進魯獻王　『獻』應作『憲』。名壽鋐，萬曆二十八年嗣，崇禎九年薨。弟肅王壽鏞嗣，十一年薨，子以派嗣。十二年大兵破兖州，被執死。弟以海即監國。

周墨農

張毅儒　名弘，石公八弟。著有《紀年詩》、《明詩存》。

汪硯伯

秦一生　名□，崇禎戊寅八月二十日卒。《文集》有祭文。

持示燕客　名萼，字介子，石公從弟。諸生，魯王時官右軍都督府左都督，挂雄武將軍印。

濮仲謙

商周祚長壻也。商第三女景蘭，字媚生，適祁忠惠公。第五女景徽字嗣音，適徐仲山徵君咸清。

卷二

黨英筆也　應作『党懷英』。

環而墓者數千家　『家』應作『冢』。

吕吉士　名福生，山陰人。貢生，順治乙酉任高淳知縣。

閔老子　名汶水。

王月生　名月，號微波。後歸蔡如蘅，張獻忠陷盧州，墜井死。

朱雲崍 名國盛，字敬韜，華亭人。萬曆庚戌進士，官工部尚書兼侍郎，入逆案，交結近侍，減等閒住。

王侶鶴

王明泉

王本吾 名□□，松江人。

范與蘭

尹爾韜

何紫翔

王士美 名業洵，會稽人，新建伯承勳從子。諸生，子劉子門人。

平子 初名維基，更名嶧，號桐菴。增廣生，石公第二弟。

張慎行

何明臺 名□□，松江人。

董文簡 名玘，字文玉，號中峰，會稽人。弘治乙丑進士，官吏部左侍郎，贈禮部尚書，謚文簡。著有《中峰文集》。

石簣先生 陶望齡，字周望，號石簣山樵，又號歇菴居士，會稽人。萬曆己丑進士，官國子監祭酒，追謚文簡。

徐清之

吴無奇

仲叔守瓜州　名爾葆，原名爔芳，以字行，更字葆生，號二酉。萬曆戊午順天副榜貢生，歷官揚州府同知。崇禎甲申二月十日卒，子萼，壻陳洪綬。

大父造表勝菴成　名汝霖，字肅之，號雨若，一作明若，一號含宇，又號醉林老人，號無漏居士。萬曆甲午應天六名舉人，乙未進士，官清江知縣，移廣昌，遷兵部武選司主事，丙午山東副考官，落職，甲寅起南京刑部，丁巳貴州提學僉事、廣西參議，天啟壬戌湖西道，甲子福建副使，歸，乙丑三月二十四日卒，年六十九。

沈梅岡　名束，字宗安，會稽人，嘉靖甲辰進士，禮科給事中。後起南京右通政使，不赴。萬曆辛巳卒，年六十八。著有《屏南集》。

崇禎乙丑　『崇禎』應作『天啟』。

卷三

趙介臣　『介』應作『个』。名之藺，會稽人。崇禎甲申貢生。

三娥叔　『娥』應作『峨』。名炳芳，字爾含，一字仲先，號天畸人，汝霖三子。天啟丁卯副榜貢生，官內閣誥勅房中書舍人，遷禮部儀制司員外郎，侍經筵兼司經局洗馬。著有《春秋年考》一卷。

朱恒岳少師 名燮元，字懋和，山陰人。萬曆壬辰進士，官兵部尚書，總督川湖、雲貴。崇禎戊寅三月二十四日卒，年七十三。魯王時追謚忠定。著有《恒嶽遺稾》。

祁世培 名彪佳，字虎子，號宏吉，一字幼文，山陰人。天啟壬戌進士，官右僉都御史，巡撫蘇松。魯王謚忠毅，唐王謚忠敏。乾隆四十一年賜專謚忠惠。

陽和嶺實爲余家祖墓誕生我文恭 按嶺在琶山，石公八世祖恭字敬之，號敬軒，成化丙戌四月四日卒。次子昌，昌四子詔，詔三子天復，昌葬鳥隝狀元橋内，詔葬法華山。天復葬謝墅官山嶼。文恭葬外山。其誕生文恭吉地實在法華，土人呼出山蜈蚣，非陽和嶺。文恭生于嘉靖戊戌十月十八日。

朱文懿公 名賡，字少欽，號金庭，山陰人。隆慶戊辰進士，官文華殿大學士。萬曆戊申卒，年七十四。謚文懿。著有《朱文懿公集》。

包副使涵所

蕭伯玉 名士瑋，號三莪，泰和人。天啟壬戌進士，官行人。福王時官光禄寺卿。著有《春浮園文集》。

補陀志方成 石公此志似即《文集》卷二之《海志》。

崇禎乙卯 『乙』應作『己』。

侍南華老人飲湖舫 老人名汝懋，字懋之，號芝如，又號芝亭，文恭次子。萬曆癸卯應天舉人，癸丑進士，官休甯知縣，遷福建道御史，巡按江西，掌河南道，歷大理寺右丞，以誣參樊尚璟、房可壯、楊嘉祚入逆案，交結近侍，減二等，坐徒二年，納贖爲民。崇禎庚辰九月十六日卒，年八十。徙宅車水坊。次子景華，字六符。孫培，字伯凝；堦，字□□。

丁叔潛

卷四

曾波臣 名鯨，閩人。

趙純卿

彭天錫

楊與民

填溢之看燈船 『之』應作『競』。

隆平侯 張拱日。

趙忻城 名之龍，虹人。忻城伯燮七世孫，泰昌元年襲。

楊愛生

顧不盈

姚簡叔　名允在，會稽人。山水學荆、關，筆墨遒勁，思致不凡。見《圖繪寶鑑續纂》。

顧眉　字眉生，又名媚，號横波，改姓徐。後歸龔鼎孳。

董白　字小宛，一字青蓮。後歸冒襄。

李十　名湘真，字雪衣，後更名貞美。

宿於祖塋　「塋」應作「堂」。祖堂，寺名，在獻花巖。

自駱氏兄弟主之　駱緯、駱紹皆問禮子。問禮字子本，號纘亭，諸暨人。嘉靖乙丑進士，官湖廣副使。著有《萬一樓集》。

外祖陶蘭風先生　名允嘉，字幼美，雲谷中丞大順子。監生，官壽州州判。

舅氏嗇軒　名崇文，字乳周。著有《宫梟記》，爲客、魏作。

隨路兜截轉摺　「摺」下金本有「看之」二字。

余族弟卓如

夏耳金

趙士元

范長白　名允臨，字長倩，華亭人。萬曆乙未進士，官福建右參議，未上歸。崇禎辛巳卒，年八十四。著有《輪賡館集》。

鄒愚公　名迪光，字彦吉，無錫人。萬曆甲戌進士，官湖廣副使。天啟乙丑卒，年七十七。

著有《鬱儀按》、《調象菴》、《石語齋》、《始青閣四部稾》。

祁止祥　名豸佳，號雪瓢，山陰人。天啟丁卯舉人，官吏部司務。

卷五

簡叔客魏爲上賓　『魏』下脱『國』字。

余叔爾蘊　名煇芳，號七磐，汝霖五子。諸生，萬曆乙卯九月二十三日服刼藥毒發，卒，平子嗣父。

朱石門　名敬循，字叔理，賡子。萬曆壬辰進士，官右通政。癸卯卒。

揚州清明　『明』下金本有『日』字。

劈阮彈箏　『劈』應作『擘』，『箏』下金本有『而』字。

姚益城　名宗文，慈谿人。萬曆丁未進士，官右都御史，巡撫湖廣，入逆案，交結近侍，減二等，坐徒二年，納贖爲民。

卷六

余蘊叔　『余』應作『爾』，以作『尒』涉『余』字，形近而譌。

胡儀部青蓮　名敬辰，字直卿，山陰籍餘姚人。天啟壬戌進士，官江西參政。

周孔嘉　名□□，蘇州人。天啟乙丑，僦居軒亭之北蛾眉山。見《文集》卷二《越山五佚記》。

漏仲容　名坦之，號衡岳，山陰人。王思任亦出門下，然試輒不售，以布衣終。見《李志·文苑》。

沈虎臣

韓求仲　初名敬求，更名敬，字簡與，歸安人。萬曆庚戌進士，官翰林院修撰，辛亥京察革職，起行人司副，福王時復官。

石梁先生　名奭齡，字君奭。萬曆癸卯舉人，官濟甯州知州。著有《今是堂集》。

霞頭沈僉事　名良臣，字合元，會稽人。萬曆癸未進士。

歸乾劉陽太公　『乾劉』應作『劉乾』。名毅，字健甫，山陰人。萬曆己丑進士，官廣西右布政使。著有《寶綸堂遺稾》。

卷七

袁石公　名宏道，初字孺修，號中郎，更字無學，號六休，又號石公山人，公安人。萬曆壬辰進士，官吏部稽勳司郎中。庚戌九月六日卒，年四十三。著有《袁中郎集》。

劉太守夢謙　字□□，羅山人。崇禎甲戌進士，後官承天知府，癸未死難。

五雪叔　『雪』,《越中園亭記》作『洩』。名煒芳,字爾襲,汝霖四子。恩貢生,官淮揚運副。入國朝,改河閒府同知。順治己亥二月八日卒。

近余山盜起　『余』應作『佘』。

杖萬元白　名燝,字闇夫,新建人。萬曆丙辰進士,官工部屯田司郎中。甲子六月爲魏忠賢矯詔廷杖,七夕創重卒。福王時贈光禄寺卿,謚忠貞。著有《元對白集》。

劉半舫　名榮嗣,字敬仲,號簡齋,曲周人。萬曆丙辰進士,官工部尚書,總督河道。崇禎己卯庾死刑部獄。著有《半舫集》。

卷八

剡木爲架者百　『百』下金本有『架』字。

一燈三之　『一』上金本有『架』字。

張東谷

舌華録

阮圓海　名大鋮,字集之,號石巢,又號眉隱山樵,一號百子山樵,桐城人。萬曆丙辰進士,官光禄寺卿,入逆案閒住。福王時官兵部尚書。順治丙戌降我朝,至仙霞嶺墜崖死。著有《詠懷堂集》。

朱樵峯　『峯』應作『風』。名□□，敬循子。『露兄』條後金本有『崇禎戊寅至蘇州』、『河北觀察使』、『乙酉秋七月』三條應補入。

金跋　著書十餘種率以夢名　按石公所著書今多不傳，可攷者《明易》、《大易用》、《四書遇》、《奇字問》、《詩韵確》、《千字文》、《石匱書》一百六卷、《史闕》十四卷、《義烈傳》、《有明於越三不朽名賢圖贊》一卷、《張氏家譜》、《岱志》一卷、《補陀志》一卷、《皇華攷》、《陶菴肘後方》四卷、《曆書眼》、《桃源曆》、《張子説鈴》、《夢憶》八卷、《西湖夢尋》五卷、《鵑舌嘑血録》、《快園道古》、《夜航船》、《老饕集》、《金剛經如是解》、《瑯環文集》六卷、《昌谷集解》、《一卷冰雪文》、《傒囊十集》、《杜銘鈔》，凡三十種，以『夢』名者止二種，《通志》似未覈。

又跋　蓋其曾祖天復祖元忭父汝霖卷中言先父相魯先王以其曾任山東副考或與藩邸有舊耳　按石公父名燿芳，字爾弢，號大滌，汝霖長子。天啟丁卯應天副榜貢生，官魯府右長史。崇禎辛未罷，壬申十二月二十七日卒，年五十八。甌山殆未見《張氏譜》，故於石公家世攷誤。

文概表初稾節録

山陰平步青景孫纂次

萬曆二十五年丁酉

張岱生於八月二十五日。據《夢憶》壬子年十六推得之，譜作乙酉，則早十二年，『乙』蓋『丁』字之誤。

萬曆四十一年癸丑

張岱年十七，游蘭亭。

崇禎五年壬申

張岱寒食《祭義伶夏汝開文》。

崇禎七年甲戌

十二月，張岱有《疏通市河呈子》。

崇禎十一年戊寅

張岱至白門，甫登岸，即往桃葉渡訪閔文（編者按：當作『汶』）水。五月九日《祭外姑（編者按：當作『母』）劉太君文》。九月三日西湖《祭春（編者按：當作『秦』）一生文》。

崇禎十三年庚辰

張岱有閏正月《張燈致語》。

順治元年甲申

張岱在淮上與王鐸同至杭州。

順治四年丁亥

中秋，張岱寓項里，有《念奴嬌》詞。

順治十一年甲午

張岱《石匱書》成，凡二十七年，五易其稿，九正其譌。至西湖。

順治十四年丁酉

張岱再至西湖。

康熙元年壬寅

張岱自序《大易用》云：『今年已六十有六。』

康熙二年癸卯

九月朔，張岱《祭伯凝八弟文》。丁未生，年五十七。

康熙七年戊申

張岱《題葆生叔畫》。

康熙九年庚戌

三月，張岱作《魯雲谷傳》，夏又作《周宛委》等誌銘。

康熙十二年癸丑

張岱爲《癸丑蘭亭修禊檄》，偕登子往游，作《古蘭亭辨》。八月廿六，張岱祭《祁文載文》。

康熙十六年丁巳

張岱作《白衣觀音贊》。

康熙二十八年己巳

張岱卒。年九十三。譜不載月，云年八十有□。此據《越風》小傳。邵廷采《遺民傳》作七十餘，誤。

西湖梦寻

鳳凰山（清陸遵書繪《浙西勝覽全圖》，下同）

瑪瑙寺

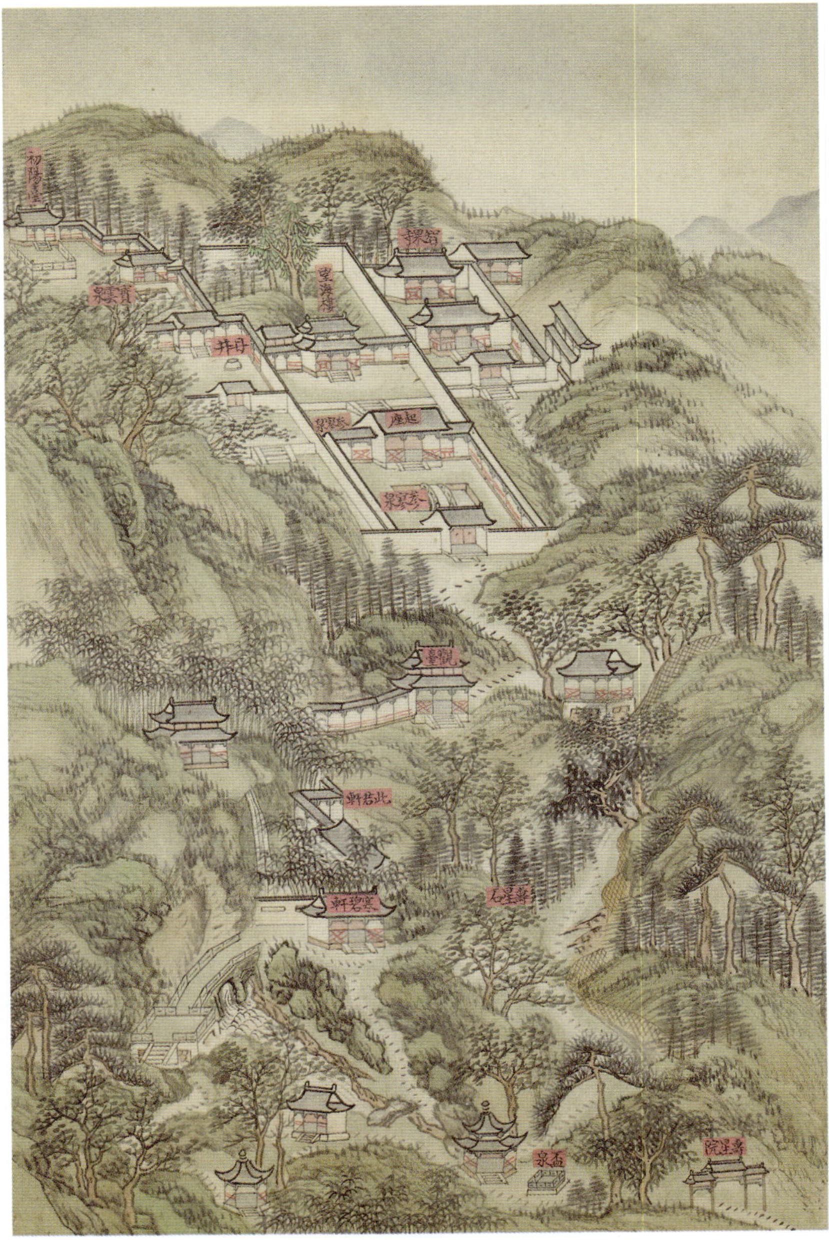

葛嶺

六和塔

瑞石洞

吴山

龍井

雲林寺（靈隱寺）

韬光庵

雲棲寺

法雲寺（慧因寺）

大佛寺

昭慶寺

六一泉

虎跑泉

蓮花峰

石屋洞

水樂洞

湖心亭

冷泉亭

雙峰插雲

天竺寺

蘇堤春曉

柳浪聞鶯

花港觀魚

曲院風荷

平湖秋月

南屏晚鐘

三潭印月

雷峰夕照

斷橋殘雪

北高峰

整理前言

張岱游踪不算太廣，一生所至不過浙江、江蘇、山東、江西、安徽五省，絶大多數時間都在江南地區活動，而杭州僅與紹興隔一衣帶水，是其屢次到訪甚至長居之地。杭城之美萃於西湖一隅，故張岱每次來杭也是必游西湖。他人游西湖多屬浮光掠影，僅能入於耳目之間，張岱游西湖則能與之相狎相暱，能得其一顰一笑，正如佳偶。當明亡之後，故國淪喪，山河皆入新主，西湖也難例外，愛之深則痛之切，只得憶舊日之西湖而不忍見今日之西湖。因而張岱撰作《西湖夢尋》匪徒描摹湖山，流連風月，其中實有大沉痛在。

張岱《西湖夢尋》作於晚年，其自序署『歲辛亥七月既望』，時張岱年已七十五，值康熙十年（一六七一），不署年號，效法陶淵明，以遺民自居。序中言『余生不辰，濶别西湖二十八載』，又言『前甲午、丁酉，兩至西湖』，張岱甲午五十八歲，丁酉六十一歲，作序之前二十八年張岱四十八歲，正甲申明亡之年。張岱對甲申後之西湖有一種别樣的情感，而追根究底是對清朝統治的不認可和抗拒心理作怪，因而此書紀事亦止於明末。道西湖昔日之繁華興盛，甚至不惜誇大，借對美好的回憶，以打破新王朝慣常的對舊王朝的指斥和厚誣，寄託的是對故國深深的眷戀和不捨，兼有對自己年華已逝而功業不建的感傷。

《西湖夢尋》全書凡五卷，分七十二則，首總記，後以北路、西路、中路、南路、外景爲序，分紀各景。每則先敘各景沿革、掌故等，時加以點評，妙語足以解頤，奇思足以怡神，正足以代表張氏的風格。後綴以古今詩文，詩文所選以清靈雋永者爲主，尤數公安、竟陵派爲多，張岱自著詩文亦頗不少，張岱寫西湖名文，如《西湖七月半》、《湖心亭看雪》等皆在其中。此可見張岱詩文審美趨尚，及其與公安、竟陵派的淵源關係。

張岱卒於康熙二十八年（一六八九），此書直至康熙五十六年丁酉年才由其孫張禮在廣東主持刊刻。張禮，字立亭，其父不詳。之所以在浙江之外的廣東刊刻，是張岱另一孫張濮攜帶此書來嶺南，爲韶州知府胡公見而愛之，遂慫恿刊刻。據雍正《廣東通志》卷二十九《職官志》載，此胡公當爲時任知府胡范，直隸容城人，康熙五十四年始任，五十八年去任。大概張禮當時也在廣東，故承擔起此次刊刻校讎之事，而刊刻費用當是胡范資助。此書卷首有金堡、李長祥、查繼佐、祁豸佳、王雨謙及自序共六篇序，次張禮撰《凡例》。各卷首題『古劍蝶菴張岱著纂』『山陰曲轅王雨謙評定』，王氏評語列於書眉，凡一百八十八條。每卷末皆綴諸孫參訂姓氏，爲陳書字通、禮立亭、國鼎字淵、濬字哲、濂字清、瀚字瀌、濮若水，曾孫肇柏廷堅，共八人，略可見張岱孫輩情況。乾隆時修《四庫全書》，著名藏書家鮑廷博之子鮑士恭進獻此書，當即康熙刻本。但僅列於存目，没有編入《四庫全書》。推究其因，一則四庫館臣貴古賤近，於近代著作去取甚嚴，一則此書暗含故國之思及敵視新朝之意，一則張岱及公安、竟陵文風不合于官方文學標準，被摒棄不録也就不足爲怪了。

康熙刻本流傳不廣，歷經戰亂，更是稀如星鳳，僅知國家圖書館藏有兩部，一部爲周大輔、周作人舊藏，但稍有缺損，影印收入《續修四庫全書》，另一部爲完帙，曾經常熟曾鳴韶收藏；黄裳先生藏有一部，乃得自徐紹樵，而徐則得自桐廬山中；紹興魯迅博物館藏有殘册，僅存一、二兩卷；羣衆出版社藏有一部，未曾目驗，情況不明；另湖州顧諍先生亦藏有一部，爲陶方琦、湯壽潛舊藏。

康熙本刊刻後，直到光緒九年，錢塘丁丙才重刻。此次丁氏重刻首冠以《欽定四庫全書總目》的《西湖夢尋》提要，删掉了王雨謙的評語和張氏子孫編輯參校名氏，每卷首僅題署『古劍蝶菴張岱著纂』。書中被乾隆帝點過名的『金堡』名姓也從書中消失，僅存『武林道隱』名號。從文字質量上説，丁氏刻本固然改正了康熙本的一些誤字，但也增加了不少新的訛誤，甚至出現了整行脱去的情況。光緒本先是單行，後來又收入《武林掌故叢編》，流傳更廣。光緒本雖然稱不上善本，但此本使《西湖夢尋》從珍本秘籍成爲通行易見之書，在擴大該書的影響上仍然功不可没。因爲光緒本易得的緣故，後世的各種整理本（如《中國文學珍本叢書》本等）也大多以光緒本爲底本。

此次重新整理《西湖夢尋》，以康熙刻本爲底本，校以光緒本，同時參校其他方志、别集等。由于光緒本影響大，故底本不誤而光緒本誤者亦出校，以清源流。此書所附詩文甚多，張岱引用時題目和正文多有更動，抑或是張岱所據版本與今本有異，爲存古書面目，在文意可通時，不再據他本改動底本。王雨謙評語對理解此書佳妙之處頗有助益，今仍收録，原在刻本天頭，爲便排版，今置於正文中，以仿宋體小字別之。康熙本原有序跋、凡例等仍舊置於原處，其餘序跋、敘録等則置於全書之後，以便參考。

本書的整理，參考了時賢如馬興榮、孫家遂、李小龍等各家校勘成果，在此謹致謝意。

二〇一八年五月六日雨窗，路偉識於小桃源

金序

張陶菴作《西湖夢尋》，向余問訊曰：『弟聞《華嚴經》，佛言華嚴世界，南贍部洲特華嚴海中一彈丸之地，則西湖不直一蠡殼水，其景界甚小。湯若士傳《南柯》，蟻穴中有國都郡邑、社稷山川，則西湖不止一蟻穴，其景界又甚大。兩説不一，乞和尚爲我平章之。』

余曰：『佛言世間凡事大小，皆繇心造。若見爲大，則芥子須彌矣；若見爲小，則黄龍蝘蜓矣。佛於此只不動念，則景界俱空，大小盡化，蕉鹿莊蝶，一聽其自爲變幻，於我空相，則亦何有？以余所見，大小高下，只在目前。即以西湖言之，爾見六橋三竺，縹緲湖山，其大若此；若置身於南北高峰，由高視下，西湖止一杯之水，歌舫漁舟，正如飛凫浮芥，爲物甚微。蓋眼界所及，愈低愈小，則愈高愈大。莊生所言鯤背鵬翼，千里而遥，鵬之視人亦何異人之視蟻？齊諧志怪，勿得盡以寓言忽之。昔有人渡海，飛來一物，大如風帆，以篙擊之，是一蝶翅，稱之重八十餘觔，則天壤間實有是境，實有是物，或大或小，一任人之見地爲之。余眼光不及數武，何能爲爾定其大小也。爾若只以舊夢是尋，尚在杯水浮芥中往來盤礴，何足與於寥廓之觀？』

武林道隱金堡偶題〔一〕。

【校】

〔一〕『金堡』，光緒本無。金堡，仁和人。崇禎十三年進士，明亡後爲僧，號澹歸。其著作乾隆時曾遭禁燬，故光緒本俱隱没其名。

李序

甲申三月，一夢蹺蹊，三十年來若魘若囈，未得即醒，傍人且將升屋喚之，猶恐魂之不返，何暇尋夢中所有，且尋昔日夢中之所有哉！張陶菴見西湖殘破，而思蘧榻于徐，惟舊夢是保，自謂計之得矣。吾謂陶菴惟知舊夢，而不知新夢。論舊夢者曰：『夢必有想，夢必有因。』故無想無因，未嘗夢乘車入鼠穴，搗薤噉鐵杵。若新夢則不然。淳于芬夢入南柯，則身歷蟻穴；幻人能吞刀吐火，則口煅鋼鋒。衛玠之論想論因，反落膚淺之見矣。

昔王荆公與東坡論揚子雲投閣，爲史臣之妄，《劇秦美新》之作，亦爲後人所誣。東坡曰：『軾亦疑一事。』荆公曰：『何事？』東坡曰：『不知西漢果有子雲否？』余見陶菴所説之西湖與近日所見之西湖毫無足據，亦謂明季時果有西湖否？且謂明季時西湖中果有張陶菴否？識得明季時未必有西湖，方可與尋西湖；識得明季時西湖中未必有陶菴，方可與讀陶菴西湖之《夢尋》。

古夔舊史李長祥書。

查序

張陶菴作《西湖夢尋》，以西湖園亭桃柳、簫鼓樓船皆殘缺失次，故欲夢中尋之，以復當年舊觀也。余獨謂不然。余以爲西湖本質自玅，濃抹固佳，淡妝更好。湖中之繁華綺麗雖凋殘已盡，而湖光山色未嘗少動分毫，東坡所謂『晴光瀲灧』、『雨色空濛』，故端然自在也。西湖向比西子，若樓臺池館，則西子之錦衣袨服也；嫩柳夭桃，則西子之歌喉舞態也。近日西子乃罷歌舞，去靚粧，拔簪珥，解衣盤礴，政當西子澡盆出浴之時，須看其冰肌玉骨，妖冶動人，何待豔服喬粧方爲絶色也哉！

子輿氏曰：『西子蒙不潔，則人皆掩鼻而過之。雖有惡人，齋戒沐浴，則可以事上帝。』以惡人而齋戒沐浴，尚可以事上帝，何況西子本身自潔，更能齋戒沐浴，其芳香藻潔當更增百倍矣。陶菴於此，政須着眼，何必輾轉反側，寤寐求之，乃欲以妖夢是踐也。

社弟查繼佐偶書。

祁序

天下山水之妙，有以詩傳者，有以畫傳者。自王摩詰以一身兼之，讚之者謂：『摩詰之詩，詩中有畫；摩詰之畫，畫中有詩。』遂將詩、畫合爲一物。若西湖則不然。西湖之玅，玅在空靈晶映，一入於詩便落脂粉，即東坡二詩亦所不免。世間凡物，竹籬茆舍、雞犬桑麻，一入於畫，無不文雅，而西湖圖景，雖桃柳舟航，猶是滓穢太清。故余獨謂『看西湖，決不能爲西湖之畫；看西湖，決不能爲西湖之詩』也。

余友張陶菴，筆具化工，其所記遊，有酈道元之博奧，有劉同人之生辣，有袁中郎之倩麗，有王季重之詼諧，無所不有；其一種空靈晶映之氣，尋其筆墨，又一無所有。爲西湖傳神寫照，政在阿堵矣。若使陶菴於此仍作詩想，仍作畫想，一着揣摩，便於西湖十去八九，即在夢中，亦是魘囈。有想有因，衛洗馬之病在膏肓，政未易瘳也。

弟祁豸佳書於蟫仙廬。

王序

木華作《海賦》，思路偶澀，或教之曰：『爾何不於海之上下四旁言之？』華因言其上下四旁，而《海賦》遂成。蓋華之賦海，海之景物已盡，特缺其上下四旁已耳，則是海爲主，而上下四旁其輔也。若田叔禾之作《西湖志》〔一〕，志都城，志大内，志市井里坊，志人物流寓，志士女游觀，無所不志，而西湖之景物反多遺漏，則是借名西湖，而實與西湖無與。故碑記詩文，自蘇、白以後，記如袁石公之靈巧、張鍾山之遒勁、李長蘅之淡遠，詩如王弇州之華贍、徐文長之奇崛、王季重之雋穎，無一字入志焉，得謂之志乎？

張陶菴盤礴西湖四十餘年，水尾山頭，無處不到；湖中典故，真有世居西湖之人所不能識者，而陶菴識之獨詳；湖中景物，真有日在西湖而不能道者，而陶菴道之獨悉。今乃山川改革，陵谷變遷，無怪其驚惶駭怖，乃思夢中尋往也。雖然，西園雅集，得米海嶽一敘，而人物園亭儼然未散；建章宫闕，得張茂先一語，而千門萬户彷彿猶存。有《夢尋》一書，而使舊日之西湖於紙上活現，則張陶菴之有功於西湖，斷不在米海嶽、張茂先之下哉！

潞谿白嶽王雨謙譔。

【校】

〔一〕『田叔禾』，光緒本誤作『田叔和』。按《西湖遊覽志》、《西湖遊覽志餘》作者田汝成，字叔禾。

自序

余生不辰，闊别西湖二十八載，然西湖無日不入吾夢中，而夢中之西湖，實未嘗一日别余也。前甲午、丁酉，兩至西湖，如湧金門、商氏之樓外樓、祁氏之偶居、錢氏余氏之别墅及余家之寄園，一帶湖莊，僅存瓦礫，則是余夢中所有者，反爲西湖所無。及至斷橋一望，凡昔日之弱柳夭桃、歌樓舞榭，如洪水湮没，百不存一矣。余乃急急走避，謂余爲西湖而來，今所見若此，反不若保吾夢中之西湖，尚得完全無恙也。因想余夢與李供奉異：供奉之夢天姥也，如神女名姝，夢所未見，其夢也幻；余之夢西湖也，如家園眷屬，夢所故有，其夢也真。

今余僦居他氏已二十三載，夢中猶在故居。舊役小傒，今已白頭，夢中仍是總角。夙習未除，故態難脱，而今而後，余但向蝶菴岑寂，蘧榻於徐，惟吾舊夢是保，一派西湖景色猶端然未動也。兒曹詰問，偶爲言之，總是夢中説夢，非魘即囈也，因作《夢尋》七十二則，留之後世，以作西湖之影。余猶山中人歸自海上，盛稱海錯之美，鄉人競來共舐其眼。嗟嗟！金虀瑶柱，過舌即空，則舐眼亦何救其饞哉！

歲辛亥七月既望〔一〕，古劍蝶菴老人張岱題。

【校】

〔一〕『七月』，底本及光緒本皆誤作『七日』，今改正。

凡例

一、誌西湖者備矣，皆能發越乎山靈。而先王父是編，蓋身歷盛衰之際，感時世之旋易，嗟景光之頓殊，托爲夢尋，言寄斯慨。以目接之景，作魂交之遊，此亦如神返華胥，猶歷歷不忘其故蹟。即境以徵事，抒辭以達情，覽者有感於斯文，是亦夢中之覺路也。

一、西湖之景物甚繁〔一〕，傳者每多失次。是集首序湖總，中分四方，方各以景從，而終之以外景。凡夫山林丘壑、寺觀亭臺，以及木石禽魚之微，舉皆依次而列，舉綱張目，晰縷分條。閲者按籍而稽，步步引人入勝。若所謂六橋桃柳、三竺煙嵐，不必着屐扶筇，而已歷探其閫奧矣。

一、西湖之名勝，具有源流。流俗所傳，多承訛謬。是集於名區興廢，勝蹟升沉，以及林泉之變遷，艸木之榮落，莫不詳稽博考，務得其真。至若歷朝亮節之臣，往代潛光之士，其故居古墓，皆靈爽所存，尤極意表章，使人心興感。此更有關於名教，豈徒於山水逞遊觀哉！

一、西湖之題詠，名作如林，往籍所收，美難盡載。是集於白、蘇而外，復採佳篇。記如袁、李之靈巧清敷，詩若王、徐之高華奇崛，以至雅詞名對，皆以次而登，並能照耀古今，發揚山水。後附以先王父平時之所作，識者謂能競勝争奇，以登作者之堂，似可與諸公分一席也。

一、先王父是集，久爲名人所傳。若李研齋長祥、金道隱堡、查伊璜繼佐、祁止祥豸佳諸公，時共較讐，雅相推重，所作文序，尤極其稱揚。而王白嶽雨謙先生，與先王父論交尤篤，其所點次評論，更爲精詳，列之篇端，以誌相得之雅。令音未替，遺澤猶存，思其笑言，輒復神往耳。

一、先王父生平素多撰述，所著如《陶菴文集》《石匱全書》以及《夜行船》《快園道古》諸本，皆探奇抉奥，成一家言。以卷帙繁多，未能授梓。是集爲從弟潗携來嶺南，而韶州太守胡公見而稱賞，令付剞劂，以張前徽。余小子自顧顓愚，不克仰承先志，而奉兹遺集，益感中懷，爰授之梓人，鋟以問世。其家藏諸種，俟有力梓行，庶幾先王父未墜之精華，復得表章於當代也已。

康熙丁酉年十月望日，孫禮謹識。

【校】

〔一〕『甚』，疑當作『綦』。綦，極也。

目次

虎林道隱金　堡定
古夔研齋李長祥閱
劒南蝶菴張　岱著
潞谿白嶽王雨謙評

卷一

卷二

卷三

卷四

卷五

【校】

〔一〕『西湖總記』，原誤置『西湖北路』之下，且脱『明聖二湖』條，據正文改補。
〔二〕『岣嶁山房』，原作『岣嶁』，據正文改。
〔三〕『十錦塘』下原有『望湖亭』目，據正文删。
〔四〕『小青佛舍』，原脱，據正文補。
〔五〕『錢王祠』，原作『錢大王祠』，據正文改。
〔六〕『于墳』，原作『于少保墳』，據正文改。
〔七〕『九溪十八澗』，原脱，據正文補。
〔八〕『虎跑泉』，原作『虎跑寺』，據正文改。
〔九〕『宋大内』，原脱，據正文補。
〔一〇〕『火德廟』，原脱，據正文補。

附録

西湖夢尋卷一

古劍蝶菴張　岱著纂
山陰曲轅王雨謙評定
男　鐸式宣　鏞式黼編輯　鐄式貞

西湖總記

明聖二湖

自馬臻開鑑湖，而繇漢及唐，得名最蚤。後至北宋，西湖起而奪之，人皆奔走西湖，而鑑湖之澹遠自不及西湖之冶豔矣。王評：馬臻開鑑湖原不從遊覽起見，八百里肥饒不必與西湖較淡艷也。至於湘湖，則僻處蕭然，舟車罕至，故韻士高人無有齒及之者。余弟毅孺常比西湖爲美人，湘湖爲隱士，鑑湖爲神仙。余不謂然。余以湘湖爲處子，眠娗羞澀，猶及見其未嫁之時；而鑑湖爲名門閨淑，可欽而不可狎；若西湖則爲曲中名妓，聲色俱麗，然倚門獻笑，人人得而媟褻之矣。王評：二喻各有會心。人人得而媟褻，故人人得而豔羨；人人得而豔羨，故人人得而輕慢。在春夏則熱鬧之，至秋冬則冷落矣；在花朝則喧闐之，至月夕則星散矣；在清明則萍聚之〔一〕，至雨雪則寂寥矣。故余嘗謂：善讀書，無過董遇三餘，而善遊湖者，亦無過董遇三餘。王評：遊湖乃從讀書悟出，何異鴻濛？董遇曰：『冬者，歲之餘也；夜者，日之餘也；雨者，月之餘也。』雪巘古梅，何遜煙堤高柳；夜月空明，何遜朝花綽約？雨色涳濛，何遜晴光灩瀲？深情領略，是在解人。即湖上四賢，余亦謂樂天之曠達，固不若和靖之靜深；鄴侯之荒誕，自不若東坡之靈敏也。其餘如賈似道之豪奢，孫東瀛之華贍，雖在西湖數十年，用錢數十萬，其於西湖之性情、西湖之風味，實有未曾夢見者在也。王評：此論真得山水性情，恨古人尚未有聞，何況走西湖之毛髮者。世間措大，何得易言遊湖！

蘇軾《夜泛西湖》詩：

菰蒲無邊水茫茫，荷花夜開風露香。漸見燈明出遠寺，更待月黑看湖光。

又《湖上夜歸》詩：

我飲不盡器，半酣尤味長。籃輿湖上歸，春風吹面涼。行到孤山西，夜色已蒼蒼。清吟雜夢寐，得句旋已忘。尚記梨花邨，依依聞暗香。

又《懷西湖寄晁美叔》詩：

西湖天下景，游者無愚賢。深淺隨所得，王評：予生平未嘗以遊覽許人，正以未有遇其深也。誰能識其全？嗟我本狂直，早爲世所捐。獨專山水樂，付與寧非天。三百六十寺，幽尋遂窮年。所至得其妙，心知口難傳。至今清夜夢，耳目餘芳鮮。君持使者節，風采爍雲煙。清流與碧巘，安肯爲君妍。胡不屏騎從，蹔借僧榻眠。王評：遊覽妙訣。讀我壁間詩，清凉洗煩煎。策杖無道路，直造意所便。應逢古漁父，葦間自夤緣。問道若有得，買魚弗論錢。

李奎《西湖》詩：

錦帳開桃岸，蘭橈繫柳津。鳥歌如勸酒，花笑欲留人。鐘磬千山夕，樓臺十里春。回看香霧裏，羅綺六橋新。

蘇軾《開西湖》詩〔二〕：

偉人謀議不求多，事定紛紜自唯阿。盡放龜魚還緑浄，肯容蕭葦障前坡。一朝美事誰能紀〔三〕，百尺蒼崖尚可磨。天上列星當亦喜，月明時下浴金波。

周立勳《西湖》詩：

平湖初漲緑如天，荒草無情不記年。猶有當時歌舞地，西泠煙雨麗人船。

夏煒《西湖竹枝詞》：

四面空波捲笑聲，湖光今日最分明。舟人莫定遊何處，但望鴛鴦睡處行。

平湖竟日只溟濛，不信韶光只此中。笑拾楊花裝半臂，恐郎到晚怯春風。

行觴次第到湖灣，不許鶯花半刻閑。眼看誰家金絡馬，日駝春色向孤山。王評：三詞香艷傾人，千秋絶調。

春波四合没晴沙，晝在湖船夜在家。怪殺春風歸不斷，擔頭原自插梅花。

歐陽修《西湖》詩〔四〕：

菡萏香消畫舸浮，使君寧復憶揚州。都將二十四橋月，換得西湖十頃秋。王評：只如此説去，西湖已在九天之上矣。歐陽子畢竟妙手。

趙子昂《西湖》詩：

春陰柳絮不能飛，雨足蒲芽緑更肥。只恐前呵驚白鷺，獨騎款段遶湖歸。

袁宏道《西湖總評》詩：

龍井饒甘泉，飛來富石骨。蘇橋十里風，勝果一天月。錢祠無佳處，一片好石碣。孤山舊亭子，涼蔭滿林樾。一年一桃花，一歲一白髮。南高看雲生，北高見日没。楚人無羽毛，能得幾遊越？

范景文《西湖》詩：

湖邊多少遊觀者，半在斷橋煙雨間。盡逐春風看歌舞，幾人着眼看青山。王評：人負西湖。

張岱《西湖》詩：

追想西湖始，何緣得此名。恍逢西子面，大服古人評。冶豔山川合，風姿煙雨生。奈何呼不已，一往有深情。

一望煙光裏，滄茫不可尋。吾鄉争道上，此地説湖心。潑墨米顛畫，移情伯子琴。南華秋水意，千古有人欽。

到岸人心去，王評：『到岸』句與前『不可尋』『山川』合寫西湖，入神入妙，他人千萬語不能得也。月來不看湖。漁燈隔水見，堤樹帶煙糢。真意言詞盡，淡粧脂粉無。問誰能領略，此際有髯蘇。

又《西湖十景》詩：

一峰一高人，兩人相與語。此地有西湖，勾留不肯去。兩峰插雲。

湖氣冷如冰，月光淡于雪。肯棄與三潭，杭人不看月。三潭印月。

高柳蔭長堤，踈踈漏殘月。蹣躚步鬆沙，恍疑是踏雪。斷橋殘雪。

夜氣滃南屏，輕嵐薄如紙。鐘聲出上方，夜渡空江水。南屏晚鐘。

煙柳幕桃花，紅玉沉秋水。文弱不勝衣[五]，西施剛睡起。蘇堤春曉。

頰上帶微酡，解頤開笑口。何物醉荷花，煖風原似酒。麯院荷風[六]。

深柳叫黃鸝，清音入空翠。若果有詩腸，不應比鼓吹。柳浪聞鶯。

殘墖臨湖岸，頹然一醉翁。奇情在瓦礫，何必藉人工。雷峰夕照。

秋空見皓月，冷氣入林皋。靜聽孤飛雁，聲輕天政高。平湖秋月。

深恨放生池，無端造魚獄。今來花港中，肯受人拘束。花港觀魚。王評：十景詩只是老。

柳耆卿《望海潮》詞：

東南形勝，三吴都會，錢塘自古繁華。煙柳畫橋，風簾翠幙，參差十萬人家。雲樹繞堤沙。怒濤捲霜雪，天塹無涯。市列珠璣，户盈羅綺，競豪奢。重湖疊巘清佳，有三秋桂子，十里荷花。羌笛弄晴，菱歌泛夜，嬉嬉釣叟蓮娃。千騎擁高牙。乘醉聽簫鼓，吟賞煙霞。異日圖將好景，歸去鳳池誇〔七〕。金主閱此詞，慕西湖勝景，遂起投鞭渡江之思。王評：問當日使柳七無此詞，金主即不垂涎東南一隅者乎？宋室君臣不以精神注燕、汴而注之一湖，敵人渡江，何得致怨柳詞？

于國寶《風入松》詞：

一春常費買花錢，日日醉湖邊。玉驄慣識西湖路，驕嘶過、沽酒樓前。紅杏香中簫鼓，緑楊影裏鞦韆。暖風十里麗人天，花壓鬢雲偏。畫船載得春歸去，餘情付、湖水湖煙。明日重扶殘醉，來尋陌上花鈿。

【校】

〔一〕『清明』，光緒本作『晴明』。

〔二〕『蘇軾《開西湖》詩』，孫家遂云：『蘇集亦收此詩，題作《觀開西湖次吴左丞韻》，實則此爲蘇軾友人僧參寥子《次韻吴承老推官觀開西湖詩》，見田汝成《西湖遊覽志餘·方外玄蹤》。清張少南於《蘇亭詩話》中辨之甚詳。』

〔三〕『紀』，原作『絶』，光緒本作『繼』，據《蘇軾詩集》改。

〔四〕『歐陽修《西湖》詩』，《歐陽修詩文集》題作《西湖戲作示同遊者》，一作《初泛西湖》，孫家遂云：『按歐陽修生平未到過杭州，此詩所詠爲潁州西湖，張岱誤録於此。』

〔五〕『不勝衣』，光緒本誤作『不勝夜』。
〔六〕『麯院荷風』，原作『麯院荷花』，據光緒本改。
〔七〕『歸去鳳池詩』，原脱『歸去』二字，據《樂章集》補。

西湖北路

玉蓮亭

白樂天守杭州，政平訟簡。王評：有白公，乃許有西湖。貧民有犯法者，於西湖種樹幾株；富民有贖罪者，令於西湖開葑田數畝。歷任多年，湖葑盡拓，樹木成陰。樂天每於此地，載妓看山，尋花問柳。居民設像祀之，亭臨湖岸，多種青蓮，以象公之潔白。右折而北，爲纜舟亭，樓船鱗集，高柳長堤。遊人至此買舫入湖者，喧闐如市。東去爲玉鳧園，湖水一角，僻處城阿，舟楫罕到。王評：是能選勝，吾輩得奇士，當具此眼。寓西湖者欲避囂雜，莫于此地爲宜。園中有樓，倚牕南望，沙際水明，常見浴鳧數百，出没波心，此景幽絶。

白居易《玉蓮亭》詩〔一〕：

湖上春來似畫圖，亂峰圍繞水平鋪。松排山面千層翠，月照波心一點珠。碧毯緑頭抽早麥，青羅裙帶展新蒲。未能抛得杭州去，一半鈎留是此湖〔二〕。王評：遂成千古韻語。

孤山寺北謝亭西〔三〕，水面初平雲脚低。幾處早鶯争暖谷〔四〕，誰家燕子啄新泥。亂花漸欲迷人眼，淺草猶能没馬蹄。最愛湖東行不足，緑楊深裏白沙堤。

【校】

〔一〕『白居易《玉蓮亭》詩』，孫家遂云：『《白居易集》第一首題作《春題湖上》，第二首題作《錢塘湖春行》。』

〔二〕『鈎留』，光緒本作『勾留』。

〔三〕『謝亭』，孫家遂云：『「謝」，白集作「賈」。宋王讜《唐語林》卷六：「貞元中，賈全爲杭州，於西湖造亭，爲賈公亭。未五六十年廢。」』則『賈亭』即賈公亭，『謝亭』疑誤。

〔四〕『暖谷』，孫家遂云：『「谷」，白集作「樹」。』

昭慶寺

昭慶寺，自獅子峰屯霞石發脉，堪輿家謂之火龍。石晉元年始創，燬於錢氏乾德五年。宋太平興國元年重建，立戒壇。天禧初，改名昭慶。是歲又火。迨明洪武至成化，凡修而火者再。四年奉敕再建，廉訪楊繼宗監修，有湖州富民應募挈萬金來，殿宇室廬，頗極壯麗。嘉靖三十四年以倭亂，恐賊據爲巢，遽火之。事平再造，遂用堪輿家説，闢除民舍，使寺門見水，以厭火災。隆慶三年復燬。萬曆十七年，司禮監太監孫隆以織造助建，懸幢列鼎，絶盛一時，而兩廡櫛比，皆市廛精肆，奇貨可居。春時有香市，與南海天竺山東香客及鄉邨婦女兒童，往來交易，人聲嘈雜，舌敝耳聾，抵夏方止。崇禎十三年又火，煙焰障天，湖水爲赤。及至清初，踵事增華，戒壇整肅，較之前代，尤更莊嚴。一説建寺時爲錢武肅王八十大壽，寺僧圓浄訂緇流古樸、天香、勝蓮、勝林、慈受、慈雲等結蓮社，誦經放生，爲王祝壽。每月朔登壇設戒，居民行香禮佛，以昭王之功德，因名昭慶。今以古德諸號，即爲房名。

袁宏道《昭慶寺小記》〔一〕：

從錢塘門而西〔二〕，望寶俶塔突兀層崖中，則已心飛湖上也。午刻入昭慶，茶畢即棹小舟入湖。山色如娥，花光似頰，温風如酒，波紋若綾，纔一舉頭，已不覺目酣神醉。此時欲下一語不得，大約如東阿王夢中初遇洛神時也。王評：石公非東阿王，安知王夢洛神時？雖然，此正是縹緲妙語，亦當想像得之。余遊西湖始此，時萬曆丁酉二月十四日也。晚同子公渡浄寺覓阿賓舊住僧房，取道由六橋、岳墳、石徑塘而歸。次早陶石簣帖子至，十九日石簣兄弟同學佛人王静虚至，湖山好友，一時湊集矣。

張岱《西湖香市記》：

西湖香市，起于花朝，盡于端午。山東進香普陀者日至，嘉湖進香天竺者日至，至則與湖之人市焉，故曰香市。王評：集中每一名勝必詳著始末，非蝶菴胸有圖經，老于游覽，能下一筆不？然進香之人市于三天竺，市于岳王墳，市于湖心亭，市于飛來峰，無不市，而獨湊集于昭慶寺。昭慶兩廊故無日不市者，三代八朝之骨董，蠻夷閩貊之珍異，皆集焉。至香市，則殿中邊、甬道上下、池左右、山門内外，有屋則攤，無屋則廠，廠外有篷，篷外又攤，節節寸寸。凡䞓霜簪珥、牙尺剪刀，以至經典木魚、孖兒嬉具之類，無不集。此時春暖，桃柳明媚，鼓吹清和，岸無留船，寓無留客，肆無留釀。王評：即三無留，而西子湖全身已現。予常奇賞《海賦》『其南無南，其北無北，其東無東，其西無西』四語，蝶老乃與争霸。袁石公所謂『山色如娥，花光似頰，温風如酒，波紋若綾』，已畫出西湖三月，而此以香客雜來，光景又别。士女閒都，不勝其邨粧野婦之喬畫；芳蘭薌澤，不勝其合香芫荽之薰蒸；絲竹管絃，不勝其摇鼓欲笙之聒帳〔三〕；鼎彝光怪，不勝其泥人竹馬之行情；宋元名畫，不勝其湖景佛圖之紙貴。如逃如逐，如奔如追，撩撲不開，牽挽不住，數百十萬男男女女、老老少少，日簇擁于寺之前後左右者，凡四閲月方罷。恐大江以東，斷無此二地矣。崇禎庚辰，昭慶寺火。是歲及辛巳、壬午歲洊饑，民强半餓死。壬午道鯁山東，香客斷絶，無有至者，市遂廢。王評：鬧熱場忽然記入此段，杜少陵多有此，可見蝶老熱腸。辛巳夏，余在西湖，但見城中饑殍舁出，扛挽相屬〔四〕。時杭州劉太守夢謙，汴梁人，鄉里抽豐者多寓西湖，日以民詞餽送。王評：俾白、蘇二公處此，又能即西湖作賑濟，更自不墮風流耳。有輕薄子改古詩誚之曰：『山不青山樓不樓，西湖歌舞一時休。煖風吹得死人臭，還把杭州送汴州。』可作西湖實録。

【校】

〔一〕『袁宏道《昭慶寺小記》』，孫家遂云：『《袁中郎全集》題作《初至西湖記》。』

〔二〕『錢塘門』，孫家遂云：『袁集作「武林門」。』

〔三〕『欱』，疑當作『吹』。

〔四〕『撓』，當據《陶菴夢憶》卷七《西湖香市》作『挽』。

哇哇宕

哇哇石在棋盤山上〔一〕。昭慶寺後有石池，深不可測，峭壁橫空，方員可三四畝，空谷相傳，聲喚聲應，如小兒啼焉。上有棋盤石，聳立山頂。其下烈士祠，爲朱蹕、金勝、祝威諸人，皆宋時死金人難者，以其生前有護衛百姓功，故至今祀之。

屠隆《哇哇宕》詩：

昭慶莊嚴盡佛圖，如何空谷有呱呱。千兒乳墜成賢刼，五覺聲聞報給孤。流出桃花緣古宕，飛來怪石入冰壺。隱身巖下傳消息，任爾臨崖動地呼。

【校】

〔一〕『哇哇石在棋盤山上』，孫家遂云：『「石」疑是「宕」之誤。「上」疑是「下」之誤。』

大佛頭

大石佛寺，攷舊史，秦始皇東遊入海，纜舟于此石上。後因賈平章住裏湖葛嶺，王評：有葛嶺遂無裏樊，特爲提出，此是史筆。宋大內在鳳凰山，相去二十餘里，平章聞朝鐘響即下湖船，不用篙檝，用大錦纜絞動盤車，則舟去如駛。大佛頭，其繫纜石樁也。平章敗，後人鐫爲半身佛像，飾以黄金，搆殿覆之，名大石佛院，至元末燬。明永樂間，僧志琳重建，敕賜大佛禪寺。賈秋壑爲誤國奸人，其于山水、書畫、骨董，凡經其鑒賞，無不精妙。所製錦纜亦自可人。一日臨安失火，賈方在半閒堂鬭蟋蟀，報者絡繹，賈殊不顧，但曰：『至太廟則報。』俄而，報者曰：『火直至太廟矣！』賈從小肩輿，四力士以椎劍護，舁輿人里許即易，倏忽至火所，下令肅然，不過曰：『焚太廟者，斬殿帥。』王評：我怪奸雄有此慧心辣手，不爲救時宰相，而爲湖上平章。于是帥率勇士數十人，飛身上屋，一時撲滅。賈雖奸雄，威令必行，亦有快人處。

張岱《大石佛院》詩：

余少愛嬉游，名山恣探討。泰嶽既峗峨，補陀復杳渺。天竺放光明，齊雲集百鳥。活佛與靈神，金身皆藐小。自到南明山，石佛出雲表。食指及拇指，七尺猶未了。寶石更特殊，當年石工巧。礱石數丈高，止塑一頭腦。量其半截腰，丈六猶嫌少。問佛幾許長，人天不能曉。但見往來人，盤旋如虱蚤。王評：語帶滑稽，理參上乘，自是慧業文人。而我獨不然，參禪已到老。入地而摩天，何在非佛道。色相求如來，鉅細皆心造。我視大佛頭，仍然一莖草。

甄龍友《西湖大佛頭贊》：

色如黄金，面如滿月。盡大地人，只見一橛。

保俶墖

寶石山高六十三丈，周一十三里。錢武肅王封壽星寶石山，羅隱爲之記。其絶頂爲寶峰，有保俶墖，一名寶所墖，蓋保俶墖也。宋太平興國元年，吴越王俶聞唐亡而懼，乃與妻孫氏、子惟濬、孫承祐入朝，恐其被留，許造墖以保之。稱名，尊天子也。王評：『尊天子』一語得體。至都，賜禮賢宅以居，賞賚甚厚，留兩月遣還，賜一黄袱，封識甚固，戒曰：『途中宜密觀。』及啓之，則皆羣臣乞留俶章疏也。王評：盛天子作用足以懾服英雄乃如此。俶甚感懼。既歸，造墖以報佛恩，保俶之名遂誤爲保叔，不知者遂有『保叔緣何不保夫』之句。俶爲人敬慎，放歸後，每視事，徙坐東偏，謂左右曰：『西北者，神京在焉，天威不違顔咫尺，俶敢寧居乎！』每修省入貢，焚香而後遣之。未幾，以地歸宋，封俶爲淮海國王。其墖元至正末燬，僧慧炬重建。明成化間又燬，正德九年僧文鏞再建。嘉靖元年又燬，二十二年僧永固再建。隆慶三年大風折其頂，王評：非火則風，此有天意。墖亦漸圮，萬曆二十二年重修。其地有壽星石、屯霞石，去寺百步有看松臺，俯臨巨壑，凌駕松杪，看者驚悸。墖下石壁孤峭，緣壁有精廬四五間，爲天然圖畫閣。

黄久文《冬日登保俶墖》詩：

當峰一墖微，落木浄煙浦。日寒山影瘦，霜泐石稜苦。山雲自悠然，來者適爲主。與子欲談心，松風代吾語。

夏公謹《保俶墖》詩：

客到西湖上，春遊尚及時。石門深歷險，山閣静凴危。午寺鳴鐘亂，風潮去舫遲。清樽歡不極，醉筆更題詩。

錢思復《保俶墖》詩：

金刹天開畫，鐵簷風語鈴。野雲秋共白，江樹晚逾青。鑿屋巖藏雨，黏崖石墜星。下看湖上客，歌吹正沉冥。

瑪瑙寺

瑪瑙坡在保俶墖西，碎石文瑩，質若瑪瑙，土人採之，以鐫圖篆。晉時遂建瑪瑙寶勝院，元末燬，明永樂間重建。有僧芳洲，僕夫藝竹得泉，遂名僕夫泉。山顛有閣，凌空特起，凭眺最勝，俗稱瑪瑙山居。寺中有大鐘，侈弇齊適，舒而遠聞，上鑄《蓮經》七卷、《金剛經》三十二分，晝夜十二時，供六僧撞之〔一〕。王評：語有根器。每撞一聲，則《法華》七卷、《金剛》三十二分，字字皆聲〔二〕。吾想清夜聞鐘〔三〕，起人道念，一至旦晝，無不牿亡。今于平明白晝時，聽鐘聲猛爲提醒，大地山河，都爲震動，則鏗鍧一響，是竟《法華》一轉，《般若》一轉矣。内典云：『人間鐘鳴未歇際，地獄衆生，刑具暫脱此間也。』鼎革以後，恐寺僧惰慢，不克如前。

張岱《瑪瑙寺長鳴鐘》詩：

女媧鍊石如鍊銅，鑄出梵王千斛鐘。僕夫泉清洗刷早，半是頑銅半瑪瑙。鎚金琢玉昆吾刀，盤旋鐘鈕走蒲牢〔四〕。十萬八千法華字，金剛般若居其次。貝葉靈文滿背腹，一聲撞破蓮花獄。萬鬼桁楊暫脱離，不愁漏盡啼荒雞。晝夜百刻三千杵，菩薩慈悲淚如雨。森羅殿前免刑戮，惡鬼猙獰齊退役。一擊淵淵大地驚，青蓮字字有潮音。特爲衆生解寃結，共聽毘盧廣長舌〔五〕。敢言佛説盡荒唐，勞我闍黎日夜忙。安得成湯開一面，吉網羅鉗都不見。

王評：詩甚奇闢，不是杜陵，又非昌谷，要自成其蝶菴。

【校】

〔一〕『供』，光緒本誤作『保』。

〔二〕『字字』，光緒本誤作『宰字』。

〔三〕『清夜』，光緒本誤作『法夜』。

〔四〕『鐘鈕』，光緒本作『鐘紐』。

〔五〕『毘盧』，光緒本作『毘廬』。

智果寺

智果寺，舊在孤山，錢武肅王建。宋紹興間，造四聖觀，徙於大佛寺西。先是東坡守黄州，於潛僧道潛，號參寥子，自吴中來訪，東坡夢與賦詩，有『寒食清明都過了，石泉槐火一時新』之句。後七年東坡守杭，參寥卜居智果，有泉出石罅間。寒食之明日，東坡來訪，參寥汲泉煮茗，適符所夢。東坡四顧壇壝，謂參寥曰：『某生平未嘗至此，而眼界所視〔一〕，皆若素所經歷者。

自此上懺堂當有九十三級。』數之，果如其言，即謂參寥子曰：『某前身寺中僧也，今日寺僧皆吾法屬耳，吾死後，當捨身爲寺中伽藍。』王評：古今絶大聰明人，生必有自，死必有歸，非若世俗人汎汎然如萍遊于江湖而適相值也。覽子瞻遺事，令人顧影抱愧。參寥遂塑東坡像，供之伽藍之列，留偈壁間，有『金剛開口笑鐘樓，樓笑金剛雨打頭。直待有鄰通一綫，兩重公案一時修』。後寺破敗。崇禎壬申，有揚州茂才鮑同德字有鄰者來寓寺中。東坡兩次入夢，屬以修寺，鮑辭以『貧士安辦此』。公曰：『子第爲之，自有助子者。』次日，見壁間偈有『有鄰』二字，遂心動立願，作《西泠記夢》，見人輒出示之。一日至邸，遇維揚姚永言，備言其夢。座中有粵東謁選進士宋公兆禴者，甚爲駭異。次日，宋公筮仕，遂得仁和，永言慫恿之，宋公力任其艱，寺得再葺。時有泉適出寺後，好事者仍名之參寥泉焉。

【校】

〔一〕『眼界』，原作『限界』，據光緒本改。

六賢祠

宋時西湖有三賢祠兩：其一在孤山竹閣，三賢者，白樂天、林和靖、蘇東坡也；其一在龍井資聖院，三賢者，趙閲道、僧辨才、蘇東坡也。寶慶間，袁樵移竹閣三賢祠於蘇公堤，建亭舘以沽官酒，或題詩云：『和靖東坡白樂天，三人秋菊薦寒泉。而今滿面生塵土，却與袁樵趁酒錢。』又據陳眉公《筆記》：『錢塘有水仙王廟，林和靖祠堂近之。東坡先生以和靖清節映世，遂移神像配食水仙王。黄山谷有《水仙花》詩，用此事：「錢塘昔聞水仙廟，荆州今見水仙花。暗香靚色撩詩句，宜在孤山處士家。」』則宋時所祀，止和靖一人。明正德三年，郡守楊孟瑛重濬西湖，立四賢祠，以祀李鄴侯，白、蘇、林三人，杭人益以楊公，稱五賢。而後乃祧楊公，增祀周公維新、王公弇州，稱六賢祠。張公亮曰：『湖上之祠，宜以久居其地，與風流標令，爲山水深契者乃列之。周公冷面，且爲神明，有別祠矣；弇州文人，與湖非久要，今並四公而坐，恐難熟熱也。』王評：此論甚有識力。吾輩屈伸今古，自不得傍花隨柳。人服其確論。

張明弼《六賢祠》詩：

山川亦自有聲氣，西湖不易與人熱。五日京兆王弇州，冷面臬司號寒鐵。原與湖山非久要，心胸不復留風月。猶議當時李鄴侯，西泠尚未通舟楫。惟有林蘇白樂天，真與煙霞相結納。風流俎豆自千秋，松風菊露梅花雪。

西泠橋

西泠橋，一名西陵，或曰即蘇小小結同心處也。及見方子公詩有云：『數聲漁笛知何處，疑在西泠第一橋。』陵作泠，蘇小恐誤。余曰：『管不得，只西陵便好，且白公斷橋詩「柳色青藏蘇小家」，斷橋去此不遠，豈不可借作西泠故實耶！』昔趙王孫孟堅子固，常客武林，值菖蒲節，周公謹同好事者邀子固游西湖。酒酣，子固脱帽，以酒晞髮，箕踞歌《離騷》，傍若無人。王評：

狂而韻。薄暮入西泠橋，掠孤山，艤舟茂樹間，指林麓最幽處，瞪目叫曰：『此真洪谷子、董北苑得意筆也。』鄰舟數十，皆驚駭絶嘆，以爲真謫仙人。得山水之趣味者，東坡之後，復見此人。

袁宏道《西泠橋》詩：

西泠橋，水長在。松葉細如針，不肯結羅帶。鶯如衫，燕如釵。油壁車，砍爲柴。青驄馬，自西來。昨日樹頭花，今朝陌上土。恨血與啼魂，一半逐風雨。

《桃花雨》詩：

淺碧深紅大半殘，惡風催雨剪刀寒。桃花不比杭州女，洗却臙脂不耐看。

李流芳《西泠橋題畫》：

余嘗爲孟暘題扇：『多寶峰頭石欲摧，西泠橋邊樹不開。輕煙薄霧斜陽下，曾泛扁舟小築來。』西泠橋樹色，真使人可念，橋亦自有古色。近聞且改築，當無復舊觀矣。對此悵然。

岳王墳

岳鄂王死，獄卒隗順負其屍，逾城至北山以葬。後朝廷購求葬處，順之子以告。及啓棺如生，乃以禮服殮焉。隗順，史失載。今之得以崇封祀享，肸蠁千秋，皆順力也。倪太史元璐曰：『岳王祠泥範忠武，鐵鑄檜、卨，人之欲不朽檜、卨也，甚于忠武。』王評：不朽妙論。按公之改謚忠武，自隆慶四年。墓前之有秦檜、王氏、万俟卨三像，始于正德八年，指揮李隆以銅鑄之，旋爲遊人撻碎。後增張俊一像，四人反接跪于丹墀。自萬曆二十六年，按察司副使范淶易之以鐵，遊人椎擊益狠，四首齊落，而下體爲亂石所擲，止露肩背。旁墓爲銀瓶小姐，王被害，其女抱銀瓶墜井中死。楊鐵崖樂府曰：『岳家父，國之城；秦家奴，城之傾。皇天不靈，殺我父與兄。嗟我銀瓶，爲我父緹縈。生不贖父死，不如無生。千尺井，一尺瓶，瓶中之水精衛鳴。』墓前有分屍檜，天順八年，杭州同知馬偉鋸而植之，首尾分處，以示磔檜狀。隆慶五年，大雷擊折之。朱太史之俊曰：『一秦檜耳，鐵首木心，俱不能保至此。』王評：如秦檜者原屬無首無心，何許以鐵木與之？天啓丁卯，浙撫造祠媚瑺，窮工極巧，徙蘇堤第一橋於百步之外，數日立成，駭其神速。崇禎改元，魏瑺敗，燬其祠，議以木石修王廟。卜之王，王弗許。

岳雲，王之養子，年十二從張憲戰，得其力，大捷，號曰『嬴官人』，軍中皆呼焉。手握兩鐵鎚，重八十觔。王征伐，未嘗不與，每立奇功，王輒隱之。官至左武大夫、忠州防禦使。死年二十二，贈安遠軍承宣使。所用鐵鎚猶存。王評：是何等心肝！

張憲爲王部將，屢立戰功。紹興十年，兀朮頓兵臨潁，憲破其兵，追奔十五里，中原大振。秦檜主和班師。檜與張俊謀殺岳飛，誘飛部曲能告飛事者，卒無人應。張俊燬煉憲，被掠無完膚，强辯不伏，卒以寃死。景定二年，追封烈文侯。正德十二年，布衣王大祐發地得碣石，乃崇封焉。郡守梁材建廟，修撰唐皋記之。

牛皋墓在棲霞嶺上。皋字伯遠，汝州人，岳鄂王部將，素立戰功。秦檜懼其怨己，一日大會衆軍士，置毒害之。臯將死，歎曰：『吾年近六十，官至侍從郎，一死何恨？但恨和議一成，國家日削。大丈夫不能以馬革裹屍報君父，是爲歎耳！』王評：于忠武本傳特提岳鄂王，而以三將皆附鄂王，總以尊鄂王也。

張景元《岳墳小記》：

岳少保墳祠，祠南向，舊在闤闠。孫中貴爲買民居，開道臨湖，殊愜大觀。祠右衣冠葬焉。石門華表，形製不鉅，雅有古色。

周詩《岳王墓》詩〔二〕：

將軍埋骨處，過客式英風。北伐生前烈，南枝死後忠。干戈戎馬異，涕淚古今同。目斷封丘上，蒼蒼夕照中。

高啓《岳王墳》詩：

大樹無枝向北風，千年遺恨泣英雄。班師詔已成三殿，射虜書猶説兩宮。每憶上方誰請劍，空嗟高廟自藏弓。棲霞嶺上今回首，不見諸陵白霧中。

唐順之《岳王墳》詩：

國恥猶未雪，身危亦自甘。九原人不返，萬壑氣長寒。豈恨藏弓早，終知借劍難。吾生非壯士，於此髮衝冠。

蔡汝南《岳王墓》詩：

誰將三字獄，墮此一長城。北望真堪淚，南枝空自榮。國隨身共盡，君恃相爲生。落日松風起，猶聞劍戟鳴。

王世貞《岳墳》詩：

落日松杉覆古碑，英風颯颯動靈祠。空傳赤帝中興詔，自折黄龍大將旗。三殿有人朝北極，六陵無樹對南枝。莫將烏喙論勾踐，鳥盡弓藏也不悲。王評：前六句猶只聲調軒舉，落句直可與忠武論心。

徐渭《岳墳》詩：

墓門慘淡碧湖中，丹雘朱扉射水紅。四海龍蛇寒食後，六陵風雨大江東。英雄幾夜乾坤博，忠孝傳家俎豆同。腸斷兩宮終朔雪，年年麥飯隔春風。王評：悲壯！讀之洒英雄之淚。

張岱《岳王墳》詩：

西泠煙雨岳王宮，鬼氣陰森碧樹叢。函谷金人長墮淚，昭陵石馬自嘶風。王評：挾風霜之筆。半天雷電金牌冷，一族風波夜壑紅。泥塑岳侯鐵鑄檜，祇令千載駡奸雄。

董其昌《岳墳柱對》：

南人歸南，北人歸北，小朝廷豈求活耶；孝子死孝，忠臣死忠，大丈夫當如是矣。王評：鄂王許可。

張岱《岳墳柱銘》：

呼天悲鐵象，此寃未雪，常聞石馬哭昭陵；拓地飲黄龍，厥志當酬，尚見泥兵淫蔣廟。王評：寫得鄂王心曲。

【校】

〔一〕『岳王墓』，光緒本題作『岳王墳』。

紫雲洞

紫雲洞在煙霞嶺右。其地怪石蒼翠，劈空開裂，山頂層層，如厦屋天搆。賈似道命工疏剔建菴，刻大士像于其上。雙石相倚爲門，清風時來，谽谺透出，久坐使人寒慄。又有一坎突出洞中，蓄水澄潔，莫測其底。洞下有懶雲窩，四山圍合，竹木掩映，結菴其中。名賢遊覽至此，每有遺世之思。洞旁一壑幽深，昔人鑿石，聞金鼓聲而止，遂名『金鼓洞』。洞下有泉，曰『白沙』。好事者取以瀹茗，與虎跑齊名。

王思任詩：

筍輿幽討徧，大壑氣沉沉。山葉逢秋醉，溪聲入午瘖。是泉從竹護，無石不雲深。沁骨涼風至，僧寮絮碧陰。

孫 陳書字通
禮 立亭 參訂

西湖夢尋卷二

鐸式宣
古劒蝶菴張　岱著纂　　男　鏞式黼編輯
山陰曲轅王雨謙評定　　　　鐄式貞

西湖西路

玉泉寺

玉泉寺爲故浄空院。南齊建元中，僧曇超説法于此〔一〕，龍王來聽，爲之撫掌出泉，遂建龍王祠。晉天福三年，始建浄空院於泉左，宋理宗書『玉泉浄空院』額。祠前有池畝許，泉白如玉，水望澄明，淵無潛甲，中有五色魚百餘尾，投以餅餌，則奮鬐鼓鬣，攫奪盤旋，大有情致。泉底有孔，出氣如橐籥，是即神龍泉穴。又有細雨泉，晴天水面如雨點，不解其故。泉出可溉田四千畝，近者曰鮑家田，吴越王相鮑慶臣采地也。萬曆二十八年，司禮孫東瀛於池畔改建大士樓居。春時，遊人甚衆，各攜果餌到寺觀魚，餵飼之多，魚皆饜飫，較之放生池，則侏儒飽欲死矣。

金堡《玉泉寺》詩〔二〕：

在昔南齊時，説法有曇起。天花墮碧空，神龍聽法語。撫掌一讚歎，出泉成白乳。澄潔更空明，寒凉却酷暑。石破起冬雷，天驚逗秋雨。如何烈日中，水紋如碎羽。言有橐籥聲，氣孔在泉底。内多海大魚，狰獰數百尾。餅餌驟然投，要遮全振旅。見食即忘生，無怪盜賊聚。

【校】

〔一〕『曇超』，原作『曇起』，曇超，南齊高僧，事見《咸淳臨安志》卷二十七、《西湖游覽志餘》等。今改正。

〔二〕『金堡』，光緒本作『道隱』。

集慶寺

九里松，唐刺史袁仁敬植。松以達天竺，凡九里，左右各三行，每行相去八九尺，蒼翠夾道，藤蘿冒塗，走其下者，人面皆緑。行里許，有集慶寺，乃宋理宗所愛閻妃功德院也。淳祐十一年建造。閻妃，鄞縣人，以妖豔專寵後宫。寺額皆御書，巧麗冠于諸刹。經始時，望青採斫，勳舊不保，鞭笞追逮，擾及雞豚。時有人書法堂鼓云：『淨慈靈隱三天竺，不及閻妃好面皮。』理宗深恨之，大索不得。王評：理宗亦未免有巾幗氣，安得不借光閻妃面皮？此寺至今有理宗御容兩軸。六陵既掘，冬青不生，而帝之遺像竟托閻妃之面皮以存，何可輕誚也。元季燬，明洪武二十七年重建。

張京元《九里松小記》：

九里松者，僅見一株兩株，如飛龍劈空，雄古奇偉。想當年，萬緑參天，松風聲壯於錢塘潮，今已化爲烏有。更千百歲，桑田滄海，恐北高峰頭有螺蚌殼矣，安問樹有無哉！王評：此番論頭正亦亂人腸胃。

陳玄暉《集慶寺》詩：

玉鉤斜内一閻妃，姓氏猶傳真足奇。宫嬪若非能佞佛，御容焉得在招提。

布地黄金出紫薇，官家不若一閻妃。江南賦税憑誰用，日縱平章恣水嬉。

開荒築土建壇壝，功德巍峩在石碑。集慶猶存宫殿毀，面皮真箇屬閻妃。

昔日曾傳九里松，後聞建寺一朝空。放生自出羅禽鳥，聽信闍黎説有功。

飛來峰

飛來峰，棱層剔透，嵌空玲瓏，是米顛袖中一塊奇石。使有石癖者見之，必具袍笏下拜，不敢以稱謂簡褻，只以石丈呼之也。深恨楊髡，徧體俱鑿佛像，羅漢世尊，櫛比皆是，如西子以花鬘之膚，瑩白之體，刺作臺池鳥獸，乃以黔墨塗之也。奇格天成，妄遭錐鑿，思之骨痛，翻恨其不匿影西方，輕出靈鷲，受人戮辱，亦猶士君子生不逢時，不束身隱遁，以才華傑出，反受摧殘，郭璞、禰衡並受此慘矣。王評：於游覽中爲才士説法，益信藏身宜固。慧理一歎，謂其何事飛來，蓋痛之也，亦惜之也。且楊髠沿溪所刻羅漢，皆貌己像，騎獅騎象，侍女皆裸體獻花，不一而足。田公汝成錐碎其一〔一〕。余少年讀書岣嶁，亦碎其一。聞楊髠當日住德藏寺，專發古冢，喜與殭屍淫媾。知寺後有來提舉夫人與陸左丞化女，皆以色夭，用水銀灌殮。楊命發其塚。有僧真諦者，性騃戇，爲寺中樵汲，聞之大怒，嗚呼詬誶。主僧懼禍，鎖禁之。及五鼓，楊髠起，趣衆發掘，真諦踰垣而出，抽韋馱木杵奮擊楊髠，裂其腦蓋。王評：真千古快事！記者特爲提出，真是筆底風雷追擊，當一部《陽秋》可也。從人救護，無不被傷。但見真諦於衆中跳躍，每踰尋丈，若隼撇虎騰，飛捷非人力可到。一時燈炬皆滅，钁鋤畚插，都被段壞〔二〕。楊髠大懼，謂是韋馱顯聖，不敢往發，率衆遽去，亦不敢問。此僧也，洵爲山靈吐氣。

袁宏道《飛來峰小記》：

湖上諸峰，當以飛來峰爲第一。峰石踰數十丈，而蒼翠玉立。渴虎奔蜺〔三〕，不足爲其怒也；神呼鬼立，不足爲其怪也；秋水暮煙，不足爲其色也；顛書吳畫，不足爲其變幻詰曲也。石上多異木，不假土壤，根生石外。前後大小洞四五，窈窕通明，溜乳作花，若刻若鏤。壁間佛像，皆楊髠所爲，如美人面上瘢痕，奇醜可厭。余前後登飛來者五：初次與黃道元、方子公同登，單衫短後，直窮蓮花峰頂，每遇一石，無不發狂大叫；次與王聞溪同登；次爲陶石蕢、周海門；次爲王静虛、陶石蕢兄弟；次爲魯休寧。每遊一次，輒思作一詩，卒不可得。王評：此三語是真靈峰之詩，要知千萬語莫盡此峰奥妙，石公二詩正以不作爲高。

又《戲題飛來峰》詩：

試問飛來峰，未飛在何處。人世多少塵，何事飛不去。高古而鮮妍，楊班不能賦。白玉簇其顛，青蓮借其色。惟有虚空心，一片描不得。平生梅道人，丹青如不識。

張岱《飛來峰》詩：

石原無此理，變幻自成形。天巧疑經鑿，神功不受型。搜空或洚水，開闢必雷霆。應悔輕飛至，無端遭巨靈。

石意猶思動，躨跜勢若撑。鬼工穿曲折，兒戲斲瓏玲。王評：二語靈欲動矣，恐作者筆亦飛去。深入營三窟，鑾開倩五丁。飛來或飛去，防爾爲身輕。

【校】

〔一〕『田公汝成錐碎其一』，孫家遂云：『田汝成於《西湖遊覽志餘·板蕩淒涼》中記「擊楊璉真伽等三髡像於飛來峰，梟之靈隱山下」的人，不是他自己，而是杭州知府陳士賢。』

〔二〕『段壞』，疑當作『毁壞』。

〔三〕『奔蜺』，孫家遂云：『「蜺」，《袁中郎全集》作「猊」。』猊謂狻猊。

冷泉亭

冷泉亭在靈隱寺山門之左。丹垣緑樹，翳映陰森。亭對峭壁，一泓冷然〔一〕，淒清入耳。

亭後西栗十餘株，大皆合抱，冷飈暗樾，徧體清凉。秋初栗熟，大若櫻桃，破苞食之，色如蜜珀，香若蓮房。天啓甲子，余讀書岣嶁山房，寺僧取作清供。余謂雞頭實無其鬆脆，鮮胡桃遜其甘芳也。夏月乘凉，移枕簟就亭中臥月，澗流淙淙，絲竹並作。張公亮聽此水聲，吟林丹山詩：『流出西湖載歌舞，回頭不似在山時。』王評：神奇語，當細思之。言此水聲帶金石，已先作歌舞聲矣，不入西湖安入乎！余嘗謂住西湖之人，無人不帶歌舞，無山不帶歌舞，無水不帶歌舞，脂粉紈綺，即邨婦山僧，亦所不免。因憶眉公之言曰：『西湖有名山，無處士；有古刹，無高僧；有紅粉，無佳人；有花朝，無月夕。』曹娥雪亦有詩嘲之曰〔二〕：『燒鵝羊肉石灰湯，先到湖心次岳王。斜日未曛客未醉，齊抛明月進錢塘。』余在西湖，多在湖船作寓，夜夜見湖上之月，而今又避囂靈隱，夜坐冷泉亭，又夜夜對山間之月，何福消受？余故謂西湖幽賞，無過東坡，亦未免遇夜入城。王評：『月黑看湖光』，坡公已一語得之。而深山清寂，皓月空明，枕石漱流，臥醒花影，除林和靖、李岣嶁之外，亦不見有多人矣。即慧理、賓王，亦不許其同在臥次。

袁宏道《冷泉亭小記》：

靈隱寺在北高峰下，寺最奇勝，門景尤好。由飛來峰至冷泉亭一帶，澗水溜玉，畫壁流香，是山之極勝處。亭在山門外，嘗讀樂天記有云：『亭在山下水中，寺西南隅，高不倍尋，廣不累丈，撮奇搜勝，物無遁形。春之日，草薰木欣，可以導和納粹；王評：冷泉亭偏寫得熱趣津津。夏之日，風冷泉停，可以蠲煩析酲。山樹爲蓋，巖谷爲屏，雲從棟出，水與階平。坐而翫之，可濯足于牀下；臥而狎之，可垂釣於枕上。潺湲潔澈，甘粹柔滑，眼目之囂，心舌之垢，不待盥滌，見輒除去。』觀此亭記，當在水中，今依澗而立。澗澗不丈餘，無可置亭者。然則泠泉之景，比舊蓋減十分之七矣。

【校】

〔一〕『冷然』，光緒本作『泠然』。

〔二〕『曹娥雪』，光緒本誤作『曹哦雪』。

靈隱寺

明季昭慶寺火，未幾而靈隱寺火，未幾而上天竺又火，三大寺相繼而燬。是時唯具德和尚爲靈隱住持，不數年，而靈隱蚤成。蓋靈隱自晉咸和元年，僧慧理建，山門匾曰『景勝覺場』，相傳葛洪所書。寺有石塔四，錢武肅王所建。宋景德四年，改景德靈隱禪寺，元至正三年燬。明洪武初再建，改靈隱寺。宣德七年，僧曇讚建山門〔一〕，良玠建大殿，殿中有拜石，長丈餘，有花卉鱗甲之文，工巧如畫。正統十一年，玹理建直指堂，堂額爲張即之所書，隆慶三年燬。萬曆十二年，僧如通重建。二十八年，司禮監孫隆重修，至崇禎十三年又燬。具和尚查如通舊籍，所費八萬，今計工料當倍之。具和尚慘澹經營，咄嗟立辦，其因緣之大，恐蓮池金粟所不能逮也。具和尚爲余族弟，丁酉歲，余往候之，則大殿、方丈尚未起工，然東邊一帶，閎閣精藍凡九進，客房僧舍百什餘間，棐几藤牀，鋪陳器皿，皆不移而具。香積廚中，初鑄三大銅鍋，鍋中煮米三擔，可食千人。具和尚指鍋示余曰：『此弟十餘年來所掙家計也。』飯僧之衆，亦諸刹所無。午間方陪余齋，見有沙彌持赫蹏送看，不知何事，第對沙彌曰：『命庫頭開倉。』沙彌去。及余飯後出寺門，見有千餘人蜂擁而來，肩上有布袋，貯米五斗，齊至倉前，庫頭掣數袋斛之，五百擔米〔二〕，頃刻上廩，斗斛無聲，忽然竟去。王評：真怪事，吾輩即讙讙訴飢，數米而與者不可得矣。蝶菴記其盛，吾記其怪。余問和尚，和尚曰：『此丹陽施主某，歲致米五百擔，水脚挑錢，纖悉自備，不許飲常住勺水，七年於此矣。』余爲嗟嘆。因問大殿何時可成，和尚對以：『明年六月，爲弟六十，法子萬人，人餽十金，可得十萬，則吾事濟矣。』踰三年而大殿、方丈俱落成焉。余作詩以記其盛。

張岱《壽具和尚并賀大殿落成》詩：

飛來石上白猿立，石自呼猿猿應石。具德和尚行脚來，山鬼啾啾寺前泣。生公叱石同叱羊，沙飛石走山奔忙。驅使萬靈皆辟易，火龍爲之開洪荒。正德初年有簿對，八萬今當增一倍。談笑之間事已成，和尚功德可思議。黄金大地破慳貪，聚米成丘粟若山〔三〕。萬人團簇如蜂螘，和尚植杖意自閒。王評：浩浩落落，旁若無人，想游天際。讀此詩如伐雷鼓而撞洪鐘，便令陡然起悟。余見催科只數貫，縣官敲朴加煅煉。白糧升合尚怒呼，如坻如京不盈半。憶昔訪師坐法堂，赫蹏數寸來丹陽。和尚聲色不易動，第令侍者開倉場。去不移時階戺亂，白粲馱來五百擔。上倉斗斛寂無聲，千百人夫頃刻散〔四〕。米不追呼人不繫，送到座前猶屏氣。公侯福德將相才，羅漢神通菩薩慧。如此工程非戲謔，向師頌之師不諾。但言佛自有因緣，老僧只怕因果錯。余自聞言請受記，阿難本是如來弟。與師同住五百年，挾取飛來復飛去。

張祜《靈隱寺》詩〔五〕：

峰巒開一掌，朱檻幾環延。佛地花分界，僧房竹引泉。五更樓下月，十里郭中煙。王評：五六妙畫。後塏聳亭後，前山橫閣前。溪沙涵水静，洞石點苔鮮。好是呼猿父，西巖深響連。

賈島《靈隱寺》詩：

峰前峰後寺新秋，絶頂高牕見沃洲。人在定中聞蟋蟀，鶴于棲處挂獼猴。山鐘夜度空江水，汀月寒生古石樓。王評：『山鐘』一聯享得『閬仙』之名。心欲懸帆身未逸，謝公此地昔曾遊。

周詩《靈隱寺》詩：

靈隱何年寺，青山向此開。磵流元不斷，峰石自飛來。樹覆空王苑，花藏大士臺。探冥有玄度，莫遺夕陽催。

【校】

〔一〕『曇纘』，光緒本作『曇讃』。

〔二〕『有布袋，貯米五斗，齊至倉前，庫頭掣數袋斛之，五百』，此二十字光緒本脱，正康熙本一行。

〔三〕『聚米』，光緒本誤作『聚末』。

〔四〕『頃刻』，原作『傾刻』，據光緒本改。

〔五〕『張祜』，底本及光緒本均作『張祐』，孫家遂云：『此詩見於《全唐詩》卷五百十一。作者爲張祜。』據改。

北高峰

北高峰在靈隱寺後，石磴數百級，曲折三十六灣。上有華光廟，以祀五聖。山半有馬明王廟，春日祈蚕者咸往焉。峰頂浮屠七級，唐天寶中建，會昌中燬，錢武肅王修復之，宋咸淳七年復燬。此地羣山屏遶，湖水鏡涵，由上視下，歌舫漁舟，若鷗鳧出没煙波，遠而益微，僅覩其影。王評：寫得縹緲。西望羅刹江，若疋練新濯，遥接海色，茫茫無際。張公亮有句：『江氣白分海氣合，吴山青盡越山來。』詩中有畫。郡城正值江湖之間，委蛇曲折，左右映帶，屋宇鱗次，竹木雲蓊，鬱鬱葱葱，鳳舞龍盤，真有王氣蓬勃。山麓有無着禪師墖。師名文喜，唐肅宗時人也，瘞骨于此。韓侂胄取爲葬地，啓其墖，有陶龕焉。容色如生，髮垂至肩，指爪盤屈遶身，舍利數百粒，三日不壞，竟茶毘之〔一〕。

蘇軾《遊靈隱高峰塔》詩：

言遊高峰墖，蓐食始野裝。火雲秋未衰，及此初旦涼。霧霏巖谷暗，日出艸木香。嘉我同來人，又便雲水鄉〔二〕。相勸小舉足，前路高且長。古松攀龍蛇，怪石坐牛羊。漸聞鐘磬音，飛鳥皆下翔。入門空無有，雲海浩茫茫。惟見聾道人，老病時絶糧。問年笑不盒，但指穴梨牀。心知不復來，欲歸更徬徨。贈别留疋布，今歲天早霜。

【校】

〔一〕『茶毘』，光緒本作『荼毘』，『荼毘』同『茶毘』。

〔二〕『又』，《蘇軾詩集》作『久』。

韜光菴

韜光菴在靈隱寺右之半山，韜光禪師建。師，蜀人，唐太宗時，辭其師出遊，師囑之曰：『遇天可留，逢巢即止。』師遊靈隱山巢溝塢，值白樂天守郡，悟曰：『吾師命之矣。』遂卓錫焉。樂天聞之，遂與爲友，題其堂曰『法安』。内有金蓮池、烹茗井，壁間有趙閲道、蘇子瞻題名。菴之右爲吕純陽殿，萬曆十二年建，參政郭子章爲之記。駱賓王亡命爲僧，匿跡寺中。宋之問自謫所還至江南，偶宿于此。夜月極明，之問在長廊索句，吟曰：『鷲嶺鬱岧嶢，龍宫鎖寂寥。』後句未屬，思索良苦。有老僧點長明燈，問曰：『少年夜不寐，而吟諷甚苦，何耶？』之問曰：『適欲題此寺，得上聯而下句不屬。』僧請吟上句，宋誦之。老僧曰：『何不云「樓觀滄海日，門對浙江潮」？』之問愕然，訝其遒麗，遂續終篇。遲明訪之，老僧不復見矣。有知者曰：『此駱賓王也。』

袁宏道《韜光菴小記》〔一〕：

韜光在山之腰，出靈隱後一二里，路徑甚可愛。古木婆娑，艸香泉漬，淙淙之聲，四分五絡，達于山廚。菴内望錢塘江，浪紋可數。余始入靈隱，疑宋之問詩不似，意古人取景，或亦如近代詞客，捃拾幫湊。及登韜光，始知『滄海』、『浙江』、『捫蘿』、『刳木』數語，字字入畫，古人真不可及已。王評：從來詩之入妙者非身至其地與論其世，即極口稱賞，終昧作者之志與所咏之質也。宿韜光之次日，余與石簣、子公同登北高峰絶頂而下。

張京元《韜光菴小記》：

韜光菴在靈鷲後，鳥道蛇盤，一步一喘。至菴，入坐一小室，峭壁如削，泉出石罅，滙爲池，蓄金魚數頭。低牕曲檻，相向啜茗，真有武陵世外之想。

蕭士瑋《韜光菴小記》：

初二，雨中上韜光菴。霧樹相引，風煙披薄，木末飛流，江懸海挂。倦時踞石而坐，倚竹而息。大都山之姿態，得樹而妍；山之骨格，得石而蒼；山之營衛，得水而活。惟韜光道中能全有之。初至靈隱，求所謂『樓觀滄海日，門對浙江潮』，竟無所有。至韜光，了了在吾目中矣。白太傅碑可讀，雨中泉可聽，恨僧少可語耳。枕上沸波，竟夜不息，視聽幽獨，喧極反寂，益信聲無哀樂也。王評：伯玉先生得《南華》之神，此記字字從此中烹煉出來，即『視聽』二句已有子休全部。

姚肇和《自韶光登北高峰》詩〔二〕：

高峰千仞玉嶙峋，石磴攀躋翠藹分。一路松風長帶雨，半空嵐氣自成雲。上方樓閣參差見，下界笙歌遠近聞。誰似當年蘇内翰，登臨處處有遺文。

白居易《招韶光禪師》詩：

白屋炊香飯，葷羶不入家。濾泉澄葛粉，洗手摘藤花。青菜除黄葉，紅薑帶紫芽。王評：踈踈多致。命師相伴食，齋罷一甌茶。

韶光禪師《畣白太守》詩：

山僧野性愛林泉，每向巖阿倚石眠。不解栽松陪玉勒，惟能引水種青蓮。白雲乍可來青嶂，明月難教下碧天。城市不能飛錫至，恐妨鶯囀翠樓前。

楊蟠《韶光菴》詩：

寂寂堦前草，春深鹿自畊。老僧垂白髪，山下不知名。

王思任《韶光菴》詩：

雲老天窮結數楹，濤呼萬壑盡松聲。鳥來佛座施花去，泉入僧廚漉菜行。一捺斷山流海氣，半株殘墖插湖明。靈峰占絶杭州妙，輸與韶光得隱名。

又《韶光澗道》詩：

靈隱入孤峰，菴菴疊翠重。僧泉交竹驛，仙屋破雲封。緑暗天俱貴，幽寒月不濃。澗橋秋倚處，忽一響山鐘。

【校】

〔一〕『袁宏道《韜光菴小記》』，孫家遂云：『《袁中郎全集》本文係遊記中《靈隱》一則後半，並無此題。』

〔二〕『姚肇和』，光緒本誤作『受肇和』。

岣嶁山房

李茇號岣嶁，武林人，住靈隱韜光山下。造山房數楹，盡駕迴溪絶壑之上。溪聲淙淙出閣下，高厓插天，古木蓊蔚，大有幽致。山人居此，孑然一身，好詩，與天池徐渭友善。客至，則呼僮駕小舫，盪槳於西泠、斷橋之間，笑咏竟日。以山石自磦生壙，死即埋之。王評：從杜元凱《遺令》得力。所著有《岣嶁山人詩集》四卷。天啓甲子，余與趙介臣、陳章侯、顔敘伯、卓珂月〔一〕、余弟平子，讀書其中。主僧自超，園蔬山蔌，淡薄凄清。但恨名利之心未淨，未免唐突山靈，至今猶有媿色。

張岱《岣嶁山房小記》：

岣嶁山房，偪山、偪谿、偪韜光路，故無徑不梁，無屋不閣。門外蒼松傲睨，蓊以雜木，冷緑萬頃，人面俱失。王評：『人面俱失』，『失』字妙用，『碧』便下矣。石橋低磴，可坐十人。寺僧刳竹引泉，橋下交交牙牙，皆爲竹節〔二〕。天啓甲子，余鍵户其中者七閲月，耳飽谿聲，目飽清樾。山上下多西栗鞭笋，甘芳無比。鄰人以山房爲市，蓏果、羽族日致之，而獨無魚。乃瀦谿爲壑，繫巨魚數十頭，有客至，輒取魚給鮮。日晡，必步冷泉亭、包園、飛來峰。一日，緣谿走看佛像，口口罵楊髡。見一波斯胡坐龍象，蠻女四五獻花果，皆裸形，勒石誌之，乃真伽像也〔三〕。余椎落其首，并碎諸蠻女，置溺溲處以報之。寺僧以余爲椎佛也，咄咄怪事，及知爲楊髡，皆歡喜讚歎。

徐渭《訪李岣嶁山人》詩：

岣嶁詩客學全真，半日深山説鬼神。送到澗聲無響處，歸來明月滿前津。王評：寫相得處在語言之外。七年火宅三車客，文長被繫七年纔釋。十里荷花兩槳人。兩岸鷗鳧仍似昨，就中應有舊相親。

王思任《岣嶁僧舍》詩：

亂苔膏古蔭，惨緑蔽新芊。鳥語皆番異，泉心即佛禪。買山應較尺〔四〕，賒月敢辭錢。多少清涼界，幽僧抱竹眠。

【校】

〔一〕『卓珂月』，原作『卓阿月』，據光緒本改。

〔二〕『竹節』，似當據《陶菴夢憶》作『竹郵』。

〔三〕『真伽』，原作『真珈』，康熙本他處皆作『真伽』，光緒本作『真伽』，據改。

〔四〕『山』，孫家遂云：『《王季重十種·避園擬存》作「天」。』

青蓮山房

青蓮山房，爲涵所包公之別墅也。山房多修竹古梅，倚蓮花峰，跨曲澗，深巖峭壁，掩映林麓間。公有泉石之癖，日涉成趣。臺榭之美，冠絕一時。外以石屑砌墻〔一〕，柴根編户，富貴之中，又着艸野。王評：此真富貴相，寧第艸野處見真富貴，其綺麗到極頭處乃真富貴，世俗盡富貴者無此也。正如小李將軍作丹青界畫，樓臺細畫，雖竹籬茆舍，無非金碧輝煌也。曲房密室，皆儲侍美人，行其中者，至今猶有香豔。當時皆珠翠團簇，錦繡堆成。一室之中，宛轉曲折，環繞盤旋，不能即出。主人於此精思巧搆，大類迷樓。而後人欲如包公之聲伎滿前，則亦兩浙薦紳先生所絕無者也。今雖數易其主，而過其門者必曰『包氏北莊』。

陳繼儒《青蓮山房》詩：

造園華麗極，反欲學郇莊。編户留柴葉，磊墻帶石霜〔二〕。梅根常塞路，溪水直穿房。覓主無從入，王評：牢騷句是英雄最不得已事，五字道破。裴回走曲廊。

主人無俗態，築圃見文心。竹暗常疑雨，松梵自帶琴。牢騷寄聲伎，經濟儲山林。久已無常主，包莊説到今。

【校】

〔一〕『墻』，光緒本作『壇』。

〔二〕『墻』，光緒本作『壇』。

呼猿洞

呼猿洞在武林山。晉慧理禪師，常畜黑白二猿，每于靈隱寺月明長嘯，二猿隔岫應之，其聲清皦。後六朝宋時，有僧智一，倣舊蹟而畜數猿於山，臨澗長嘯，則羣猿畢集，謂之猿父。好事者施食以齋之，因建飯猿堂。今黑白二猿尚在，有高僧住持，則或見黑猿，或見白猿。具德和尚到山間，則黑白皆見。余於方丈作一對送之：『生公説法，雨墮天花，莫論飛去飛來，頑皮石也會點頭；慧理參禪，月明長嘯，不問是黑是白，野心猿都能畣應。』具和尚在靈隱，聲名大著。後以徑山佛地，謂歷代祖師多出于此，徙住徑山。事多格迕，爲時無幾，遂致涅槃。方知盛名難居，雖在緇流，亦不可多取。王評：還當受方平一鞭。

陳洪綬《呼猿洞》詩：

慧理是同鄉，白猿供使令。以此後來人，十呼十不應。
明月在空山，長嘯是何意。呼山山自來，麾猿猿不去。
痛恨遇真伽，斧斤殘怪石。山亦悔飛來，與猿相對泣。

洞黑復幽深，恨無巨靈力。余欲鎚碎之，白猿當自出。

張岱《呼猿洞對》：

洞裏白猿呼不出，崖前殘石悔飛來。

三生石

三生石在下天竺寺後。東坡《圓澤傳》曰：『洛師惠林寺，故光禄卿李憕居第。禄山陷東都，憕以居守死之。子源，少時以貴游子豪侈善歌聞於時，及憕死，悲憤自誓，不仕、不娶、不食肉，居寺中五十餘年。寺有僧圓澤，富而知音。源與之游甚密，促膝交語竟日，人莫能測。一日相約遊蜀青城、峩嵋山，源欲自荆州泝峽，澤欲取長安斜谷路。源不可，曰：「吾以絶世事，豈可復到京師哉！」澤默然久之，曰：「行止固不由人。」遂自荆州路。舟次南浦，見婦人錦襠負甖而汲者。澤望而歎曰：「吾不欲繇此者，爲是也。」王評：方知人世業緣無逃於天地之間。源驚問之。澤曰：「婦人姓王氏，吾當爲之子。孕三歲矣，吾不來，故不得乳，今既見，無可逃者。公當以符咒助吾速生，三日浴兒時，願公臨我，以笑爲信。後十三年中秋月夜，杭州天竺寺外，當與公相見。」源悲悔，而爲具沐浴易服，至暮，澤亡而婦乳。三日，往觀之，兒見源果笑。具以語王氏，出家財葬澤山下。源遂不果行。返寺中，問其徒，則既有治命矣。後十三年，自洛還吴，赴其約。至所約，聞葛洪川畔有牧童扣角而歌之曰：「三生石上舊精魂，賞月吟風不要論。

慙愧情人遠相訪，此身雖異性長存。」呼問：「澤公健否？」畬曰：「李公真信士，然俗緣未盡，慎弗相近，惟勤修不墮，乃復相見。」又歌曰：「身前身後事茫茫，欲話因緣恐斷腸。吴越山川尋已遍，却回煙棹上瞿塘。」遂去，不知所之。後二年，李德裕奏源忠臣子，篤孝，拜諫議大夫。不就，竟死寺中，年八十一。』

王元章《送僧歸中竺》詩：

天香閣上風如水，千歲巖前雲似苔。明月不期穿樹出，老夫曾此聽猿來。相逢五載無書寄，却憶三生有夢回。鄉曲故人憑問訊，孤山梅樹幾番開。

蘇軾《贈下天竺惠浄師》詩：

予去杭十六年而復來，留二年而去。平生自覺出處老少，粗似樂天，雖才名相遠，而安分寡求亦庶幾焉。三月六日，來別南北山諸道人，而下天竺惠浄師以醜石贈，作三絶句：

當年衫鬢兩青青，强説重來慰別情。衰鬢祇今無可白，故應相對説來生。

出處依希似樂天，敢將衰朽較前賢。便從洛社休官去，猶有閒居二十年。

在郡依前六百日，山中不記幾回來。還將天竺一峰去，欲把雲根到處栽。

上天竺

上天竺，晉天福間，僧道翊結茆菴於此。一夕，見毫光發于前澗，晚視之，得一奇木，刻畫觀音大士像。後漢乾祐間，有僧從勳自洛陽持古佛舍利來，置頂上，妙相莊嚴，端正殊好，晝放白光，士民崇信。錢武肅王常夢白衣人求葺其居，寤而有感，遂建天竺觀音看經院。宋咸平中，浙西久旱，郡守張去華率僚屬具幡幢華蓋，迎請下山，而澍雨沾足。自是有禱輒應，而雨每滂薄不休，世傳爛稻龍王焉。南渡時，施舍珍寶，有日月珠、鬼谷珠、猫睛等，雖大内亦所罕見。嘉祐中，沈文通治郡，謂觀音以聲聞宣佛力，非禪那所居，乃以教易禪，令僧元浄號辨才者主之。鑿山築室，幾至萬礎。治平中，郡守蔡襄奏賜『靈感觀音』殿額。辨才乃益鑿前山，闢地二十有五尋，殿加重簷。建炎四年〔一〕，兀朮入臨安，高宗航海。兀朮至天竺，見觀音像，喜之，乃載後車，與《大藏經》并徙而北。時有比丘知完者，率其徒以從。至燕，舍於都城之西南五里，曰玉河鄉，建寺奉之。天竺僧乃重以他木刻肖前像，詭曰：『藏之井中，今方出現。』王評：恐毫光夜發亦似此像。其實併非前像也。乾道三年，建十六觀堂，七年，改院爲寺，門扁皆御書。慶元三年，改天台教寺。元至元三年燬。五年，僧慶思重建，仍改天竺教寺。元末燬。明洪武初重建，萬曆二十七年重修。崇禎末年又燬，清初又建。時普陀路絶，天下進香者，皆近就天竺，香火之盛，當甲東南。二月十九日，男女宿山之多，殿内外無下足處，與南海潮音寺正等。

張京元《上天竺小記》：

天竺兩山相夾，廻合若迷。山石俱骨立，石間更繞松篁。過下竺，諸僧鳴鐘肅客，寺荒落不堪入。中竺如之。至上竺，山巒環抱，風氣甚固，望之亦幽致。

蕭士瑋《上天竺小記》：

上天竺，疊嶂四周，中忽平曠，巡覽迎眺，驚無歸路。王評：『驚無歸路』，妙寫，乃知作記不在多辭。余知身之入而不知其所由入也。從天竺抵龍井，曲澗茂林，處處有之。一片雲、神運石，風氣遒逸，神明刻露。選石得此，亦娶妻得姜矣。泉色紺碧，味淡遠，與他泉迥異[二]。

蘇軾《記天竺詩引》：

軾年十二，先君自虔州歸，謂予言：『近城山中天竺寺，有樂天親書詩云：「一山門作兩山門，兩寺原從一寺分。東澗水流西澗水，南山雲起北山雲。前臺花發後臺見，上界鐘鳴下界聞。遥想吾師行道處，天香桂子落紛紛。」筆勢奇逸，墨跡如新。』今四十七年，予來訪之，則詩已亡，有刻石在耳。感涕不已，而作是詩。

又《贈上天竺辨才禪師》詩：

南北一山門，上下兩天竺。中有老法師，瘦長如鸛鵠。不知修何行，碧眼照山谷。見之自清涼，洗盡煩惱毒。坐令一都會，方丈禮白足。我有長頭兒，角頰峙犀玉。四歲不知行，抱負煩背腹。師來爲摩頂，起走趁奔鹿。乃知戒律中，妙用謝羈束。何必言法華，佯狂啖魚肉。

張岱《天竺柱對》：

佛亦愛臨安，法像自北朝留住；山皆學靈鷲，洛伽從南海飛來。

【校】

〔一〕『建炎』，原作『建咸』，孫家遂云：『當爲「建炎」之誤。』據改。

〔二〕『迴異』，光緒本誤作『迴矣』。

孫　國鼎字淵
濬　字哲　參訂

西湖夢尋卷三

古劍蝶菴張　岱著纂
山陰曲轅王雨謙評定
男　鑣式宣
　　鏞式黼編輯
　　鑛式貞

西湖中路

秦　樓

秦樓初名水明樓，東坡建，常攜朝雲至此游覽。壁上有三詩，爲坡公手跡。過樓數百武，爲鏡湖樓，白樂天建。宋時宦杭者，行春則集柳州亭〔一〕，競渡則集玉蓮亭，登高則集天然圖畫閣，看雪則集孤山寺，尋常讌客則集鏡湖樓。兵燹之後，其樓已廢，變爲民居。

蘇軾《水明樓》詩〔二〕：

黑雲翻墨未遮山，白雨跳珠亂入船。捲地風來忽吹散，望湖樓下水連天。

放生魚鳥逐人來〔三〕，無主荷花到處開。水浪能令山俯仰〔四〕，風帆似與月裴回〔五〕。

未成大隱成中隱〔六〕，可得長閒勝暫閒。我本無家更焉往，故鄉無此好湖山。

【校】

〔一〕『柳州亭』，光緒本作『柳洲亭』，卷四《柳州亭》各『柳州亭』亦同。下不復出校。

〔二〕『蘇軾《水明樓》詩』，孫家遂云：『《蘇東坡集》題作《六月二十七日望湖樓醉書》，共七絶五首。』

〔三〕『魚鳥』，孫家遂云：『「鳥」蘇集作「鼈」。』

〔四〕『水浪』，孫家遂云：『「浪」蘇集作「枕」。』

〔五〕『似』，孫家遂云：『「似」蘇集作「解」。』

〔六〕『未成大隱成中隱』，孫家遂云：『蘇集作「未成小隱聊中隱」。』

片石居

繇昭慶緣湖而西，爲殯秀閣，今名片石居。閎閣精廬，皆韻人別墅。其臨湖一帶，則酒樓茶館，軒爽向湖，非惟心胸開滌，亦覺日月清朗。王評：何處着脂粉，令人益思古人。張謂『晝行不厭湖上山，夜坐不厭湖上月』，則盡之矣。再去則桃花港，其上爲石函橋，唐刺史李鄴侯所建，有水閘，泄湖水以入古蕩。沿東西馬塍、羊角埂，至歸錦橋，凡四派焉。白樂天記云：『北有石函南有筧，決湖水一寸，可溉田五十餘頃。』王評：覯白公留意處，豈只在游湖？閘下皆石骨磷磷，出水甚急。

徐渭《八月十六片石居夜泛》詞：

月倍此宵多。楊柳芙蓉夜色蹉。鷗鷺不眠如晝裏，舟過。向前驚換幾汀莎。　筒酒覓稀荷。唱盡塘栖《白苧歌》。天爲紅粧重展鏡，如磨。漸照胭脂奈褪何。

十錦塘

十錦塘一名孫堤，在斷橋下。司禮太監孫隆於萬曆十七年修築。堤闊二丈，徧植桃柳，一如蘇堤。王評：人曷可以無韻，一孫堤便與端明並垂。歲月既多，樹皆合抱。行其下者，枝葉扶蘇，漏下月光，碎如殘雪。王評：妙境。意向言斷橋殘雪，或言月影也。蘇堤離城遠，爲清波孔道，行旅甚稀。孫堤直達西泠，車馬遊人，往來如織。兼以兩湖光豔，十里荷香，如入山陰道上，使人應接不暇。湖船小者，可入裏湖，大者緣堤倚徙，谿錦帶橋循至望湖亭，亭在十錦塘之盡。漸近孤山，湖面寬厰。孫東瀛修葺華麗，增築露臺，可風可月，兼可肆筵設席，笙歌劇戲，無日無之。今改作龍王堂，旁綴數楹，咽塞離披，舊景盡失。再去，則孫太監生祠，背山面湖，頗極壯麗。近爲盧太監捨以供佛，改名盧捨菴，而以孫東瀛像置之佛龕之後。孫太監以數十萬金錢裝塑西湖，其功不在蘇學士之下，乃使其遺像不得一見湖光山色，幽囚面壁，見之大爲鯁悶。

袁宏道《斷橋望湖亭小記》〔一〕：

湖上谿斷橋至蘇堤一帶，緑煙紅霧，瀰漫二十餘里。歌吹爲風，粉汗爲雨，羅紈之盛，多于堤畔之草，冶豔極矣。王評：即此記，以杭人未見西湖亦可。然杭人遊湖，止午、未、申三時，其實湖光染翠之工，山嵐設色之妙，全在朝日始出、夕舂未下，始極其濃媚。月景尤不可言，花態柳情，山容水意，别是一種趣味。此樂留與山僧遊客受用，安可爲俗士道哉！

望湖亭即斷橋一帶，堤甚工緻，比蘇堤猶美。夾道種緋桃、垂柳、芙蓉、山茶之屬二十餘種。堤邊白石砌如玉，布地皆軟沙如茵。杭人曰：『此内使孫公所修飾也。』此公大是西湖功德主。自昭慶、天竺、浄慈〔二〕、龍井及山中菴院之屬，所施不下數十萬〔三〕。余謂白、蘇二公，西湖開山古佛，此公異日伽藍也。腐儒幾敗乃公事，可厭！可厭！

張京元《斷橋小記》：

西湖之勝，在近；湖之易窮，亦在近。朝車暮舫，徒行緩步，人人可游，時時可游。而酒多于水，肉高于山，春時肩摩趾錯，男女雜沓，以挨簇爲樂。無論意不在山水，即桃容柳眼，自與東風相倚，遊者何曾一着眸子也。

李流芳《斷橋春望圖題詞》：

往時至湖上，從斷橋一望，便魂消欲死。還謂所知，湖之瀲灔熹微，大約如晨光之着樹，明月之入廬。蓋山水映發，他處即有澄波巨浸，不及也。壬子正月，以訪舊重至湖上，輒獨往斷橋，裴回終日，翊日爲楊讖西題扇云：『十里西湖意，都來到斷橋。寒生梅萼小，春入柳絲嬌。乍見應疑夢，重來不待招。故人知我否，吟望正蕭條。』又明日作此圖。小春四日〔四〕，同孟暘、子與夜話，題此。

譚元春《湖霜艸序》：

予以己未九月五日至西湖，不寓樓閣，不舍菴刹，而以琴尊書札，托一小舟。而舟居之妙，在五善焉：舟人無酬酓，一善也；昏曉不爽其候，二善也；訪客登山，恣意所如，三善也；入斷橋，出西泠，午眠夕興，四善也；殘客可避，時時移棹，五善也。王評：亦一善論。挾此五善，以長于湖，僧上鳧下，觴止茗生，篙櫂因風，漁茭聚火。蓋以朝山夕水，臨澗對松，岸柳池蓮，藏身接友，早放孤山，晚依寶石，足了吾生，足濟吾事矣。

王叔杲《十錦塘》詩：

橫截平湖十里天，錦橋春接六橋煙。芳林花發霞千樹，斷岸光分月兩川。幾度觴飛堤外景，一清棹發鏡中船。奇觀粧點知誰力，應有歌聲被管絃。

白居易《望湖樓》詩〔五〕：

盡日湖亭臥，心閒事亦稀。起因殘醉醒，坐待晚凉歸。松雨飄蘇帽，江風透葛衣。柳堤行不厭，沙軟絮霏霏。

徐渭《望湖亭》詩：

亭上望湖水，晶光澹不流。鏡寬萬影落，玉湛一磯浮。寒入沙蘆斷，煙生野鶩投。若從湖上望，翻羡此亭幽。

張岱《西湖七月半記》：

西湖七月半，一無可看，止可看看七月半之人。以五類類之〔六〕：其一，樓船簫鼓，峩冠盛筵，燈火優傒，聲光相亂，名爲看月而實不見月者，看之；其一，亦船亦樓，名娃閨秀，攜及童孌，笑啼雜之，環坐露臺，左右盼望，身在月下而實不看月者，看之；其一，亦船亦聲歌，名妓閒僧，淺斟低唱，弱管輕絲，竹肉相發，亦在月下，亦看月，而欲人看其看月者，看之；其一，不舟不車，不衫不幘，酒醉飯飽，呼羣三五，擠入人叢，昭慶、斷橋，嘄呼嘈雜，裝假醉，唱無腔曲，月亦看，看月者亦看，不看月者亦看，而實無一看者，看之；其一，小船輕幌，浄几煖爐，茶鐺旋煮，素瓷靜遞，好友佳人，邀月同坐，或匿影樹下，或逃囂裏湖，看月而人不見其看月之態，亦不作意看月者，看之。王評：說盡月下一班俗子，誰爲携勒清虛之府？俾知下界有深得月意者如吾蝶菴，莫令嫦娥笑人。杭人遊湖，巳出酉歸，避月如避仇，是夕好名，逐隊争出，多犒門軍酒錢，轎夫擎燎，列俟岸上。一入舟，速舟子急放斷橋，趕入勝會。以故二鼓以前，人聲鼓吹，如沸如撼，如魘如囈，如聾如啞，大船小船，一齊湊岸，一無所見，止見篙擊篙，舟觸舟，肩摩肩，面看面而已。少刻興盡，官府席散，皂隸喝道去，轎夫叫，船上人怖以關門，燈籠火把如列星，一一簇擁而去。岸上人亦逐隊趕門，漸稀漸薄，頃刻散盡矣。王評：是許飛觴醉月。吾輩始艤舟近岸，斷橋石磴始涼，席其上，呼客縱飲。此時，月如鏡新磨，山復整粧，湖復頮面。向之淺斟低唱者出，匿影樹下者亦出，吾輩往通聲氣，拉與同坐。韻友來，妙妓至，杯箸安，竹肉發。月色蒼涼，東方將白，客方散去。吾輩縱舟酣睡于十里荷花之中，香氣撲人，清夢甚愜。

【校】

〔一〕『袁宏道《斷橋望湖亭小記》』，孫家遂云：『《袁中郎全集》題作《晚遊六橋待月記》。』

〔二〕『浄慈』，原作『静慈』，據光緒本改。

〔三〕『數十萬』，孫家遂云：『袁集作「數百萬」。』

〔四〕『小春四日』，光緒本誤作『小春四月』。小春指舊曆十月，俗謂『十月小陽春』者是。

〔五〕『白居易《望湖樓》詩』，孫家遂云：『據《白居易集》，此詩題作《湖亭晚歸》。』

〔六〕『以五類類之』，《陶菴夢憶》卷七《西湖七月半》作『以五類看之』，文意更顯豁。

孤山

《水經注》曰：水黑曰盧，不流曰奴；山不連陵曰孤。梅花嶼介於兩湖之間，四面巖巒，一無所麗，故曰孤也。王評：有和靖而孤山不孤，有蝶菴之記，而孤山之和靖又不孤，山川重人乎？人重山川乎？是地水望澄明，皦焉冲照，亭觀繡峙，兩湖反景，若三山之倒水下。山麓多梅，爲林和靖放鶴之地。林逋隱居孤山，宋真宗徵之不就，賜號和靖處士。常畜雙鶴，豢之樊中。逋每泛小艇，遊湖中諸寺，有客來，童子開樊放鶴，縱入雲霄，盤旋良久，逋必棹艇遄歸，蓋以鶴起爲客至之驗也。臨終留絶句曰：『湖外青山對結廬，墳前修竹亦蕭踈。茂陵他日求遺稿，猶喜曾無封禪書。』紹興十六年，建四聖延祥觀，盡徙諸院刹及士民之墓，獨逋墓詔留之，弗徙。至元，楊連真伽發其墓，唯端硯一、玉簪一。明成化十年，郡守李端修復之。天啓間，有王道士欲于此地種梅千樹。雲間張侗初太史補《孤山種梅序》。

袁宏道《孤山小記》：

孤山處士，妻梅子鶴，是世間第一種便宜人。我輩只爲有了妻子，便惹許多閒事〔一〕，撇之不得，傍之可厭，如衣敗絮行荆棘中，步步牽挂。近日雷峰下有虞僧儒，亦無妻室，殆是孤山後身。所著《溪上落花》詩，雖不知於和靖如何，然一夜得百五十首，可謂迅捷之極。王評：一百五十首何難？有一首爲難耳。安得唐突和靖？至於食淡參禪，則又加孤山一等矣，何代無奇人哉！

張京元《孤山小記》：

孤山東麓，有亭翼然。和靖故址，今悉編籬插棘。諸巨家規種桑養魚之利，然亦賴其稍葺亭榭，點綴山容。楚人之弓，何問官與民也。

又《蕭照畫壁》：

西湖凉堂，紹興間所搆。高宗將臨觀之。有素壁四堵，高二丈，中貴人促蕭照往繪山水。照受命，即乞尚方酒四斗，夜出孤山，每一鼓即飲一斗，盡一斗則一堵已成，而照亦沉醉。王評：好興致。上至，覽之歎賞，宣賜金帛。

沈守正《孤山種梅疏》：

西湖之上，葱蒨親人，亦爽朗易盡。獨孤山盤鬱重湖之間，水石艸木，皆有幽色。唐時樓閣參差，詩歌點綴，冠於兩湖。讀『不雨山常潤，無雲水自陰』之句，猶可想見當時。道孤山者，不徑西泠〔二〕，必沿湖水，不似今從望湖折闤闠而入也。此地尚有古梅偃蹇，云是和靖故居。

李流芳《題孤山夜月圖》：

曾與印持諸兄弟醉後泛小艇，從孤山而歸。時月初上新堤，柳枝皆倒影湖中，空明摩盪，如鏡中，復如畫中。久懷此胸臆，壬子在小築，忽爲孟暘寫出，真畫中矣。

蘇軾《書林逋詩後》：

吴儂生長湖山曲，呼吸湖光飲山淥。不論世外隱君子，傭兒販婦皆冰玉。先生可是絶俗人，神清骨冷無由俗。我不識見曾夢見，瞳子瞭然光可燭。遺篇妙字處處有，步繞西湖看不足。詩如東野不言寒，書似西臺差少肉。平生高節已難繼，將死微言猶可録。自言不作封禪書，更肯悲吟白頭曲。我笑吴人不好事，好作祠堂傍修竹。不然配食水仙王，一盞寒泉薦秋菊。

張祜《孤山》詩〔三〕：

樓臺聳碧岑，一逕入湖心。不雨山常潤，無雲水自陰。斷橋荒蘚合，空院落花深。猶憶西牕月，鐘聲出北林。王評：詩甚清遠。

徐渭《孤山玩月》詩：

湖水澹秋空，練色澄初靜。倚棹激中流，幽然適吾性。舉酒忽見月，光與波相映。西子拂澹粧，遥嵐挂孤鏡。座客本玉姿，照耀几筵瑩。憂時吐高懷〔四〕，四座盡傾聽。却言處士踈，徒抱梅花詠。如以徑寸魚，蹄涔即成泳。論久興彌洽，返棹堤逾迥。自顧縱清談，何嫌麈塵柄。

卓敬《孤山種梅》詩：

風流東閣題詩客，瀟灑西湖處士家。雪冷江深無夢到，自鋤明月種梅花。王評：想見卓侍郎孤高萬仞。

王穉登《贈林純卿卜居孤山》詩：

藏書湖上屋三間，松映軒牕竹映關。引鶴過橋看雪去，送僧歸寺帶雲還。輕紅荔子家千里，踈影梅花水一灣。和靖高風今已遠，後人猶得住孤山。

陳鶴《題孤山林隱君祠》詩：

孤山春欲半，猶及見梅花。笑踏王孫草，閒尋處士家。塵心瑩水鏡，野服映山霞。巖壑長如此，榮名豈足誇。

王思任《孤山》詩：

淡水濃山畫裏開，無船不署好樓臺。春當花月人如戲，煙入湖燈聲亂催。萬事賢愚同一醉，百年修短未須哀。只憐逋老栖孤鶴，寂寞寒籬幾樹梅。

張岱《補孤山種梅敘》：

蓋聞地有高人，品格與山川並重；亭遺古跡，梅花與姓氏俱香。名流雖以代遷，勝事自須人補。在昔西泠逸老，高潔韻同秋水，孤清操比寒梅。踈影橫斜，遠映西湖清淺；暗香浮動，長陪夜月黄昏。今乃人去山空，依然水流花放。瑶葩灑雪，亂飄冢上苔痕；玉樹迷煙，恍墮林間鶴羽。兹來韻友，欲步前賢，補種千梅，重修孤嶼。凌寒三友，蚤連九里松篁；破臘一枝，遠謝六橋桃柳。竚想水邊半樹，點綴冰花；待將雪後横枝，低昂鐵榦。美人來自林下，高士卧於山中。白石蒼崖，擬築艸亭招放隺；濃山淡水，閒鋤明月種梅花。王評：字字帶冰雪香。有志竟成，無約不踐。將與羅浮争豔，還期庾嶺分香。實爲林處士之功臣，亦是蘇長公之勝友。吾輩常勞夢想，應有宿緣。哦曲江詩，曲江張九齡有《庭梅咏》。便見孤芳風韻；讀廣平賦，尚思鐵石心腸。共策灞水之驢，且向斷橋踏雪；遥瞻漆園之蝶，羣來林墓尋梅。莫負佳期，用追芳躅。

張岱《林和靖墓柱銘》：

雲出無心，誰放林間雙隺；月明有意，即思冢上孤梅。王評：飄乎仙矣，非和靖副不得此對。

【校】

〔一〕『閒事』，《袁宏道集》同，光緒本作『俗事』。

〔二〕『西泠』，光緒本誤作『西冷』。

〔三〕『張祜』，底本及光緒本均作『張祐』，所引詩爲唐張祜作，今改。
〔四〕『憂時』，原作『夏時』，光緒本作『暇時』，皆誤，據《徐渭集》改。

關王廟

北山兩關王廟。其近岳墳者，萬曆十五年爲杭民施如忠所建。如忠客燕，涉潞河，颶風作，舟將覆，恍惚見王率諸河神拯救獲免，歸即造廟祀之〔一〕，并祀諸河神。冢宰張瀚記之。其近孤山者，舊祠卑隘。萬曆四十二年，金中丞爲導首鼎新之。太史董其昌手書碑石記之，其詞曰：『西湖列刹相望，梵宮之外，其合於祭法者，岳鄂王、于少保與關神而三爾。王評：正論，亦快論。甲寅秋，神宗皇帝夢感聖母中夜傳詔，封神爲伏魔帝君，易兜鍪而衮冕，易大纛而九斿。五帝同尊，萬靈受職。視操、懿、莽、温偶姦大物，生稱賊臣，死墮下鬼，何啻天淵。顧舊祠湫隘，不稱詔書播告之意。金中丞父子爰議鼎新，時維導首，得孤山寺舊址，度材畢土，勒牆墉，莊像設，先後三載而落成。中丞以余實倡議，屬余記之。余攷孤山寺，且名永福寺。唐長慶四年，有僧刻《法華》於石壁。會元微之以守越州，道出杭，而杭守白樂天爲作記。有九諸侯率錢助工，其盛如此。成毀有數，金石可磨，越數百年而祠帝君。以釋典言之，則舊寺非所謂現天大將軍身，而今祠非所謂現帝釋身者耶？王評：透頂之論。至人舍其生而生在，殺其身而身存。孔曰成仁，孟曰取義，與《法華》一大事之旨何異也？彼謂忠臣義士猶待坐蒲團〔二〕、修觀行而後了生死者，妄矣。然則石壁巋然，而石經初未泐也。頃者四川殲叛，神爲助力，事達宸聰，非同語怪。惟遼西黠鹵，尚緩天誅，帝君能報曹而有不報神宗者乎？左挾鄂王，右挾少保，驅雷部，擲火鈴，昭陵之鐵馬嘶風，蔣廟之塑兵濡露，諒盪魔皆如蜀道矣。先是，金中丞撫閩，藉神之告，屢殲倭夷，上功盟府，故建祠之費，視衆差鉅，蓋有夙願云。』寺中規制精雅，廟貌莊嚴，兼之碑碣清華，柱聯工確，一以文理爲之，較之施廟，其雅俗真隔霄壤。

董其昌《孤山關王廟柱銘》〔三〕：

忠能擇主，鼎足分漢室君臣；德必有鄰，把臂呼岳家父子。王評：堂堂。

宋兆禴《關帝廟柱聯》：

從真英雄起家，直參聖賢之位；以大將軍得度，再現帝王之身。

張岱《關帝廟柱對》：

統系讓偏安，當代天王歸漢室；春秋明大義，後來夫子屬關公。

【校】

〔一〕『祀』，光緒本作『祝』。

〔二〕『忠臣』，《中國文學珍本叢書》本同，光緒本誤作『心臣』。

〔三〕『董其昌《孤山關王廟柱銘》』，梁章鉅《楹聯叢話·廟祀上》謂爲繆昌期所作，且上下聯互倒。

蘇小小墓

蘇小小者，南齊時錢塘名妓也。貌絶青樓，才空士類，當時莫不豔稱。以年少早卒，葬於西泠之塢，芳魂不殁，往往花間出現。宋時有司馬槱者，字才仲，在洛下夢一美人搴帷而歌，問其名，曰：『西陵蘇小小也。』問歌何曲？曰：『《黄金縷》。』後五年，才仲以東坡薦舉，爲秦少章幕下官，因道其事。少章異之，曰：『蘇小之墓，今在西泠，何不酹酒弔之？』才仲往尋其墓拜之。是夜，夢與同寢，曰：『妾願酬矣。』自是幽昏三載，才仲亦卒於杭，葬小小墓側。

西陵蘇小小詩：

妾乘油壁車，郎跨青驄馬。何處結同心，西陵松栢下。王評：妙絶風韻，司馬才仲故宜以一身殉之。

又詞：

妾本錢塘江上住，花落花開，不管流年度。燕子啣將春色去，紗牕幾陣黄霉雨。斜插玉梳雲半吐，檀板輕敲，唱徹《黄金縷》。夢斷彩雲無覓處，夜凉明月生南浦。

李賀《蘇小小》詩：

幽蘭露，如啼眼。無物結同心，煙花不堪剪。草如茵，松如蓋。風爲裳，水爲珮。油壁車，久相待。冷翠燭，勞光彩。西陵下，風吹雨。

沈原理《蘇小小歌》：

歌聲引廻波，舞衣散秋影。夢斷别青樓，千秋香骨冷。王評：何其酷似李賀。青銅鏡裏雙飛鸞，饑烏弔月啼勾欄。風吹野火火不滅，山妖笑入狐狸穴。西陵墓下錢塘潮，潮來潮去夕復朝。墓前楊柳不堪折，春風自綰同心結。

元遺山《題蘇小像》：

槐蔭庭院宜清晝，簾捲香風透。美人圖畫阿誰留，都是宣和名筆内家收〔一〕。鶯鶯燕燕分飛後，粉淺梨花瘦。只除蘇小不風流，斜插一枝萱艸鳳釵頭。

徐渭《蘇小小墓》詩：

一抔蘇小是耶非，繡口花腮爛舞衣。自古佳人難再得，從今比翼罷雙飛。薤邊露眼啼痕淺，松下同心結帶稀。恨不顛狂如大阮，欠將一曲慟兵闈。

【校】

〔一〕『都是宣和名筆内家收』，底本及光緒本均脱『都是』二字，據《遺山樂府》補。

陸宣公祠

孤山何以祠陸宣公也？蓋自陸少保炳爲世宗乳母之子，攬權怙寵，自謂系出宣公，創祠祀之。規制宏敞，吞吐湖山，臺榭之盛，槩湖無比。炳以勢焰，見有美産，即思攫奪。傍有故錦衣王佐别墅壯麗，其孽子不肖，炳乃羅織其罪，勒以獻産，捕及其母，故佐妾也。對簿時，子强辨，母膝行前，道其子罪甚詳。子泣，謂母忍陷其死也。母叱之曰：『死即死，尚何説！』指炳座顧曰：『而父坐此非一日，作此等事亦非一日，而生汝不肖子，天道也，汝死猶晚！』王評：此嫗洵滑稽之雄，亦是最上棒喝。炳頰發赤，趣遣之出，弗終奪。炳物故，祠没入官，以名賢得不廢。王評：人可不以名賢自待。隆慶間，御史謝廷傑以其祠後增祀兩浙名賢，益以嚴光、林逋、趙忭、王十朋、吕祖謙、張九成、楊簡、宋濂、王琦、章懋、陳選。會稽進士陶允宜以其父陶大臨自製牌版，令人匿之懷中，竊置其傍，時人笑其癡孝。

祁彪佳《陸宣公祠》詩：

東坡佩服宣公疏，俎豆西泠蘋藻香。泉石蒼凉存意氣，山川開滌見文章。畫工界畫增金碧，廟貌巋峩見裔皇。陸炳湖頭誇勢焰，崇韜乃敢認汾陽。

六一泉

六一泉在孤山之南，一名竹閣，一名勤公講堂。宋元祐六年，東坡先生與惠勤上人同哭歐陽公處也[一]。勤上人講堂初搆，掘地得泉，東坡爲作泉銘。以兩人皆列歐公門下，此泉方出，適哭公訃，名以六一，猶見公也。其徒作石屋覆泉，且刻銘其上。南渡高宗爲康王時，常使金，夜行，見四巨人，執殳前驅。登位後，問方士，乃言紫薇垣有四大將，曰：天蓬、天猷、翊聖、真武。帝思報之，遂廢竹閣，改延祥觀，以祀四巨人。至元初，世祖又廢觀爲帝師祠。泉没于二氏之居二百餘年。元季兵火，泉眼復見，但石屋已圮，而泉銘亦爲鄰僧舁去。洪武初，有僧名行昇者，鋤荒滌垢，圖復舊觀。仍樹石屋，且求泉銘，復于故處。乃欲建祠堂以奉祀東坡、勤上人，以參寥故事〔二〕，力有未逮。教授徐一夔爲作疏曰：『睠兹勝地，實在名邦。勤上人於此幽栖，蘇長公因之數至。跡分緇素，同登歐子之門；誼重死生，會哭孤山之下。惟精誠有感通之理，故山嶽出迎勞之泉。名聿表於懷賢，忱式昭於薦菊。雖存古迹，必肇新祠。此舉非爲福田，實欲共成勝事。儒冠僧衲，請恢雅量以相成；山色湖光，行與高峰而共遠。願言樂助，毋誚濫竽。』

蘇軾《六一泉銘》：

歐陽文忠公將老，自謂六一居士。予昔通守錢塘，别公於汝陰而南。公曰：『西湖僧惠勤，甚文而長於詩。吾昔爲《山中樂》三章以贈之。子閒於民事，求人於湖山間而不可得，則往從勤乎？』予到官三日，訪勤於孤山之下，抵掌而論人物，曰：『六一公，天人也。人見其暫寓人間，而不知其乘雲馭風，歷五岳而跨滄海也。此邦之人，以公不一來爲恨。公麾斥八極，何所不至。雖江山之勝，莫適爲主，而奇麗秀絶之氣，常爲能文者用。故吾以爲西湖蓋公几案間一物耳。』勤語雖怪幻，而理有實然者。明年公薨，予哭於勤舍。又十八年，予爲錢塘守，則勤亦化去久矣。訪其舊居，則弟子二仲在焉。畫公與勤像，事之如生。舍下舊無泉，予未至數月，泉出講堂之後，孤山之趾，汪然溢流，甚白而甘。即其地鑿巖架石爲室。二仲謂：『師聞公來，出泉以相勞苦，公可無言乎？』乃取勤舊語，推本其意，名之曰『六一泉』。且銘之曰：『泉之出也，去公數千里，後公之没十八年，而名之曰「六一」，不幾於誕乎？曰：君子之澤，豈獨五世而已，蓋得其人，則可至於百傳。常試與子登孤山而望吴越，歌山中之樂而飲此水，則公之遺風餘烈，亦或見於此泉也。』

白居易《竹閣》詩：

晚坐松簷下，宵眠竹閣間。清虚當服藥，幽獨抵歸山。巧未能勝拙，忙應不及閒。無勞事修煉，只此是玄關。

【校】

〔一〕『惠勤』，原作『會勤』，光緒本作『惠勤』，下《六一泉銘》『惠勤』，底本及光緒本原均作『慧勤』，據《蘇軾文集》改。

〔二〕『以』，疑當作『如』。

葛嶺

葛嶺者，葛仙翁稚川修仙地也。仙翁名洪，號抱朴子，句容人也。從祖葛玄學道，得仙術，傳其弟子鄭隱。洪從隱學，盡得其秘，上黨鮑玄妻以女。咸和初，司徒導招補主簿〔一〕，干寶薦爲大著作，皆固辭[二]。聞交趾出丹砂，獨求爲勾漏令。行至廣州，刺史鄭嶽留之，乃煉丹於羅浮山中。如是者積年。一日，遺書嶽曰：『當遠遊京師，尅期便發。』嶽得書，狼狽往別，而洪坐至日中，兀然若睡，卒年八十一。舉尸入棺，輕如蟬蜕，世以爲尸解仙去。智果寺西南爲初陽臺，在錦塢上，仙翁修煉于此。臺下有投丹井，今在馬氏園。宣德間大旱，馬氏甃井得石匣一、石瓶四，匣固不可啓，瓶中有丸藥若芡實者，啗之，絶無氣味，乃棄之。施漁翁獨啖一枚，後年百有六歲。浚井後，水遂淤惡不可食，以石匣投之，清洌如故。

祁豸佳《葛嶺》詩：

抱朴遊仙去有年，如何姓氏至今傳。釣臺千古高風在，漢鼎雖遷尚姓嚴。
勾漏靈砂世所稀，攜來烹煉作刀圭。若非漁子年登百，幾使還丹變井泥。
平章甲第半湖邊，日日笙歌入畫船。循州一去如煙散，葛嶺依然還稚川。
葛嶺孤山隔一丘，昔年放鶴此山頭。高飛莫出西山缺，嶺外無人勿久留。

【校】

[一]『招』，光緒本作『召』。

[二]『固』，光緒本誤作『同』。

蘇公堤

杭州有西湖，潁上亦有西湖，皆爲名勝，而東坡連守二郡。王評：以兩西湖供一東坡，故屬風韻徵召。其初得潁，潁人云：『内翰只消遊湖中，便可以了公事。』秦太虚因作一絶云：『十里荷花菡萏初，我公身至有西湖。欲將公事湖中了，見説官閒事亦無。』後東坡到潁，有謝執政啓云：『入參兩禁，每玷北扉之榮；出典二邦，迭爲西湖之長。』故其在杭，請濬西湖，聚葑泥，築長堤，自南之北，横截湖中，遂名蘇公堤。夾植桃柳，中爲六橋。南渡之後，鼓吹樓船，頗極華麗。後以湖水漱齧，堤漸淩夷。入明，成化以前，裏湖盡爲民業，六橋水流如綫。正德三年，郡守楊孟瑛闢之，西抵北新堤爲界，增益蘇堤，高二丈，濶五丈三尺，增建裏湖六橋，列種萬柳，頓復舊觀。久之，柳敗而稀，堤亦就圮。嘉靖十二年，縣令王釴令犯罪輕者種桃柳爲贖，紅紫燦爛，錯雜如錦。後以兵火，砍伐殆盡。萬曆二年，鹽運使朱炳如復植楊柳，又復燦然。迨至崇禎初年，堤上樹皆合抱，太守劉夢謙與士夫陳生甫輩時至。二月，作勝會於蘇堤，城中括羊角燈、紗燈幾萬盞，遍挂桃柳樹上，下以紅氊鋪地，冶童名妓，縱飲高歌，夜來萬蠟齊燒，光明如晝。湖中遥望堤上萬蠟，湖影倍之。簫管笙歌，沉沉昧旦。傳之京師，太守鐫級。王評：西湖如西子，如夫差便受享西子不得。因想東坡守杭之日，春時每遇休暇，必約客湖上，蚤食於山水佳處。飯畢，每客一舟，令隊長一人，各領數妓，任其所之。晡後鳴鑼集之，復會望湖亭或竹閣，極歡而罷。至一二鼓，夜市猶未散，列燭以歸，城中士女夾道雲集而觀之。此真曠古風流，熙世樂事，不可復追也已。

張京元《蘇堤小記》：

蘇堤度六橋，堤兩旁盡種桃柳，蕭蕭摇落。想二三月，柳葉桃花，遊人闐塞，不若此時自爲清勝。

李流芳《題兩峰罷霧圖》：

三橋龍王堂，望西湖諸山，頗盡其勝。煙林霧障，映帶層疊，淡描濃抹，頃刻百態。非董、巨妙筆，不足以發其氣韻。余在小築時，呼小舟槳至堤上，縱步看山，領略最多，然動筆便不似。王評：神悟兼理。甚矣，氣韻之難言也。予友程孟暘《湖上題畫》詩云：『風堤露塔欲分明，閣雨縈陰兩未成。我試畫君團扇上，船牕含墨信風行。』此景此詩，此人此畫，俱屬可想。癸丑八月，清暉閣題。

蘇軾《築堤》詩〔一〕：

六橋横截天漢上，北山始與南屏通。忽驚二十五萬丈，老葑席捲蒼煙空。昔日珠樓擁翠鈿，女牆猶在艸芊芊。東風第六橋邊柳，不見黄鸝見杜鵑。

又詩：

惠勤、惠思皆居孤山。蘇子倅郡，以臘日訪之，作詩云：

天欲雪時雲滿湖〔二〕，樓臺明滅山有無。水清石出魚可數，林深無人鳥相呼。臘月不歸對妻孥，名尋道人實自娱。道人之居在何許，寶雲山前路盤紆。孤山孤絶誰肯廬，道人有道山不孤。紙牕竹屋深自煖，擁褐坐睡依團蒲。天寒路遠愁僕夫，整駕催歸及未晡。出山回望雲水合，但見埜鶴盤浮屠〔三〕。茲遊澹泊歡有餘，到家恍如夢蘧蘧。作詩火急追亡逋，清景一失後難摹。

王世貞《泛湖度六橋堤》詩：

拂幰鶯啼出谷頻，長堤夭矯跨蒼旻。六橋天闊争虹影，五馬飈開散麯塵。碧水乍摇如轉盼，青山初沐競舒顰。莫輕楊柳無情思，誰是風流白舍人？王評：柳眼亦不易青，落句笑倒一夥俗人。

李鑑龍《西湖》詩：

花柳曾聞暗六橋，近來遊舫甚蕭條。折殘畫閣堤邊失，倒入山光波上摇。秋水湖心眸一點，夜潭墖影黛雙描。蘭亭感慨今移此，痴對雷峰話寂寥。

【校】

〔一〕『蘇軾《築堤》詩』，孫家遂云：『其一係截取《軾在潁州與趙德麟同治西湖未成改揚州三月十六日湖成德麟有詩見懷次韻》詩中四句而成，題爲張岱所加。其二未見蘇集，《西湖遊覽志餘·才情雅致》謂此係陳剛中《湖上感舊》詩。』

〔二〕『天欲雪時雲滿湖』，孫家遂云：『蘇集無「時」字。此詩下尚有和詩二首，皆三字成句，此「時」字爲張岱誤增。』

〔三〕『埜鶴』，孫家遂云：『「鶴」蘇集作「鶻」。』

湖心亭

湖心亭舊爲湖心寺，湖中三墖，此其一也。明弘治間，按察司僉事陰子淑秉憲甚厲，寺僧怙鎮守中官，杜門不納官長，陰廉其姦事毁之，併去其墖。嘉靖三十一年，太守孫孟尋遺跡，建亭其上，露臺畝許，周以石欄，湖山勝槩，一覽無遺。數年尋圮。萬曆四年，僉事徐廷祼重建。二十八年，司禮監孫東瀛改爲清喜閣，金碧輝煌，規模壯麗，遊人望之如海市蜃樓，煙雲吞吐，恐滕王閣、岳陽樓俱無其偉觀也〔一〕。春時，山景睺羅、書畫骨董，盈砌盈堦，喧闐擾嚷，聲息不辨。夜月登此，闃寂凄凉，如入鮫宫海藏，月光晶沁，水氣滃之，人稀地僻，不可久留。

張京元《湖心亭小記》：

湖心亭，雄麗空闊，時晚照在山，倒射水面，新月挂東，所不滿者半規，金盤玉餅，與夕陽彩翠重輪交網，不覺狂叫欲絶。恨亭中四字匾、隔句對聯，填楣盈棟，安得借咸陽一炬了此業障！

張岱《湖心亭小記》：

崇禎五年十二月，余住西湖。大雪三日，湖中人鳥聲俱絶。是日更定矣，余挐一小舟，擁毳衣爐火，獨往湖心亭看雪。王評：此老興復不淺。霧淞沆碭，天與雲、與山、與水，上下一白。湖上影子，惟長堤一痕、湖心亭一點，與余舟一芥，舟中人兩三粒而已。王評：敘得妙。到亭上，有兩人鋪氈對坐，王評：愛風雪自當具耐寒骨力。一童子燒酒，鑪正沸。見余大驚喜，曰：『湖中焉得更有此人！』拉余同飲〔二〕。余强飲三大白而别。問其姓氏，是金陵人，客此。及下船，舟子喃喃曰：『莫説相公癡，更有癡似相公者。』

胡來朝《湖心亭柱銘》：

四季笙歌，尚有窮民悲夜月；六橋花柳，渾無隙地種桑麻。王評：古者令太史陳詩，以觀民風，如此一柱銘安得不採？

鄭燁《湖心亭柱銘》：

亭立湖心，儼西子載扁舟，雅稱雨奇晴好；席開水面，恍東坡遊赤壁，偏宜月白風清。

張岱《清喜閣柱對》：

如月當空，偶似微雲點河漢；在人爲目，且將秋水剪瞳神。王評：此與鄭作第以風致勝，讓胡一座。

【校】

〔一〕『其』，光緒本作『甚』。

〔二〕『余』，光緒本作『與』。

放生池

宋時有放生碑，在寳石山下。蓋天禧四年，王欽若請以西湖爲放生池，禁民網捕，郡守王隨爲之立碑也。今之放生池，在湖心亭之南。外有重堤，朱欄屈曲，橋跨如虹，草樹蓊翳，尤更岑寂。古云三潭印月，即其地也。春時遊舫如鶩，至其地者，百不得一。其中佛舍甚精，複閣重樓，迷禽闇日，威儀肅潔，器鉢無聲。但恨魚牢幽閉，漲膩不流，劖鬐缺鱗，頭大尾瘠，魚若能言，其苦萬狀。王評：觀放生池之魚，正以不得即死爲苦，而乃人人以爲功德。以理揆之，孰若縱壑開樊，聽其游泳，則物性自遂，深恨俗僧難與解釋耳。昔年余到雲栖，見雞鵝豚羖〔一〕，共牢饑餓，日夕挨擠，墮水死者不計其數。余向蓮池師再肆疏説，亦謂未能免俗，聊復爾爾。後見兔鹿猢猻亦受禁鎖，余曰：『雞鳧豚羖，皆藉食於人，若兔鹿猢猻，放之山林，皆能自食，何苦鎖禁，待以胥縻？』蓮師大笑，悉爲撤禁，聽其所之，見者大快。

陶望齡《放生池》詩：

介盧曉牛鳴，冶長識雀噦。吾願天耳通，達此音聲類。羣魚泣妻妾，雞鶩呼弟妹。不獨死可哀，生離亦可慨。閩語既嚶咿，吳聽了難會。寧聞閩人肉，忍作吳人膾。可憐登陸魚，噞喁向人誶。人曰魚口瘖，魚言人耳背。何當破網羅，施之以無畏。王評：語語爲魚所欲言，讀此何用念佛？

昔有二勇者，操刀相與酤。曰子我肉也，奚更求食乎。互割還互噉，彼盡我亦屠。食彼同自食，舉世嗤其愚。還語血食人，有以異此無？

吳越王錢鏐於西湖上稅漁，名『使宅魚〔二〕』。一日，羅隱入謁，壁有《磻谿垂釣圖》，王命題之。題云：『呂望當年展廟謨，直鈎釣國又何如？假令身住西湖上，也是應供使宅魚。』王即罷漁税。王評：此爲有用文章。

放生池柱對：

天地一網罟，欲度衆生誰解脱；飛潛皆性命，但存此念即菩提。王評：了了度人。

【校】

〔一〕『殺』，原作『粘』，光緒本作『殺』，下文亦作『殺』，今統改作『殺』。

〔二〕『使宅魚』，光緒本誤作『使宅漁』。

醉白樓

杭州刺史白樂天嘯傲湖山時，有野客趙羽者，湖樓最暢，樂天常過其家，痛飲竟日，絶不分官民體。羽得與樂天通往來，索其題樓，樂天即顔之曰『醉白』。在茆家埠，今改吴莊。一松蒼翠，飛帶如虬，大有古色，真數百年物。王評：已見白公。當日白公，想定盤礴其下。

倪元璐《醉白樓》詩：

金沙深處白公堤，太守行春信馬蹄。冶豔桃花供祇應，迷離煙柳借提攜。閒時風月爲常主，到處鷗鳧是小傒。野老偶然同一醉，山樓何必更留題。王評：先生詩多鈎棘，此又以平易取奇。

小青佛舍

小青，廣陵人。十歲時，遇老尼口授《心經》，一過成誦。尼曰：『是兒早慧福薄，乞付我作弟子。』母不許。長好讀書，解音律，善奕棋。誤落武林富人，爲其小婦。大婦奇妒，凌傐萬狀。王評：此大婦鼻能吸醋五斗。一日攜小青往天竺，大婦曰：『西方佛無量，乃世獨禮大士，何耶？』小青曰：『以慈悲故耳。』大婦笑曰：『我亦慈悲若。』乃匿之孤山佛舍，令一尼與俱。小青無事，輒臨池自照，好與影語，絮絮如問畣，王評：此際只合與影相語，正亦牢騷之極。人見輒止。故其詩有『瘦影自臨春水照，卿須憐我我憐卿』之句。後病瘵，絕粒，日飲梨汁少許，奄奄待盡。乃呼畫師寫照，更換再三，都不謂似。後畫師注視良久，匠意妖纖。乃曰：『是矣。』以梨酒供之榻前，連呼：『小青！小青！』一慟而絕，年僅十八。遺詩一帙。大婦聞其死，立至佛舍，索其圖并詩焚之，王評：焚圖猶可，焚及詩則吾謂富人初不愛詩，何必及此？遽去。

小青《拜慈雲閣》詩：

稽首慈雲大士前，莫生西土莫生天。願將一滴楊枝水，灑作人間並蒂蓮。王評：如此人那可使讀《牡丹亭》？

又《拜蘇小小墓》詩：

西泠芳艸綺粼粼〔一〕，内信傳來喚踏青。杯酒自澆蘇小墓，可知妾是意中人。

【校】

〔一〕「泠」，光緒本誤作「冷」。

孫　濂字清　瀚字漉　參訂

西湖夢尋卷四

古劍蝶菴張　岱著纂
男　鐸式宣
鏞式黼編輯
鐄式貞
山陰曲轅王雨謙評定

西湖南路

柳州亭

柳州亭，宋初爲豐樂樓〔一〕。高宗移汴民居杭地，嘉、湖諸郡，時歲豐稔，建此樓以與民同樂，故名。門以左，孫東瀛建問水亭。高柳長堤，樓船畫舫，會合亭前，雁次相綴。朝則解維，暮則收纜，車馬喧闐，騶從嘈雜，一派人聲，擾嚷不已。堤之東盡爲三義廟。過小橋折而北，則吾大父之寄園、銓部戴斐君之別墅。折而南，則錢麟武閣學、商等軒冢宰、祁世培柱史、余武貞殿撰、陳襄範掌科各家園亭，王評：書爵書號，正寓後來一段廢興之感。作者煞有深意，吾最怕讀此等文。鱗集於此。過此，則孝廉黃元辰之池上軒、富春周中翰之芙蓉園，比閭皆是。今當兵燹之後，半椽不剩，瓦礫齊肩，蓬蒿滿目。李文叔作《洛陽名園記》，謂以名園之興廢，卜洛陽之盛衰；

以洛陽之盛衰，卜天下之治亂。誠哉言也！余於甲午年，偶涉於此，故宮離黍，荆棘銅駝，感慨悲傷，幾效桑苧翁之遊苕溪，夜必慟哭而返。

張杰《柳州亭》詩：

誰爲鴻濛鑿此陂，湧金門外即瑶池。平沙水月三千頃，畫舫笙歌十二時。今古有詩難絶唱，乾坤無地可争奇。溶溶漾漾年年緑，銷盡黄金總不知。

王思任《問水亭》詩：

我來一清步，猶未拾寒煙。燈外兼星外，沙邊更檻邊。孤山供好月，高雁語空天。辛苦西湖水，人還即熟眠。王評：五六妙如，落句即巧，便傷大雅。

趙汝愚豐樂樓《柳梢青》詞：

水月光中，煙霞影裏，湧出樓臺。空外笙簫，雲間笑語，人在蓬萊。天香暗逐風回，正十里荷花盛開。買個小舟，山南遊遍，山北歸來。王評：詞亦瀟踈磊落。

【校】

〔一〕『宋初』，孫家遂云：『觀下文，此樓爲高宗所建，則「宋初」應作「南宋初」。』

靈芝寺

靈芝寺，錢武肅王之故苑也。地產靈芝，捨以爲寺。至宋而規制寖宏，高、孝兩朝四臨幸焉。内有浮碧軒、依光堂，爲新進士題名之所。元末燬，明永樂初，僧竺源再造，萬曆二十二年重修。余幼時至其中看牡丹，幹高丈餘，而花蕋爛熳，開至數千餘朵，湖中誇爲盛事。寺畔有顯應觀，高宗以祀崔府君也。崔名子玉，唐貞觀間爲磁州滏陽令，有異政，民生祠之，既卒，爲神。高宗爲康王時，避金兵，走鉅鹿，馬斃，冒雨獨行，路值三岐〔一〕，莫知所往。忽有白馬在道，鞚馭乘之，馳至崔祠，馬忽不見。但見祠馬赭汗如雨，遂避宿祠中。夢神以杖擊地，促其行。趨出門，馬復在户，乘至斜橋，會耿南仲來迎〔二〕，策馬過澗，見水即化。視之，乃崔府君祠中泥馬也。王評：只一小朝廷皇帝，即便驅策泥馬，今乃知皇帝之貴。及即位，立祠報德，累朝崇奉異常。六月六日是其生辰，遊人闐塞。

張岱《靈芝寺》詩：

項羽曾悲騅不逝，活馬猶然如泥塑。焉有泥馬去如飛，等閒直至黄河渡。一堆龍骨蜕厓前，迢遞芒碭迷雲路。煢煢一介走亡人，身陷栢人脱然過。建炎尚是小朝廷，百靈亦復加呵護。

【校】

〔一〕『岐』，光緒本作『歧』，二字通。

〔二〕『耿南仲』，底本及光緒本均誤作『耿仲南』，按宋無名耿仲南者，而有耿南仲，官至宰輔，《宋史》卷三百五十有傳，當即此人。然泥馬渡康王事本怪誕，則耿南仲此事亦爲虚有。今改作『耿南仲』。

錢王祠

錢鏐，臨安石鑑鄉人，驍勇有謀略。壯而微，販鹽自活。唐僖宗時，平浙寇王仙芝，拒黄巢，滅董昌，積功自顯。梁開平元年，封鏐爲吴越王。有諷鏐拒梁命者，鏐笑曰：『吾豈失一孫仲謀耶！』遂受之。改其鄉爲臨安縣，軍爲錦衣軍〔一〕。是年，省塋壟，延故老，旌鉞鼓吹，振耀山谷。自昔遊釣之所，盡蒙以錦繡，或樹石至有封官爵者，舊貿鹽担，亦裁錦韜之。王評：千古豪氣，不可不爲寫記。一鄰媪九十餘，攜壺泉迎於道左，鏐下車亟拜。媪撫其背，以小字呼之曰：『錢婆留，喜汝長成。』蓋初生時，光怪滿室，父懼，將沉於了溪，此媪苦留之，遂字焉。爲牛酒，大陳以飲鄉人，别張蜀錦爲廣幄，以飲鄉婦。年上八十者飲金爵，百歲者飲玉爵。王評：想此時華艷之色盎溢山川，錢婆留真足千古。鏐起勸酒，自唱還鄉歌以娱賓，曰：『三節還鄉兮掛錦衣〔二〕，父老遠近來相隨。斗牛光起天無欺，吴越一王駟馬歸。』時將築宫殿，望氣者言：『因故府大之，不過百年；填西湖之半，可得千年。』武肅笑曰：『焉有千年而其中不出真主者乎？奈何困吾民爲！』遂弗改造。王評：吴越卓見，仁心能不奪于望氣者？諂僞之説已都付一笑中，此正是其束身歸宋之根。宋熙寧間，蘇子瞻守郡，請以龍山廢祠妙音院者，改爲表忠觀以祀之。今廢。明嘉靖三十九年，督撫胡宗憲建祠於靈芝寺址，塑三世五王像，春秋致祭，令其十九世孫德洪者守之。郡守陳柯重鐫《表忠觀碑記》於祠。

蘇軾《表忠觀碑記》：

熙寧十年十月戊子，資政殿大學士、右諫議大夫、知杭州軍事臣抃言：『故越國王錢氏墳廟，及其父、祖、妃、夫人、子孫之墳，在錢塘者二十有六，在臨安者十有一，皆蕪穢不治，父老過之，有流涕者。謹按：故武肅王鏐，始以鄉兵破走黄巢，名聞江淮。復以八都兵討劉漢宏，并越州以奉董昌，而自居於杭。及昌以越叛，則誅昌而并越，盡有浙東西之地，傳其子文穆王元瓘。至其孫忠獻王仁佐，遂破李景兵而取福州。而仁佐之弟忠懿王俶又大出兵攻景，以迎周世宗之師，其後，卒以國入覲。三世四王，與五代相爲終始。天下大亂，豪傑蜂起，方是時，以數州之地盜名字者不可勝數，既覆其族，延及於無辜之民，罔有孑遺。而吴越地方千里，帶甲十萬，鑄山煮海，象犀珠玉之富甲於天下，然終不失臣節，貢獻相望於道。是以其民至於老死不識兵革，四時嬉遊，歌舞之聲相聞，至於今不廢。其有德於斯民甚厚。王評：讀《表忠觀碑》，千古知有武肅王，而千古知有蘇學士。立功、立言，並有天地，而立功者更賴文章以華之。吾輩故是有權。皇帝受命，四方僭亂，以次削平。西蜀江南，負其險遠，兵至城下，力屈勢窮，然後束手。而河東劉氏百戰守死，以抗王師，積骸爲城，灑血爲池，竭天下之力，僅乃克之。獨吴越不待告命，封府庫，籍郡縣，請吏於朝，視去國如傳舍，其有功於朝廷甚大。昔竇融以河西歸漢，光武詔右扶風修其父祖墳塋，祀以太牢。今錢氏功德殆過於融，而未及百年，墳廟不治，行道傷嗟，甚非所以勸奬忠臣、慰龠民心之義也。臣願以龍山廢佛寺曰妙音院者爲觀，使錢氏之孫爲道士曰自然者居之。凡墳廟之在錢塘者，以付自然。其在臨安者，以付其縣之浄土寺僧曰道微。歲各度其徒一人，使世掌之。籍其地之所入，以時修其祠宇，封植其草木。有不治者，縣令亟察之，甚者易其人，庶幾永終不墮，以稱朝廷待錢氏之意。臣抃昧死以聞。』制曰：可。其妙音院賜改名表忠觀。

銘曰：天目之山，苕水出焉。龍飛鳳舞，萃於臨安。篤生異人，絶類離羣。奮梃大呼，從者如雲。仰天誓江，月星晦蒙。强弩射潮，江海爲東。王評：讀『仰天』四語，至今錢王屹立。殺宏誅昌，奄有吴越。金券玉册，虎符龍節。大城其居，包絡山川。左江右湖，控引島蠻。歲時歸休，以燕父老。曄如神人，玉帶毬馬。四十一年，寅畏小心。厥篚相望，大貝南金。五胡昏亂，罔堪托國。三王相承，以符有德〔三〕。既獲所歸，弗謀弗咨。先王之志，我維行之。天祚忠孝，世有爵邑。允文允武，子孫千億。帝謂守臣，治其祠墳。毋俾樵牧，媿其後昆。龍山之陽，巋焉斯宫。匪私於錢，惟以勸忠。非忠無君，非孝無親。凡百有位，視此刻文。王評：銘語落筆有聲。吾輩爲人作文，即甚多才，必其人足以用吾才，乃始生色如行走。已是泉下人，爲虚辭則聲亦不起。得吴越王而子瞻之才得其質矣，故宜有此鴻章。

張岱《錢王祠》詩：

扼定東南十四州，五王並不事兜鍪。英雄毬馬朝天子，帶礪山河擁冕旒。大樹千株被錦絨，錢塘萬弩射潮頭。五胡紛擾中華地，歌舞西湖近百秋。

又《錢王祠柱銘》：

力能分土，提鄉兵殺宏誅昌，一十四州雞犬桑麻，撑住東南半壁；志在順天，求真主迎周歸宋，九十八年象犀筐篚，混同吴越一家。王評：一詩、一柱銘，雄奇突兀，遂與髯蘇分鼎。

【校】

〔一〕『錦衣軍』，《新五代史·吴越世家》作『衣錦軍』。

〔二〕『三節』，《新五代史·吴越世家》同，光緒本作『玉節』。

〔三〕『以符有德』，《蘇軾文集》作『以待有德』。

浄慈寺

浄慈寺，周顯德元年錢王俶建，號慧日永明院，迎衢州道潛禪師居之。潛嘗欲向王求金鑄十八阿羅漢，未白也。王忽夜夢十八巨人隨行。翊日，道潛以請，王異而許之，始作羅漢堂。宋建隆初，禪師延壽以佛祖大意，經綸正宗，撰《宗鏡録》一百卷，遂作宗鏡堂。熙寧中，郡守陳襄延僧宗本居之。歲旱，湖水盡涸。寺西隅甘泉出，有金色鰻魚遊焉，因鑿井，寺僧千餘人飲之不竭，名曰圓照井。南渡時，燬而復建，僧道容鳩工五歲始成。塑五百阿羅漢，以田字殿貯之。紹興九年，改賜浄慈報恩光化寺額。復燬。孝宗時，一僧募緣修殿，日餍酒肉而返，寺僧問其所募錢幾何，曰：『盡飽腹中矣。』募化三年，簿上布施金錢，一一開載明白。王評：爲僧而盡得祭顛，吾許其飲酒食肉、募緣修殿矣，不則無若燬之爲快。一日，大喊街頭曰：『吾造殿矣。』復置酒餚，大醉市中，揠喉大嘔，撒地皆成黃金，衆緣自是畢集，而寺遂落成。僧名濟顛[一]。識者曰：『是即永明後身也。』嘉泰間復燬，再建於嘉定三年。寺故閎大，甲於湖山。翰林程珌記之，有『涇紅映地，飛翠侵霄，簷轉鸞翎，階排雁齒。星垂珠網，寶殿洞乎琉璃；日耀璇題，金椽聳乎玳瑁』之語。時宰官建議，以京輔佛寺推次甲乙，尊表五山，爲諸刹綱領，而淨慈與焉。先是，寺僧艱汲，擔水湖濱。紹定四年，僧法薰以錫杖扣殿前地，出泉二派，甃爲雙井[二]，水得無缺。淳祐十年，建千佛閣，理宗書『華嚴法界正偏知閣』八字賜之。元季，湖寺盡燬，而茲寺獨存。明洪武間燬，僧法淨重建。正統間復燬，僧宗妙復建。萬曆二十年，司禮監孫隆重修，鑄鐵鼎，葺鐘樓，構井亭，架棹楔。永樂間，建文帝隱遁於此，寺中有其遺像，狀貌魁偉，迥異常人。王評：又記此一段公案，此是史公手眼。

袁宏道《蓮花洞小記》：

蓮花洞之前爲居然亭。亭軒豁可望，每一登覽，則湖光獻碧，鬚眉形影，如落鏡中。六橋楊柳，一路牽風引浪，蕭疎可愛。王評：要識此乃不錯過。晴雨煙月，風景互異，淨慈之絕勝處也。洞石玲瓏若生，巧踰雕鏤。余常謂：吳山南屏一派皆石骨土膚，中空四達，愈搜愈出。近若宋氏園亭，皆搜得者。又紫陽宮石，爲孫內使搜出者甚多。噫，安得五丁神將，挽錢塘江水，將塵泥洗盡，出其奇奥，當何如哉！王評：得毋犯七日之鑿，爲造物忌。

王思任《净慈寺》詩：

净寺何年出，西湖長翠微。佛雄香較細，王評：『佛雄』句妙香觸鼻。雲飽緑交肥。巖竹支僧閣，泉花蹴客衣。酒家蓮葉上，鷗鷺往來飛。

【校】

〔一〕『濟顛』，原作『祭顛』，據光緒本改。

〔二〕『甃』，孫家遂云：『同「鍬」，此用作動詞，謂以鍬挖土。《西湖遊覽志·南山勝蹟》敘此，字作「甃」，謂用磚石砌井。』

小蓬萊

小蓬萊在雷峰墖右，宋内侍甘昇園也。奇峰如雲，古木蓊蔚，理宗常臨幸。有御愛松，蓋數百年物也。自古稱爲小蓬萊，石上有宋刻『青雲巖』、『鰲峰』等字。今爲黄貞父先生讀書之地〔一〕，改名『寓林』，王評：子淵陋巷，康節安樂窩，吾輩自有蓬萊，何必至蓬萊而始言蓬萊？必求至蓬萊，將匍匐歸耳。然則寓林已，蓬萊已，吾安見彼蓬萊之爲大，寓林之爲小也？題其石爲『奔雲』。余謂『奔雲』得其情，未得其理。石如滇茶一朶，風雨落之，半入泥土，花瓣稜稜，三四層摺。人走其中，如蝶入花心，無鬚不綴。色黝黑如英石，而苔蘚之古，如商彝周鼎入土千年，青緑徹骨也。貞父先生爲文章宗匠，門人數百人。一時知名士，無不出其門下者。余幼時從大父訪先生。先生面黧黑，多髭鬚，毛頰，河目海口，眉稜鼻梁，張口多笑。交際酬酢，八面應之。耳聆客言，目睹來牘，手畣回札，口囑傒奴，雜沓于前，未嘗少錯。客至，無貴賤，便肉、便飯食之，夜與同榻。余一書記往，頗穢惡，先生寢食之無異也。天啓丙寅，余至寓林，亭榭傾圮，堂中窀先生遺蜕，不勝人琴之感。今當丁酉，再至其地，牆圍俱倒，竟成瓦礫之場。王評：寫貞父先生，詢亦當代劉穆之，豈不爲寓林生色？讀到堂中遺蜕，令人不能爲樂，亦令人不得不樂。作者詳記始末，呼人深矣。余欲築室於此，以爲東坡先生專祠，往鬻其地，而主人不肯。但林木俱無，苔蘚盡剥。『奔雲』一石，亦殘缺失次，十去其五。數年之後，必鞠爲茂草，盪爲冷煙矣。菊水桃源，付之一想。

張岱《小蓬萊奔雲石》詩：

滇茶初着花，忽爲風雨落。簇簇起波稜，層層界輪廓。如蝶綴花心，步步堪咀嚼。薜蘿雜松楸，陰翳罩輕幕。色同黑漆古，苔班解竹籜〔二〕。土繡鼎彝文，翡翠兼丹臒。雕琢真鬼工，仍然歸渾樸。王評：予每謂作詩文亦須從雕琢復樸，乃推喬皇。評山水至此，蝶菴故以文心評之。須得十年許，解衣恣盤礴。況遇主人賢，胸中有丘壑。此石是寒山，吾語爾能諾。

【校】

〔一〕『黄貞父』，原作『王貞父』，據光緒本改。黄貞父即黄汝亨，字貞父。

〔二〕『苔班』，光緒本作『苔斑』。

雷峰墖

雷峰者，南屏山之支麓也。穹窿迴映，舊名中峰，亦名迴峰。宋有雷就者居之，故名雷峰。吴越王于此建墖，始以十三級爲準，擬高千尺。後財力不敷，止建七級。古稱王妃墖。元末失火，僅存墖心。雷峰夕照，遂爲西湖十景之一。曾見李長蘅題畫有云：『吾友聞子將嘗言：「湖上兩浮屠，寶俶如美人，雷峰如老衲。」予極賞之。辛亥在小築，與沈方回池上看荷花，輒作一詩，中有句云「雷峰倚天如醉翁」，王評：七字三毛，雷峰活活。嚴印持見之，躍然曰：「子將老衲不如子醉翁，尤得其情態也。」蓋余在湖上山樓，朝夕與雷峰相對，而暮山紫氣，此翁頽然其間，尤爲醉心。然予詩落句云：「此翁情淡如煙水。」王評：淡如煙水，妙遠。則未嘗不以子將老衲之言爲宗耳。癸丑十月醉後題。』

林逋《雷峰》詩：

中峰一逕分，盤折上幽雲。夕照前林見，秋濤隔岸聞。長松標古翠，踈竹動微薰。自愛蘇門嘯，懷賢事不羣。

張岱《雷峰墖》詩：

聞子狀雷峰，老僧挂偏裰。日日看西湖，一生看不足。

時有薰風至，西湖是酒牀。醉翁潦倒立，一口吸西江。

慘澹一雷峰，如何擅夕照。徧體是煙霞，掀髯復長嘯。
怪石集南屏，寓林爲其竄。豈是米襄陽，端嚴具袍笏。

包衙莊

西湖之船之樓，實包副使涵所創爲之。大小三號：頭號置歌筵，儲歌童；次載書畫；再次侍美人。涵老以聲伎非侍妾比，倣石季倫、宋子京家法，都令見客。王評：如此風流，遇楊處道、郭汾陽，自當把臂入林。常靚粧走馬，媻姍勃窣，穿柳過之，以爲笑樂。明檻綺疏，曼謳其下，擫籥彈箏，聲如鶯試。客至，則歌僮演劇，隊舞鼓吹，無不絕倫。乘興一出，住必浹旬，觀者相逐，問其所之。南園在雷峰塔下，北園在飛來峰下。兩地皆石藪，積牒磥砢，無非奇峭，但亦借作溪澗橋梁，不於山上疊山，大有文理。大廳以拱斗擡梁，偷其中間四柱，隊舞獅子甚暢。北園作八卦房，園亭如規，分作八格，形如扇面。當其狹處，橫亘一牀，帳前後開闔，下裏帳則牀向外，下外帳則牀向內。涵老據其中，扃上開明牕，焚香倚枕，則八牀面面皆出。王評：包公以慧心成此艷莊，張子以奇筆寫盡慧心，皆人物之尤也。窮奢極欲，老於西湖者二十年。金谷、郿塢，着一毫寒儉不得，索性繁華到底，亦杭州人所謂『左右是左右』也。西湖大家何所不有，西子有時亦貯金屋。咄咄書空，則窮措大耳。

陳函輝《南屏包莊》詩：

獨創樓船水上行，一天夜氣識金銀。歌喉裂石驚魚鳥，燈火分光入藻蘋。瀟灑西園出聲伎，豪華金谷集文人。自來寂寞皆唐突，雖是逋仙亦恨貧。王評：予嘗云人世如夢，然與其做惡夢，何如做好夢，正亦爲逋仙恨貧之意。

南高峰

南高峰在南北諸山之界，羊腸佶屈，松篁葱蒨，非芒鞋布襪，努策支筇，不可陟也。塔居峰頂，晉天福間建，崇寧、乾道兩度重修。元季燬。舊七級，今存三級。塔中四望，則東瞰平蕪，煙銷日出，盡湖中之景。南頫大江，波濤洄洑，舟楫隱見杳靄間。西接巖竇，怪石翔舞，洞穴邃密。其側有瑞應像，巧若鬼工。北矚陵阜，陂陁曼延，箭櫪叢出，麰麥連雲。山椒巨石屹如峩冠者，名先照壇，相傳道者鎮魔處。峰頂有鉢盂潭、潁川泉，大旱不涸，大雨不盈。王評：不涸，泉之才也；不盈，進乎才矣。不涸常有，不盈不常有。士君子居才，則斯泉也，吾師乎！吾師乎！潭側有白龍洞。

金堡《南高峰》詩〔一〕：

南北高峰兩鬱葱，朝朝滃浡海煙封。極顛螺髻飛雲棧，半嶺峩冠怪石供。三級浮屠巢老鶻，一泓清水豢癡龍。倘思濟勝煩攜具，布襪芒鞋策短筇。

【校】

〔一〕『金堡』，光緒本作『道隱』。

煙霞石屋

谿太子灣南折而上爲石屋嶺。王評：太子灣得一徵所自爲快。過嶺爲大仁禪寺，寺左爲煙霞石屋。屋高廠虚明，行迤二丈六尺〔一〕，狀如軒榭，可布几筵。洞上周鐫羅漢五百十六身。其底邃窄通幽，陰翳杳靄。側有蝙蝠洞，蝙蝠大者如鴉，挂搭連牽，互啣其尾。糞作奇臭，古廟高梁，多受其累。會稽禹廟亦然。谿山椒右旋爲新菴，王予安璽、陳章侯洪綬嘗讀書其中。余往訪之，見石如飛來峰，初經洗出，潔不去膚，雋不傷骨，一洗楊髡鑿佛之慘。峭壁奇峰，忽露生面，爲之大快。建炎間，里人避兵其内，數千人皆獲免〔二〕。嶺下有水樂洞，嘉泰間爲楊郡王别圃。壘石築亭，結搆精雅。年久蕪穢不治，水樂絶響。賈秋壑以厚直得之，命寺僧深求水樂所以興廢者，不得其説。一日，秋壑往遊，頫睨旁聽，悠然有會，曰：『谷虚而後能應，水激而後能響，今水瀦其中，土壅其外，欲其發響，得乎？』亟命疏壅導瀦，有聲從洞澗出，節奏自然。王評：於韻事每有會心，乃亦得秋壑名。二百年勝槩，一日始復。乃築亭，以所得東坡真蹟刻置其上。

蘇軾《水樂洞小記》：

錢塘東南有水樂洞，泉流巖中，皆自然宫商。又自靈隱、下天竺而上，至上天竺，谿行兩山間，巨石磊磊如牛羊，其聲空礱然，真若鐘鼓，乃知莊生所謂天籟，蓋無在不有也。王評：自然宫商，所云天籟，托之竹肉，故下幾層矣。

袁宏道《煙霞洞小記》〔三〕：

煙霞洞，亦古亦幽，凉沁入骨，乳汁涔涔下。石屋虚明開朗，如一片雲，欹側而立，又如軒榭，可布几筵。余凡兩過石屋，爲傭奴所據，嘈雜若市，俱不得意而歸。

張京元《石屋小記》：

石屋寺，寺卑下無可觀。巖下石龕，方廣十笏，遂以屋稱。屋内，好事者置一石榻，可坐。四傍刻石像如傀儡，殊不雅馴，想以幽僻得名耳。出石屋西，上下山坂夾道皆叢桂，秋時着花，香聞數十里，堪稱金粟世界。

又《煙霞寺小記》：

煙霞寺在山上，亦荒落，係中貴孫隆易創，頗新整。殿後開宕取土，石骨盡出，巉峭可觀。由殿右稍上兩三盤，經象鼻峰東折數十武，爲煙霞洞。洞外小亭踞之，望錢塘如帶。

李流芳《題煙霞春洞畫》：

從煙霞寺山門下眺，林壑窈窕，非復人境。李花時尤奇，真瓊林瑶島也。猶記與閑孟、無際，自法相寺至煙霞洞，小憩亭子，渴甚，無從得酒。見兩傖父攜榼至，閑孟口流涎，遽從乞飲，傖父不顧。予輩大怪，偶見梁間惡詩書一板上，乃抉而擲之，傖父蹌踉而走。念此輒噴飯不已也。王評：至今吾亦爲之噴飯。

【校】

〔一〕『行迤』，孫家遂云：『「行」，《西湖遊覽志·南山勝蹟》作「衍」。衍迤，謂斜伸。』似當從之。

〔二〕『數千人皆獲免』，孫家遂云：『《西湖遊覽志·南山勝蹟》作「容數百人，皆免」，似以「數百人」近是。』

〔三〕『袁宏道《煙霞洞小記》』，孫家遂云：『袁集題作《煙霞石屋》。』

高麗寺

高麗寺本名慧因寺〔一〕，後唐天成二年，吳越錢武肅王建也。宋元豐八年，高麗國王子僧統義天入貢，因請浄源法師學賢首教。元祐二年，以金書漢譯《華嚴經》三百部入寺，施金建華嚴大閣，藏墖以尊崇之。元祐四年，統義天以祭奠浄源爲名，兼進金墖二座。杭州刺史蘇軾疏言：『外夷不可使屢入中國，以疎邊防，金墖宜却弗受。』王評：爲國遠謨，蘇公真相才也。神宗從之。元延祐四年，高麗瀋王奉詔進香幡經於此。至正末燬，洪武初重葺，俗稱高麗寺，礎石精工，藏輪宏麗，兩山所無。萬曆間，僧如通重修。余少時從先宜人至寺燒香，出錢三百，命輿人推轉輪藏，輪轉呀呀，如鼓吹初作，後旋轉熟滑，藏轉如飛，推者莫及。

【校】

〔一〕『慧因寺』，原作『惠恩寺』，據光緒本改。

法相寺

法相寺俗稱長耳相。後唐時，有僧法真，有異相，耳長九寸，上過於頂，下可結頤，王評：亦覺傾人。號長耳和尚。天成二年，自天台國清寒巖來遊，錢武肅王待以賓禮，居法相院。至宋乾祐四年正月六日，無疾，坐方丈，集徒衆，沐浴，趺跏而逝。弟子輩漆其真身，供佛龕，謂是定光佛後身。王評：『謂是』二字妙如，《封禪書》每下『云』字也。婦女祈求子嗣者，懸幡設供無虚日。以此法相名著一時。寺後有錫杖泉，水盆活石，僧廚香潔，齋供精良。寺前茭白筍，其嫩如玉，其香如蘭，入口甘芳，天下無比。然須在新秋八月，餘時不能也。

袁宏道《法相寺拜長耳和尚肉身戲題》：

輪相居然足，漆光與鑑新。神魂知也未，爪齒幻耶真。骨董休疑客，莊嚴不待人。饒他金與石，到此亦成塵。

徐渭《法相寺看活石》：

蓮花不在水，王評：『蓮花不在水』，此悟後語也。分葉簇青山。徑折雖能入，峰迷不待還。取蒲量石長，問竹到溪灣。莫怪掩斜日，明朝恐未閒。

張京元《法相寺小記》：

法相寺不甚麗，而香火駢集。定光禪師長耳遺蜕，婦人謁之，以爲宜男，争摩頂腹，漆光可鑑。寺右數十武，度小橋，折而上，爲錫杖泉。涓涓細流，雖大旱不竭。經流處，僧置一砂缸，挹注供爨。久之，水土鏽結，蒲生其上，厚幾數寸，竟不見缸質，因名蒲缸。王評：奇古之質，何地無之，要得古心對之。倘可劖置研池爐足，古董家不秦漢不道矣。

李流芳《題法相山亭畫》：

去年在法相，有送友人詩云：『十年法相松間寺，此日淹留却共君。忽忽送君無長物，半間亭子一溪雲。』時與方回、孟暘避暑竹閣，連夜風雨，泉聲轟轟不絶。又有題扇頭小景一詩：『夜半溪閣響，不知風雨歇。起視杳靄間，悠然見微月。』一時會心，不知作何語。今日展此，亦自可思也。壬子十月，大佛寺倚醉樓燈下題。

于墳

于墳，于少保公以再造功，受寃身死，被刑之日，陰霾翳天，行路踴歎。王評：宇宙遂有于公。夫人流山海關，夢公曰：『吾形殊而魂不亂，獨目無光明，借汝眼光見形於皇帝。』翌日，夫人喪其明。會奉天門災，英廟臨視，公形見火光中。上憫然念其忠，乃詔貸夫人歸。又夢公還眼光，目復明也。公遺骸，都督陳逵密囑瘞藏。繼子冕請葬錢塘祖塋，得旨奉葬於此。成化二年，廷議始白。上遣行人馬暶諭祭。其詞略曰：『當國家之多難，保社稷以無虞；惟公道以自持，爲權奸之所害。先帝已知其枉，而朕心實憐其忠。』王評：祭詞軟弱至此，豈祭錚錚烈烈于公文耶？弘治七年，賜謚曰

『肅愍』，建祠曰『旌功』。萬曆十八年，改謚『忠肅』。四十二年，御史楊鶴爲公增廓祠宇，廟貌巍煥，屬雲間陳繼儒作碑記之。碑曰：『大抵忠臣爲國，不惜死，亦不惜名。王評：二議卓卓。不惜死，然後有豪傑之敢；不惜名，然後有聖賢之悶。黄河之排山倒海，是其敢也；即能伏流地中萬三千里，又能千里一曲，是其悶也。昔者土木之變，裕陵北狩，公痛哭抗疏，止南遷之議，召勤王之師。虜擁帝至大同，至宣府，至京城下，皆登城謝曰：「賴天地宗社之靈，國有君矣。」此一見《左傳》，楚人伏兵車，執宋公以伐宋。公子目夷令宋人應之曰：「賴社稷之靈，國已有君矣。」楚人知雖執宋公，猶不得宋國，於是釋宋公。又一見《廉頗傳》，秦王偪趙王會澠池，廉頗送至境曰：「王行，度道里會遇禮畢還，不過三十日，不還，則請立太子爲王，以絶秦望。」又再見《王旦傳》，契丹犯邊，帝幸澶州。旦曰：「十日之内，未有捷報，當何如？」帝默然良久，曰：「立皇太子。」三者，公讀書得力處也。繇前言之，公爲宋之目夷；繇後言之，公不爲廉頗、王旦〔一〕，何也？嗚呼！茂陵之立而復廢，廢而後當立，誰不知之？公之識，豈出王直、李侃、朱英下？又豈出鍾同、章綸下？蓋公相時度勢，有不當言者，有不必言者。王評：當日李原德正以此意感悟英廟，此碑記深得于公意中事，英靈定亦覽之。當裕陵在虜，茂陵在儲，拒父則衛輒，迎父則高宗，戰不可，和不可，無一而可。爲制虜地，此不當言也。裕陵既返，見濟薨，郕王病，天人攸歸，非裕陵而誰？又非茂陵而誰？明率百官，朝請復辟，直以遵晦待時耳，此不必言也。若徐有貞、曹、石奪門之舉，乃變局，非正局；乃刼局〔二〕，非遲局；乃縱横家局，非社稷大臣局也。或曰：盍去諸？嗚呼，公何可去也！公在則裕陵安，而茂陵亦安。若公諍之，而公去之，則南宮之錮，不將燭影斧聲乎？東宮之廢後，不將宋之德昭乎？公雖欲調郕王之兄弟，而實密護吾君之父子，乃知回鑾，公功；其他日得以復辟，公功也；復儲亦公功也。王評：説得暢快。人能見所見，而不能見所不見。能見者，豪傑之敢；不能見者，聖賢之悶。敢於任死，而悶於暴君，公真古大臣之用心也哉！』公祠既盛，而四方之祈夢至者接踵，而畣如響。

王思任《弔于忠肅祠》詩：

涕割西湖水，于墳望岳墳。孤煙埋碧血，太白黯妖氛。社稷留還我，頭顱擲與君。南城得意骨，何處暮楊聞。

一派笙歌地，千秋寒食朝。白雲心浩浩，黃葉淚蕭蕭。天柱擎鴻社，人生付鹿蕉。北邙今古諱，幾突麗山椒。王評：二詩所謂悲歌慷慨，即在于神，亦泣壯烈。

張溥《弔于忠肅》詩：

栝栢風嚴辭月明，至今兩袖識書生。青山魂魄分夷夏，白日鬚眉見太平。一死錢塘潮尚怒，孤墳岳渚水同清。莫言軟美人如土，夜夜天河望帝京。

張岱《于少保祠》詩：

平生有力濟危川，百二山河去復旋。宗澤死心援北狩，李綱痛哭止南遷。澠池立子還無日，社稷呼君別有天。復辟南宮豈是奪，借公一死取貂蟬。王評：在石亨故已言之，功名之士只一忍耐不得。

社稷存亡股掌中，反因罪案見精忠。以君孤注憂王旦，分我杯羹歸太公。但使廬陵存外邸，自知冕服返桐宫。屬鏤賜死非君意，曾道于謙實有功。

楊鶴《于墳華表柱銘》：

赤手挽銀河，君自大名垂宇宙；青山埋白骨，我來何處哭英雄。

又《正祠柱銘》：

千古痛錢塘，並楚國孤臣，白馬江邊，怒捲千堆夜雪；兩朝冤少保，同岳家父子，夕陽亭裹，傷心兩地風波。王評：兩柱銘寫得生生烈烈，令人立髮，亦復傷心，與日月争光可也。

董其昌《于少保祠柱銘》：

賴社稷之靈，國已有君，自分一腔拋熱血；竭股肱之力，繼之以死，獨留青白在人間。王評：即用于公語，便成宗伯對妙。

張岱《于少保柱銘》：

宋室無謀，歲輸虜數萬幣，和議既成，安得兩宫歸朔漠；漢家鬭智，幸分我一杯羹，挾求非計，不勞三寸返新豐。王評：皆于公意中語。

張岱《定香橋小記》：

甲戌十月，攜朱楚生住不繫園看紅葉。至定香橋，客不期而至者八人：南京曾波臣，東陽趙純卿，金壇彭天錫，諸暨陳章侯，杭州楊與民、陸九、羅三，女伶陳素芝。王評：定香橋可得，不期者八人不易得，游覽得意，故屬福人。余留飲。章侯攜縑素爲純卿畫古佛，波臣爲純卿寫照，楊與民彈三絃子，羅三唱曲，陸九吹簫。與民復出寸許紫檀界尺，據小梧，用北調説《金瓶梅》一劇〔三〕，使人絶倒。是夜，彭天錫與羅三、與民串本腔戲，妙絶；與楚生、素芝串調腔戲，又復妙絶。章侯唱邨落小歌，余取琴和之，牙牙如語〔四〕。純卿笑曰：『恨弟無一長，以侑兄輩酒。』余曰：『唐裴將軍旻居喪，請吴道子畫天宫壁度亡母。道子曰：「將軍爲我舞劍一回，庶因猛厲以通幽冥。」旻脱縗衣，纏結，上馬馳驟，揮劍入雲，高十數丈，若電光下射，執鞘承之，劍透室而入，觀者驚慄。道子奮袂如風，畫壁立就。王評：此一段事原極奇快，引來即引人勝地。章侯爲純卿畫佛，而純卿舞劍，政今日事也。』純卿跳身起，取其竹節鞭，重三十觔，作胡旋舞數纏，大噱而罷。

【校】

〔一〕『王旦』，光緒本誤脱『王』字。

〔二〕『乃』，原作『非』，據光緒本改。

〔三〕『金瓶梅』，原作『金屏梅』，據《陶菴夢憶》卷四《不繫園》改。

〔四〕『語』，光緒本作『話』。

風篁嶺

風篁嶺多篬筤篠簜，風韻凄清。至此林壑深沉，迥出塵表。流淙活活，自龍井而下，四時不絶。嶺故叢薄荒密。元豐中，僧辨才淬治潔楚，名曰『風篁嶺』。蘇子瞻訪辨才於龍井，送至嶺上，左右驚曰：『遠公過虎溪矣。』辨才笑曰：『杜子有云：與子成二老，來往亦風流。』遂造亭嶺上，名曰『過溪』，亦曰『二老』。子瞻記之，詩云：『日月轉雙轂，古今同一丘。惟此鶴骨老，凜然不知秋。去住兩無礙，人土争挽留〔一〕。去如龍出水〔二〕，雷雨捲潭湫。來如珠還浦，魚鱉争駢頭。此生暫寄寓，常恐名實浮。我比陶令媿，師爲遠公優。送我過虎溪，溪水當逆流。聊使此山人，永記二老遊。』

李流芳《風篁嶺》詩：

林壑深沉處，全憑篠簜迷。片雲藏屋裹，二老到雲棲。學士留龍井，遠公過虎溪。烹來石巖白，翠色映玻璃。

【校】

〔一〕『人土』，孫家遂云：『「土」蘇集作「天」。』

〔二〕『出水』，孫家遂云：『「水」蘇集作「山」。』

龍井

南山上下有兩龍井。上爲老龍井，一泓寒碧，清洌異常，棄之叢薄間，無有過而問之者。其地産茶，遂爲兩山絶品。再上爲天門，可通三竺。南爲九溪，路通徐邨，水出江干。其西爲十八澗，路通月輪山，水出六和墖。下龍井本名延恩衍慶寺，唐乾祐二年，居民募緣改造爲報國看經院。宋熙寧中，改壽聖院，東坡書額。紹興三十一年，改廣福院。淳祐六年，改龍井寺。元豐二年，辨才師自天竺歸老於此，不復出，與蘇子瞻、趙閱道友善。王評：能友子瞻、閱道，才師故可祀。後人建三賢閣祀之，歲久寺圮。萬曆二十三年，司禮孫公重修，搆亭軒，築橋，甃浴龍池，創霖雨閣，焕然一新，遊人駢集。

一片雲

神運石在龍井寺中，高六尺許，奇怪突兀，特立簷下。有木香一架，穿繞竅竇，蟠若龍蛇。正統十三年，中貴李德駐龍井。天旱，令力士淘之，初得鐵牌二十四、玉佛一座、金銀一錠，鑿大宋元豐年號。後得此石，以八十人舁起之。上有『神運』二字，旁多款識，漶漫不可讀，不知何代所鐫，大約皆投龍以祈雨者也。風篁嶺上有一片雲石，高可丈許，青潤玲瓏，巧若鏤刻。松磴盤屈，草莽間有石洞，堆砌工緻巉巖。石後有片雲亭，爲司禮孫公所搆，設石棋枰於前，上鐫『興來臨水敲殘月，談罷吟風倚片雲』之句。遊人倚徙，不忍遽去。王評：一片雲極力描寫，尚有可尋説不到。不忍遽去，而中有奇峰勃作矣，令我有凌雲之思。

秦觀《龍井題名記》：

元豐二年，中秋後一日，余自吴興來杭，東還會稽。龍井有辨才大師，以書邀余入山。比出郭，日已夕，航湖至普寧，遇道人參寥，問龍井所遺籃輿，則曰：『以不時至，去矣。』是夕，天宇開霽，林間月明，可數毫髮。遂棄舟，從參寥策杖並湖而行。王評：異人異境，徵君之『逍遥撰良辰』，故從人撰得耳。非參寥、少游，不幾孤却此月夜乎？出雷峰，度南屏，濯足于惠因澗，入靈石塢，得支逕上風篁嶺，憩於龍井亭，酌泉據石而飲之。自普寧凡經佛寺十五，皆寂不聞人聲。道旁廬舍，燈火隱顯，草木深鬱，流水激激悲鳴，殆非人間之境。行二鼓，始至壽聖院，謁辨才於朝音堂[一]，明日乃還。

張京元《龍井小記》：

過風篁嶺，是爲龍井，即蘇端明、米海嶽與辨才往來處也。寺北向，門内外修竹琅琅。井在殿左，泉出石罅，甃小圓池[二]，下復爲方池承之。池中各有巨魚，而水無腥氣。池淙淙下瀉，繞寺門而出。小座，與偕亭翫一片雲石。山僧汲水供茗，泉味色俱清。僧容亦枯寂，視諸山迥異。

王穉登《龍井》詩：

深谷盤迴入，靈泉觱沸流。隔林先作雨，到寺不勝秋。王評：好句。古殿龍王在，空林鹿女遊。一尊斜日下，獨爲古人留。

袁宏道《龍井》詩：

都説今龍井，幽奇踰昔時。路迂迷舊處，樹古失名兒。渴仰雞蘇佛，亂參玉版師〔三〕。破筒分谷水，芟艸出秦碑。

數盤行井上，百計引泉飛。畫壁屯雲族，紅欄蝕水衣。路香茶葉長，畦小藥苗肥。宏也學蘇子，辨才君是非。

張岱《龍井柱銘》：

夜壑泉歸，渥洼能致千巖雨；曉堂龍出，崖石皆爲一片雲。

【校】

〔一〕『朝音堂』，孫家遂據《西湖遊覽志·南山勝蹟》『龍井寺』條及所引楊次公詩，謂當作『潮音堂』。

〔二〕『小圓池』，光緒本作『小園池』。

〔三〕『亂』，《袁宏道集》作『饑』。

九溪十八澗

九溪在煙霞嶺西，龍井山南。其水屈曲洄環，九折而出，故稱九溪。其地徑路崎嶇，艸木俗者，不能久居。王評：世上人語及學古讀秘，非攢眉則笑駡，曾不知窮千里目更有層樓。游覽而不知九溪十八澗，只是眶小，奇骨未足耳。念及此，有顧影自歎而已。按志，澗内有李巖寺、宋陽和王梅園、梅花徑等蹟，今都湮没無存。而地復遼遠，僻處江干，老於西湖者，各各勝地尋討無遺，問及九溪十八澗，皆茫然不能置對。

李流芳《十八澗》詩：

己酉始至十八澗，與孟陽、無際同到徐邨第一橋，飯於橋上。溪流淙然，山勢迴合，坐久不能去。予有詩云：『溪九澗十八，到處流活活。我來三月中，春山雨初歇。奔雷與飛霰，耳目兩奇絶。悠然向溪坐，況對山嵯峨。我欲參雲栖，此中解脱法。善哉汪子言，閒心隨水滅。』無際亦有和余詩，忘之矣。

孫　　濼若水
曾孫　肇栢廷堅　參訂

西湖夢尋卷五

古劒蝶菴張　岱著纂
山陰曲轅王雨謙評定
男　鐸式宣
　　鏞式黼編輯
　　鑚式貞

西湖外景

西　谿

粟山高六十二丈，週廻十八里二百步。山下有石人嶺，峭拔凝立，形如人狀，雙髻聳然。過嶺爲西溪，居民數百家，聚爲邨市。相傳宋南渡時，高宗初至武林，以其地豐厚，欲都之。後得鳳凰山，乃云：『西溪且留下。』後人遂以名。地甚幽僻，多古梅，梅格短小，屈曲槎枒，大似黄山松。王評：畫梅。好事者至其地，買得極小者，列之盆池，以作小景。其地有秋雪菴，一片蘆花，明月映之，白如積雪，大是奇景。余謂西湖真江南錦繡之地，入其中者，目厭綺麗，耳厭笙歌，王評：爲西谿闡幽。欲尋深谿盤谷可以避世如桃源、菊水者，當以西谿爲最。余友江道闇有精舍在西谿，招余同隱，余以鹿鹿風塵，未能赴之，至今猶有遺恨。

王穉登《西谿寄彭欽之書》：

留武林十日許，未嘗一至湖上，然遂窮西谿之勝。舟車程並十八里，皆行山雲竹靄中，衣袂盡緑。桂樹大者，兩人圍之不盡。樹下花覆地如黄金，山中人縛帚埽花售市上，每担僅當脱粟之半耳。王評：長安市上，塵高千尺，趾趾皆熱步，竟無人投足此路，吾爲之哀。往歲行山陰道上，大嘆其佳，此行似勝。

李流芳《題西谿畫》：

壬子正月晦日，同仲錫、子與自雲栖翻白沙嶺至西谿。夾路修篁，行兩山間，凡十里，至永興寺。永興山下夷曠，平疇遠邨，幽泉老樹，點綴各各成致。王評：泉佳矣，更欲其幽樹佳矣更難，其老于此，令我深思。自永興至嶽廟又十里，梅花綿亘邨落，彌望如雪，一似余家西磧山中。是日，飯永興，登樓嘯咏。夜還湖上小築，同孟暘、印持、子將痛飲。翼日出册子畫此。癸丑十月，烏鎮舟中題。

楊蟠《西谿》詩：

爲愛西谿好，長憂谿水窮。山源春更落，散入野田中。

王思任《西谿》詩：

一嶺透天目，千谿叫雨頭。石雲開繡壁，山骨洗寒流。王評：亦麗亦幽。鳥道苔衣滑，人家竹語幽。此行不作路，半武百年遊。

張岱《秋雪菴》詩：

古宕西谿天下聞，輞川詩是記游文。菴前老荻飛秋雪，林外奇峰聳夏雲。王評：秋雪、夏雲，可稱絶對。怪石稜層皆露骨，古梅結屈止留筋。谿山步步堪盤礴，植杖聽泉到夕曛。

虎跑泉

虎跑寺本名定慧寺，唐元和十四年性空師所建。憲宗賜號曰廣福院。大中八年改大慈寺，僖宗乾符三年加『定慧』二字，宋末燬。元大德七年重建，又燬。明正德十四年，寶掌禪師重建。嘉靖十九年又燬，二十四年，山西僧永果再造。今人皆以泉名其寺云。先是，性空師爲蒲坂盧氏子，得法於百丈海，來遊此山，樂其靈氣鬱盤，棲禪其中，苦於無水，意欲他徙，夢神人語曰：『師毋患水，南嶽有童子泉，當遣二虎敺來。』翼日，果見二虎跑地出泉，清香甘冽。大師遂留。明洪武十一年，學士宋濂朝京，道山下。主僧邀濂觀泉，寺僧披衣同舉梵咒，泉觱沸而出，空中雪舞。濂心異之，爲作銘以記。城中好事者取以烹茶，日去千擔。寺中有調水符，取以爲驗。

蘇軾《虎跑泉》詩：

亭亭石榻東峰上，此老初來百神仰。虎移泉眼趁行脚〔一〕，龍作浪花供撫掌。至今遊人灌濯罷，臥聽空階環玦響。故知此老如此泉，莫作人間去來想。

袁宏道《虎跑泉》詩：

竹林松澗浄無塵，僧老當知寺亦貧。饑鳥共分香積米，枯枝常足道人薪〔二〕。碑頭字識開山偈，爐裏灰寒護法神。汲取清泉三四盞，芽茶烹得與嘗新。

【校】

〔一〕『趍』，《蘇軾詩集》同，光緒本作『趨』。

〔二〕『枯枝』，孫家遂云：『袁集作「落花」。』

鳳凰山

唐宋以來，州治皆在鳳凰山麓。南渡駐蹕，遂爲行宮。王評：一起便羞殺小朝廷。吴越建都宜耳，南宋甘棄燕、汴，死守蝸角，結果厓山，誠爲可嘆。蒼天蒼天，乃竟虚生宗、岳二爺爺。東坡云『龍飛鳳舞入錢塘』，兹蓋其右翅也。自吴越以逮南宋，俱於此建都，佳氣扶輿，萃於一脉。元時惑於楊髡之説，即故宫建立五寺，築鎮南塔以壓之，而兹山到今落寞。今之州治，即宋之開元故宫，乃鳳凰之左翅也。明朝因之，而官司藩臬皆列左方，爲東南雄會。豈非王氣移易，發洩有時也。故山川壇、八卦田、御教場、萬松書院、天真書院，皆在鳳凰山之左右焉。

蘇軾《題萬松嶺惠明院壁》：

余去此十七年，復與彭城張聖途、丹陽陳輔之同來。院僧梵英，葺治堂宇，比舊加嚴潔。

茗飲芳烈，問：『此新茶耶？』英曰：『茶性新舊交則香味復。』王評：至理，别得茶性。余嘗見知琴者，言琴不百年，則桐之生意不盡，緩急清濁，常與雨暘寒暑相應。此理與茶相近，故并記之。

徐渭《八仙臺》詩：

南山佳處有仙臺，臺畔風光絶素埃。嬴女只教迎鳳入，桃花莫去引人來。能令大藥飛雞犬，欲傍中央剪草萊。舊伴自應尋不見，湖中無此最深隈。

袁宏道《天真書院》詩：

百尺頽墻在，三千舊事聞。野花粘壁粉，山鳥煽爐温。江亦學之字，田猶畫卦文。兒孫空滿眼，誰與薦荒芹？

宋大内

《宋元拾遺記》：『高宗好耽山水，於大内中更造别院，曰小西湖。自遜位後，退居是地，奇花異卉，金碧輝煌，婦寺宫娥，充斥其内，享年八十有一。』按錢武肅王年亦八十一，而高宗與之同壽，或曰高宗即武肅後身也。《南渡史》又云：『徽宗在汴時，夢錢王索還其地，是日即生高宗，後果南渡，錢王所轄之地，盡屬版圖。疇昔之夢，蓋不爽矣。』王評：如宋高，吾悲其老而不死。宋高斷不屬錢王後身，以彼仰天誓江、强弩射潮氣槩，甘來作八十一年瓦影下龜魚耶？《南渡史》吾不即塗，所謂『汝妄言之，吾亦妄聽之』，爲閒中一譚柄耳。元興，楊璉真伽壞大内以建五寺，曰報國，曰興元，曰般若，曰仙林，曰尊勝，皆元時所建。按志，報國寺即垂拱殿，興元即芙蓉殿，般若即和寧門，仙林即延和殿，尊勝即福寧殿。雕梁畫棟，尚有存者。白塔計高二百丈，内藏佛經數十萬卷，佛像數千，整飾華靡。取宋南渡諸宗骨殖，雜以牛馬之骼，壓於塔下，名以鎮南。未幾爲雷所擊，張士誠尋燬之。

謝皋羽《弔宋内》詩：

複道垂楊草亂交，武林無樹是前朝。野猿引子移來宿，攪盡花間翡翠巢。

隔江風雨動諸陵，無主園林草自春。聞説光堯皆墮淚，女官猶是舊宫人。

紫宫樓閣逼流霞，今日凄凉佛子家。寒照下山花霧散，萬年枝上挂袈裟。

禾黍何人爲守閽，落花臺殿暗銷魂。朝元閣下歸來燕，不見當時鸚鵡言。

黄晉卿《弔宋内》詩：

滄海桑田事渺茫，行逢遺老歎荒凉。爲言故國游麋鹿，漫指空山號鳳凰。春盡緑莎迷輦道，雨多蒼翠上宫墻。遥知汴水東流畔，更有平蕪與夕陽。

趙孟頫《宋内》詩〔二〕：

東南都會帝王州，三月鶯花非舊游。故國金人愁別漢，當年玉馬去朝周。湖山靡靡今猶在，江水茫茫只自流。千古興亡盡如此，春風麥秀使人愁。

劉基《宋大内》詩[二]：

澤國繁華地，前朝此建都。青山彌百粤，白水入三吴。艮嶽銷王氣，坤靈肇帝圖。兩宫千里恨[三]，九子一身孤。設險憑天塹，偷安負海隅。王評：偷安一隅，忘却燕雲許大世界，當日以宋高當中興，詢無聊之詞耳。雲霞行殿起，荆棘寢園蕪。幣帛敦和議，弓刀抑武夫。但聞當宁奏，不見立廷呼。鬼蜮昭華衮[四]，黿鼉出巨區。至尊危北闕，多士樂西湖。鷁首馳文舫，龍鱗舞繡襦。巨螯擎擁劍，香飯漉雕胡。蝸角乾坤大，鰲頭氣勢殊。秦庭迷指鹿，周室歎瞻烏。白馬違京輦，銅駝擲路衢。含容天地廣，養育羽毛俱。橘柚馳包貢，塗泥賦上腴。斷犀埋越棘，照乘走隋珠。弔古江山在，懷今歲月逾。鯨鯢空渤澥，歌咏已唐虞。鴟革愁何極，羊裘釣不迂。征鴻暮南去，回首憶蓴鱸。

【校】

〔一〕『趙孟頫』，原脱『孟』字，據光緒本補。

〔二〕『劉基《宋大内》詩』，孫家遂云：『此詩《誠意伯文集》題作《錢塘懷古得吴字》。』

〔三〕『千里』，《劉伯温集》同，光緒本誤作『十里』。

〔四〕『鬼蜮昭華衮』，按《劉伯温集》下有『忠良賜屬鏤。何勞問社稷，且自作歡娱。秔稻來吴會』四句。

梵天寺

梵天寺在山川壇後，宋乾德四年，錢吴越王建，名南塔。治平十年，改梵天寺。元元統中燬，明永樂十五年重建。有石塕二，靈鰻井、金井。先是，四明阿育王寺有靈鰻井，武肅王迎阿育王舍利歸梵天寺奉之，鑿井南廊，靈鰻忽見，僧贊有記〔一〕。東坡倅杭時，寺僧守詮住此〔二〕。東坡過訪，見其壁間詩有：『落日寒蟬鳴，獨歸林下寺。柴扉夜未掩，片月隨行屨。惟聞犬吠聲，又入青蘿去。』東坡援筆和之曰：『但聞煙外鐘，不見煙中寺。幽人行未已，草露溼芒屨。惟應山頭月，夜夜照來去。』清遠幽深，其氣味自合。

蘇軾《梵天寺題名》〔三〕：

余十五年前，杖藜芒履，往來南北山，此間魚鳥皆相識，况諸道人乎！再至惘然，皆晚生，相對但有愴恨〔四〕。子瞻書。

元祐四年十月十七日，與曹晦之、晁子莊、徐得之、王元直、秦少章同來，時主僧皆去〔五〕，庭户寂然，徙倚久之。王評：如近日寺僧，遇其不出，正令人不能徙倚。東坡書。

【校】

〔一〕『僧贊』，田汝成《西湖遊覽志·南山勝蹟》作『僧贊寧』，北宋高僧。

〔二〕『寺僧守詮』，光緒本作『詩僧寺詮』。

〔三〕『蘇軾《梵天寺題名》』，《東坡題跋》題作《杭州題名》，且兩則次序互倒。

〔四〕『愴恨』，《東坡題跋》同，光緒本誤作『不恨』。

〔五〕『去』，光緒本及《東坡題跋》作『出』。

勝果寺

勝果寺，唐乾寧間，無着禪師建。其地松徑盤紆，澗淙潺潺。羅刹石在其前，鳳凰山列其後，江景之勝無過此。出南塧而上，即其地也。宋熙寧間，有寺僧清順住此。順約介寡交，無大故不入城市。士夫有以米粟饋者，受不過數斗，盎貯几上，日取二三合啖之，蔬筍之供，恒缺之也〔一〕。一日，東坡至勝果，見壁間有小詩云：『竹暗不通日，泉聲落如雨。春風自有期，桃李亂深塢。』問誰所作，或以清順對。東坡即與接談，聲名頓起。王評：千里馬常有，伯樂不常有，此語古今墮淚。

僧圓净《勝果寺》詩〔二〕：

深林容鳥道，古洞隱春蘿。天迥聞潮早，江空得月多。冰霜叢草木，舟楫玩風波。巖下幽栖處，時聞白石歌。

僧處默《勝果寺》詩：

路自中峰上，盤迴出薜蘿。到江吴地盡，隔岸越山多。古木叢青藹，遥天浸白波。下方城郭近，鐘磬雜笙歌。

【校】

〔一〕『缺之』，光緒本作『缺乏』。

〔二〕『僧圓淨《勝果寺》詩』，孫家遂云：『按此爲王伯安詩。因《西湖遊覽志·南山勝蹟》將其列於圓淨《勝果寺》詩十首之後，致張岱轉録時誤作圓淨詩。』

五雲山

五雲山去城南二十里，岡阜深秀，林巒蔚起，高千丈，週迴十五里。沿江自徐邨進路，遶山盤曲而上，凡六里，有七十二灣，石磴千級。山中有伏虎亭，梯以石城，以便往來。至頂半，岡名月輪山，上有天井，大旱不竭。東爲大灣，北爲馬鞍，西爲雲塢，南爲高麗，又東爲排山。五峰森列，駕軼雲霞，俯視南北兩峰，若錐朋立。長江帶繞，西湖鏡開，江上帆檣，小若鷗鳧，出没煙波，真奇觀也。宋時，每每臘前〔一〕，僧必捧雪表進，黎明入城中，霰猶未集，蓋其地高寒，見雪獨早也。王評：今人又神往濟瀆井、廉將軍墓矣。寒士一寒，及楮鏹曷從借乎？山頂有真際寺，供五福神，貿易者必到神前借本，持其所挂楮鏹去，獲利則加倍還之。王評：楮鏹可放債，彼富人死去，又驕人寄庫物矣。借乞甚多，楮鏹恒缺。即尊神放債，亦未免窮愁。爲之掀髯一笑。

袁宏道《御教場小記》：

余始慕五雲之勝，刻期欲登，將以次登南高峰。及一觀御教場，游心頓盡。石簣常以余不登保俶墖爲笑。余謂西湖之景，愈下愈勝，高則樹薄山瘦，草髡石秃，千頃湖光，縮爲杯子。北高峰、御教場是其樣也。雖眼界略濶，然我身長不過六尺，睁眼不見十里，安用許大地方爲哉！石簣無以難哉〔二〕！

【校】

〔一〕『每每』，疑當作『每歲』。

〔二〕『哉』，光緒本及《袁宏道集》無。

雲　棲

雲棲，宋熙寧間有僧志逢者居此，能伏虎，世稱伏虎禪師。天禧中，賜『真濟院』額。明弘治間爲洪水所圮。隆慶五年，蓮池大師名袾宏，字佛慧，仁和沈氏子，爲博士弟子，試必高等，性好清浄，出入二氏。子殤婦歿，一日閱《慧燈集》，失手碎茶甌，有省，乃視妻子爲鶻臭布衫，於世相一筆盡勾，作歌寄意，棄而專事佛，雖學使者屠公力挽之，不回也。從蜀師剃度受具，游方至伏牛，坐煉囈語，忽現舊習，而所謂一筆勾者，更隱隱現去。經東昌府謝居士家，乃更釋然，作偈曰：『二十年前事可疑，三千里外遇何奇。焚香執戟渾如夢，魔佛空争是與非。』當是時，似已惑破心空，然終不自以爲悟。歸得古雲棲寺舊址，結茆默坐，懸鐺煮糜，日僅一食。胸挂鐵牌，題曰：『鐵若開花，方與人説。』久之，檀越争爲搆室，漸成叢林，弟子日進。其説主南山戒律，東林浄土，先行《戒疏發隱》，後行《彌陀疏鈔》。一時江左諸儒皆來就正。王侍郎宗沐問：『夜來老鼠唧唧，説盡一部《華嚴經》？』師云：『猫兒突出時如何？』自代云：『走却法師，留下講案。』又書頌云：『老鼠唧唧，《華嚴》歷歷。奇哉王侍郎，却被畜生惑。猫兒突出畫堂前，牀頭説法無消息。大方廣佛《華嚴經》，世主玅嚴品第一。』其持論嚴正，詁解精微。監司守相下車就語，侃侃略無屈。海内名賢，望而心折。孝定皇太后繪像宫中禮焉，賜蟒袈裟，不敢服，被衲敝幃，終身無改，齋惟蔬菜。有至寺者，高官輿從，一槩平等，几無加豆。王評：真和尚，今者所見徒能稱量勢利，錙銖不爽，安能置身青雲上耶？ 仁和樊令問：『心雜亂，何時得静？』師曰：『置之一處，無事不辦。』坐中一士人曰：『專格一物，是置之一處，辨得何事？』師曰：『論格物，只當依朱子豁然貫通去，何事不辨得？』或問：『何不貴前知？』師曰：『譬如兩人觀《琵琶記》，一人不曾見，一人見而預道之，畢竟同看終場，能增減一齣否耶？』甬東屠隆於浄慈寺迎師觀所著《曇花傳奇》，虞淳熙以師梵行素嚴，阻之。師竟偕諸紳衿臨場諦觀訖，無所忤。寺必設戒，絶鈸鐃聲，而時撫琴弄簫，以樂其脾神。晚著《禪關策進》，其所述峭似高峰冷似冰者，庶幾似之矣。喜樂天之達，選行其詩。平居笑談諧謔，灑脱委蛇，有永公清散之風。未嘗一味槁木死灰，若宋旭所議擔板漢，真不可思議人也。王評：真和尚正不必硬作善知識一種顔面。出家五十年，種種具囑語中。萬曆乙卯六月晦日，書辭諸友，還山設齋，分表施襯，若將遠行者。七月三日，卒仆不語，次日復醒。弟子輩問後事，舉囑語對。四日之午，命移面西向，循首開目，同無疾時，哆哪念佛，趺坐而逝。往吴有神李曇降毗山，謂師是古佛。而楊靖安萬春嘗見師現佛身，施食吴中。一信士窺空室，四鬼持燈至，忽列三蓮座，師坐其一，佛像也。乩仙之靈者云，張果聽師説《心賦》於永明。李屯部婦素不信佛，偏受師戒，逾年屈三指化，云身是梵僧阿那吉多。而僧俗將坐脱時，多請説戒、説法，然師自名凡夫，諸事恐呵責，不敢以聞。化前一日，漏語見一大蓮華蓋，不復能祕其往生之奇云。

袁宏道《雲棲小記》：

雲棲在五雲山下，籃輿行竹樹中，七八里始到，奥僻非常，蓮池和尚棲止處也。蓮池戒律精嚴，於道雖不大徹，然不爲無所見者。至於單提念佛一門，則尤爲直捷簡要，六個字中，旋天轉地，何勞捏目〔一〕，更趨狂解，然則雖謂蓮池一無所悟可也。一無所悟，是真阿彌，請急着眼。

李流芳《雲棲春雪圖跋》：

余春夏秋常在西湖，但未見寒山而歸。甲辰，同二王參雲棲。時已二月，大雪盈尺。出赤山步，一路瓊枝玉幹，披拂照曜。望江南諸山，皚皚雲端，尤可愛也。庚戌秋，與白民看雪兩堤。余既歸，白民獨留遲雪，至臘盡，是歲竟無雪，怏怏而返。世間事各有緣，固不可以意求也。癸丑陽月題。

又《題雪山圖》：

甲子嘉平月九日，大雪，泊舟閶門，作此圖。憶往歲在西湖遇雪，雪後兩山出雲，上下一白，不辨其爲雲爲雪也。王評：妙得畫理。余畫時目中有雪，而意中有雲，觀者指爲雲山圖，不知乃畫雪山耳。放筆一笑。

張岱《贈蓮池大師柱對》：

說法平臺，生公一語石一語；棲真斗室，老僧半間雲半間。王評：亦仙亦佛。

【校】

〔一〕『目』，《袁宏道集》同，光緒本誤作『日』。

六和塔

月輪峰在龍山之南。月輪者，肖其形也〔一〕。宋張君房爲錢塘令，宿月輪山，夜見桂子下塔，霧旋穗散墜如牽牛子〔二〕。峰旁有六和塔，宋開寶三年，智覺禪師築之以鎮江潮。塔九級，高五十餘丈，撑空突兀，跨陸俯川〔三〕，海船方泛者，以塔燈爲之向導。宣和中，燬於方臘之亂。紹興二十三年，僧智曇改造七級，明嘉靖十二年燬。中有湯思退等彙寫《佛說四十二章》、李伯時石刻觀音大士像。塔下爲渡魚山〔四〕，隔岸剡中諸山，歷歷可數也。

李流芳《題六和塔曉騎圖》：

燕子磯上臺，龍潭驛口路。昔時並馬行，夢中亦同趣。後來五雲山〔五〕，遥對西興渡。絶壁瞰江立，恍與此境遇。人生能幾何，江山幸如故。重來復相攜，此樂不可喻。置身畫圖中，那復言歸去。行當尋雲棲，雲棲渺何處。此予甲辰與王淑士平仲參雲棲舟中爲題畫詩，今日展予所畫《六和曉騎圖》，此境恍然，重爲題此。壬子十月六日，定香橋舟中。

吴琚《六和墖應制詞》：

玉虹遥挂，望青山、隱隱如一抹。忽覺天風吹海立，好似春雷初發。白馬凌空，瓊鰲駕水，日夜朝天闕。飛龍舞鳳，鬱葱環拱吴越。　此景天下應無，東南形勝，偉觀真奇絶。好似吴兒飛彩幟，蹴起一江秋雪。黄屋天臨，水犀雲擁，看擊中流楫。晚來波静，海門飛上明月。右調《酹江月》。王評：好詞。

楊維楨《觀潮》詩：

八月十八睡龍死，海龜夜食羅刹水。須臾海闢龕赭門，地捲銀龍薄於紙。艮山移來天子宫，宫前一箭隨西風。刼灰欲洗蛇鬼穴，婆留折鐵猶争雄。望海樓頭誇景好，斷鰲已走金銀島。天吴一夜海水移，馬蹀沙田食沙草。厓山樓船歸不歸，七歲呱呱啼軹道。王評：昔亦一小兒，今亦一小兒，彼碧翁者衡量不爽，何用傷此七歲呱呱。

徐渭《映江樓看潮》詩：

魚鱗金甲屯牙帳，翻身却指潮頭上。秋風吹雪下江門，萬里瓊花捲層浪。傳道吴王渡越時，三千强弩射潮低。今朝筵上看傳令，暫放胥濤掣水犀。

【校】

〔一〕『肖』，光緒本誤作『省』。

〔二〕『霧旋穗散墜如牽牛子』，孫家遂據田汝成《西湖遊覽志·浙江勝蹟》『紛如煙霧，回旋成穗，散墜如牽牛子』，謂本句『穗』上疑脫一『成』字，全句當作『霧旋成穗，散墜如牽牛子』。

〔三〕『俯川』，光緒本誤作『府川』。

〔四〕『渡魚山』，孫家遂云：『據《西湖遊覽志·浙江勝蹟》當作「魚山渡」。』

〔五〕『五雲山』，原作『五雲上』，據光緒本及《嘉定李流芳全集》改。

鎮海樓

鎮海樓舊名朝天門，吴越王錢氏建。規石爲門，上架危樓。樓基壘石，高四丈四尺，東西五十六步，南北半之。左右石級登樓，樓連基高十有一丈。元至正中，改拱北樓。明洪武八年，更名來遠樓〔一〕，後以字畫不祥，乃更名鎮海。火於成化十年，再造於嘉靖三十五年，是年九月又火，總制胡宗憲重建。樓成，進幕士徐渭曰：『是當記，子爲我草。』草就以進，公賞之，曰：『聞子久僑矣。』趣召掌計，廩銀之兩百二十爲秀才廬。渭謝侈不敢。公曰：『我愧晉公，子於是文，乃遂能媿湜，倘用福先寺事數字以責我酬，我其薄矣，何侈爲！』王評：胡公詢亦韻人。渭感公語，乃拜賜持歸。盡橐中賣文物如公數，買城東南地十畝，有屋二十有二間，小池二，以魚以荷；木之類，果木材三種，凡數十株；長籬亘畝，護以枸杞，外有竹數十箇，筍迸雲。客至，網魚燒筍，佐以落果，醉而咏歌。始屋陳而無次，稍序新之，遂顏其堂曰『酬字』。

徐渭《鎮海樓記》：

鎮海樓相傳爲吳越錢氏所建，用以朝望汴京，表臣服之意。其基址、樓臺、門户、欄楯，極高廣壯麗，具載别志中。樓在錢氏時，名朝天門。元至正中，更名拱北樓。皇明洪武八年，更名來遠。時有術者，病其名之書畫不祥，後果驗，乃更今名。火於成化十年，再建於嘉靖三十五年，九月又火。予奉命總督直浙閩軍務，開府於杭，而方移師治寇，駐嘉興，比歸，始與某官某等謀復之。人有以不急病者。予曰：『鎮海樓建當府城之中，跨通衢，截吳山麓，其四面有名山大海、江湖潮汐之勝，一望蒼茫，可數百里。民廬舍百萬户，其間邨市官私之景，不可億計，而可以指顧得者，惟此樓爲傑特之觀。至於島嶼浩渺，亦宛在吾掌股間。高翥長騫，有俯壓百蠻氣。而東夷之以貢獻過此者，亦往往瞻拜低回而始去。王評：說得有關係，文章身分乃重。故四方來者，無不趨仰以爲觀游的。如此者累數百年，而一旦廢之，使民若失所歸，非所以昭太平、悦遠邇。非特如此已也，其所貯鐘鼓刻漏之具，四時氣候之榜，令民知昏曉，時作息，寒暑啓閉，桑麻種植漁佃，諸如此類，是居者之指南也。而一旦廢之，使民懵然迷所往，非所以示節序，全利用。且人傳錢氏以臣服宋而建，此事昭著已久。至方國珍時，求緩死於我高皇，猶知借鏐事以請。誠使今海上羣醜而亦得知錢氏事，其祈款如珍之初詞，則有補於臣道不細，顧可使其跡湮没而不章耶？予職清海徼，視今日務，莫有急於此者。公等第營之，毋浚徵於民，而務先以己。』於是予與某官某等，捐於公者計銀凡若干，募於民者若干。遂集工材，始事於某年月日。計所構，甃石爲門，上架樓，樓基壘石，高若干丈尺。東西若干步，南北半之。左右級曲而達於樓，樓之高又若干丈。凡七楹，礎百。巨鐘一，鼓大小九，時序榜各有差，貯其中，悉如成化時制。蓋歷幾年月而成。始樓未成時，劇寇滿海上，予移師往討，日不暇至。於今五年，寇劇者禽，來者遁，居者懾不敢來，海始晏然，而樓適成，故從其舊名『鎮海』。

張岱《鎮海樓》詩：

錢氏稱臣歷數傳，危樓突兀署朝天。越山吴地方隅盡，大海長江指顧連。使到百蠻皆禮拜，潮來九折自盤旋。成嘉到此經三火，皆值王師靖海年。

都護當年築廢樓，文長作記此中游。適逢困鱷來投轄，正值饑鷹自下韝。嚴武題詩屬杜甫，曹瞞拆字忌楊修。而今縱有青藤筆，更討何人數字酬！

【校】

〔一〕『更名』，光緒本作『更』。

伍公祠

吴王既賜子胥死，乃取其尸，盛以鴟夷之革，浮之江中。子胥因流揚波，依潮來往，蕩激堤岸，勢不可禦。或有見其銀鎧雪獅，素車白馬，立在潮頭者，遂爲之立廟。每歲仲秋既望，潮水極大，杭人以旗鼓迎之，弄潮之戲，蓋始於此。宋大中祥符間，賜額曰『忠靖』〔一〕，封英烈王。

嘉、熙間，海潮大溢。京兆趙與權禱於神，水患頓息，乃奏建英衛閣於廟中。元末燬，明初重建。有唐盧元輔《胥山銘序》、宋王安石《廟碑銘》。

高啓《伍公祠》詩：

地大天荒霸業空，曾於青史歎遺功。鞭屍楚墓生前孝，抉眼吳門死後忠。魂壓怒濤翻白浪，劒埋寃血起腥風。我來無限傷心事，盡在吳山煙雨中。

徐渭《伍公廟》詩：

吴山東畔伍公祠，野史評多無定詞。舉族何辜同刈草，後人却苦論鞭屍。退耕始覺投吴早，雪恨終嫌入郢遲。事到此公真不幸，鐲鏤依舊遇夫差〔二〕。

張岱《伍相國祠》詩：

突兀吴山雲霧迷，潮來潮去大江西。兩山吞吐成婚嫁，萬馬奔騰應鼓鼙。清濁溷淆天覆地，玄黄錯雜血連泥。旌幢幡蓋威靈遠，檄到娥江取候齊。

從來潮汐有神威，鬼氣陰森白日微。隔岸越山遺恨在，到江吴地故都非。錢塘一臂鞭雷走，龕赭雙頤噀雪飛。燈火滿江風雨急，素車白馬相君歸。

【校】

〔一〕『忠靖』，原作『忠清』，據光緒本改。

〔二〕『鐲鏤』，光緒本及《徐渭集》作『鐲鏤』。

城隍廟

吴山城隍廟，宋以前在皇山，舊名永固，紹興九年徙建於此。宋初封其神，姓孫名本。永樂時封其神，爲周新。新，南海人，初名日新。文帝常呼『新』，遂爲名。以舉人爲大理寺評事，有疑獄，輒一語決白之。永樂初，拜監察御史，彈劾敢言，人目爲『冷面寒鐵』，長安中以其名止兒啼。轉雲南按察使，改浙江。至界，見羣蚋飛馬首，尾之蓁中，得一暴屍，身餘一鑰、一小鐵識。新曰：『布賈也。』收取之。既至，使人大市市中布〔一〕，一一驗其端，與識同者皆留之。鞫得盜，召屍家人與布，而置盜法，家人大驚。新坐堂，有旋風吹葉至，異之。左右曰：『此木城中所無，一寺去城差遠，獨有之。』新曰：『其寺僧殺人乎？而寃也。』往樹下，發得一婦人屍。他日，有商人自遠方夜歸，將抵舍，潛置金叢祠石罅中，旦取無有。商白新，新曰：『有同行者乎？』曰：『無有。』『語人乎？』曰：『不也，僅語小人妻。』新立命械其妻，考之，得其盜，則其私也。則客暴至，私者在伏匿聽取之者也。凡新爲政，多類此。新行部，微服視屬縣，縣官觸之，收繫獄，遂盡知其縣中疾苦。明日，縣人聞按察使來，共迓不得。新出獄曰：『我是。』縣官大驚。當是時，周廉使名聞天下。錦衣衛指揮紀綱者最用事，使千户探事浙中，千户作威福受賕。會新入京，遇諸涿，即捕千户繫涿獄。千户逸出，訴綱，綱更誣奏新。上怒，逮之，即至，抗聲陛前曰：『按察使擒治奸惡，與在内都察院同，陛下所命也，臣奉詔書死，死不憾矣。』上愈怒，命戮之。臨刑大呼曰：『生作直臣，死作直鬼！』是夕，太史奏文星墜，上不懌，問左右周新何許人，對曰：『南海。』上曰：『嶺外乃有此人。』一日，上見緋而立者，叱之，問爲誰。對曰：『臣新也。上帝謂臣剛直，使臣城隍浙江，爲陛下治姦貪吏。』言已不見。遂封新爲浙江都城隍，立廟吴山。

張岱《吴山城隍廟》詩：

宣室殷懃問賈生，鬼神情狀不能名。見形白日天顔動，浴血黄泉御座驚。革伴鴟夷猶有氣，身殉豺虎豈無靈。只愁地下龍逢笑，笑爾奇寃遇聖明。

尚方特地出楓宸，反向西郊斬直臣。思以鬼言回聖主，還將尸諫退僉人。血誠無藉丹爲色，寒鐵應教金鑄身。坐對江潮多冷面，至今寃氣未曾伸。

又《城隍廟柱銘》：

厲鬼張巡，敢以血身污白日；閻羅包老，原將鐵面比黄河。

【校】

〔一〕『大市』，光緒本作『入市』。

火德廟

火德祠在城隍廟右，内爲道士精廬。北眺西泠，湖中勝槩，盡作盆池小景。南北兩峰如研山在案，明聖二湖如水盂在几。牕櫺門槕凡見湖者，皆爲一幅圖畫，小則斗方，長則單條，濶則横披，縱則手卷，移步换影。若遇韻人，自當解衣盤礴。畫家所謂水墨丹青，淡描濃抹，無所不有。昔人言『一粒粟中藏世界，半升鐺裏煮山川〔一〕』，蓋謂此也。火居道士能爲陽羨書生，則六橋、三竺，皆是其鵝籠中物矣。

張岱《火德祠》詩：

中郎評看湖，登高不如下。千頃一湖光，縮爲杯子大。余愛眼界寬，大地收隙罅。甕牖與牕櫺，到眼皆圖畫。漸入亦漸佳，長康食甘蔗。數筆倪雲林，居然勝荆夏。刻畫非不工，澹遠長聲價。余愛道士廬，寧受中郎罵。

【校】

〔一〕『半升』，孫家遂云：『「半」《全唐詩》卷八五七吕巖詩作「二」。』

芙蓉石

芙蓉石，今爲新安吴氏書屋。山多怪石危巒，綴以松栢，大皆合抱。堦前一石，狀若芙蓉，爲風雨所墜，半入泥沙，較之寓林奔雲，尤爲茁壯。但恨主人深愛此石，置之懷抱，半步不離，樓榭偪之，反多阸塞。若得礎柱相讓，脱離丈許，松石間意，以淡遠取之，則妙不可言矣。吴氏世居上山，主人年十八，身無寸縷，人輕之，呼爲吴正官。一日早起，拾得銀簪一枝，重二銖，即買牛血煮之以食。破落户自此經營五十餘年，繇徽抵燕，爲吴氏之典舖八十有三。東坡曰：『一簪之資，可以致富。』觀之吴氏，信有然矣。蓋此地爲某氏花園，先大夫以三百金折其華屋，徙造寄園，而吴氏以厚值售其棄地，在當時以爲得計。而今至吴園，見此怪石奇峰，古松茂栢，在懷之璧，得而復失，真一回相見，一回懊悔也。

張岱《芙蓉石》詩：

吴山爲石窟，是石必玲瓏。此石但渾樸，不復起奇峰。花瓣幾層摺，墮地一芙蓉。癡然在草際，上覆以長松。濯磨如結鐵，蒼翠有苔封。主人過珍惜，周護以墻墉。恨無舒展地，支鶴閉韜籠。僅堪留几席，聊爲怪石供。

雲居菴

雲居菴在吴山，居鄙。宋元祐間，爲佛印禪師所建。聖水寺，元元貞間爲中峰禪師所建。中峰又號幻住，祝髮時，有故宋宫人楊妙錫者，以香盒貯髮，而舍利叢生，遂建塔寺中，元末燬。明洪武二十四年，併聖水於雲居，賜額曰『雲居聖水禪寺』。歲久殿圮，成化間僧文紳修復之。寺中有中峰自寫小像，上有贊云：『幻人無此相，此相非幻人。若唤作中峰，鏡面添埃塵。』向言六橋有千樹桃柳，其紅緑爲春事淺深，雲居有千樹楓桕，其紅黄爲秋事淺深，今且以薪以槱，不可復問矣。曾見李長蘅題畫曰：『武林城中招提之勝，當以雲居爲最。山門前後皆長松，參天蔽日，相傳以爲中峰手植，歲久浸淫，爲寺僧剪伐，什不存一，見之輒有老成凋謝之感。去年五月，自小築至清波，訪友寺中，落日坐長廊，沽酒小飲已，裴回城上，望鳳皇、南屏諸山，沿月踏影而歸。翌日，遂爲孟暘畫此，殊可思也。』

李流芳《雲居山紅葉記》〔一〕：

余中秋看月於湖上者三，皆不及待紅葉而歸。前日舟過塘棲，見數樹丹黄可愛，躍然思靈隱、蓮峰之約，今日始得一踐。及至湖上，霜氣未遍，雲居山頭，千樹楓桕尚未有酣意，豈余與紅葉緣尚慳耶〔二〕？因憶往歲忍公有代紅葉招余詩，王評：忍公詩題韻絶。余亦率爾有畣，聊記於此：『二十日西湖，領略猶未了。一朝别爾歸，此遊殊草草。當我欲别時，千山秋已老。更得少日留，霜酣變林杪。子常爲我言，靈隱楓葉好。千紅與萬紫，亂插向晴昊。爛然列錦繡，森然建旂旐。一生未得見，何異説食飽。』

高啓《宿幻住棲霞臺》詩：

牕白鳥聲曉，殘鐘渡谿水。此生幽夢迴，獨在空山裏。王評：清音縹緲。松巖留佛燈，葉地響僧履。予心方湛寂，閑臥白雲起。

夏原吉《雲居菴》詩：

誰闢雲居境，峨峨瞰古城。兩湖晴送碧，三竺曉分青。經鎖千函玅，鐘鳴萬户驚。此中真可樂，何必訪蓬瀛。

徐渭《雲居菴松下眺城南》詩：

夕照不曾殘，城頭月正團。霞光翻鳥墮，江色上松寒。王評：佳景妙語。市客屠俱集，高空醉屢看。何妨高漸離，抱却筑來彈。城下有瞽目者善彈詞。

【校】

〔一〕『李流芳《雲居山紅葉記》』，《嘉定李流芳全集》題作《冷泉紅樹圖》。

〔二〕『耶』，《嘉定李流芳全集》同，光緒本作『與』。

施公廟

施公廟在石烏龜巷，其神爲施全，宋殿前小校也。紹興二十年二月朔，秦檜入朝，乘肩輿過望仙橋，全挾長刃遮道刺之，透革不中。檜斬之於市，觀者如堵墻，中有一人大言曰：『此不了漢，不斬何爲！』王評：此語奇快，銛于施殿司之長刃矣。此語甚快。秦檜奸惡，天下萬世，人皆欲殺之，施全刺之，亦天下萬世中一人也。其心其事，原不爲岳鄂王起見。王評：蝶菴論甚奇。予謂岳鄂王一身關趙家天下，無岳鄂王，即中原必不可復也。謂從岳鄂王起見，亦無不可。今傳奇以全爲鄂王部將，而岳墳以全入之翊忠祠，則施全此舉，反不公不大矣。後人祀公於此，而不配享岳墳，深得施公之心矣。

張岱《施公廟》詩：

施殿司，不了漢，刺虎不傷蛇不斷。受其反噬齒利劍，殺人媚人報可汗。厲鬼街頭白晝現，老奸至此撿其面。邀呼簇擁遮車幔，棄屍漂泊錢塘岸。怒捲胥濤走雷電，雪巘移來天地變。

三茆觀

三茆觀在吴山西南。三茆者，兄弟三人，長曰盈，次曰固，季曰衷，秦初咸陽人也。得道成仙，自漢以來，即崇祀之。第觀中三像，一立、一坐、一臥，不知何説。以意度之，或以行立坐臥皆是修煉功夫，教人不可蹉過耳。宋紹興二十年，因東京舊名，賜額曰『寧壽觀』。元至元間燬，明洪武初重建。成化十年，建昊天閣；嘉靖三十五年，總制胡宗憲以平島夷功，奏建真武殿；萬曆二十一年，司禮孫隆重修，并建鐘翠亭、三義閣。相傳觀中有褚遂良小楷《陰符經》墨跡。景定庚申，宋理宗以賈似道有江漢功，賜金帛鉅萬，不受，詔就本觀取《陰符經》，以酬其功。此事殊韻，第不應於賈似道當之耳。余嘗謂曹操、賈似道千古奸雄，乃詩文中之有曹孟德，書畫中之有賈秋壑，覺其罪業滔天，減却一半。王評：此亦創論。方曉詩文書畫，乃能懺悔惡人如此。凡人一竅尚通，可不加意詩文，留心書畫哉？

徐渭《三茆觀觀潮》詩：

黄幡繡字金鈴重，仙人夜語騎青鳳。王評：文長爲一代詩豪，可推此道强項。如此等，又儼然昌谷矣。才人之筆何所不可？寶樹攢攢摇緑波，海門數點潮頭動。海神罷舞廻腰窄，天地有身存不得。誰將練帶括秋空？誰將古槩量春雪？黑鰲戴地幾萬年，晝夜一身神血乾〔一〕。升沉不守瞬息事，人間白浪今如此。白日高高慘不光，冷虹隨身縈城隍。城中那得知城外，却疑寒色來何方。鹿苑草長文殊死，獅子隨人吼祇樹。吴山石頭坐秋風，帶着高冠拂雲霧。

又《三茆觀眺雪》詩：

高會集黄冠，琳宫夜坐闌。梅芳成蕊易，雪謝作花難。簷月沉杯熌，江峰入坐寒。莫雅驚炬火，飛去破煙嵐。

【校】

〔一〕『乾』，光緒本作『竭』。

紫陽菴

紫陽菴在瑞石山〔一〕。其山秀石玲瓏，巖竇窈窱。宋嘉定間，邑人胡傑居此。元至元間，道士徐洞陽得之，改爲紫陽菴。其徒丁野鶴修煉於此。一日，召其妻王守素入山，付偈云：『嬾散六十年，妙用無人識。順逆俱兩忘，虚空鎮長寂。』遂抱膝而逝。守素乃奉屍而漆之，端坐如生。妻亦束髮爲女冠，不下山者二十年。今野鶴真身在殿庭之右。亭中名賢留題甚衆。其菴久廢，明正統甲子，道士范應虚重建，聶大年爲記。萬曆三十一年，布政史繼辰、范涞構空翠亭，撰《紫陽仙蹟記》，繪其圖景，并名公詩，並勒石亭中。

李流芳《題紫陽菴畫》：

南山自南高峰邐迤而至城中之吴山，石皆奇秀一色，如龍井、煙霞、南屏、萬松、慈雲、勝果、紫陽，一巖一壁，皆可累日盤桓。而紫陽精巧，頫仰位置，一一如人意中，尤奇也。余己亥歲與淑士同遊，後數至湖上，以畏入城市，多放浪兩山間，獨與紫陽隔濶。辛亥偕方回訪友雲居，乃復一至，蓋不見十餘年，所往來於胸中者，竟失之矣。山水絶勝處，每恍惚不自持，强欲捉之，縱之旋去。王評：此中有得語。此味不可與不知痛痒者道也。余畫紫陽時，又失紫陽矣。豈獨紫陽哉，凡山水皆不可畫，然不可不畫也，存其恍惚而已矣。書之以發孟暘一笑。

袁宏道《紫陽宫小記》：

余最怕入城。吴山在城内，以是不得偏觀，僅匆匆一過紫陽宫耳。紫陽宫石，玲瓏窈窕，變態横出，湖石不足方比，梅花道人一幅活水墨也。奈何辱之郡郭之内，使山林嬾僻之人親近不得，可歎哉。

王穉登《紫陽菴丁真人祠》詩：

丹壑斷人行，琪花洞裏生。亂崖兼地破，羣象逐峰成。一石一雲氣，無松無水聲。丁生化鶴處，蜕骨不勝情。

董其昌《題紫陽菴》詩：

初鄰塵市點靈峰，徑轉幽深紺殿重。古洞經春猶閟雪，危厓百尺有欹松。清猿静叫空壇月，歸鶴愁聞故國鐘。石髓年來成汗漫，登臨須愧羽人蹤。

【校】

〔一〕『瑞石山』，原作『端石山』，按浙江、杭州諸地志皆作瑞石山，今改正。

孫　禮　立亭　參訂
陳書字通

附録

欽定四庫全書總目

《西湖夢尋》五卷 浙江鮑士恭家藏本

國朝張岱撰。岱字陶菴，自號蝶菴居士，家本劍州，僑寓錢塘。是編乃於杭州兵燹之後，追記舊游，以北路、西路、南路、中路、外景五門，分記其勝。每景首爲小序，而雜採古今詩文列於其下。岱所自作尤夥，亦附著焉。其體例全仿劉侗《帝京景物略》，其詩文亦全沿公安、竟陵之派。

——光緒錢塘丁氏刻《西湖夢尋》卷首

清代版刻一隅 西湖夢尋

黄　裳

康熙鳳嬉堂刻本。五卷。前有武林道隱金堡、古夔舊史李長祥、社弟查繼佐、祁豸佳、王雨謙等五序及辛亥自序。次凡例，末屬『康熙丁酉年十月望日孫禮謹識』，略云，『先王父生平素多撰述。所著如《陶菴文集》、《石匱全書》以及《夜行船》、《快園道古》諸本，皆探奇抉奥，成一家言。以卷帙繁多，未能授梓。是集爲從弟濮携來嶺南，而韶州太守胡公，見而稱賞，令付剞劂，以張前徽。余小子自顧顓愚，不克仰承先志，而奉兹遺集，益感中懷，爰授之梓人，鋟以問世。其家藏諸種，俟有力梓行，庶幾先王父未墜之精華，復得表章於當代也已。』是此集稿本，携來嶺南，而刻於韶州也。每卷尾有參訂姓氏，爲孫陳書字通、禮立亭、國鼎字淵、濬字哲、濂字清，瀚字瀌、濮若水，曾孫肇柏廷堅。書眉有細字評語，皆出王雨謙手。

——復旦大學出版社二〇〇五年版《清代版刻一隅》增訂本

來燕榭書跋　西湖夢尋

黄　裳

此張宗子《西湖夢尋》，五卷二册。余見之徐紹樵許，同時尚有手稿《史闕》六帙，議價未諧，先得此兩册。繼而知其書出附近一地攤上，乃過而詢之，知書出浙江桐廬山中，蓋收藏數百載之秘册也。當終得之，姑先記此。《史闕》尚爲毛訂本，剪貼成册，首有序三葉，係行楷，似晚明刊板格式。末鈐二印，奇古而佳。前有『琅嬛□□』一印。此異書也，何幸遇之於海上，更期能幸而得之，則誠快事已。辛卯春分前六日，海上書，黄裳。

宗子手稿《史闕》後亦歸余，即付工同裝。今日書來，展卷焕若新書，喜而記此。辛卯穀雨前三日，坐雨書。

三月後更得宗子《瑯嬛文集》稿本詩，刊本所無也。

此雖只康熙刻本，而傳世絶罕。余與宗子手稿《史闕》同得之於滬上，蓋流出於紹興故家者。三百年來，珍藏密鎖，一旦更出，又安得不珍視之耶。壬辰端陽夜飲微醺後書此。

得此書于今七年矣。此數年中亦嘗數過湖上，弱柳夭桃，春風秋月，領畧殆盡，亦時時憶此册。一康熙刻耳，然罕遇難求，不殊元明舊槧，此意知者殆少。五年前鄭西諦過我觀書，亟歎此本之佳，向余索贈，未即許之。今西諦死矣，重展此卷，不禁黄罏腹痛之感。戊戌十月。

余收書十年，始未甚重清刻，後乃甚悔之。此册以張宗子故收之，數數跋之，不啻與宋元刻等。此雖清初刻，然可珍實逾舊槧也。西諦收宗子書數十年，未嘗見此。撰訪書記亦只以光緒刻著之耳。後見余藏此本，遂更跋訪書記以糾舊注之失。凡此亦成舊夢，不堪更憶矣。昨海昌許君見過，告近游湖上事。無從得食，坐樓外樓中，見鄉人數十百輩擁入，呼豆腐湯并米飯食之，頃刻而盡。此亦一事也。惜更無人爲夢尋新録以記之也。己亥三月十九日風雨終朝，燈前記此。

山陰楊賓《力耕堂詩稿》三卷，康熙中葉刻。傳本稀見。有《西湖雜詠》六首，約撰於康熙己未，後於宗子此序者八年。其斷句有云：『歌舞人何在，鶯花地已非。』與此序同其感慨。其第四、五首云：

世事成今日，乾坤豈舊時。有山皆白骨，何處聽黄鸝。塔院調新馬，游船載健兒。可憐湖上月，夜夜照燕支。

寶石春風到，燕支少婦來。翠環垂耳戴，搽幅稱身裁。釵脚鏤新竹，靴尖碎落梅。南屏山色暝，千騎柳營開。

清初西湖風物，諸詩約略盡之，可補此序所未及也。宗子散文名家，設想奇警，而筆端又能傳之。明清之際，無逾此公者。所云夢其故有小傒，白頭仍是總角，却與西方説部所記有暗合者，而時代早數百年，且一爲小説，一寫實感，更難能矣。庚戌九秋，快晴爽適，重閲跋此。

庚申四月重歸來燕謝。黄裳記。

七日前余游京師，觀國藏善本於北海之側，見馬隅卿舊藏《張子文粃詩粃》二十三卷，鳳嬉堂墨格精寫待刻稿也。板心上題『琅嬛文集』，屬『陶菴張岱著　白嶽王雨謙評　雪瓢祁豸佳較』。八行，十八字。白口，雙邊。有王、祁二序及自序。闌上有評，格式與此如一，惜未刻耳。見之眼明。此《夢尋》得胡氏之助，墨板粤東。然《中國雕板圖録》所收爲殘卷，未見凡例，遂以爲山陰刻本。因知板本之事，誠未易言。此書淪盜手者凡八年，近始爲龍劍之合，歡喜跋此。庚申五月廿七日，雨窗燈下記，黄裳。

此書前有古夔舊史李長祥序。《温哂園雜録》有李長祥一則云：李長祥字研齋，四川遂寧人。癸未進士。由詞林兼御史監軍，隨魯監國守閩。閩陷，隱紹興山中不出。當事亟徵之，乃移常州。郎廷佐總督兩江，招以優禮，然心疑之。先生乃千金聘金陵美女，工詩善畫竹、一時稱中山秀才者，梳高髻，拖百摺長裙，效古漢妝。又爲置美婢，侍其詩畫，名墨池先生。日擁姬吟嘯高樓上，作長夜飲。郎疑乃釋。後不知所終。

評。《西湖夢尋》五卷，康熙刻。九行，二十字。白口，左右雙邊。板匡上有王雨謙小字

貞編輯』。卷首大題下屬『古劍蝶菴張岱著纂　山陰曲轅王雨謙評定　男鐸式宣、鏞式鞴、鑛式

祥書』序，『社弟查繼佐偶書』序，『弟祁豸佳書於蟫仙廬』序，『瀦谿白嶽王雨謙撰』序，『古夔舊史李長

辛亥七月既望古劍蝶菴老人張岱題』自序。次『康熙丁酉年十月望日孫禮謹識』凡例。

次目次，題『虎林道隱金堡定　劍南蝶菴張岱著　古夔研齋李長祥閲　瀦谿白嶽王寸謙

評』，每卷尾有『孫陳書字通、禮立亭參定』等識語。

——中華書局二〇一一年版《來燕榭書跋》增訂本

前塵夢影新録　西湖夢尋五卷

黄　裳

康熙刻本。九行二十字。白口，左右雙邊。卷首大題下屬：

古劍蝶菴張　岱著纂　　　鐸式宣

男　鏞式鞴編輯

山陰曲轅王雨謙評定　　　鑛式貞

扉葉書名大字隸書，左下側書『鳳嬉堂藏板』五字。書前有『武林道隱金堡偶題』序，『古夔舊

史李長祥』序，『社弟查繼佐』序，『弟祁豸佳書于蟫仙廬』序，『潞谿白嶽王雨謙』序，『歲辛亥七日既望古劍蝶菴老人張岱』自序，凡六通。次凡例，末屬『康熙丁酉年十月望日孫禮撰』，畧云：

先王父生平素多撰述，所著如《陶菴文集》、《石匱全書》，以及《夜行船》、《快園道古》諸本，皆探奇抉奥，成一家言。以卷帙繁多，未能授梓。是集爲從弟濮攜來嶺南，而韶州太守胡公見而稱賞，令付剞劂，以張前徽。余小子自顧顓愚，不克仰承先志，而奉兹遺集，益感中懷。爰授之梓人，鋟以問世。其家藏諸種，俟有力梓行。

是此本墨板於粵東之證，《中國板刻圖録》以爲山陰刻者，誤也。凡例後爲目次，仍列張岱撰、金堡定、李長祥閱、王雨謙評數行。評語俱在書眉，光緒中刻俱删去之。每卷後皆著諸孫參訂姓氏，爲陳書字通、禮立亭、國鼎字淵、濬字哲、濂字清、瀚字瀌、濮若水、曾孫肇柏廷堅，凡八人。光緒刻亦無之。宗子撰此書序在辛亥，是爲康熙十年，年已七十五歲。書刊於丁酉，是爲康熙五十六年，又在四十六年之後。所列遺著凡四種，皆家藏未刻，是《石匱書》稿以五百金歸之谷應泰者，爲不經矣。辛卯初春，與《史闕》稿本、《夢憶》巾箱本同收於徐紹樵許，是一家眷屬，同來自桐廬山中者。鄭西諦亦好宗子書，得光緒刻文集，跋之，謂其書無清初刻，語在《刧中得書記》。一日過齋中觀書，見此驚異，急於《得書記》新序中正其舊説。友朋戲笑，事尚如昨，而西諦墓木已拱，同來觀書之成都李氏，亦已白髮盈顛，真如一夢已。

——中華書局二〇一五年版《前塵夢影新録》三卷